走·近·巴·金

纪念巴金诞辰 120 周年

巴金祖上诗文汇校

第一册

李治墨 编纂

四川人民出版社

图书在版编目（CIP）数据

巴金祖上诗文汇校 / 李治墨编纂. —— 成都：四川人民出版社，2024.9
（"走近巴金"丛书）
ISBN 978-7-220-13671-9

Ⅰ.①巴… Ⅱ.①李… Ⅲ.①文艺－作品综合集－中国－清代 Ⅳ.①I214.91

中国国家版本馆 CIP 数据核字（2024）第 086435 号

BAJIN ZUSHANG SHIWEN HUIJIAO
巴金祖上诗文汇校

李治墨　编纂

出 品 人	黄立新
项目统筹	谢　雪　邓泽玲
责任编辑	邓泽玲　黄小红
封面设计	今亮后声·张今亮　于　杰
版式设计	张迪茗
特约校对	王　雷
责任印制	祝　健
出版发行	四川人民出版社（成都三色路238号）
网　　址	http://www.scpph.com
E-mail	scrmcbs@sina.com
新浪微博	@四川人民出版社
微信公众号	四川人民出版社
发行部业务电话	（028）86361653　86361656
防盗版举报电话	（028）86361653
照　　排	四川胜翔数码印务设计有限公司
印　　刷	成都东江印务有限公司
成品尺寸	170mm×240mm
印　　张	51.25
字　　数	801 千
版　　次	2024 年 9 月第 1 版
印　　次	2024 年 9 月第 1 次印刷
书　　号	ISBN 978-7-220-13671-9
定　　价	198.00 元

■版权所有·侵权必究

本书若出现印装质量问题，请与我社发行部联系调换。
电话：（028）86361656

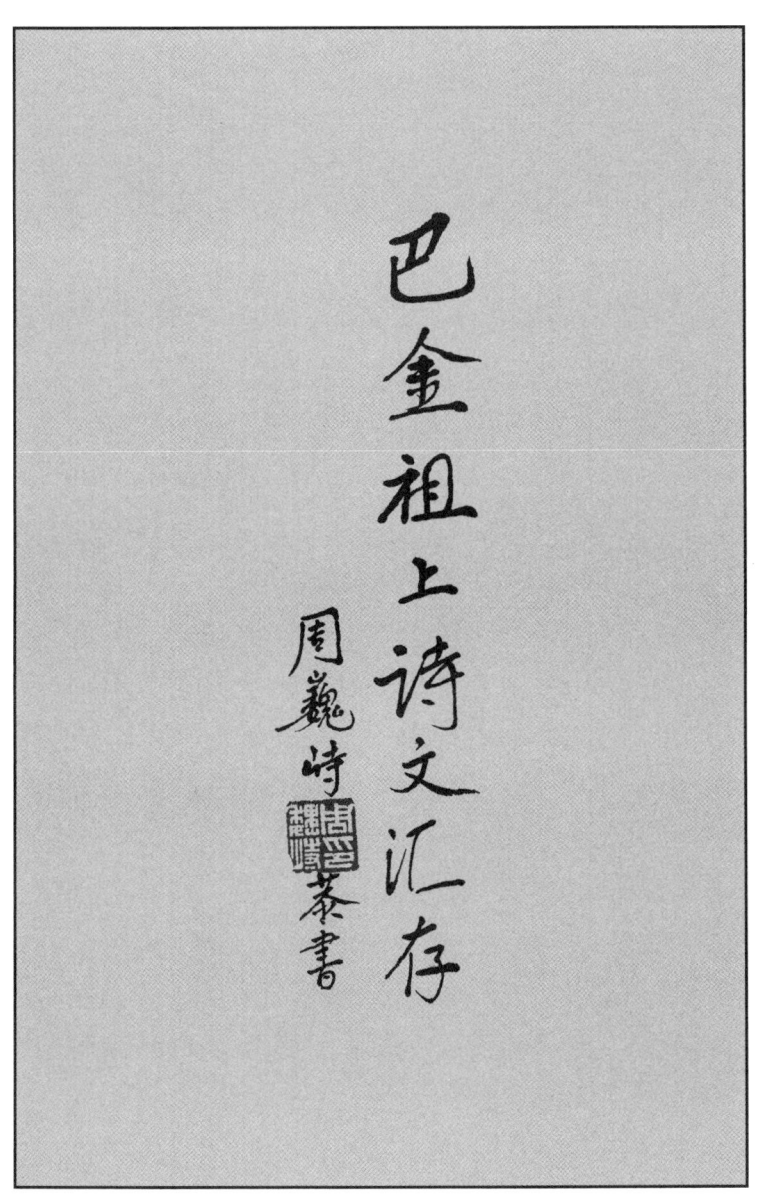

周巍峙　题签

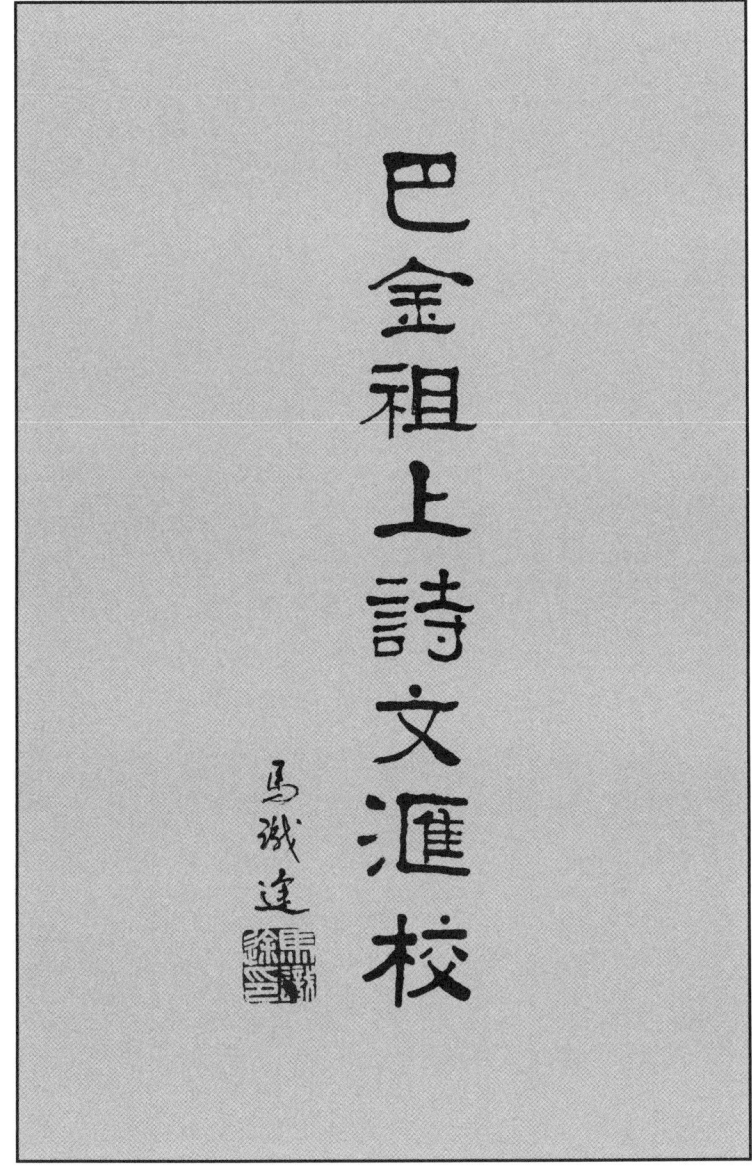

马识途　题签

目录

序　诗　吴　虞　/001
序　联　魏明伦　/002

前　言　李治墨　/003
凡　例　/005

第一册

第一编　李寅熙《秋门草堂诗钞》

李寅熙　/003
　　秋门草堂诗钞　/004
　　　　附：灵芬馆诗话卷十　郭　麐　/063

第二编　李璠《醉墨山房仅存稿》

李　璠　/067
　　醉墨山房文集　/069
　　醉墨山房诗稿　/082

醉墨山房诗话　　/089
　　醉墨山房外集　　/106

|第三编　李镛《秋棠山馆诗钞》|

李　镛　/145
　　秋棠山馆诗钞　　/146
　　秋棠山馆词钞　　/164

|第四编　汤淑清《晚香楼集》|

汤淑清　/169
　　晚香楼诗稿　　/170
　　晚香楼词稿　　/233

|第五编　濮贤娜《意眉阁集》|

濮贤娜　/253
　　意眉阁诗稿　　/254
　　意眉阁词稿　　/256

|第六编　李道漪《霞绮楼仅存稿》|

李道漪　/265
　　霞绮楼仅存稿　　/266

|第七编　赵书卿《绿窗藏稿》《澹音阁诗词》《澹音阁词》|

赵书卿　/273
　　绿窗藏稿　　/275
　　澹音阁诗词　　/289

澹音阁词　　/295

诗补遗二首　　/299

第二册

第八编　李氏诗文补遗

李氏家系　　/303

李文熙　　/304

李忠清　　/306

　　公牍四篇　　/307

李道江　　/311

　　重修重阳亭碑　　/312

　　信函三扎　　/313

李道溥　　/314

　　致三侄四侄信残稿　　/316

　　章仪庆诗稿款识　　/317

　　《箱根室集》佚诗一首　　/318

李道洋　　/319

　　章仪庆诗稿款识　　/320

　　《惜影宪集》佚诗二首　　/321

李道沅　　/322

　　《花影楼集》佚诗一首　　/323

第九编　西营汤氏诗文

汤氏家系　　/327

汤　沐　　/328

　　诗八首　　/329

汤日跻　／331
　　琴川公遗嘱　／332
汤元衡　／333
　　思琴公遗训　／334
汤健业　／335
　　《红杏山房》佚诗四首及联句诗　／336
　　毗陵见闻录　／338
　　考妣行状　／397
　　　　附：《萱庭爱日图》题诗　／401
汤世楫　／407
　　诗一首　／408

第十编　武进庄氏诗文

庄氏家系　／411
庄　襑　／412
　　鹤溪公遗嘱　／414
　　鹤溪公自铭　／415
　　疏四篇　／416
　　《宝坻县志》原序　／428
　　祭神文二篇　／429
　　记三篇　／430
　　铭二篇　／432
　　诗四十二首　／433
庄廷臣　／439
　　《明吴长卿募刻手纂宋相眼册》题记　／440
　　诗一首　／441
庄鼎铉　／442
　　庄凝宇公年谱　／443
庄　绛　／448
　　词三首　／449

丹吉公（绛）家训　　/451

董太夫人（绛继室）家训　　/458

　　附：董太夫人纪述家事训言　　/463

《庄凝宇公年谱》跋　　/466

第十一编　闻湖盛氏诗文

盛氏家系　　/469

盛　周　　/470

　　诗二首　　/471

盛万年　　/472

　　岭西水陆兵纪　　/473

　　拙政编　　/496

　　诗二首　　/513

盛以约　　/514

　　诗一首　　/515

盛民誉　　/516

　　庐阳残稿　　/517

　　庐阳残稿补遗　　/536

盛　枫　　/543

　　江北均丁说　　/544

　　龚公祠祭田碑记　　/546

　　述盛周、盛万年、盛士元　　/547

　　丹山草　　/551

　　梨雨选声　　/614

　　诗词补遗二首　　/632

第十二编　溧水濮氏诗文

濮氏家系　　/635

濮　瑗　　/636

　　重修《安岳县志》叙　　/637

署四川嘉定府犍为县事濮瑗告示　　/638

　　重修《简州志》序　　/639

　　书李毅庵先生守岳城事　　/640

　　《重修普照寺》序　　/642

　　江母陈宜人传　　/643

　　观风谕　　/644

　　州中八景　　/645

濮文昇　　/648

　　重修营山县城碑记　　/650

　　重修骆市桥碑记　　/652

　　丁长英碑文　　/653

　　涪邑文峰塔记　　/654

　　涪邑文峰塔联匾　　/656

　　白鹤梁题记　　/657

编外　昆明张氏诗文

张氏家系　　/661

张　涛　　/662

　　滇乱纪略　　/663

　　三辨　　/673

　　《勉行录纪略》选　　/675

　　《南川公业图说》选　　/720

　　重刊《王畴五文稿》序　　/730

　　《念香馆遗稿》序　　/731

　　珙县诗存二首　　/732

　　南川诗存七首　　/733

张景仓　　/736

　　题汉源罗度祠联　　/737

| 图　录 |

赵书卿《澹音阁》存画二十三幅　　/741
汤世楣扇面二幅　　/763
濮贤娜《意眉阁》存画　　/764

| 附　录 |

巴金家族历史简述　李治墨　/767

后　记　/788

序诗

题《李氏诗钞》
后学吴虞又陵拜题

潜闭琴书与俗辞,井春夫妇并人师。
高风为续梁鸿传,五噫愁吟过阙诗。

老子婆娑岁月赊,闲将道演阅繁华。
封胡羯末俱风雅,更羡班徐聚一家。

石帚新声付小红,玉田清响白云中。
青绫障底春如海,漱玉词人拜下风。

大隐东方忆昔时,文章经国几人知。
万重桑海匆匆甚,黄绢长留绝妙辞。

序联

题《巴金祖上诗文汇校》

魏明伦

诗文焕彩,前辈遗珍,作序人,清道夫,民国吴虞,支手单枪,打倒孔家店;

翰墨传家,后裔耀祖,领军者,宁馨儿①,现代巴金,童心赤子,弘扬李氏风。

---

① 宁馨儿:语出《晋书·王衍传》"何物老妪生宁馨儿"。后衍用为"好孩子"。这里借喻巴金是李氏家族最好的孩子、领军的人物。

· 前　言 ·

　　巴金是中国现代著名的文学家和思想家。他的著作既是对封建专制传统的批判，也是对中国历史文化精髓的传承。这不仅体现在巴金的代表性小说《家》《春》《秋》和《憩园》多以他家族中的若干人物为创作原型，而且他后期的著作《随想录》和《再思录》中也多有对家族人物回顾的文章。

　　巴金曾经赠送《李氏诗词四种》给俄罗斯汉学家彼得罗夫（《家》的俄译者）并且向他简要介绍这四种诗词："《秋棠山馆诗抄》是我祖父的诗集；《晚香楼集》是我的第一个祖母（我父亲的生母）写的诗词；《意眉阁集》是我的第二个祖母写的诗词；《霞绮楼仅存稿》是我父亲的小妹妹写的一些诗。第一页上印的人名中李镛（号浣云）是我的祖父，李道河是我的父亲，尧枚是我的大哥，尧棠便是我。《晚香楼诗稿》第四十三页《赠惊鸿校书》一首，我在小说《家》中曾经引用过"[1]。在小说《家》《春》《秋》和《火》里，巴金还借用了他祖母的室号"晚香楼"。巴金曾在他的小说《雾》中借用他的祖父李镛咏梅花的诗句"独抱幽情淡冬雪，更怀高格傲春花"和"不妨清冷洗繁华"（《秋棠山馆诗钞》）。[2]

　　巴金晚年在谈到其曾祖父李璠在《醉墨山房诗话》中对明朝文豪文徵明词《满江红》的评论时写道："我曾祖不过是一百多年前一个封建小官僚……他却理

---

[1]《巴金全集》第24卷，人民文学出版社1993年版，第201页。
[2] 参见《雾》，《巴金选集》第四卷，四川人民出版社2002年版，第24页。

解、而且赞赏文徵明的'诛心之论',这很不简单!他怎么能做到这样呢?我的解释是:用自己的脑子思考,越过种种的障碍,顺着自己的思路前进,很自然地得到了应有的结论。"① 巴金又提到二叔李华封早年为他和三哥李尧林讲《左传》、说《聊斋》时,拍案称赞那些有骨气、敢讲真话的人。"原来二叔也是教我讲真话的一位老师"②。在这些文字中,家族对他的影响可见一斑。

五四运动时期的吴虞被胡适誉为"中国思想界的一个清道夫","四川省只手打孔家店的老英雄",并将其与陈独秀并列为"近年来攻击孔教最有力的两位健将"。吴虞亲自为《李氏诗钞》题诗七言绝句四首,对之作了高度的评价,如:"大隐东方忆昔时,文章经国几人知。万重桑海匆匆甚,黄绢长留绝妙诗。"

李氏家族世代书香,著述甚丰。但是由于家族败落,时代变迁,大多数失传。巴金本人也很重视这些古籍,长期珍藏着自己仅有的两套,即《醉墨山房仅存稿》和《李氏诗词四种》(含《秋棠山馆诗钞》《晚香楼集》《意眉阁集》和《霞绮楼仅存稿》),并在晚年全部捐赠给现代文学馆。著名作家和古籍版本学专家黄裳先生20世纪50年代初曾经重庆旧书店淘得《李氏诗词四种》并有记注。

本书编者长期致力于研究李氏家族历史并且早在20世纪80年代就向巴金先生请教③,曾经于2010年编辑过《巴金祖上诗文汇存》影印版(巴蜀书社出版),精选了从巴金的高伯祖父到小姑姑的九种诗文书画,其内容形成的时间在乾隆到光绪之间,包括文、诗、词、诗话、词话、序跋、公牍、书画。

近十年来,编者又搜集到更多李氏家族的古籍史料,追溯的历史也更为久远。不仅包括巴金父系李氏各代及眷属的著作,也包括历代母系直系祖上的诗文。原来影印版的内容,作为第一册;新收入的内容(限于明清两代),作为第二册;点校并排印出版。

本书不仅对研究巴金的生平和著作,而且对研究中国古、近、现代历史,包括四川、浙江、江苏等地的民俗和社会文化,都有独到的价值。

李治墨谨识于附雅斋时值甲辰仲春

---

① 巴金:《思路》,《随想录》,生活·读书·新知三联出版社1987年版。
② 巴金:《怀念二叔》,《讲真话的书》(下),四川文艺出版社2017年版,第1116页。
③ 参见《巴金全集》第23卷,人民文学出版社1993年版,第2页。

· 凡　例 ·

一、收录原则

1. 收录范围原则上仅限于直系祖先。

2. 直系祖先包括父系和母系。这不仅是现代意义上的男女平等，而且还因清制要求异地为官、原籍考试，使不少家庭中父亲在远方为官，母亲在家乡抚养和教育子女。母系在家族中的作用大为增加，不可忽视。母系包括母系的父系和母系，但是都限于仅直系。

3. 李氏祖先中破例收入了个别的兄弟姐妹。一些是当时在成都生活在一起。另外的特例是巴金的高伯祖秋门公李寅熙，他把李氏家族带出了故乡浙江嘉兴，对家族影响特别大。

4. 巴金的大嫂是巴金的小说中的重要原型，她的张氏族系因之被收入本书"编外"。

5. 一些收录诗文有多种版本，通常以较后的版本为准，尽量注明版本之间的不同内容。

6. 本书收录年代限于明清两代。

二、编排原则

1. 本书力图保持原著的完整性，例如《李氏诗词四种》等并未按作者拆散。

2. 部分作者著述丰富，凡是结集刊行（也包括未刊行的稿本）过的内容，都以原集编选；未结集的内容则按诗文补遗或散编。

3. 本书从第八编起，每编收入多位作者作品，为了便于梳理家族渊源，特加简明家系表；但是限于篇幅，家系表只包括作者以及承先启后所必要的人员，绝非完整家系。

三、点校原则

1. 除对全部史料予以标点断句外，还对个别史料略加简注，并以脚注形式出现；原书注释也由随文注改为脚注，但前标明"原书注"。

2. 文字除人名或因用简体可能引起误会的用繁体字外，基本上均改简体字。

3. 对原文中的明显错字径改；有疑问的保留原文或加校注；残缺字以□代替。

4. 古籍中个别涉及女性、少数民族、白莲教等的记述，由于历史局限，一些观点和看法，难免带有成见和偏见，言语表达亦有不当，为尊重历史原貌，以观原作者的立场和观点，编纂时均未作更改，主要为研究之用，也请读者注意鉴别。特此申明。

第一编

李寅熙《秋门草堂诗钞》

秋門草堂詩鈔

李寅熙

　　李寅熙（1749—1789），巴金之高伯祖父，字宾日，号秋门，清乾隆十四年（1749）生于浙江嘉兴。少年时师从于曹秉钧（种梅），曾与汪如洋（云壑）、胡世垲（江林）、吴旼（少陞）、施鸾坡（惺渠）、钱开仕（漆林）、钱楷（裴山）等结为诗社，并被公推为"祭酒"，有夜集"葭露山房"分韵赋诗的佳话。乾隆四十二年（1777）后离乡北游，多居京城，屡试不第。旅居京城期间，他曾为官府校对，并曾一度回乡应试。这时期他结交的文友还包括王复（秋塍）、梁同书（山舟）、洪亮吉（北江）等。李寅熙的朋友多数科场得意，其中同乡汪如洋连中三元，钱楷中会元和传胪；但他本人却终身不第，乾隆五十四年因病忧郁卒于北京。其一生诗作甚丰，可是早期作品大多失散，仅存的诗稿由其四弟李文熙（字坤五，号介盦）于嘉庆十九年（1814）结为《秋门草堂诗钞》（含《小盘谷焚余集》《安雅居萍泛集》《意舫劳歌集》《品药山馆呻吟集》四卷），吴锡麒（谷人）、查莹（映山）、张问陶（船山）为之作序，郭麐（祥伯）等诸名士题诗。他的诗作被选入《两浙輶轩录》（卷三一）、《晚清簃诗汇》（卷九九）、《续携李诗系》（卷三二）等，并被《灵芬馆诗话》（郭麐著）等书介绍。李寅熙曾祖父李玉傅（号扬曾），曾祖母吴氏；祖父李漉（号虞樽），祖母崔氏，继祖母孙氏；父李南棠（号兰陔），母聂氏；妻罗氏，先卒，遗二女皆早夭。以三弟敬亭子甄为嗣，甄亦夭；继以四弟文熙次子瓛为嗣。

秋门草堂诗钞
序一

曩官京师与云墅修撰对门居，得交其友。李君秋门，卫玠神清，沈约腰瘦，秋真在骨，弱不胜衣。及其摘叶镌词，当花琢句，则又若道衡之蹋壁，长吉之呕心，有触于中，恒不能已。倘使思能伐性，吾甚忧其不复永年矣。后余请假南返，玉鲤书杳，金乌羽驰及还朝。

而君已病甚。然而缠绵药裹，料理诗囊，二者交营，一时莫释。踏云骥老，尚留敲骨之声；食字蟫枯，犹带游仙之气。今所存诗若干卷，犹病时所手辑也。相距十年，与其弟介盦遇于邗上，始持以乞余序之。红杏之名，已占于小宋；春草之句，转收之阿连。展诵遗编，怆怀旧雨，痛何如哉！其诗清而不佻，丽而有骨。结姿于山水，则灵气与通；敦好于昆朋，则天情自洽。虽或边幅稍狭，骨骼未张，而要之徐呼中宫，含笑滕理，戛然独造，铿尔自鸣。使之人承明，襄著作，何尝不可上追沈宋，远俪常扬？而乃结桂末，由生桑已兆。残灯黯黯，殉以吟身；青衫萧萧，敛此旅魄。是盖禀质有强弱之异，处境有菀枯之分。秉牍驱龄，劳生铄骨，理固然乎！然而云墅以魁梧奇伟之姿，膺清华贵令之选。英荡出使，玉尺量才。宜乎翔步从容，履綦泰定；乃急景飙及，逝波箭流。亦复萎盛中年，收荣半道。是又何故？或者蓉城易主，蓬岛留宾。海上已筑仙龛，天上亦须官府耶！不可知已。云墅诗，业经成邸刊行。今《秋门集》，其弟又将梓以传世。彭殇一致，原无憾于短生；朱（竹垞）、李（秋锦）百年，赖续传于长水。余为之悲，又为之幸云。嘉庆辛酉冬十月既望。

钱塘吴锡麒撰

序 二

曩余姨甥樵李汪修撰云壑通籍后，与余同官中朝，朝夕过从。手一编示余，则邑中诗人李君秋门之诗也。余受而读之。其气清而腴，其格严而浑。其才博大豪逸，而归于深稳，心仪之，未识其面也。嗣君来应京兆试，馆于云壑邸寓，遂得见之。其为人也，蔼然粹然如其诗。叩其学，渊然以深，不专以诗鸣其家者也。而诗亦日益工。其应南巡召试诸作尤闳丽博衍。余谓以君之年而所造若是，其进盖未可量。樵李为吾乡人文之薮。竹垞、秋锦诸先生后人才辈出，继之者，其在君乎？用是益心识之。既而君病瘤，治之已愈。旋以闻母太夫人讣，一恸而溃，遂以不起。初君常自署称赘瘤生，卒以此疾致殂。机兆之萌，信不诬耶。今年春，其弟介盦缄君所为诗，并状君行事。介余甥项子友花请序于余。余读而哀之。夫以君之才，使得登金马，上玉堂，读兰台东观之书，献长杨上林之赋，则班扬崔蔡俦也。否则孤剑从军，五陵结客，西踏峨眉之雪，北探星宿之源，读万卷书，益以行万里路，其所成就必更大有可观。乃穷不得志以死。死之日箧衍零落，仅病中所手录者存，即今卷中诸作是也。呜呼！是可哀已。抑余更有感焉。君少与云壑及胡江林、吴少陉、施悝渠、钱漆林昆季为文字交。结社里中，群推为祭酒，而余之识君于都下也因云壑。君以寥落不遇死，而云壑领袖词林，翔步木天，为吾乡后起之秀。宜其葆神储精，富贵寿考矣。乃旋自滇南学使，亦甫及中年而卒。今其遗诗虽成邸为之付梓，而文人命薄，亦可叹已。木叶如尘，老怀怅触。读君诗，益哀我云壑不置也。嘉庆壬戌秋日。

海昌查莹序

序 三

　　文人学士积平生辛苦之力，以有志于著述。莫不欲传之无穷，以自表见于后世。然卒有传有不传。何者？无人焉以继之。烟云灭没，其不可考者，正不少也。李君秋门为浙西名士，少与云墅、裴山诸公相周旋。提倡风雅，跌宕文史。其学蒸蒸日进。偶尔吟咏，尤自矜重。既而游京华，屡不得志于有司。卒困顿以没，何其穷也。夫百年易尽，身之不存，名于何有？君于病革时，殷勤执弟手，谆谆以诗稿为嘱。且曰：诚得一二知己，弁冕数言，死且无恨。抑何其言之悲耶！然其诗自丙申以前散失，已十不存一。今集存若干卷，仅为病中所手录。清而不佻，丽而有骨，诚如谷人祭酒所云。季弟介盦能梓而传之，夫亦可以无憾也矣，又况其诗之果可传耶。嘉庆癸亥春正月。

遂宁张问陶撰

题 辞

汾阳　**韩克均** 芸舫

小谪尘寰四十春，玉皇香案说前因。知君自有凌云笔，不是人间烟火身。

早岁才名溯饮香，中年身世黯神伤。摄人沉鬼何相迫，欲起巫咸叫帝阍①。

论交乡国尽知名，十载京华仗友生。今日遗编留弁语，延陵祭酒最关情②。

铅椠丹黄取次收，风流文采足千秋。佳篇只恐读易尽，携向沧江明月舟③。

---

① 原注：《暌车志》忧来伤人，沉鬼摄之。
② 谓吴谷人祭酒。
③ 介盦示君诗稿，予携之过江，为舟中清课。

####　嘉兴　**曹言纯** 古香

黑貂裘敝，溯抗尘十载。生前骚屑。收得芳华才子号，饱了长安风雪。爆竹声头，落梅调里，惊短萧萧发。锦囊犹在，旅怀如把愁说。　且问斗酒乌靴，行歌去后，此席何人夺？季虎词场方跋扈，官阁扬州明月。千古文章，一家坛坫，兄弟难分别。异时华萼，彩编看取重叠。①

####　嘉兴　**徐世钢** 钝庵

古锦囊封三百篇，只今昌谷剩遗编。身经人海才名老，诗到穷愁格律圆。
几辈故交归地下②，廿年乡梦话灯前。彩毫落尽难题笔，更共西风叹逝川。

####　吴江　**郭麐** 频伽

想见吟情苦，京华旅食偏。名从身后得，诗可箧中传。
翡翠兰苕月，离骚廿五弦。功名定何物，恅愺送华年。

穷达原由命，沉埋岂足哀。居然能此事，何不老其才。
谢梦犹生草③，江花已落梅④。因君还感旧，却棹酒船回。

####　呈贡　**李维新** 芑泉

有才粤无命，兹恨同古今。京华十二载，谁荐舜殿琴。
凄凄旅壁静，卒此呻与吟。远念越中水，照君生死心。
翩翩鹤鸾侣，阮峻嵇复清。共有出尘表，安论穷达名。
阶蓂山紫芝，俱禀瑞气生。秘衍诗千首，永存真性情。

####　秀水　**汪如澜** 晓堤

秋门先生馆先兄云壑寓时，病瘤抑郁以没。岁癸酉，余偕令弟介盦五兄自长安归里。今年延为儿授句读。昕夕聚首，出示秋门遗稿。读数过，淡远清丽中独

---

① 该词为【念奴娇】百字体。
② 谓集中胡江林、王秋塍、汪云壑、吴少陉诸君。
③ 原注：谓令弟介盦。
④ 原注：谓其师曹种梅学博。

饶风骨，诚如吴谷人祭酒所称者。因怂恿付梓，并制题词三绝以志感。

　　造物由来最忌才，如君身世剧堪哀。名山纵有千年业，可奈修文特召回。

　　怀抱频年郁不开，羁踪志未遂兰陔。遗编检点伤心句，定省空凭梦去来。

　　苔岑谊只阿兄推，华屋山仰首重回。今日池塘传好句，各伤花萼早霜摧。①

---

①　原注：谓先兄云壑。

卷一 小盘谷焚余集

（古今体诗九十六首）

早春庭前江梅盛放，柬吴少陉，即次探梅韵

连雨溪上阴，茅茨坐岑寂。快晴天便佳，春气满风笛。
照眼花事繁，初阳明的烁。近水篱周遮，采香蜂竞觅。
君家望衡居，吟苦常蹋壁。昨寄五字诗，冷境恍亲历。
巡檐久延伫，索笑冀来觌。腊酿且共倾，园蔬试小摘。
醉卧月落时，残梦听漏滴。

读笛渔小稿

幽恨应难遣，闲情付冥搜。一生常作客，五字最工愁。
贫贱谁青眼，诗书未白头。重怜云舍远，陟岵怨淹留。

雨后泛舟南湖登烟雨楼二首

云天新霁后，舟楫晚风前。菱叶分湖路，荷花净渚烟。
断桥千尺水，高柳一声蝉。渐觉中流近，楼台夕照边。

凭眺一开襟，苍茫积水深。风来千顷白，日落半湖阴。
远树维舟小，疏钟隔浦沉。昔贤游赏地，词赋总南金。

俞荪圃见示送春诗率成二绝句

闲情怅触每难裁，愁绝江郎赋别才。我正留春苦无计，却教多事送春回。

到眼韶光一掷梭，雨花风絮奈愁何。知君刻意伤春处，应较樊川恨更多。

拟占杂咏六首

夕霁夏气清，长林绿如扫。灰烬逝不居，蝉鸣觉秋早。

顾我积百忧，感时恶怀抱。朱火消南离，清商薄西皞。
凉燠相代谢，繁华终枯槁。百年会有期，荣名庶可保。

不必经广洋，平川多覆舟。不必遇仇敌，晏笑怀戈矛。
我生有定分，世事良悠悠。言从海上翁，忘机狎轻鸥。

得亦不复喜，失亦不复愁。人生无百岁，何用常怀忧。
高坟北邙坂，赐葬皆王侯。荒草覆一抔，生前列八驺。
名字终灭没，富贵焉可留。何如养吾素，知足绝外求。
欣戚了无与，卒岁常悠悠。

萑兰中庭树，密叶森成阴。好鸟鸣其间，婉转扬清音。
流目有余玩，瑟居多苦心。若人美无度，缔交拟苔岑。
本谓卒欢好，奈何阻重深。抚琴不成奏，弦绝思难任。

被褐为贱士，名不出一乡。抗心希古人，志气殊激昂。
功名可立致，当世仰令望。光阴忽荏苒，宝器终蕴藏。
抱璞羞自献，刖足应见伤。永愿垂嘉惠，特达拟珪璋。

黄鹄振六翮，霄汉忽遒上。丈夫志四方，弧矢当壮往。
盛年处帷房，闻见何由广。云海荡心胸，山川发奇赏。
渺然万里游，振衣结遐想。

中秋无月

天涯同此夕，而我独愁心。于此兴不浅，那堪云作阴。
凉轩华烛短，暗露草虫吟。一曲霜娥怨，相看夜已深。

冬夜不寐

枕边反侧奈愁何，瑟瑟窗风纸上过。五点远更寒梦觉，一钩残月晓星多。
可怜布被不成暖，好是孤眠得寤歌。起向薰炉拨余烬，烧灯题罢手频呵。

雪中得朱涣如吴兴书

饭罢摊书坐，寒还拥鼻吟。重阴帘额晦，密雪桂丛深。
短札贫交意，离居岁暮心。岘山樽酒在，何日共登临。

岁暮雨雪柬陈黼交

漠漠云常合，阴阴望不分。树高风作力，野旷雪无痕。
寂寞人孤坐，薯腾酒半醺。吟边梅信早，索笑忆夫君。

题画六首

支硎①探梅

腊破香初递，枝封雪未消。朝来春有信，策杖虎山桥。

夏山看雨

高阁满天风，平林照残日。前山飞雨过，忽露一峰出。

鸳湖泛舟

春水荡兰桡，春风涨暮潮。蒙蒙烟雨里，遥指绿杨桥。

天台纪梦

瀑水穿云根，石梁架天半。何年果幽寻，永使尘梦断。

秋林清话

秋风落叶深，夕照亭西路。穿林逢故人，一笑话幽晤。

河干脱暑

幽人消暑处，地僻无行车。竹梧阴绕屋，荷芰水周庐。

---

① 支硎：又作枝坑，即树下。

尝新茶和钟海六韵

晋人嗜酒畏水厄，醉乡拍浮百不如。江南桑苎始著录，独醒一扫积习除。
坡翁涪翁复癖好，斗辞咳吐生玑珠。春山雪消美风日，草芽粟粒皆精腴。
钟君好奇学煎水，至味淡泊疑几遽。落花无言自禅悦，松风满院催诗逋。
乃知茗事今较胜，蒸捣不拾前人余。龙团凤饼亦何取，膏油首面徒区区。
我生嗜茶不嗜酒，如虫习蓼翻甘荼。相期远汲谷廉水，不须运舫石鱼湖①。

春日闲居柬鲍卓夫

三月今欲尽，闭门空尔为。野花飞作雪，小雨散如丝。
行药绿阴静，摊书白昼迟。幽期君许共，同赋惜春辞。

题曹种梅师秋林觅句图

五字陶彭泽，山心向子平。昔贤成雅尚，夫子寄幽情。
一径疏林静，千峰夕照横。吟看寒色暝，落叶起秋声。
地僻红尘远，林深白日寒。娑拖成独往，潇洒即吟坛。
爽气看山翠，清音落涧湍。何当随杖履，点笔到层栏。

玉兰花有感

积雪镂冰那便成，临风相对不胜情。心惊旧馆花空发，肠断新阡草又生。
素笔诗成应赋恨，玉盂泪尽只吞声。瑶台驾鹤何年返，忍看琼枝照眼明。

雨中遣兴

真成十日雨，翻觉一身闲。苔径客来少，蓬门昼上关。
蛙声常聒耳，云色不离山。溪上朝来看，平堤没几湾。

荷叶

唱断莲歌晚独归，绿云深处水平矶。一灯凉雨鸣秋舫，廿载烟波感故衣。
浅渚半随苹叶老，横江惟见鹭鸶飞。莫愁绮思多消尽，好借连筒对影挥。

---

① 疑即石湖。相传乃范蠡入五湖之口。

不寐

不寐知宵永，疏灯照独愁。四更山月吐，一室草虫幽。
涕泪空多感，饥寒愧自谋。劳形常万虑，宁独为悲秋。

病后闲居

方丈维摩室，悲秋憔悴颜。檐声风扫竹，帘影日沉山。
药物供多病，生涯苦食艰。萧然三径里，未暮掩柴关。

半逻

宛转回塘一水横，推篷重此系诗情。垂杨两岸经霜尽，想像春来满树莺。

早秋同少陉郊行憩社庵题壁

郊扉堪徙乐，步屦偶经行。野径随林转，溪桥度水横。
秋风吹日夕，疏雨乱阴晴。未碍寻幽兴，新凉拂袂生。

旧识招提境，今来解夏时。闲门秋草绿，清磬夕阳迟。
慧业惭灵运，迷方叩道师。徘徊贪佛日，矮壁漫题诗。

秋日泛舟过种粟庵看桂，同胡江林作

连阴愁卧同眠蚕，快晴几日天蔚蓝。秋风动桂桂香发，朝来鼻观蒸醲馣。
一枝近岁传胜赏，精庐不远南湖南。故人佳约竟须践，轻舠并载同幽探。
马塘径转湖路窄，菱丝荇蔓浮毵毵。小桥欲穿篷背碍，捷径可取舟人谙。
平田百顷展方罫，疏篱六枳围圆庵。入门一笑迎老衲，恍若无隐来禅参。
开轩共对窅窓影，团蒲久憩同清谭。庵名种粟旧何取，金粟却傍如来龛。
惜乎尚少百弓地，树下小径开三三。夷条直畅大展布，林香仿佛开优昙。
剪裁层级亦安用①，枝柯矲矮阴参罩。矫揉强半坏人事，树应对我深怀惭。
空山独立亦何碍，世俗培植宁所贪。我愿此树自爱惜，刚阳本性仍中含。
诗成抚树三太息，明年相约荷酒担。一杯与树浇垒块，归舟落日拚沉酣。

---

① 原注：树高丈余，枝叶分五层，士人谓之本樨塔。

雨窗夜坐

檐角晚风峭,虚窗客思清。孤灯涵夜色,一雨尽春声。
坐惜梅花落,遥怜芳草生。踏青期已近,天意莫悭晴。

将入都示诸弟

始知兄弟分离苦,杜老当年语最真。汝向艰难增阅历,我因衣食走风尘。
韦弦到处师前事,鹅鸭休教恼比邻。二顷何时求负郭,循陔常得奉慈亲。

留别同学诸子

潦倒谋生计本迂,已拼臣朔笑侏儒。一身负米怜游子,卅载雕虫愧壮夫。
旧雨何年共鸡黍,秋风有梦到莼鲈。金台他日劳追忆,芳讯梅花寄远无。

回首情亲历岁更,云龙相逐剧纵横。佣书自笑同班固,怀刺还应愧祢衡。
云舍经时劳远望,蒯缑一剑感平生。倦游预想休都骑,诗酒相期续旧盟。

过丹阳

高岸青浮麦浪齐,小车伊轧碾春泥。东风十里丹阳路,遥见船头塔影低。

丹阳道中寄怀少陉

打篷连日雨,水驿屡停桡。赤岸高于屋,黄流暴涨潮。
愁随芳草积,目断暮云遥。想像怀人句,孤吟破寂寥①。

镇江守风用皇甫冉万岁楼韵

临江击楫思何依,北望瓜州远树微。五两难逢风力健,三春初见柳绵飞。
销愁酒劝深杯釂,怀古诗惭好句稀。未暇登临重回首,四山一碧瓮城围。

丹徒郭外游姚氏松筠山庄

水宿淹三旬,晨兴旅愁积。登崖展游眺,园林近咫尺。

---

① 原注:地产香草。

偶乘王猷兴，讵蜡阮孚屐。清樾一径深，疏篱六枳隔。
入门村童迎，茗椀解延客。是时新雨余，淑景正清适。
露井桃已残，风栏叶初坼。清池无潜鳞，嘉树有倦翮。
招隐谐夙心，去乡叹于役。卜筑期何年，开径望三益。

渡扬子江

衔尾千艘停北固，日日西风不得渡。片帆乍转东南风，倏忽破浪如乘空。
远岸遥看树如荠，无数青山落眼底。中流歌啸凌风涛，平生跋涉随所遭。
钟声何处江心寺，楼台压空影倒水。名泉第一传中泠，煎茶试汲双铜瓶。
明朝好景应堪数，落花时节扬州路。

夜过扬州

蒲帆十幅送行舟，指点平山付后游。胜有篷窗二分月，照人今夜过扬州。

春尽日界首道中有感

九十春光尽眼前，客边怅触更凄然。羁怀前路方千里，感逝明朝又一年①。
夹岸杨多花似雪，稽天浸远水如烟。家园樱笋寻常设，萧瑟行厨转自怜。

鲍叔牙墓下作

当年感激同生我，知己如君自古难。今日却怜孤贱士，蹇驴千里赴长安。

夏日和东坡尖义韵雪诗，同汪吉石作

火云长日闪阳鸦，忽枉清词胜雪车。解道避炎宜冷眼，未妨执热等空花。
异时一榻高袁卧，好事双鬟话党家。记否江乡蓑笠在，短篷曾问路三叉。

寒深九陌净枯纤，想像燕台朔气严。衣褐拥来同束水，虎狮堆就肖形盐。
寻诗有兴人驮蹇，索笑无梅月挂檐。那及西山春好日，青鞋狂踏碧尖尖。

---

① 原注：余于去年此日悼亡。

送少陉南旋

我留君去各凄然，角逐云龙已八年。作客愁无春草句，还乡稳放潞沙船。
离颜后夜悬梁月，家宴开时正菊筵。犹有心期千里共，凉宵休忘话蝉联①。

送汪云壑南旋，即次友人韵

片帆一叶逐南鸿，旅况今来遣孰同。食砚生涯鱼豕字②，还乡心绪马牛风。
家筵佐酒柑三寸，水驿浮舟月两弓。羡尔潘舆归御好，天涯游子独飘蓬。

怀抱悲秋意正伤，哪堪祖席又离堂。得归讵厌尘沙苦，小别输尝稻蟹香。
到及江南梅点白，重来通潞柳舒黄。分明后约无多远，执手临岐自慨慷。

次答少陉见寄韵

千里穷交意倍亲，南鱼珍重尺书频。莺花胜地供愁眼③，桂玉乡心送好春。
独客每思同作客，依人真觉不如人。他年白社逢威辈，缯絮相看未染尘。

又见榴英炙眼然，催人炎序剧堪怜。春明惜别时偏驶，东郭淹留履易穿。
戢影暂同鹏息翼，追风宁让驽先鞭。却惭作嫁忙何益，枉自丰年望石田。

云壑至京夜话。用蹉跎韵兼柬王芗南、施惺渠

春明旅食计蹉跎，匝岁流年一掷梭。今雨不来知己少，故人相见话愁多。
激昂顿发吟诗兴，阅历难驱世虑魔。辜负江村销夏好，四围修竹翳藤萝。

举似君诗未有名④，君家佳句咏秋清⑤。词坛已许交绥见，酒户还嫌百罚轻。
斫地歌成拔剑舞⑥，射熊赋就大弨檠⑦。独惭怯敌常奔北，一出偏师已受盟。

---

① 原注：余与少陉有旅中夜话诗。
② 原注：时方校雠官书。
③ 原注：少陉方谋墓穴。
④ 原注：君以近作见示。
⑤ 原注：一帘疏雨作秋清浮溪句。
⑥ 原注：芗南。
⑦ 原注：惺渠。

论诗再叠前韵

嬉春结夏总蹉跎，到眼重流织女梭①。客里光阴论价钱，吟边心绪畏人多。
金沙混杂终非宝，色相皆空亦是魔。想得中天明月照，下方几许隔藤萝。

跌荡怜君早啖名，饥驱嬴说在山清。医逢病俗真难疗，句可如官讵易轻。
已忍淹留类冯铗，肯教穷达负韩檠。百年潜采诗坛寂，凭仗珠盘再举盟。

和云墼感旧诗三叠前韵

江湖载酒竟蹉跎，旧事回肠似转梭。楚梦几曾朝暮准，星期容易角张多。
忏除口业消诗债，取次花丛炼欲魔。十载衣香兼泪点，年来幻境付檀萝。

犹记狂因醉得名，簟纹炉润总余清。多情替话眉愁重，有约潜听屐响轻。
往事风怀人堕月，者回旅梦烛残檠。江南是处生红豆，计日应幸隔岁盟。

七夕寄诸弟

京华逢七夕，如昨一年过。转觉星期驶，回怜别日多。
故园仍令节，深夜看长河。想得团圞话，离愁奈我何。

雨夜怀乡

如豆油灯影透帷，听残檐雨睡成迟。无多凉意秋先到，尔许乡心梦独知。
几曲篱笆垂豆角，半湖烟水漾菱丝。侬家万里桥西景②，不是莼鲈尽系思。

旅感次韵

乡心两载北堂前，著破征衫每怆然。生计只如曷旦鸟，功名真似逆风船。
空嗟负米游千里，枉自仇书手一编。无限羁怀谁与语，起看雕鹗没寒天。

柬艻南

昨见庭槐荣，今见庭槐落。荣落亦何常，客居感今昨。

---

① 原注：去年七夕同云墼赋禁体诗。
② 原注：余家近万里堰桥。

自我离故乡，月改廿晦魄。长安居不易，生计仍落拓。
顾余謇拙性，于世懒酬酢。空嗟走魏兔，犹未荐祢鹗。
所恨负米难，寸心日惭怍。忍使垂白亲，长年饱藜藿。
壮也不如人，真令怀抱恶。犹幸同岑人，晨夕慰寂寞。
襟期绝芥蒂，词义丽金鐕。萧辰正无事，酒钱况可籍。
紫蟹团膏脐，黄菊缀金萼。一洗羁怀胸，醉倒任嘲谑。

除夕偶成

泼散筵头夜漏徐，一灯吴语其侬渠。年糕腊肉乡风好，再向京华过岁除。
三年有梦泣牛衣，此夕重教感式微。见说曰归归也得，已无人断乐羊机。
遥怜兄弟饱艰虞，卒岁生涯定有无。料得蓬门添剥啄，夜深灯火索邻逋。
世情渐向推排熟，旅况其如落拓何。每到吟成翻作恶，一杯好为酹诗魔。

元日

新年坐惜故年遒，帝里春光到眼殊。昨夜条风飞玉戏，满城爆竹响金姑。
贺正投刺心偏懒，令节思亲感不无。强酌屠苏难尽醉，辛盘其奈客中厨。

咏火判

揶揄宁免路傍羞，转背翻成厝火忧。烂额焦头果何益，尔曹原不为身谋。
赫尔炎威能炙手，蠢然体貌具粗官。纵教此日因人热，只作冰山一例看。

法源寺花下作

茶烟禅榻自沉吟，十载春游有梦寻。只恐明朝风又起，便须了当看花心。

云壑南宫捷首奉柬

排风毛质竟高雯，短翼频年不及群。作客生涯同白社，故人标格迥青云。
槐花满地惟温卷，国士登坛果张军。羡尔焰天才不世，雕虫似我砚须焚。

柬吴澹庵兼寄少陉

尺三汗脚踏长安,居易谁知桂玉难。挟策经年勤夏课,高才无路上春关。
频邀旅话乡愁减,饱阅人情眼界宽。苦忆论文贤季重,还凭七字劝加餐。

七夕

多情只合让神仙,鹤驾龙骖岂偶然。泪眼再枯仍客里,佳期重数总愁边。
疑云梦雨他生恨,露叶风灯此夕筵。一种痴怀谁乞与,银潢无路可通笺。

九日散步城南登黑窑厂归途感赋

纵自偏宜步屦便,萧辰景物正凄然。凉阴接帽槐垂角,淡白挦衣荻吐绵。
一篑登临天尺五,重阳时节客三年。秀才康了何堪又,云舍还应望眼穿。

王秋塍入都过寓中话旧

保社回怜意气雄,壮游讵肯哭途穷。相逢燕市尘容改,恍忆绳床夜话同①。
客久痛违难鸡约②,乖逢同值斗牛宫。我侪遇合原关数,学画修眉恐未工。

次韵奉答芗南九日登瀛城南楼见寄四首

经年同作客,弹铗孟尝鱼。以尔飞扬兴,翻令寂寞居。
尺书劳远望,旅况记欢余。想像登楼赋,凭高一跂予。

天涯当此日,我亦动乡心。平野莽寥落,荒台豁眺临③。
空悬倚闾眼,忍听捣衣砧④。憔悴黄花影,羞将蒜发簪。

抑塞君应甚,佯狂笑此生。逃名成白社,避地总愁城。
沧酒浮杯兴,瀛台览古情。为言休毰毸⑤,人世倘来轻。

---

① 原注:葭露山房夜集,分韵赋诗,已七年矣。
② 原注:谓张霭林。
③ 原注:九日偕友人登黑窑厂。
④ 原注:余悼亡已四年矣。
⑤ 毰毸:即毛躁。

把君诗过日，欲赋手频叉。旅思浩于水，云阴冷不花①。
寒窗仍聚梗，醉笔漫涂鸦。已分输官样，从渠擅作家②。

旅兴寄种梅师

潦倒深知作客难，生涯真似钓鲇竿。久辞江国鸡豚社，来对京华苜蓿盘。
席帽已拼乡里笑，近诗频寄故人看。却思绕屋梅花径，不到三年指一弹。

与惺渠叠前韵

未须惆怅食梅酸，话到窗销日半竿。纵饮酦钱谁主客，清游踏雪想田盘。
诗中事业麒麟许，局外逢场傀儡看。坎止流行应最得，玉休泣献雀珠弹。

寄介盦弟三叠前韵

尺书欲寄话情难，嬉戏仍闻舞蔗竿。闽峤云深无雁到③，蓟门天阔见雕盘。
慈颜要得循陔乐，手泽频将蠹简看。汝已成童宜自立，十年家运泪堪弹。

雪中四叠前韵柬云壑

冷压重衾卧亦难，空江昨梦见鱼竿。点来枯叶声初细，舞到回风影欲盘。
日给猪肝年又尽，吟成羊肾句谁看。地炉好约消寒会，故纸痴蝇莫漫弹。

岁暮怀乡杂感十首④

寂寞当年赋小园，蛋湖西畔水云村。寒藤枯树昏鸦集，剥啄应无客到门。

消寒拼尽酒双瓶，梦得巡檐向小庭。一树黄梅开最好，疏花和月影窗棂。

浅土停棺一泫然⑤，何时砻石表新阡。惊心此日逢家忌⑥，风木悲深十二年。

---

① 原注：时有雪意。
② 原注：时邀惺渠、云壑同作。
③ 原注：时敬亭弟客福建。
④ 当为十一首。
⑤ 原注：时书来方谋窆夯之事。
⑥ 原注：腊八日为先君讳日。

远信浮沉定倚间，故园弟妹话相于。家筵献寿经年隔，转眼屠苏岁又除。

风雪寒凝逼岁除，嫁衣典尽尚轩渠。竹炉屡拨寒灰坐，伴我篝灯夜读书①。

一灯深夜每翻书，插架犹存手泽余。说与阿伦须料理②，莫令故纸饱蟫鱼。

襟怀与俗殊冰炭，问字论诗许扣关。想得梅花香雪里，卧游终日对名山。

燕市追欢两换春，板舆佳日奉安仁③。相思不见伴狂李，流落应怜旧酒人。

泪洒慈乌返哺群，轻舟疾下潞河濆。读书本不关穷达，古意相期独有君④。

我似寒号得且过，凤皇毛羽竟如何。训蒙只当村夫子，平丈何妨任口讹。

駉駉乡心不自聊，茶铛声静火炉销。他时吃果摊书坐，重与家人话此宵。

送穷日作

我与穷交久，穷偏恋我深。艰难贪奇著，岁月已侵寻。

此地人为海，传闻穴有金。车船恣所往，割席自兹今。

卷二　安雅居萍泛集
（古今体诗九十首）

正月十三夜醉后戏柬云壑

玉山倾坐意薏腾，街鼓频挝睡未能。霄汉又悬元夜月，楼台初试米家灯。

不妨起舞狂犹昔，更觉清游兴可乘。消息青鸾频借问，烛花深隐绣帘层。

---

① 原注：此亡室数年来实景也。
② 原注：介盦弟小字阿伦。
③ 原注：少陉于戊戌秋回里。
④ 原注：谓澹庵也。

少陉以上元梅花灯词寄示，酒边记忆如数奉酬，成上元即事诗七首

华灯银烛减宵寒，更爱天街月似盘。欲压乡心全倚酒，几回元夜客中看。
写生底用倩熙昌①，百种唐花出暖房。只算江乡春事早，此时桃李未成行。
白苎吴衫冰雪凝，娑盘妙舞赏春灯②。碧梧翠竹缠头句③，判断仙凡隔几层。

纵饮都忘算酒巡，连宵杯斝满浮春。惊雷打遍重宣令，第一须翻旧谱新④。
少年绮语向谁夸，剩有闲情惜岁华。尽把微词嘲宋玉，苦吟消得是评花⑤。
也复纱绷更纸湖，买悬庭院胜冰壶⑥。相将照取还乡梦，画舫笙歌夜满湖⑦。
云蓝到手费吟思，欲说归期后面迟。预想春宵然烛坐，两家方便互删诗⑧。

次韵答少陉见寄之作

廿四番风吹百五，烂漫江南春可数。草堂人日梅花前，宾坐年年落谭麈。
就中交道谁最亲，少陉吴君情独真。新诗耻拾牙后慧，世事笑比风中尘。
底用虚名在人口，适意当前一杯酒。乖逢或有轰雷碑，奇遇难期漂絮手。
嗟余索米长安居，青袍霜叶仍如初。几见明珠诧鱼目，真成嚼蜡等鸡苏。
知君意气青云上，息影蓬庐定惆怅。宝剑终腾烛汉光，名驹合擅空群望。
壮夫何事尚雕虫，飘泊天涯叹转蓬。云蓝忽枉故人寄，字字清响流哀鸿。
回思往岁春明别，失意相看共鸣咽。便门衰柳数行垂，当日分襟几心折。
素衣三载汗尘沙，长铗羞弹步当车。胸中垒块向谁道，破涕一笑成喧哗。
柴门老树红鸦舅，远道曾怀岁寒友⑨。静掩风窗对夜灯，客怀此际君知否。
云舍迢遥路几千，春晖爱日又经年。板舆羡杀花闲御，何日归来潞水船。

---

① 原注：徐熙赵昌。
② 原注：元夜观舞西施剧。
③ 原注：碧梧翠竹云塈，赠歌者徐郎句也。
④ 原注：连日袭饮，辄至沉顿。
⑤ 原注：试灯夜有戏柬云塈句。
⑥ 原注：菜市元夜唱卖灯最闹。
⑦ 原注：南湖元夜有灯船出游。
⑧ 原注：少陉来诗以数字商定故云。
⑨ 原注：去冬有寄怀少陉诗。

花朝日雪和钱裴山韵

频年客京華，冷眼看纷华。生意①等枯树，枝叶无增加。
时时作吟课，得句矜天葩。吾党二三子，共赏毫端花。②
朝来苦飞雪，密室重帘遮。窗寒火炙砚，巷静泥没车。
良辰坐岑寂，咫尺同幽遐。诗邮忽相督，近自钱郎家。
发函一过诵，艳若暾朝霞。君才正年少，顾我堪叹嗟。
满城尚高髻，独作鬖髿丫。繁弦竞悦耳，献技无琵琶。
男儿姓名贱，妄意笼碧纱。鼠肝与虫臂，到眼徒相夸。
不如燕市酒，烂醉为生涯。嬉春及晴日，结伴还喧哗。
言寻古藤屋，缓步斜街斜。

立夏

杏子蒲芽笑此筵，故园樱笋自年年。一春客况浑无赖，说着春归又惘然。

初夏寄种梅师

修门何日唱刀环，真作南湖一舸还。梦想笋肥应胜肉，愁看槐绿又如山。
箧中敝帚金空享，衣上缁尘泪欲斑。为有故人青眼在，羞将憔悴说离颜。

出都赴陵县寄少陉

藏身人海四年久，漫复饥驱百感侵。午夜关河慈母梦，长途冰雪倦游心。
镜中潘鬓随时改，膝上陈琴寄恨深。不是京华知己少，菲才谁肯重南金。

天津关晓发

侵晓眠难稳，频呼倦仆应。严程凭马力，残月见衣棱。
关近更催鼓，桥浮板滑冰。道傍卖浆者，灯火已宵兴。

---

① 生意：生机。农历二月十五为百花生日。
② 原注：谓惺渠云壑。

东光道中有感

倦马河堤永,荒城旅店稀。回风吹积雪,落日上征衣。
转悔谋生拙,还怜旧业非。北堂春可乐,归去掩柴扉。

沧州道中

津门东下路,两驿到沧州。地卤田都白,城荒树欲秋。
苏裘看尽敝,冯铗念归休。便醉麻姑酒,难销此夕愁①。

陵县除夕 邑古平原也

春逼年先至,愁难岁共除。处囊毛遂颖,乞米鲁公书。
迹未穷途扫,谋真食客疏。今宵思弟妹,碌碌定怜予。

正月二十日出郊口号

落镫风过骤暖妍,漠漠轻阴不湿烟。浑似江南春已半,弄晴作雨杏花天。

郊行见杏花用元遗山韵

一角青旗望眼凝,又分春色到柴荆。烘来薄日红逾浅,开向轻阴雨易成。
愁里渐谙中酒味,耳边闻唤卖花声。牵怀大似遗山老,撩拨闲吟意未平。

泼泼东风漠漠尘,闹红憨态倚墙新。一枝仿佛香林见,五载飘零故国春。
紫燕定巢非旧识,冷饧相饷逼佳辰。今宵商略斜檐月,秾李疏梅讵昵人②。

过平原吊毛遂

一语能令两国盟,笑他碌碌竟何成。酬恩可惜非知己,齿冷归来上客名。

有感怀种梅师

打头屋底暂支床,枯坐能消白日长。作客依人真碌碌,流年逝水去堂堂。
文章讵敢轻余子,冰雪难教浣俗肠。愧我饥驱自潦倒,世间原有北窗凉。

---

① 原注:产佳酿即麻姑酒也。
② 原注:去年在京师龙泉寺看杏花。

偶成示张他山

驶雨鸣檐后，空庭洗郁蒸。窗虚全倚树，帘密尽驱蝇。
得句闲愁豁，无营睡思腾。谁言官舍下，心地似怀冰。

咏茉莉

北地罕为贵，灰州多作田①。争先开暑雨，连载自吴船。
笑靥施铅秀，花钿贴翠妍②。宵来孤梦醒，鼻观正悠然。

官舍无聊偶次壁间韵

留客茶瓜童会意，新凉风露树先知。官斋借榻浑无事，高卧南窗白日移。
杜陵贫作诸侯客，菜把曾传感激诗。口腹定知齑几瓮，老饕未肯破清规③。

题饭牛翁山水

幽人无事不出山，山中幽景常相关。偶然点笔写山水，笔端供养皆烟岚。
何年结屋清溪曲，几朵青山万松竹。中有秋声卷地来，孤吟对影清如鹄。

七夕

小院初凉夕，星期复此辰。露香花有韵，云细月生鳞。
来往填桥路，殷勤乞巧人。一般心事在，客况竟谁陈。

早秋寄怀少陉

逝矣青齐路，怀哉吴会吟。凉生连夜雨，秋入故乡心。
隐豹犹藏雾，羁禽屡择林。道南虽小宅④，何日话分襟。

---

① 原注：广州有花田。
② 原注：余最爱花蒂。
③ 原注：连日竟不能食肉。
④ 原注：时方卜居于少陉之宅南。

题画册八首

叠嶂朝霞
晓山佛头青,晓霞鱼尾赤。何年住山人,结茅面苍壁。应待丹丘招,一举矫轻翮。

平岩夕照
村墟已曛黑,落日犹前山。归心急樵牧,暝色深茅菅。幽人独无事,倚杖临柴关。

绿野耕云
屋山鹁鸠声,东原雨新足。漪漪平畴间,风苗交远绿。日暮荷锄伴,田歌自成曲。

清溪钓月
半篙足烟水,一叶无风波。延缘后渚泊,宛转前山过。沧浪可乘兴,明月今宵多。

竹屋春和
和风日骀荡,春物满柴门。南圃药苗坏,东轩鸟声繁。惜无杜陵叟,泥饮同晤言。

草亭秋色
秋风扣商声,秋气悲楚客。林皋一展眺,锦树纷丹碧。落景空亭间,徘徊此日夕。

荷风扇雨
西湖红藕花,六月烂云锦。扁舟此销夏,已胜河朔饮。输尔池馆凉,梦醒北窗枕。

梅雪沁诗

枳篱麂眼粗，茅庐蜗壳大。绕植数枝梅，夜月影交卧。
此景诗与酬，知不为花唾。

夜梦还乡醒后成二十韵

秋草生易长，秋花开又落。流年逝水如，旅食惨不乐。
夜来梦还家，幻景犹约略。吴船系篱根，吠犬噑丛薄。
入门见吾弟，觌面犹错愕。上堂拜慈亲，客久问栖托。
琐语记未终，中更杂喑噱。分明历房舍，惝恍旋失却。
醒来月照窗，入耳警宵柝。忆自离家来，五度更岁籥。
征衣绽手线，行李垂空橐。奔走燕齐郊，濡沫等鲋涸。
徒知姓名贱，饱识世味恶。敝帚我自珍，腐鼠人任攫。
男儿贵适志，何为烦六凿。荣愿非可期，到手同奕博。
安能如屏风，曲折随意作。仲蔚没蓬蒿，幼舆置邱壑。
逝将赋归去，我我悔今昨。一笑蒙庄言，何须续凫鹤。

过河间寄芗南

相思经岁阻燕关，一水天教觌面悭①。落月晓风铃铎响，又驱残梦过河间。

怀中一刺我如故，首蓿怜君客况清。同是红尘常插脚，买田何日得归耕。

五载登高望远频，秋风日夜苦思亲。凄凉更有闺中月，天壤王郎薄倖人。

姹女犹来善数钱，花花叶叶致缠绵。彩云易散情痴在，莫倚新词损壮年②。

泥钱

方圆周廓样空新，值百当千漫算缗。粪壤夺胎犹有臭，黄金同价始能神。
才归扑满终先破，久贮悭囊合化尘。障簏纷纷堪一笑，搏沙放手竟何人。

---

① 原注：仆夫以城中积潦，绕道而行，不果见访。
② 原注：芗南有赠伎彩云词甚工。

晚香玉

风姿秀出藐姑神,燕市携来价倍珍。碧玉一株翘影瘦,银花几簇泛香新。
凉棚庭院初经雨,冷布房栊净扫尘。好是半弯眉月底,鬓云簪罢见横陈。

七夕席上分赋得绿葡萄

风味真堪敌荔支,绿云几剪露盈枝。酒边动我西征兴,一曲凉州笛里思。

前月接范氏姑母讣音,今又闻陆氏妹病殁,感悼之余,诗以代哭

浪迹同萍梗,惊心迫死丧。家书连月到,骨肉两人亡。
奔走衣仍白,年华鬓欲苍。新阡何日吊,回首一沾裳。

题听松图

苍苔白石境能幽,更爱涛声万树秋。藜杖来听无不可,却教多事起层楼。

斋中闷坐柬吉石、江林、云壑、陆半帆。用订春游兼邀同作,再用元遗山杏花诗韵

文士雕虫类强名,已甘踪迹混高荆。得逢好客须轰饮,看到名花易目成。
排日愁拼贫作祟,望乡心触雁归声。投燕去鲁常行役,怀刺徒令笑正平。

漠漠连朝雨洗尘,快晴风劲嫩寒新。故乡久缺团圞会,帝里同看浩荡春。
养疴因循成小极,禁烟取次及佳辰。佩壶可有狂游兴,蝶翅蜂须渐引人。

春日钱漆林招同人游钓鱼台,中道阻雨,回集寓斋,小饮分赋

客中近喜连墙住,胜日招寻作此游。得意人争花到眼,杀风景奈雨淋头。
欲为后约愁春去,未尽豪情判饮休。忽忆故乡湖畔路,紫藤垂络笋初抽。

题柑酒听莺图

落爪霜柑破壳笃,诗情强半付春游。闭门自是君家事,莫被莺儿唤不休。

听彻清音出谷才,青林深处坐莓苔。绣天锦地春如海,厌逐筝琶取闹来。

此声写入枯桐谱,拂指如鸣绝壑风。料得科头长日坐,移情应胜七弦中。

题楼观沧海日图

蓬莱阁上宵中霁,泰岱峰巅夜半秋。输尔登楼看最好,乡关回首转添愁。

九日登陶然亭即目书感

逆旅淡无营,萧辰动游兴。言榭轮蹄喧,来访亭馆胜。
幽寻避热客,缓步取荒径。尺五城南天,邱壑相纬经。
陶然据崇基,登陟清眺听。山寒色转苍,水冷波自定。
回瞻吴会云,栏槛忘久凭。年时故乡住,重九必预订。
载酒鸳湖滨,菱蟹盘杂饤。菊香寻山根①,塔古历石磴。
经行每忘疲,归路或到暝。一从客京华,笼鸟马在泞。
依人免饥寒,失路常蹭蹬。揽鬓潘已星,探囊赵常罄。
苟得意所羞,用拙分斯称。惜此母在身,终当理行媵。

为倪韭山尊人泰庵先生九十寿

台阁盛文章,摛毫等琼玖。贵人酬应多,往往出假手。
流俗哪得知,但夸列名某。韭山甬东彦,识面岁在丑。
论诗与作画,潇洒颇自负。怀中刺磨灭,还往鲜朝右。
昨朝示新篇,狼乃及马走。为言严君老,百秩已盈九。
悬弧稻获时,闾里争上寿。欲乞介雅辞,持归侑春酒。
鲰生姓名贱,踪迹混尘垢。颂德愧不文,祝嘏讵敢后。
侧闻长生人,服食避粮糗。丹砂炼朱颜,发绿眉更秀。
翁今享遐年,仙诀谁所授。或者福有基,俾尔宜独厚。
乌头绰楔荣,伫见传众口。异日会升堂,再拜酹大斗。

秋晚同人野步过崇效寺看菊

修门六载住,客意厌轮蹄。秋色兹辰好,幽寻发兴齐。
软沙随野步,寒碧净蔬畦。指点禅关近,高林望不迷。

---

① 原注:瓶山下姚氏菊最盛。

春游曾阻雨①，篱菊此能逢。疏影瘦于我，霜容凛已冬。
茶香味禅悦，僧老适天慵。海日遗碑在，摩娑到夕曛②。

出都留别云塾

与君聚散似抟沙，燕市乡心一夕赊。西笑无成堪铸错，南归有伴且还家。
玉堂挥翰销椽烛，絮帽骑驴点鬓华。到及江南梅萼破，短篱风雪正夭斜。

少年保社共心倾，车笠依然念旧盟。半菽我难为母养，一官君喜似冰清。
推排只觉陈人赘，跌荡时看好句成。欲说年来厌尘鞅，无田哪得遂躬耕。

过白沟河

雄关侵晓风，踏冻马凌兢。林月淡消影，衣霜浓起棱。
干戈伤靖难，累系吊祥兴。呜咽白沟水，千秋一拊膺。

晏城晓行遇雪

向晚彤云合，侵晨密雪飞。风回时杂霰，寒极不沾衣。
说饼道旁语，闻鸡野外扉。鹊华前路近，粉本辨依稀。

过齐河

一舍济南近，城隅路几湾。寒流深绕郭，积土突成山。
雪影遥迷树，鸦声欲上关。道途成底事，六载未投闲。

开山客店赠饼师

小店开山道，朝尖得饼尝。春绵柔更白，茧纸薄逾光。
合向寒宵说，如闻夏陇香。渭城烦一唱，生计尔堪伤③。

---

① 原注：春日漆林邀同看花阻雨不果。
② 原注：寺有明区大相碑。
③ 原注：时久旱，面价涌贵。

济南道中晓行

格磔轮摧乱石蹊,畏途行到每提撕。崖根髡柳疑人立,马首青山似屋低。客梦心旌随簸荡,寒烟落月共凄迷。铃驮卸罢扁舟稳,屈指程犹十日稽。

济南城外车中口占

解驳残霞夕照酣,软沙随处冻泉含。穿来诘屈平冈路,面面看山到济南。

济南客舍闷坐偶成

没踝何堪拥雪泥,客窗坐尽夕阳低。频年世味尝鸡肋,长路征程厌马蹄。趵突泉香茶可试,鹊华冻滑屐难携。家诗更忆沧溟好,欲访骚坛宿草迷①。

趵突泉用赵松雪韵示半帆

琼枝玉树知有无,我来涌浪才如壶②。天瓢未信谁挹注,地脉也复分荣枯。泝流千里自王屋,滥觞一酌成明湖。君家桑苎有水癖,石鼎同烹兴不孤。

留济南两日出城赋述

去年客平原,官舍日枯坐。历下山水乡,咫尺游未果。
残冬整归装,风雪马劳瘅。中道此暂留,幽梦忽飞堕。
群峰罗绕郭,浓翠堆鬖髿。华不特秀泽,宛若覆莲朵。
试茗来趵突,侧坎跳珠颗。尚欠明湖游,理棹放单舸。
想见销夏时,云锦影淡沱。林阝冋潇洒,一一敌江左。
隔宿恋已生,改岁粮定裹。赏继北海佳,诗赓少陵可。

新泰道中怀种梅师

心急愁途远,残阳叱驭过。平冈皆戴石,积水不成河。
青眼看如昔,黄尘倦则那。巡檐有吟兴,到日共清哦。

---

① 原注:白雪楼在济南,家沧溟先生故宅地。
② 原注:向传泉高三四尺,今则高不逾尺矣。

031

车中口占
兖州猛雨杨村雪,寒暑奔驰总可哀。今日看山重洗眼,峰峰寒翠泼衣来。

过泰安
作客从人笑梗篷,看山未信是途穷。万重翠绕寒烟外,一路车行乱石中。
曲涧冻泉时饮马,断崖晴雪半因风。今宵正想天门宿,快睹扶桑跃日红。

渡河有感
晓出泰安郭,逆旅犹张灯。车箱续残梦,铃铎声想应。
严霜涂迥野,曙色遥清澄。明明大星落,稍稍朝霞升。
林疏雾幕空,山瘦石出棱。长河忽前亘,泽腹坚初凝。
吾仆寒畏涉,立马犹凌兢。村甿乐钱值,勇气何凭陵。
众力竞牵挽,赤脚踏层冰。邪许将伯助,俄顷彼岸登。
出险我所庆,灭顶尔宜惩。忘身以徇利,即事堪抚膺。

宿羊流店　晋太傅祜故里
坡陀下山路,一径曲通村。名以羊公著,风犹太古存。
负瓶翁出汲,推碾妇当门。裘带瞻遗像,荒祠落日昏。

过沂州
石碎随轮转,沙深拥辙行。乱流初渡马,落日已低城。
饼挂门间卖,鸡栖屋角鸣。琅邪余故里,犹识右军名。

宿鱼沟　已于清江买舟矣
今夜鱼沟宿,劬劳谢马蹄。残年纷雨雪,远道历燕齐。
梦入扁舟稳,诗从疥壁题。早梅江上驿,前路几枝低。

过淮安吊韩淮阴
旅食昌亭日,王孙洵可哀。亡秦一失鹿,拜将遽登台。
相祇封侯贵,人真国士才。终怜钟室祸,蹑足已先胎。

清江浦夜发

淮流轻驶送轻舟,坐拥寒衾减客愁。柁尾水声篷背月,挂帆今夜下扬州。

秦淮河中大风

向晓北风号,秦淮白浪高。新从人海至,何事狎波涛。

宿京口

江色怜清夜,无眠倚短篷。月澄波练白,风飐塔灯红。
铁瓮依山隐,金陵隔岸通。中泠泉近在,好为取连筒。

月夜江行

永路宁辞夜,遄归且趁风。潮生寒水盛,月照大江空。
鱼屋星星火,芦州阵阵鸿。试凭长笛弄,或恐动蛟宫。

过焦山

汉日焦先隐,传闻于此山。峰峦并浮玉,竹树护禅关。
归棹去何驶,仙踪杳莫攀。他年寻鹤瘗,扪手剔苔斑。

江中夜遇大风

方舟共济挂双帆,正喜明明月照窗。乍听岸头风拔木,顿闻枕畔浪翻江。
鼋鼍得意应掀舞,樯柁无端自击撞。久识路难今益信,不眠永夜寸心悚。

进孟河口　地去海四十里

竟脱鲸波险,移舟泊岸湾。归心江到海,落日树连山。
击楫豪情减,眠鸥倦客闲。布帆今好在,安稳向乡关。

毗陵道中

伊轧声中宿雾消,渡江又减两程遥。数峰山带东南碧,一线波随早晚潮。
小艇缓摇闻卖酒,高帆急卸又逢桥。舟行触目皆堪赏,未觉残年便寂寥。

至昆山访戴小米

往岁论交日，官书共校雠。来寻玉山胜，不异剡溪游。
薄宦家仍累，贫交话更稠。京华旧游在，回首总悠悠。

日暮同小米登昆山

平生几两屐，兴发及清冬。一径荒途迥，孤峰夕翠重。
冻泉深碧甃①，古佛黯金容②。有约寻题壁，何年拂藓封。

至自京师访种梅师话旧

直将荣愿付苓通，人海何妨着短蓬。阅历转从贫贱见，感怀多在笑谭中。
琴书送老清于鹄，蒲柳先秋鬓已童。差喜肩舆亲尚健，早春花下如知弓。

探梅叠前韵并求种梅师画梅

回首灵岩路未通，虎山桥畔忆推篷。人归岳色河声外，春在风欺雪虐中。
瘦影乱横枝并老，幽寻重到我非童。生绡愿乞先生画，翠羽三更月半弓。

柬少陉

饥来驱我去，急景似追捕。久别惊初见，离颜各有须。
闲居饶乐事，弹铗岂良图。为问怀人作，相思落月无。

卷三　意舫劳歌集

（古今体诗九十三首）

人日临平道中看梅花

一身人海归，六载污尘鞿。访友作近游，轻舟复造往。

---

① 原注：山顶有井深不可测。
② 原注：岩洞中有石佛四躯像设甚古。

临平湖前打兰桨,两岸浮香春盎盎。连林早见江梅开,低亚茅檐高临丈。
依山一径路块圠,背水百弓地宽广。清癯入骨谢姚冶,冷落无人翳榛莽。
忆从燕市看唐花,硃砂绿萼人竞赏。雪虐先教闭暖房,日晴才许褰罗幌。
我惜此花在村野,飘潚点涊遭群枉。安得天风飞下姑射仙,背跨青鸾携玉杖。

雪中长春道院小集,即席柬吉石

东风作力欺缊袍,雨花吹雪成鹅毛。矶头山好入粉本,折脚铛共温冻醪。
故乡团聚自可乐,此身奔走何其劳。却忆去年燕市醉,深杯浮白还烹羔。

柬沈稚春

烂银一镜湿不飞,山楼十日坐翠微。乍看积雨歇林麓,又见晓日开烟霏。
故人咫尺屦懒著,浊酒自劝杯频挥。那得联吟步湖上,梅花如雪点春衣。

吴山寓楼坐雨

作客住吴山,十日九阴雨。侵寻雪常飘,瑟缩寒转苦。
未信早春过,鸟静花未吐。开窗面西湖,南屏殊媚妩。
钟声远欲沉,林影纷可数。时见一舟移,冲烟动柔橹。
当时旧游地,仿佛皆可睹。转瞬六七年,疾若机去弩。
徒令困衣食,未免久尘土。烟霞一洗涤,胜眼发蒙瞽。
历览意所便,登涉勇可贾。最愁石头滑,有径不敢取。
放晴破天悭,高下扣岩户。折柬邀瘦狂①,典衣醉清沽。

夜雨柬少陉

檐雨响纤纤,东风晚更尖。梅残花作雪,月黑镜遮奁。
贫且羁愁豁,寒凭酒力添。能来同夜坐,剪烛韵重拈。

题种梅师春波洗砚图

力穑冀有秋,农夫获常厚。独我耕石田,四方莫糊口。

---

① 原注:谓稚春。

荡胸泰岱云，放怀燕市酒。弹铗复归来，千金存敝帚。
先生家春波，问字门屡扣。虽在阛阓间，而独远尘垢。
彝鼎得古欢，卷轴富小酉。三绝画诗书，声名不胫走。
生平饶砚癖，佳恶能立剖。青花与紫玉，拾袭等琼玖。
晴轩试隃糜，挥洒信吾手。书罢辄洗涤，肯使墨痕黝。
以意谱作图，渲染脱窠臼。明漪淡浮空，垂杨疏作绺。
中有洗砚人，掩映杂林薮。韵事亦偶然，便可传不朽。
题诗岁在辰，细雨寒食后。何处鸧鹒声，飞花入窗牖。

索戴春疆画秋门读书图

倦游苦忆住家山，尘土空惊点鬓斑，尺幅欲烦君画取。数株竹树屋三间，
自笑逢时计总疏，蠹鱼结习竟难除。薄田倘足供饣粥，愿读平生未见书。

遇聂茗原舅氏敦素书屋题壁

几曲秋泾远抱村，数家篱落散鸡豚。绿阴一径鸟窥户，夜雨连宵水到门。
小圃种花童荷插，野田藉草客移尊。何年得遂诛茅愿，杖履常亲笑语温。

闲居书事

风尘频岁暂归田，差喜闲居乐事偏。督促诗逋花作券，破除愁阵酒持权。
马牛驱使从流俗，项领昂藏愧少年。便欲耕桑终五亩，农夫识字我犹贤。

春日杂诗九首

猛雨通宵晓酿寒，午晴无赖倦凭栏。年来唤醒繁华梦，枉向春光看牡丹。

轻阴阁雨唤鸣鸠，帘外新阴绿似油。一树藤花太柔弱，东风无力与扶头。

冶春何处不堪怜，办得朝来买醉钱。行到绿杨湖上路，衣香人影乱秋千。

剪烛清谈夜向深，樽前旧事更沉吟。十年怅触黄垆感，邻笛惊闻泪洒襟①。

百岁何时笑口开，好春行乐且悠哉。酒场花候因循过，凭仗新诗料理来。

---

① 原注：新居与霭林宅邻近有感，存殁。

丁香树子海棠枝，每岁僧房定有诗①。想到天涯为客久，故乡难得是花时。

闭户连朝雨似麻，销愁剩有酒堪赊。风流惜少遗山句，寂寞空村对杏花②。

野外真堪适性慵，意行阡陌少人逢。麦苗豆荚春花好，闲向南邻问老农。

花发旧枝红压树，雨添新涨绿平溪。最怜百种鸣春鸟，尽向山窗唤晓啼。

初度日感赋

镜中双鬓渐凋青，瘤赘天教剩此形。画虎功名伤老大，断蓬踪迹感飘零。
一春暂展看花眼，长路重烦触热经。三十六年成底事，案头多负读书萤。

至京云壑留寓斋中，用去冬留别韵见示，即次奉答

轻装触热走尘沙，再见还怜别未赊。位置琴书新借榻，摒挡盐米屡移家③。
一官未碍贫为累，万事都成眼眩花。顾我生涯转潦倒，话残愁对月痕斜。

睥睨相看意气横，十年犹记旧鸥盟。西园游赏诗兼笔，东海樽罍浊复清。
公望异时君不忝，饥驱频岁我何成。独怜负米难为养，更拟庸书事目耕。

积水潭看荷花和云壑，用东坡北台诗韵

波纹縠绉草痕纤，路转城隅佛刹严。坐对藕花凉似水，味来禅悦隽于盐。
数声风末蝉嘶柳，昨夜更残雨滴檐。销暑尽饶清课在，未妨三叠点吟尖④。

城阴碧柳镇栖鸦，锁栅常扃断过车。结夏僧闲当六月，众香国好现千花。
荷囊北阙君簪笔，藕荡南湖我忆家。何日梦寻簑笠好，钓船三板一鱼义。

坐雨叠前韵同汪鲁石作

粗还成阵细廉纤，一霎灰威顿解严。卷去浓云奔及马，点来急鼓白非盐。
潦盈午爨蛙浮灶，枝重东邻枣压檐。斗室正愁深甑苦，龙公助我展眉尖。

---

① 原注：指京师法源、崇效两寺也。
② 原注：元遗山多杏花诗。
③ 原注：今年云壑已再移寓。
④ 原注：予与云壑已两用北台韵矣。

湿云埋日隐金鸦，造次天孙促洗车。已爱秋风生碧树，定知凉露满园花。
扫愁欲遣诗为帚，枯坐还凭醉作家。也胜买春茅屋赏，百钱休吝杖频叉。

七夕三叠前韵

杼轴经年弄影纤，霓裳一昔晓妆严。星桥有路填乌鹊，雨峡终宵梦白盐。
坐听候蛰吟暗壁，卧看蛛网织疏檐。笑他多事闲儿女，爱染新红上玉尖。

凉河隐隐夜飞鸦，想像轻雷响过车。乞巧楼开人似月，同心盒小翠粘花。
自来碧落原通汉，见说黄姑永忆家。私语浪传增口业，且凭绮思斗温叉。

代牵牛赠织女四叠前韵

暂展愁蛾压鬓纤，佳期休问蜀中严。谪来上界多官府，话到幽欢屏米盐。
蟾月细窥穿线会，羊灯深照曝衣檐。谁家庭院中宵看，凉露应沾绣屐尖。

多情肯说凤随鸦，劳汝银潢稳渡车。蟢子有丝都结卍，龙梭无锦不添花。
百年快博中宵聚，一水常分两地家。别泪又成来岁约，不愁天路阻三叉。

代织女答牵牛五叠前韵

懒从人世斗腰纤，辛苦璇宫织作严。扣角我方怜宁戚，飞蓬君合笑钟盐。
愁缄锦字机成匹，牧放琼田笠侧檐。离恨满天凭忏悔，浮图何日合峰尖。

跳掷双丸免复鸦，回肠时转腹中车。百年尘世欢娱地，一昔仙人顷刻花。
差胜嫦娥成独守，羡他萧史许移家。向来弄巧多成拙，慧剑烦君斩药叉。

开门七件事同钱竹西裴山云壑作

柴

常定空村雨似毛，樵苏有价惯能高。心灰束湿难成著，力尽摧辀用已劳。
灶下料量烦妇子，林边负荷课儿曹。怪来又作君家客，爆竹声中索句豪。

米

丰年无梦到多鱼，粗粝从来不愿余。罄矣瓶罍怜我惯，壮哉雀鼠竟谁如。
淮南有价应难贱，原草无诗讵易居。一饱仍烦分日籴，长身方朔计全疏。

油

漫愁沃顶误儒冠，恶客休烦与画看。日暮数钱窥比舍，灯昏一室话更阑。
砚田卜岁收常歉，膏沐伤心泪未干。满眼菜花泾畔路，一江春涨绿浮滩。①

盐

淡社从谁谱食经，熬波一勺费调停。瓮齑②未了儒生分，菽豉能夸北客听。
贫去久忘三月味，撒来差拟六花形。丁宁灶妾烦分裹，迎得衔蝉小最灵。

酱

苦忆家园染指甜，豆黄榆白隔年腌。庖厨俭薄调难得，臭味差池败易嫌。
瓿覆他时怜著述，粥香上日记闾阎。治生大有千甔富，三伏纷纷笑附炎。

醋

渴饮何妨转滑稽，呷残三斗讵如泥。文章蹭蹬悲酸馅，世故迥翔愧瓮鸡。
吸鼻是人堪令仆，乞邻何物但东西。维摩正坐吟诗苦，一室休嘲踏壁迷。

茶

火前梅后忆江南，水厄多生笑我耽。当酒未嫌贫慢客，消中常借酽驱痰。
竹炉僧舍幽寻到，茅屋春山焙法谙。输尔密云龙拜赐③，玉堂清夜味回甘。

偶成

莫作清狂不慧看，美人香草思无端。相如善病文君诞，直为知音死亦拼。

得沈氏妹凶闻诗以哭之

我妹今长逝，惊心讣远传。几年安庑下，多病痛生前。
药物应相误，娇儿忍放颠。回怜别时语，泪尽向南天④。

---

① 原注：三句用王三原事。
② 咸茶。
③ 原注：谓云壑。
④ 原注：春间别妹，以母老劝予早归。

白发慈亲老，情钟爱女多。定知心惨切，使我涕滂沱。
屈指伤家运，残年感逝波。钟离书永绝，凄断少陵歌①。

柬汪西村

鸟雀暮檐噪，怀君独绕除。乡愁寒命酒，落叶坐雠书。
熟客应无刺，安行可当车。联吟期九九，来共夜灯疏。

题方正学先生手书　后有金正希跋

逐燕高飞岁壬午，金川门东轰战鼓。一炬宫中化焦土，何人草诏抗燕王，文学博士气如虎，手提天下与太孙，九庙神灵有皇祖。促出大物擅自为，借口委裘竟谁辅。孤臣血肉裹衰麻，鼎镬钳甘任醢脯。取义成仁自千古，齐黄迂儒岂其伍。彼牧猪奴舌应吐，抄延瓜蔓将安逃，文字之禁严吹毛。劫灰煨烬留片楮，不知当日鬼呵神护谁深韬，嘉鱼跋尾成双璧。茧纸蝉联古香积，一字真堪直千百。吁嗟乎，一字真堪直千百。锦囊留伫传千古，墨沈淋漓应化碧。

作家书竟，即题其后示介盦弟

过懒偏宜断送迎，敢同白社说逃名。故交剩有贫还恋，好事多应梦不成。
弟妹尚牵婚嫁累，诗书谁遣米盐并。残年此夜挑灯坐，一纸乡愁百感生。

送芗南归莒上省亲，即之官江右

峥嵘旅食岁将更，忽漫骊歌又送行。升斗入官强负米，庭帏排日算离程。
愁攀燕市春前柳②，归听莒溪画里莺③。他日琵琶亭畔过，风流司马有新名。

论交回首六年余，聚散中间少定居。击筑悲歌杂燕赵④，倚门弹铗感车鱼。
吏才试手还宜慎，书札经时且莫疏。似我无能归也得，买田筑室愿终虚。

---

① 原注：余六年中凡五遇期功之丧。
② 原注：时立春前一日。
③ 原注：君有《听莺图》属题。
④ 原注：君有《过瀛集》，皆其往来河间都下诗也。

腊尽日

作客经年久，今还似昨非。乡心催腊去，远梦先春归。
帘月梅魂瘦，窗风烛泪肥。团圞思弟妹，惆怅故园违。

除夜

东风几日遍嘘枯，送岁萧条只故吾。吉语难凭春帖子，世情多厌旧桃符。
羁怀郁郁乡音少，壮志悠悠驶景逋。绿酒明灯还此夜，烟霄平地感能无。

上元夜即事

客边寂寞数年华，八度元宵不住家。灯月尽教随地好，壶觞难涤旅愁赊。
铜钲画鼓看调马，翠袖云鬟唱采茶①。此景故乡常在眼，六街慵更逐钿车。

禅榻

禅榻多生未断痴，清狂犹记少年时。春如梦好愁难驻，酒泥情浓醉不辞。
花影拂帘初病起，柳阴笼月正眠迟。江湖满眼樊川老，重向黄尘感鬓丝。

春日见归雁

去岁我随归雁北，春江倚橹愁何极。今年独客尚燕台，又见南鸿向北来。
南去北来雁飞准，梗断萍飘还自哂。稻粱人世总劳生，目送遥空云泯泯。

拟古三首

霭霭晓云兴，蓬蓬远林绿。有来九十春，逝者无停毂。
秾华桃李颜，红紫纷在目。天工润枯槁，变化一何速。
南涧有古松，霜雪媚幽独。清风奏笙竽，万籁鸣谡谡。
侧闻明堂柱，工师需大木。

出谷有小鸟，其名黄栗留。羽毛既娟好，声音复和柔。
托身最高树，俯首笑鸤鸠。鸤鸠本凡羽，咫尺呼匹俦。

---

① 原注：二句记故乡灯事。

粟粒可果腹，枳棘乏外求。朝阳仪威凤，览辉遍九州。
文采不自耀，霄汉极其游。顾尔辄矜许，无乃为尔羞。
不见王孙弹。时向枝间流。

鱼目混明月，鼠腊珍连城。盐车骥服轭，长鸣气纵横。
宝剑埋狱底，郁郁常韬精。真识既所鲜，此理谁能明。
我慕蒙庄子，齐物无亏成。栎全不材寿，雁免能鸣烹。

上巳日戏柬竹西

闭门花事去骎骎，坐惜佳辰感滞淫。泼火雨晴宜骤暖，吹沙风起又轻阴。
酒徒近日燕台少，禊事何年曲水寻。料得折兰看画扇，美人香草总愁心①。

竹西以上巳诗见示，即用其韵

江乡风物望中遥，客里沉吟瘦损腰。秉烛游真连夜好，惜花心肯向春骄。
绿杨汀渚波如酒，修竹园林笋似箫。各把尘沙换烟雨，吴侬诗句枉勾描。

雨夜

点滴鸣檐雨，听来隔岁声②。寒生风转峭，响入梦逾清。
剪烛宜深话，看花待放晴。春波故乡路，新涨想应平。

春日寄故园游好

三间老屋剪茅茨，近局招邀彼一时。京国莺花留客赏，故山猿鹤笑归迟。
飞腾转眼看时辈，眠食关心忆旧知。烧笋斗茶春正好，素衣真悔染尘缁。

轺辘轮蹄久倦游，啖名无益合归休。劳生行役鱼赪尾，小技文章豕白头。
南郭有竽仍寄食，北平无命到封侯。烟波一勺鸳鸯水，有约终当买钓舟。

同吉石崇效寺看花二十韵

旅兴懒于蚕，键户养腰脚。良朋屡招邀，未果讨春约。

---

① 原注：歌者王郎能写兰，竹西所属意也。
② 原注：自去秋来久不雨。

禅房富花事，早起谐夙诺。屧步城西南，僻左俨村落。
取径杂圃畦，入门剥丹艧。潭潭广庭静，列植自交错。
细结丁香枝，秾披海棠萼。桃残绛英霁，藤弱紫蔓络。
纷然合队来，宛尔靓妆各。逆风白旃檀，辉日宝璎珞。
野鹿衔何多，天女散即著。得非优昙钵，变现俱幻作。
频年紫陌尘，对此眼刮膜。山僧颇解事，延客茗新瀹。
跌坐久藉苔，凭栏一登阁。徙倚双梓阴①，时听鸟声乐。
佳辰此游衍，如马脱羁缚。物态难久留，不赏遂成昨。
预订丰台行，出郭寻芍药。一醉婪尾杯，诗急同债索。

铁马和云壑韵

介马倏长征，锵然听乍惊。边声寒聒耳，风力劲能兵。
远道霜涂野，深闺梦绕城。宵来空际恨，几许不平鸣。

芍药邀云壑同作

信风廿四番，取次斗群艳。殿以婪尾枝，余春借渲染。
何年广陵种，复向燕地占。花儿匠最多，赖此衣食赡。
方法传马塍，隔岁预窥觇。竹刀去陈根，涤以井华滟。
拨土种成畦，二月苗厌厌。清和气嘘拂，藻采纷欲潋。
当风影乍翻，向日苞半敛。锦窠红成团，玉盏白无玷。
条条带鞯围，隐隐金缕闪。压担买竞呼，按谱名可验。
用比姚魏花，香国夫岂僭。岂台一舍近，六载游尚欠。
胆瓶作清供，屈汝伴铅椠。合付谢朓吟，寒乞殊自忝。

立夏

饯春迎夏总无聊，作客年光暗里销。笋白樱红梅豆绿，故园风物记今朝。

---

① 原注：庭中有古梓二本。

绿阴用万柘坡韵

帘额无风面面开,林光泼眼上浮杯。当阶映彻须眉染,绕径浓遮笠屐来。
缺角补山高拥髻,连云影水翠于苔。江村筑室何年就,拟觅桑榆到处栽。

销夏四首限韵

长日如年畏景驰,萧闲乐事数南皮。新泉磁斗栽香祖,旧垒花梁语燕儿。
看雨荷亭盘走汞,追凉风磴路行之。朋笺记叠尖叉韵,快想冰天密雪筛①。

轩窗潇洒几如揩,一室晶宫换署牌。图展北风寒起粟,诗吟东野瘦怜柴。
尺三懒更投温卷,丈八游嫌杂燕钗。只合闭门河朔饮,酒徒燕市倘能偕。

江村入望树连云,门径人稀草似裙。斜日断虹金碧画,翻江阵雨鹳鹅军。
秧田听水行无次,寒井浮瓜买论斤。笋笠蕉衫归最好,胜从襧襫觅诸君。

清凉一味静能招,未碍蝉声沸似潮。草阁高宜三面水,肉山蒸少十围腰。
驱蝇麈转言霏屑,弹月琴横尾认焦。最喜紫筼添百个,隔帘新影又如箫。

夜坐

过雨凉无暑,空庭坐夜半。看萤灭明烛,待月数流云。
客易经年久②,秋先隔树闻。扁舟采菱调,归思忽纷纭。

七夕书感

秋气不作凉,秋声渐归树。新蟾隐屋角,明霞淡将莫。
中庭瓜果筵,瑶席早陈布。侧闻双星会,每岁期不误。
鹊驾亘飞梁,云軿引轻素。永夕欢易终,隔年思何苦。
仙者非有求,离合冥有数。钟情属我辈,噩梦久已痦。
清宵耿无眠,坐久衣有露。悄然感羁怀,虫语喷如诉。

---

① 原注:往年和东坡尖叉韵雪诗亦销夏作也。
② 原注:入都又一年矣。

见槐花偶作

漫说烟霄可倚梯,随身席帽首常低。长安陌上秋来雨,愁见槐花踏作泥。

次竹西阻雨见寄韵却柬

泥深过辙潦盈街,快想新晴雾扫霾。吟似凉蝉时鼓翼,倦如老鹤不离砦。
牢愁有度真排日,将子能来或放怀。莫被秦淮风月笑,客窗清作太常斋①。

云壑以和韵怀乡诗见示率题其后

人生生处原难忘,话到家园病眼宽。想得凉宵归梦好,三天风露逼秋寒②。

梧桐乡里方壶宅,充栋缣缃富石仓。藏弃百年余手泽,未妨时说向诸郎。

归计无如我最良,何心得马与亡羊。较量只有为农易,几棱秧田百本桑。

几年抛掷临溪屋,每到秋风羡季鹰。何日还家招近局,旋烹紫蟹煮青菱。

寄示介盦弟

倦游难说是归期,生计依然少立锥。八口无年忧米贵,三秋为客坐诗饥。
短书系足凭鸿递,好月当头觉夜迟。属汝寒灯须努力,一编休负已凉时。

柬漆林卜四韵

风林日萧飒,老绿纷负霜。秋色不少驻,一似游子忙。
感时同候虫,啾唧意多伤。谁令赵元叔,骯脏常空囊。
但有寒饿句,满贮羁旅肠。君才淹二雅,跌荡来词场。
昨承示佳什,出袖珠玉光。性懒倦酬酢,隔月稽报章。
佳辰坐虚掷,瞥眼过重阳。樽萸湛深碧,筐蟹含中黄。
拟作寻菊行,再续登高觞。欢呼燕市酒,作计岂不良。
莫问青白眼,一醉都茫茫。未必和峤癖,定胜刘伶狂。

---

① 原注:竹西有秦淮记游诗。
② 原注:三天,禁中侍读处也。

寄呈范半村先生

忆从谈艺坐分毡,再见京华十二年。银管新恩书茂异,鳣堂旧雨话蝉联。鬓须不改翁仍健,峒峭为难我自怜。珍重往时青眼在,短檠未肯弃陈编。

和吴梅村戏题仕女图十二首,邀竹西、裴山、云壑同作

一舸

五湖渔色论非公,谁识沉机共载中。不为君王留祸水,范金即此是元功。

虞兮

泣尽虞兮帐下歌,柔情休笑项王多。戚姬异日宫中舞,亭长英雄气若何。

出塞

玉颜终古委穷尘,谁信丹青不貌真。犹有东风青冢色,年年留恨塞垣春。

归国

金璧追偿故国春,悲笳曲里恨常新。阿瞒解为遗文计,千载中郎有故人。

当垆

一曲琴心已目成,可怜名士悦倾城。却嫌翁婿论冰玉,铜臭何堪对长卿。

堕楼

十斛量珠事可伤,只将同死买红妆。可怜狗盗鸡鸣士,犹解函关脱孟尝。

奔拂

王珪母早知秦邸,杨素姬还识卫公。一代唐家开国运,当年巾帼尽英雄。

盗绡

圆月能教负此宵,红墙碧汉路非遥。侠肠不向恩仇尽,轻为投鞋报帕消。

取盒

军绛千里夜飞行,罗绮身真掌上轻。谁识美人宵取盒,绝胜孟士晓乘城。

梦鞋

角张有泪怨啼红,好梦今生分不同。凭仗黄衫成一决,断肠沟水各西东。

骊宫

舞倦霓裳醉酒余,禄儿争拥彩绷舆。谁知一昔渔阳鼓,阿母偏教死为渠。

蒲东

晓寺钟声二十年,巫云海水总尘缘。负心薄倖钟情误,公案凭参一指禅。

门神谨和质郡王韵

又到桃符换,年光似水翻。王春才贴胜,家祀必先门。
肖像仪章肃,当关体制尊。堂廉瞻顾近,丞尉有司存。
涂附形全假,称名礼独敦。虎头威却鬼,鱼钥守严阍。
声价论今日[①],光华悉主恩。推排羞抵隙,来往阅乘轩。
未免依人笑,谁将漫刺烦。垂绅恒侧足,带甲或双鞭。
宛尔长身朔,雄哉夹陛贲。西南资外扞,戊己亦中屯。
世俗从描画,神人自弟昆。高闳看拥髻,陋巷实维藩。
洒墨题连凤,挥金日射暾。军容新壁垒,故纸旧巢痕。
吉语加官谶,奇闻抉目冤[②]。须眉留毅魄,戈盾奠游魂。
可似铨除例,堪同岁事论。祭诗陈俎豆,媚灶列瓶盆。
图并钟馗挂,傩邀伥子喧。纷纭聊戏剧,愣憃复何言。
盼睐争相借,青红又一番。五穷凭尔送,掩户待迎暄。

---

① 原注:禾中有除夕买门神之谚。
② 原注:吴俗以偷得门神眼者卜呼卢得采。

卷四　品药山馆呻吟集

（古今体诗九十七首）

得家信书感

苦语连篇正缕儿，说归归计竟如何。宁忘作客年华驶，转觉伤春涕泪多。落落松楸寒食近，嗷嗷鸿雁异乡过①。却怜身世无穷感，慷慨还凭击筑歌。

上巳日漆林过话即赠

去年上巳花已浓，雨晴九陌泥融融。寻芳蜡屐偶一出，城南古寺千葩红。
今年上巳正飞雪，冰簪挂树檐云同。茸裘欲典酒苦贵，缩项真似寒号虫。
行愁坐叹颇岑寂，得君妙语回春风。低头且莫拜东野，闭口近已师南宫。
幸逢脱略少畦畛，良玉或要他山攻。翳余弹铗逾九载。砚穿笔秃终无功，
青衫只办包瘦骨，白眼讵免惊愚聋。年来蒲柳早衰落，四十尚少头先童。
男儿赋分随天公，鼠肝虫臂都梦梦。既不能彤庭奏赋声摩空，芥拾青紫辞固穷。
又不能五侯食客作娄护，长安游侠夸豪雄。曰归屡欲把耒耜，惜无负郭堪耕稷。
况闻吴下岁告祲，流移载道哀疲癃。缓征出粟诏屡下，疾苦可尽闻宸聪。
白傅长裘少陵屋，我愿枵腹皆逢逢。儒生饥饿古亦有，敢因瓢转伤飞蓬。
君今年富学王充，鸢肩火色来新丰。赏音孰收爨下桐。我知公侯子孙必复始，
宁久郁郁羁愁中②。

三月二十九日崇效寺看花同吉石作

寒勒风欺节候偏，春归才得见春妍。看花伴侣仍前度，为客情怀逊去年。
几处红尘驰细马，暂时清赏对枯禅。与君只合搏沙聚，蝶尾开时又别筵③。

---

① 原注：禾中斗米四百而境外流移日至。
② 原注：君太傅文端公孙也。
③ 原注：君将之官中州。

送春日感怀

感逝经时百念灰，镜中潘岳鬓全衰。断肠数到春归日，锦瑟华年十度催。
菽水承欢仗母慈，感君黾勉是心知。而今负米多成错，此恨终天话向谁。

闻荪圃讣诗以哭之

故乡亲串多凋丧，凶问遥传复痛君。半世弟兄今永诀，十年南北总离群。
才伤脱颖刚先折，天与劳生死尚勤①。白发双亲婆幼泣，旅魂凄断向吴云。

席砚追随早岁同，相看跅屺气如虹。贫磨锐志功名淡②，心折狂言药石攻。
岂意分襟乖后面，空将清泪洒途穷。沉吟红豆遗笺在，珍重休教饱蠹虫③。

喜介盦弟至京

京华独客九年住，故国飘零忆弟兄。今夜对床还共汝，乡愁如梦话深更。

书感示介盦弟

剩有三间屋，饥驱住未安。病应催我老，贫觉向人难。
墨经同羁旅，青云望羽翰。对床他夜约，重话客窗寒。

京邸哭少陉二首

一病无端遽告凶，者回死别恨匆匆。可堪知己论文友，况在穷途客邸中。
殁视尚深慈母恋④，魂归应绕故书丛⑤。何妨白蜡明经老，天与斯人恐未公。

书札经年总别愁，岂知才见此生休。依人我尚锥难立，入世君偏命与仇。
薄福才华真短气，惊心存殁数从头⑥。谁怜一掬穷交泪，此日伤心似水流。

---

① 原注：君殁于长山旅次。
② 原注：君癸卯不赴秋试。
③ 原注：君有红豆诗最佳。
④ 原注：病中屡以老母为念。
⑤ 原注：君伏枕呓语，皆平日吟诵声也。
⑥ 原注：年来霭林、峪樵、江林、荪圃诸君皆相继下世。

再哭少陉八首

望衡同住一条街，酒社吟坛到处偕。今日交情感生死，哭君谁分是天涯。

十年车笠判升沉，菱角磨圆阅世深。过懒还期君谅我，灰心都半是伤君①。

短翼方伤不及群，芳兰谁料复先焚。澄鲜阁上谭诗老，应为怜才一痛君②。

谭宴流连角艺时，半村儒雅昌吾师。青云无路青衫死，肠断当年国士知③。

床前执手伤临袂，话到生平泪泫然。我母重泉君母老，死生衔恨各终天④。

检点遗诗泪未干，岂知瑶草果先残。支离剩有余生在，留与风霜阅岁寒⑤。

无用文章敝帚同，廿年心力瘁雕虫。向来几许秋风泪，总在凌云一笑中。

插架图书冷旧芸，匏庵遗泽剩清芬⑥。百年神理应堪信，洗眼云霄望卯君⑦。

七月十四日立秋

今年节闰逢炎序，火伞张空缓未催。猛雨势才推暑去，哀蝉声欲叫秋回。
当筵瓜果怜同嗜，过眼蝇蚊总死灰。抖擞闲身凉较健，西山佳处试寻来。

病中示介盦弟

几年作客饱迍邅，悟彻先抛祖逖鞭。身似弃材心废井，懒思学佛病求仙。
增加药物衣从典，冗长秋光闰更延。百不如人犹胜死，空房新鬼剧堪怜⑧。

病中去壑以五言杂诗见示率成却柬

新诗直欲起沉疴，伏枕高吟快泻河。人世鸡虫纷得失，海山宫阙渺风波。
道心战胜何愁瘠，客慧生花讵着魔。特达文章宜报国，病夫拭眼望元和。

---

① 原注：入都曾以疏懒见规。
② 原注：谓种梅师。
③ 原注：半村先生击节，君文曾有国士之目。
④ 原注：五月初九日君招余至卧榻前，语及余两人年来坎坷，并知病必不起，以老母在堂，泫然出涕者久之，自后遂不复言。
⑤ 原注：瑶草亦已残，君与余定交诗中语也。
⑥ 原注：君系出吴门匏庵后也。
⑦ 原注：君子京生于辛卯。
⑧ 原注：谓少陉。

秋日抱疴杜门，每当日落空庭，移床露坐，即目寓感，得诗四章，不必专专咏物也

侵晓凉蟾薄暮风，几声都入感秋衷。悲吟咽似愁难诉，饮露清怜腹本空。
阁外疏桐惊一叶，镜中衰鬓见双蓬。痴儿哪识林间意，知了多烦唤耳聋。（蝉）

满径寒芜雨细吹，伶俜犹占最高枝。炎凉噩梦谁先觉，粉黛年华惜过时。
到眼花丛芳事歇，惊心团扇旧欢移。魏收晚节宁难料，只恐仙家羽化迟。（蝶）

檐牙楼角故飞飞，南雁相逢去住违。华屋经时成久客，西风如约又催归。
寒芜远道伤迢递，故垒春来定是非。为语世间王谢子，翩翩休倚旧乌衣。（燕）

乱萤高下舞秋深，满院微凉夜色阴。照水分明双焰碧，入帘飘瞥一星沉。
书囊饱阅凄凉味，罗扇终怜寂寞心。却笑儿时太痴绝，明珠谁向暗中寻。（萤）

九日

重阳九载京华住，每忆年时定出游。黄菊篱寻僧寺古，黑窑厂对野亭幽。
归途倚醉羁愁豁，出色矜秋纵目收。今日佳辰成伏枕，粥糜药裹费量筹。

九月十五夜枕上作

劳形何益此心清，欹枕高眠听转更。诗历三秋无好句，病从九死得余生。
世情药物参甘苦，吾道凉蟾有阙盈。又见灯前饥鼠出，怜渠求食太纵横。

病中寄呈半村先生

伏枕愁霖夕，萧然旅思孤。病来百事废，贫到一钱无。
尘袠签从乱，秋衾絮未铺。应知故人意，犹肯念穷途。

咏木瓜

如瓜形磊砢，妥贴置雕盘。燕市今年贱[1]，晴窗隔岁看。
清芬宜小暖，高韵敌春兰。便拟琼琚报，还应割爱难。

---

[1] 原注：昨于市上以四钱买得三枚，往年所未有也。

十月十二日雪，同介盦弟作，兼柬云壑

才觉晴窗作雪阴，已看飞絮集前林。一冬三白丰先兆，斗室围炉乐可寻。
病久筋骸愁猬缩，冬严光景驶驹骎。高寒却忆三天客，策试瑶阶几许深。

咏雾淞

寒勒霜威冻不飞，粘枝着叶故霏微。刻成宋楮天争巧，望入梁台雪较肥。
晓景迷离描未就，清冬憔悴赏真稀。贫儿饭瓮催先办，底用年丰击鼓祈①。

病起柬汪秋槎

裘拥寒逾凛，窗虚雪助明。岁残乡信断，病久道心生。
尘土劳何益，田园计未成。十年飘泊感，深觉负鸥盟。

丈室

方丈维摩室，晨昏户独扃。人言虚始白，吾愧德非馨。
短日寒窗驶，残灯午夜青。蓬庐天地内，一笑总浮萍。

寄示篪甫弟

江乡连岁俭，闻说米如珠。以尔谋生拙，兼之负郭无。
妻孥艰一饱，书札但长吁。料得残年近，盈门坐索逋。

小游仙十二首

烧铅炼汞几何年，争诧还丹有秘传。试向罡风头上过，仙家根柢看谁坚。
碧玉清流带远林，掉舟渔子偶相寻。花源不许人重到，此是神仙嫉俗心。
默诵黄庭咽玉池，静观元化觉春迟。壶中哪得乾坤在，认取翻身出世时。
星冠霞帔日悠哉，尽说功深洗伐来。一记仓皇追李贺，可知天上少仙才。
九陌争看角利心，巧偷豪夺日相寻。回仙入世如游戏，更莫逢人说点金。

---

① 原注：霜松打雾淞，贫儿备饭瓮，谚语也，见《墨庄漫录》。

丹砂狡狯果何神，沧海桑田话未真。我与麻姑相见了，但教行酒脯麒麟。
绿发刘郎盼道成，长生得诀是无生。交梨火枣随身有，枉向名山采药行。
控鹤奔龙遍九天，神仙官府最堪怜。修真盼得飞升日，已是卢生梦觉年。
玉洞春深昼景闲，碧桃花发满空山。仙家不似元都树，开谢东风一晌间。
缥缈三山路绝通，阆风员阙总仙宫。神人黄白从来易，身在金银绛气中。
文士多生位列仙，何人博物擅当年。洞天传得琅环记，犹在秦灰未爇前。
蜗角麖兵蚁穴王，灵台方寸自清凉。百年总向忙中过，却羡仙家日月长。

守岁用元遗山韵
隔宵灯火晓来钟，饯岁迎年感秃翁。顾我心肠宁木石，看人儿女自青红。
消磨病骨犹存傲，检点奚囊幸未穷。瑟缩终怜生意少，唐花也强笑春风。

送云鏊视学滇中
星轺指日向南天，惜别穷交一黯然。李径桃蹊秋得实，滇山洱海路论千。
十年朋旧怜车笠，六诏烟霜慎食眠。居易居难吾懒计，草堂资办拟归田。

元宵夜作
箫鼓踏灯忙，今宵分外长。雪泥春沮洳，云月夜昏黄。
杯斝妨多病，年华惜异乡。早梅溪上树，几日已飞香。

野望
春物昨年同，心伤旅望中。归鸿高的的，远树绿蓬蓬。
花好谁家院，衣寒薄暮风。高梁河畔路，尽日骤游骢。

客舍春日
闭户春将半，当轩日渐迟。雨催花作色，风压柳低眉。
物候看殊态，年光又一时。独怜双燕子，故故向书帷。

冯百史携酒馔过话，余以病后止酒，率此赋谢

向来诗酒从驱使，病久翻成百不堪。老我形容花笑客，借人堂宇燕留龛。
真淳晋产风犹古，精洁南烹味最贪。一饭长安俱扫迹，对君倾倒只怀惭。

闻吉石殁于禹州官署，诗以哭之

去夏少陉逝，今春吉石亡。病身犹见忆①，旅榇转堪伤。
泪尽看花眼②，愁回作客肠。平生故人少，回首益凄凉。

得云墅途中信，即次定州道上见寄韵却柬

书到残春别首春，多烦梁月忆音尘。漳滨属疾沉绵屡，邻笛惊心感慨新③。
酒盏经时成间隔，诗篇无力扫因陈。纷纷九陌看花闹，一室萧然养疴身。

题清凉山志后

多生香火有因缘，成佛升天定后先。我是清凉山行者，打钟扫地约何年。

以敝裘贻介盦弟作

老去常思把钓竿，垆头人散酒杯干。风霜几载酬高价④，道路遗金肯热谩。
手线永抛悲莫竟⑤，缁尘不染命粗安。须知更比绨袍重，留取他时保岁寒。

蒋苏五来京过寓话旧却柬

怅别重逢五暑寒，饥驱谁分各艰难。冥鸿戢影常江海⑥，病马何心饰辔鞍。
锻炼穷愁诗思苦，销磨芒角酒肠干⑦。倦游他日归三径，好向鸳湖问钓竿。

---

① 原注：去冬吉石闻余抱病，犹有书见及。
② 原注：两年崇效寺看花，俱有诗酬和。
③ 原注：谓吉石。
④ 原注：此裘当日以十金买置，在贫士可云高价。
⑤ 原注：忆卯冬归省，箧中裘服一一烦先慈检料。
⑥ 原注：去秋张璞斯言久不得君消息。
⑦ 原注：君自云渐能止酒。

鹊噪

禅榻翛然两鬓蓬，闭门多病一春中。无烦鹊语临檐噪，为道先生万念空。

题江南春小景

远景迷离望转赊，吟情想像共无涯。糟床夜滴鸣檐雨，锦缬春生压树花。
绿水船移人载酒，朱楼帘卷燕归家。看场一簇垂杨外，撩乱秋千送影斜。

夏日偶成

无心卷蕉草，半死峄阳桐。病怕耽书剧，囊因买药空。
种花怜客土，销夏付荷筒。哪及江村好，新苗岸岸风。

雨迎梅候至，凉为麦秋添。畏蝎新糊壁，憎蝇尽下帘。
体羸仍絮拥，睡破得茶甜。十丈红尘里，何妨论著潜。

阶下秋花烂然，率成示崔浯渠、汪竣庵、经农兄弟

烂漫偏盈目，根从客土移。种来初过雨，缺处补疏篱。
得气还矜色，浮荣更几时。未如秋老去，留看傲霜枝。

夜闻虫声有感

哪得愁如许，繁声诉向谁。一灯残雨歇，四壁夜凉时。
并入单衾梦，如闻促杼悲。从来秋意味，独许不平知。

早秋京居杂感三首

一编长日病怀亲，秋到翻添客感新。颍叔冲卿传雅谑，腐迁肓左竟何人。
论诗局促卑丁卯，谭命纷纭笑甲辰。转眼飞腾斜暮景[①]，楞伽我欲证前因。

真思马骨市燕京，张角生涯百不成。好友散如星到晓，名心淡与水同清。
酒年棋日情全减，病橘枯棕岁屡更。十载京华成小劫，凉宵惆怅对韩檠。

---

① 原注：余明年四十矣。

篱脚溪唇一径纤，三间老屋剩疏芜。乡心蓟北浓于酒，米价江南贵似珠①。
蟹跪肥时花赏桂，菱腰熟处雨平湖。累人口腹原多事，归去还怜负郭无。

秋云

夜色长天好，凉云一抹微。渡江波共冷，近塞雁同飞。
碧汉浩如泻，明蟾晕忽围。谁怜亲舍泪，重湿旧征衣。

九月初四日早起有感

生计休论壮不如，此心安处即吾庐。百城坐拥原通贵，一室无营但扫除。
绕砌风干庭叶老，卷帘香淡菊花初。秋光几日重阳近，大有诗情合发舒。

九日游长春寺

九陌鸳轮蹄，幽寻独杖藜。长林惊叶响，远雁与天低。
花赏僧房菊，高登佛阁梯。寒山青一桁，送目夕阳西。

试灯夜有怀云壑却柬

南书迢递杳鸿鳞，离绪翻随改岁新。万里可题人日句，十年饱看帝乡春。
莺花绝徼宽诗眼，灯月天街滞病身。纵饮呼卢应总好，向前豪兴竟谁亲。

正月二十日书感

燕九匆匆过，开年又二旬。吟情孤似雁，客况冷于春。
隐几花饶笑②，连朝酒滞人。声名从汩没，多病只谋身。

送百史游吴中二首

乡心倦客正无聊，并入离魂黯欲销。杨柳鞭丝双只堠，桃花春水短长桥。

---

① 原注：闻禾中斗米五百。
② 原注：时唐花犹盛开。

相依乐卫亲情好①，到及川涂阅历遥。犹有经过沽酒地，甘棠忍听旧时谣②。

故纸生涯药裹身，多君世外独情亲。名驹伏枥终千里，病树无荣又一春。
离合几番增感怆③，文章斯道本淄磷。鸳湖买宅如能就，巷北街南总比邻④。

不寐听雨有怀桑阴老屋

多病怀乡梦亦勤，家书连月断知闻。耳听驶雨鸣通夕，愁见春光去九分。
小院落花红作阵，绕溪新涨绿如云。豆粗笋嫩吞虾日，晚饭桑阴步夕曛。

春日游长春寺

杜门养疴谢尘缘，数步春游已觉仙。老木风烟真得地，精庐幢盖俨诸天。
相轮多宝夸前代⑤，遗像中宫付老禅⑥。更想长筵联句日，百年文酒盛前贤⑦。

四十初度自述寄云壑二首

凿井形容病少双，倦游空羡鹿门庞。还乡有味如尝蔗，生计无田可誓江。
四十何成年事忝，燕齐结客壮心降。休嘲凿齿人才半，铅椠犹能对夜釭。

云龙角逐记当年，车笠而今转自怜。壮岁浑如春易送，可人真似月难圆。
读书得力差安命，止酒无功又破禅。万里论心同咫尺，病怀驶骎向君传。

屋上草

屋上草，何离离。夏雨经时绿掩冉，秋风吹汝枝纷披。
置身一旦居人上，弄色夸荣自矜尚。芳树平连俨等伦，雕檐下拂群瞻仰。
高处从来霜雪多，三冬摧压奈愁何。君不见，枯荄委地随蓬逐，
受命方知松柏独。

---

① 原注：君少司马沈公初婿也，眷方随侍学署将往依。
② 原注：君尊甫康斋先生守江南列郡，并著廉名。
③ 原注：去冬奉讳入都，旋即归葬代州，今复南去。
④ 原注：君将有卜居禾中之意。
⑤ 原注：寺有渗金多宝佛塔高二丈。
⑥ 原注：明孝定太后九莲菩萨化身像尚藏寺中。
⑦ 原注：竹垞诸公曾集寺中联句。

余以病不赴秋试，诗以自嘲

背时眉为入时羞，西抹东涂老分休。吟思入秋摩健鹘，病怀见月喘吴牛①。
长歌弹铗客无好，束发从军命不侯。忙杀槐黄成底事，名场此日始回头。

书事

绝域羁身久，生还鬓已丝。而今苏属国，当日李骞期。
命竟封侯少，魂应望阙悲。密章泉下赍，谁分沐恩私。

九日阅试录作

落解心情冷似灰，廿年南北病颜催。而今得失无关我，也看题名录一回。

病中自遣

药炉伴我已三年，名理迥然悟后缘。百病磨人除未死，一心如月正中天。
花飞落地都关数，炭炽当风本易燃。为问维摩还作么，去来无住自安禅。

病起有作

菊赏重阳过，闲窗试一临。花真人共瘦，秋与病俱深。
近寺扶筇兴，高台买醉心。三年一弹指，憔悴只如今。

得笺甫、敬亭两弟十月十三日信，询余近日病况，诗以答之

传来隔月数行书，锢疾侵寻莫问渠。自信半生尝寡嗜，医言百病总乘虚。
团参入药金难换②，瘦骨经秋鹤不如。忽忆故园风味好，饭蒸香稻蟹调胥。

许大醯鸡瓮里天，娑拖斗室自安便。百年木以不材赦，一念心从学佛坚。
饼饵吹香夸健啖③，钟鱼聒听怕霄眠④。养生近已通齐物，殇子宁殊寿者笺。

---

① 原注：近患咳逆之症甚剧。
② 原注：药中用人参，其价较黄金犹二十倍也。
③ 原注：病愈稍益嗜食，每晨起饼饵等必饱啖乃已。
④ 原注：病后少睡，寓邻长春寺，故云。

十一月二十七日对雪有怀云壑半帆

冬来暄意总如春，一夜空阶散玉尘。大慰郊农滋宿麦，小宜卯饮过清晨。
江乡腊蕊迎年破，绝徼滇茶炙眼新。两地音书俱寂寞，可无见忆病中身。

除夜

五穷伴我不须还，爆竹声中又上关①。饯岁忙因诗照例，当杯红借酒生颜。
自嗟筋力全消病，谁有田园肯不闲。明日明年开五秩，可能强健破天悭。

岁初杂诗四首

春前腊后夸风味，烂煮鲟鳇骨最肥。今岁关东鱼不到，酒人燕市故应稀。

一雪泥深冻不飞，去冬暄暖忽春寒。重衾昨夜添乡梦，身在南湖把钓竿。

玉梅窗外一枝斜，如火还看吐蜀茶。笑杀江南春物好，却来燕市买唐花。

佳辰燕九好年光，仙境思游病总妨。白云观里人如海，痼疾须寻海上方②。

二月二十六日遣怀示介盦弟

九陌轮蹄独闭关，豪情老我已都删。荒芜意绪孤吟橐，寂寞春风病树间。
几辈功名原上鹿，连宵笋蕨梦中山。支离一任旁观笑，鹏鷃逍遥各等闲。

苔心菜

杜陵菜把诗，泛爱蒙地主。我亦旅食久，幸免删綵拊。
春田故乡梦，野景纷可睹。酥雨融冻畦，翠甲进松土。
连朝忽挺秀，晓起忙老圃。花稀渗曲尘，苔短折钗股。
担买城市门，求益闻比户。羹食佐脯修，醃藏满罍瓿③。
频年客京华，安肃美可数。独我有偏嗜，百蔬此为愈。
味应士夫知，品岂藜苋伍。他日泾上归，几棱种交午。

---

① 原注：除夕封门，比户皆放爆竹，南北略同。
② 原注：相传每年此日必有一人遇仙者。
③ 罍瓿：酒器。

燕来笋

檇李号水乡，沿溪多种竹。春园萌遍生，此味殊胜肉。
惊雷夜殷床，出土如箭镞。束买不论斤，园丁专利独。
珍同玉婴抱，短拟指将秃。鲜肥配尽佳，斋素淡可漉。
贫家此常馔，一味享清福。却笑渭川滨，千亩森在腹。
年年社燕来，乡思如转毂。何时玉版参，烧笋来佛屋。
萧然自禅悦，结愿亦已夙。莫并蕨菜供，转恐滋他族。

菜花鲈

季鹰忆鲈脍，江东首归路。达人贵适意，千载传典故。
江村二月初，两岸桃花吐。鱼以此时出，状认四腮误。
桥阴与土穴，渔人善搜捕。旧事忆武林，食单载土步。
冶春有佳游，牵率酒人起。炉头促开沽，时物此必具。
嫩宜笋雏配，香借糟汁注。客中苦多病，膻腻见辄恶。
梦寐南湖前，竹竿自沿溯。未等秋风吹，归兴不可住。

鸭馄饨　一名喜蛋

南庖斗甘鲜，水陆穷珍异。独有鸭馄饨，他处屏勿嗜。
禾中养鸭儿，汀渚常接翅。方春引雏时，别取火攻易。
生机忽中遏，出壳已无自。买归付厨娘，烹煎出新意。
解秽屡淘漉，镊毛复细致。桂椒发芳馨，醯酱调汁洎。
当筵试评骘，雀鲊庶其类。春江水初暖，快想归棹利。
到家食指动，喜事宁有二。望近秀州门，上岸先买醉。

后序一

　　吾宗秋门兄,云壑夫子同社友,禾中名士也。乾隆己酉病瘤,卒于京邸。次年余以选拔赴廷试。试毕馆夫子官斋,得悉其生平。而黄垆长暮,白首难期;质可化龙,天悭烧尾。才能展步,地欠飞黄。卒使郁郁中年,生伤马磨;悠悠蒿里,卷余牛腰。良可叹已。辛亥,秋门兄季弟介盦来从。塞外并榻,葆冲书屋,苔缘臭味,故可同岑葛,匪攀援因能庇。本近士龙之丰采,宁不如兄;想卫玠之神情,征之于弟。时检行箧,出乃兄病存诗稿见示。然厘订有待,剞劂弗遑也。既而介盦复颠倒京兆,奔驰南北。绵上邗江,岁岁比依人之王粲;越中吴水,年年类作客之冯谖。余至乙卯,始倖博京兆一第,而又屡放春官。壬戌公车南返,取道广陵,与介盦见。值三秋,饮同十日。方怅江干万里,莫卜后晤之期;不谓梦里八年,又得长安之会。因复读《秋门全集》四卷。盖谷人吴祭酒订正,与之弁言,而介盦手抄成编者也。曲沃一军,居然小伯,刘卿五字,谬恃长城。许其必传,自当护以神物;求之可信,试即悬诸国门。故前既题辞卷首,兹复于介盦之别,未能忘言也。嘉庆庚午春二月,滇南宗愚弟维新拜手跋于京邸之漱六斋。

后序二

　　伯兄寅熙,姓李氏,字宾日,号秋门,浙江嘉兴人。早岁先君子见背,诸弟幼弱,赖母氏针黹以养。家日益落,兄遂授徒里门,督课诸弟。尝从师同邑种梅曹先生,励志攻举子业,兼及诗古文辞。未几,补博士弟子员,旋补增广生。时吴少陞(昄)、胡江林(世垲)、汪云壑(如洋)、钱漆林(开仕)、裴山(楷)诸先生方里居,时相过从,订交最密。无何屡困场屋,谋北上应京兆试。三荐不售,甲辰春归。应南巡召试,又不售。乃复入都,馆于云壑修撰邸第,抑郁者久之,有瘤发头左偏,因自号赘瘤生。京师诸公知兄名,亦或以是称焉。乙巳秋,得先慈讣，一恸几绝。瘤坟起若拳，呻吟卧榻，欲奔丧不果。次年文熙北去，见兄神意困惫，瘤忽溃，流血斗余，旋以医治得少平，时瘥时溃。犹手不释卷，日事笔墨为娱也。卒以是苦累。至己酉五月势大剧，药石罔效，殁于馆舍，春秋四十有一。嫂氏罗孺人先卒。遗二女，前后殀亡。继三兄子甄为后。方喜其善读书，又得暴疾卒。今以文熙子璣嗣焉。兄易箦时，嘱文熙曰：半生潦落，他已无论，惟诗稿若干，余心血所在，幸善藏之。所存古今体诗四卷，应制诗赋二卷。盖病时手录本也。文熙谨志遗言，游学晋塞。值云壑、漆林诸先生相继下世，不获走求订定。因撮其颠末，乞序于谷人、映山、船山三先生，及诸君子题咏，谋付剞劂，聊以成兄之志云尔。时嘉庆甲戌三月之朔，同怀弟文熙谨识。

附：灵芬馆诗话卷十

吴江　**郭麐** 祥伯

　　嘉兴李宾日（名）寅熙号秋门，与汪云壑修撰、王秋塍大令为诗友。两君亦雅重其人。秋试京兆，屡困有司，侘傺以卒。其弟介盦，为梓其遗诗四卷。盖所佚者已多矣。曩在邗上，介盦以诗稿嘱为题词。余为作二律，有"名从身后得，诗可箧中传"之句。秋门享年不永，故所作未遑深密。然清疏隽上之气，自不可磨灭。五言如"孤灯涌夜色。一雨尽春声。长林惊叶响。远雁与天低。严程凭马力。残月见衣棱"，七言如《荷叶》云"一灯凉雨鸣秋舫，廿载烟波感故衣"，《九日》云"一簣登临天尺五。重阳时节客三年"，《寄种梅》云"梦想笋肥应胜肉。愁看槐绿又如山"，《寄人》云"劳生行役鱼赪尾，小伎文章豕白头。老我形容花笑客，借人堂宇燕留龛"，《示弟》云"故交剩有贫还恋，好事多应梦不成"，皆清丽闲雅。其《读笛渔小稿》一首云"幽恨应难遣，闲情付冥搜。一生常作客，五字最工愁。贫贱谁青眼，诗书未白头。重怜云舍远，陟岵怨淹留"，殆以自况。而"诗书未白头"之语，又竟成谶矣。

第二编

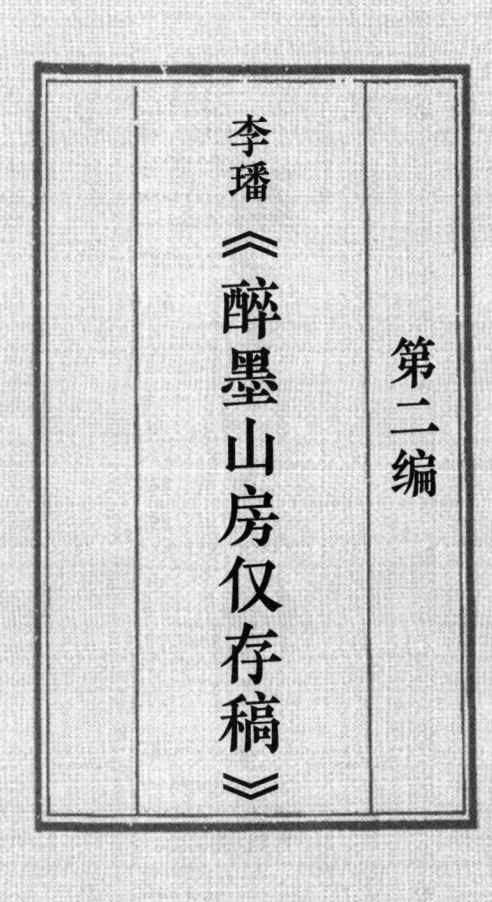

李璠《醉墨山房仅存稿》

醉墨山房僅存稿

李璠

李璠（1824—1878），巴金之曾祖父，字鲁珍，号宗望，清道光四年（1824）年生于四川，祖籍浙江嘉兴。璠年十五丧父，奉母于贫寒中。应童子试，以《王猛扪虱赋》取第一名，深得宜宾知县车申田（锡侯，己丑进士）赏识，但因清制非原籍而不得入试，遂终生放弃科举，而游交于名士公卿之间。后入幕襄赞南溪县令唐炯（鄂生）。继代署南溪县令，并调署筠连、兴文等县，任富顺县丞，充筠庆营统领。丁母忧，起复后晋直隶州知州，核省府库银。事竣，调任定远知县。光绪四年（1878）卒于任上，清代抗日将领罗应旒（星潭）为之作墓志铭。李璠早年尊时任成都知府的浙江仁和籍叶树东（云塍）为师，风雅文字，交往于朱海门、叶桐君、王培荀（雪桥）、程廷桂（君月）、程廷杓、王侃（迟士）王吾高父子、牛树梅（雪桥）、杨引传（薪圃）、张宜亭、何恺堂（锦帆）、陈曦谷等人之间。一生著述甚丰，惜尽失散，后由故友赵心一寄回一卷文字，遂刻为《醉墨山房仅存稿》，含文集、诗集、诗话、公牍四种共两册。李璠曾祖父李潓（号虞樽），曾祖母崔氏，继曾祖母孙氏；祖父李南棠（号兰陔），祖母聂氏；父文熙（字坤五，号介盦）；母张氏；妻盛氏，浙江秀水盛善沅女；生二女（幺姑、酉姑）一子（振镛，后改单名镛）。有女弟子任浣香、韩素英、罗梦娥、邹浣青等若干人随习诗文。

附

　　李璠，号宗望，江西①监生，咸丰十一年任筠连令。为政务，持大体，词讼细，故委尉代理，疾恶如仇。蠧役某毙之杖下，并斩里豪一人，邑人称快。其侄忠清，前任庆符，亦有德政。高邑叛匪何金隆等勾结张四亡地由正舟下窜，令亲督团并添调庆符练勇，在石龙庙堵剿。信赏必罚，得士卒心。庆练亦以忠清遗爱殊死力，屡战皆捷。相持月余，不能入境，遂改道围长宁、陷建武。筠高安堵，皆令力也。邑人建长生牌祀之，并详武功志。

录自《筠连县政绩志列传》

　　李璠，号宗望，江西人，任筠连令。同治元年，高逆何金隆、萧德广，勾结南溪张四亡地、滇逆戚维新、黔逆萧正有等众万余，由正洲下窜。令督团并添调庆高练勇，在石龙庙迎击，鏖战自辰至酉，毙贼伪先锋殷万明，夺获刀矛炮位无算，贼遂大溃。

录自《筠连县武功志列传》

　　李璠，江西人，咸丰十一年任县令。为政务，持大体，疾恶如仇。蠧役某毙之杖下，并斩里豪一人，邑人称快。其侄忠清，前任庆符，亦有德政。高邑叛匪何金隆等勾结张四亡地由正洲下窜，令亲督团并添调庆符练勇，在石龙庙堵剿。信赏必罚，得士卒心。庆练亦以忠清遗爱殊死力，屡战皆捷。相持月余，不能入境，遂改道围长宁、陷建武。筠高安堵，皆令力也。邑人建长生牌祀之。

录自《叙州府志筠连武略列传》

---

① 原按：本籍浙江，此盖当时修志之误。

醉墨山房文集
序

己未秋，亮卿大令以醉墨山房二册，语淦为之序。其书分四门：一文集，二诗集，三诗话，四公牍，乃大令之祖宗望公作也。大令一门词赋，民国四年刊李氏诗词四种，曾以此序之。今检光绪《叙州府志》、同治《筠连县志》，公俱有传。崇宁罗星潭观察复撰墓志，俱皆实录，无事添毫。惟文集内公牍、诗集内《在官自寿》一首，宜录入府县两志，方为完备。援洪北江淳化志例，公牍宜摘录大事记，方志通例；诗宜夹注列传之下，俾阅者知当日保全孤城，其规画良苦。当时志书未录，知操笔者，未采档册故也。至诗话之详派别，存故实，虽逊宋胡仔《苕溪渔隐丛话》之宏博，而采择谨严，又驾时贤而上。公之文章经济，从可想见。昔苏东坡历黄州、杭州、惠州，宋乾道《临安志》，清嘉庆《广东通志》、光绪《黄州府志》，俱为之列传。而筠连一县，《武功》《政绩》两志，为公列传，可与比类以参观。独怪异代与公同情者，明《苏州府志》载，徐恂知南靖，海寇薄境，率民鏖战，以完其城。《开封府志》，王廷华知扶沟，流寇薄城，战三昼夜，城赖以全。因此劳瘁而卒。明史不为之列传，失左氏薨于朝会加一等，死王事加二等之旨。公则因此超迁，万家奉为生佛，且世传簪笏。倘徐、王两令相遇于九原，公当自鸣得意也。夫迁史之例，以奉法循理，而列《循吏传》。自两汉以下，八史奉为圭臬。其间即有变革，如《辽史》曰"能吏"，《南齐书》曰"良政"，《晋书》《宋书》《旧唐书》《南史》《元史》曰"良吏"，不过刘知幾所谓貌异而心同也。莫若《东观汉记》，名臣传外，无他标目。俾史之文能杀贼，儒亦知兵如公者，传列名臣，方合汉史之例。且与朱氏《名臣言行录》，采班书《循吏传》中黄霸诸人而录之例合然。《筠连志》为公列两传，符刘向《七略》之例。向以伊尹、太公入道家，复以伊尹、太公入兵家。此互见法亦尊崇，法又为他志罕遘。方今《清史》未成，蜀志未修，量秉笔者例即翻新。而公之宦迹，据事直书，当流行不艾云。

新津胡淦序于璧经堂

诰授奉政大夫晋封通话大夫李宗望墓志铭

咸丰庚申滇匪初犯吾蜀，所向披靡，全省骚然。蜀吏能治贼以才能著者，太守则杨公重雅，县令则唐公炯，佐僚则李公璠，数人而已。其他大位若武臣阒无闻焉。应旒知李公名，尝心慕之，欲亲其言论风采而不得，及与其犹子忠清交，乃知公字鲁珍，号宗望，浙江之嘉兴县人。父介盦，屏山县巡检。公幼颖悟，读书目数行。下性方直，以道自守，厚重寡言。与人无忤，然意所否虽权贵不能夺。年十五，介盦公卒，奉母张太夫人居叙州。家徒四壁，死丧相继。公先意承志以事，以畜太夫人。居忧戚中，恒忘贫窭。服阕应童子试，辄冠军。以冒籍故，格于议而罢。父执诸名流，咸异之，文名籍甚。卜地葬父兄毕，遂囊笔游公卿间，蒲轮争迎无虚日。会滇匪乱，公适以武功爵，议叙按察司经历。唐公炯令南溪，共谋讨贼。唐公常越境督师，公抚辑于内，饷馈不绝。每赞戎机，出奇制胜。大府知公能，调权筠连县事。县当滇蜀冲，新罹兵燹。公至，抚集流亡，训练团众，安内攘外，民气以伸。土寇何金龙啸聚千人，应滇贼。公立捕诛之，散其党从。旧例佐贰不能久权县事，至是破格，俾君尽其能。在任两年，贼不复窥其境。旋调兴文县，为政一如筠连。筠兴皆瘠区也。他署任者，率及期酬善地去，公独以邑绅某，有所请托，不之应，遂短公。上游久乃檄署富顺县丞，磋商王某，工垄断，印官多承意虐民，公独不稍假借。商衔之，贿贵人欲中以祸，不得间，乃令引疾去。俄丁母忧，起复回原省，大府追叙前劳，擢知县，复晋直隶州知州。方伯程公檄令核库款，事竣，权定远县。月余，病卒于官，享年五十五岁，覃恩晋封通奉大夫。配盛太夫人，子镛，四川候补知县；女一；孙三人；孙女一人。父介盦公，以忠清官晋封荣禄大夫，母封一品夫人。光绪四年九月初二日祔葬于成都龙泉驿之阳，从公志也。其姻余方为之传，谓公幼时，张夫人疾危，尝剸臂肉和药以进，遂愈。而状不载其事，盖公内行竺挚，虽妻若子不以告也，吁可知其人矣。公著作甚富，不屑以词章名，散佚殆尽，存杂著一卷，待梓。呜呼。天之生人，不畀以聪明才智，浑浑噩噩，如无怀、葛天之民则已。乃既负聪明才智，能御患难，持纲纪者，率不得大展其志，以尽其才，即小试一二事，而挫折困屯，俾赍志以没，是何数之奇耶？如李公者，真天意不可测哉。

光绪八年夏四月其子镛丐崇宁罗应旒[1]为之志。

---

[1] 罗应旒，字星潭，四川崇宁人。后戎积功，官至贵东道。中日之战，唐王山炎役，毙倭贼千余名。和议决，遂归。工书，见《益州书画录》。

圣寿六旬赋　以愿上南山寿一杯为韵

　　钦惟圣天子一人有庆，河镜初澄。万寿无疆，海筹乍献。升恒久照，人瞻君子之光；奎璧联辉，帝协天行之健。开九天之阊阖，遥瞻玉座之仪；集万国之冠裳，拜展嵩呼之愿。当夫岛夷之犯顺也，自外尧天，甘罹汤网。七德昭宣，四方景仰。涿鹿之师甫出，大伸天讨威严；洞庭之表旋来，伏冀皇恩浩荡。我皇上推生成之德，予尔自新；广并育之心，宥其既往。当捷报红旗之日，电迅寰中；正瑞凝紫府之辰，星辉天上。原夫敬天德慎，法祖恩覃。元功登五，酿化咸三。继圣祖以承釐，松庚媲美；侍慈闱而笃祜，花甲初探。枫露旁流，祥凝阙北；松云垂拱，耀炳天南。则见夫民赓帝力，臣仰天颜。欢腾寿寓，庆溢人寰。廿一年化育，云劳锡洪范，而箕畴福衍；六十载精神，益茂采舆情，而三祝歌娴。信保合之多功，诚能动物；钦圣慈之必寿，仁者乐山。夫是以德化风行，聪明天授。敷四表之光辉，起八蛮于僻陋。瞻云就日，庆天王甲子初周；航海梯山，际盛世贞元永茂。允矣乃文乃武，三十六国，欣逢有道昌时；诚哉得位得名，亿万千年，常衍无期圣寿。彼夫秦皇不智，远觅长生；汉主无知，旁求异术。唐玄宗雅好神仙，梁武帝高谈静谧。非不思福禄攸同，究未获康强逢吉。曷若我皇上馨香，上格天心之眷顾无双，寿考维祺民心之讴歌如一。于是华夷轨集，中外庭来。凤仪兽舞，麟振龙胎。从此年逾一万八千，比人皇而更益；还期度计三百六十，同天运之常推。臣材惭草莽，赋此台莱；神驰上苑，迹阻灵台。赓喜起于唐庭，欲献千秋之录；拟声歌于周雅，遥称七宝之杯。

出门草诗序

　　青莲出蜀而诗成，少陵入蜀而诗亦成，蜀固造就诗人之薮也。予友垲园家于浙，流寓于蜀。甘旨或不继，尝为人捉刀。东渐于渝，西至于锦城，北历剑阁，南则放乎峨眉戎僰间。屐齿所经，耳目所濡染，靡不以韵语出之。且夫太史公行天下，周览名山大川，故其文多奇气。是读万卷书者，诚不可不行万里路也。蜀固天府，人文蔚然。子云相如扬其风，李杜极其盛，三苏畅其流。遗风在野，流泽孔长，其入人也深矣。况夫雄图天启，沃野千里，自古为用兵之地乎？蜀王刘璋辈无论矣。而武乡侯，丰功伟烈。鼎峙千秋，读其书尚淋漓慷慨。感发其志气，矧亲睹其遗文故址者哉。嗟乎，壁垒维新，风云变幻，其结构殆如垲园之诗乎。垲园才甚大，郁郁于时，所如不得志。天或者挫折之，将使其险阻备尝，而有以继扬马诸君之业乎。不然何以负英杰之姿，而席不暇暖，有类乎太史公之不偶也。所著出门草二卷，根底宏深，见闻独辟，深得山川之秀气。其间五言最多，虽篇幅不备，然格律精严，词义深厚，亦间有沉雄之作也。丙午春，索予序之。时予有龙门之役，出江油，度阴平。蜿蜒摩天，望戍楼之残照，思保障于当年。未尝不叹刘禅之庸，而武侯之苦心孤诣，为独周也。及还，过匡山，登太白读书台。苍翠扑人，峰岚缭绕，又不禁有浩然凌虚之志。情以境迁，退而有感，因书以序之。君他日锦囊满贮，琴剑归来，其造诣必更有进。然后知蜀之相吾子，当不在李杜下也。是为序。

度缘集序

尝闻佛法无边，广布大千之界；文人夙慧，常依不二之门。只缘草细松长，无非慈荫；遂悟鸢飞鱼跃，尽属生机。所以太傅多情，缔玉仪之因果；谪仙示偈，参金粟于如来也。吾友叶雨林者，学本圆通，道参般若。神原欢喜，性复虚灵。成竹罗胸，擅风流于名教；拈花在手，味雪淡于禅林。常看柳袅风前，轻盈入妙；遂觉松涛月下，清冷皆空。愿结宏通，可证金环之果；佛如保佑，常参玉版之师。虽难趺坐团蒲，法参上乘；也合经翻贝叶，谛阐真如。舌上莲生，香盈世界；心同藕洁，净到灵台。有感斯通，瓶乞纯英之露；无求不应，盘盛如意之珠。漫云爱锁情枷，最难忏悔；须识昙云法雨，总是慈悲。因缉《度缘集》三卷，心存救度，衍佛语而珠圆；义释幽微，发英辞而玉润。伏愿红闺白屋，齐拜兜罗。庶几碧海青天，永消离恨。三生修到，五蕴皆空。则舍利园中，咸观自在；法华会上，大放光明。彼岸非遥，望爱河而莫溺；慈航普渡，蹑慧海以胥超。是皆接引之菩提，抑亦指迷之絮果也夫。是为序。

徐母李太宜人寿序

闻之晋纪鲜封自昔，重女宗之式；鲁赓燕喜多士，扬寿母之麻。盖食德者，深必求渊；致秉教者，裕可卜泽。长循其本，以溯其源。有贤母乃生贤子。略其大，以观其细；能寿世，无不寿身。静挹柔嘉，进窥圣善。而知我诰封宜人徐母李太宜人之享遐龄，膺多祉，自有其漳彰者，岂仅如宣文之艳说绛纱，大家之争辉彤管也哉？太宜人以平江右族适雪水，兴宗内则凤娴，借诗书为膏沐。刑于既咏，立闺阃之楷模。维时封翁先生职效飞凫，因贵介而转迟骥足，德配范太宜人。兆征无釜，本嘉耦而遽折鸾俦。太宜人井臼日操，媞媞硕人之象；衾裯星肃，循循师氏之箴。虽匹嫡无嫌，已阒君之即世；而古人自律，讵房老之足矜。抚诸子则爱峙所生，衣服礼秩之必谨；综庶务而宽以接物，干糇筐筥之罔愆。允无忝夫母仪，实代成乎地道。而况双珠照座，机声与夜课同清；宜其积笏盈床，宝笈偕天章并焕。其不可及者一也。洎夫封翁之分守曹河也，郎君官贵，夫子心劳。每王事之我敦，不遑暇食。问民生之疾苦，何以家为。而太宜人抱瓮不辞，质钗充赏。苹蘩尸祭，丰俎豆以荐馨；藜藿安贫，洁梅苏以举案。职兼阃内，挽鹿云劳；化及域中，弋凫并警。卒使棠甘留荫，隔疆来众母之瑶芝；检论勋当，宁识次公之姓。凡此宏猷之垂裕，半由内助之赞襄。其不可及者二也。至若慈训殷谆，仁怀恻恻。惧修名之不立，墙可埋钱；诵世德之清芬，门堪列戟。整躬以率，画荻而代严师；陈义甚高，截发以留佳客。是以长君大尹，绍前烈而煮海南邦；仲嗣明府，奏循声而栽花西蜀。太宜人以为一处闲曹，但资榷酤；一当紧望，宜问平反。爰就养于小溪，借匡予季；喜追踪夫渤海，实获我心。回车不等延年，捧舆竞夸崔里。慈云普荫，爱日常昭。凤集堂皇，嘉祥备至；乌巢厅事，仁孝遐彰。所存则神，善心窈。其不可及者三也。若夫隐之作守，亲为负薪；文伯退朝，老而犹织。信莲心之耐苦，澹泊弥安；亦棘手之能持，脂膏不染。身乏七升之布，翟茀何加；厨捐五鼎之牲，鱼池不扰。婢姒从而归厚，舆台莫不饮和。盖惜物力，所以养清廉；亦悯茕独，即以宏施济。义浆仁粟，浓敷功德之云；掩骼活囚，润洒菩提之露。好施不倦，士夫所难。其不可及者四也。有此四端，绥兹百福。紫泥恩重，拜五色之宸章；碧甸春融，诵万家之生佛。时则花明瑞室，月在高蘩。樽倾菊醑以延龄，筵列枣瓜而上寿。前麟后凤，绯袍增绕膝之欢；刘酒卢羊，绮阁上期颐之颂。某等或居子列，或忝寅清。快睹令仪，而康而色；奉扬淑问，宜雅宜风。末由鞠跽以抒诚，爰假管城而祝嘏。伏愿恒春之树，映璇蕤琼藻而岁岁如新；庶几函夏之芝，遍员峤方壶而时时献瑞。是为序。

叶云塍太守寿序

尝闻太上立德，其次立言，其次立功。窃谓德以费而隐，言或善无征。其辉四极，而寿千秋者，厥惟功乎。功之所在，德可得而稽焉，言可证而信焉，如我云滕太守者。仁而寿，智而廉，勇敢而谦。桀桀人才，经文纬武，其功之垂两川者，不昭著于耳目闲乎。公世居浙之仁和县，少失怙，家贫，能竭菽水欢而悴励于学。学大成，丁卯举孝廉，名噪于时。然屡踬春闱，欲得禄以养亲，遂就知县职于西川。时川督襄平蒋节相也，知公深，甫至蜀即辟入幕府，凡有张弛，靡不咨，公知无不言，民间疾苦事，胥赖以除。故节相丰功伟烈，彪炳蜀都。皆公之有以相之也。公尤善平反，虽数十年疑狱，引百计者，片言折之，靡不悦服。是以历署内江富顺汉州屏山等处，皆不让古之循吏。攀辕卧辙，祝长生者比比也。今天子八年，补苍溪令邑。民贫放多盗。乃购山泉一脉，开灌良田数百顷。且策示编地法，俾民生遂而盗风息，至今称富教焉。嗣因富顺获盗功，入觐龙光。天子奇其才，迁牧会理。其地在万山中，华夷杂处，滇黔界连，番溪不相能。公至，一秉于诚，柔远能迩，欢声接于衢。十四年，越嶲夷畔。宫保鄂公曰："是非叶君不为功也。"乃奏改越嶲厅，倅为丞而以公往。公亦知其功之可立也，颁章程，垂条教，申约誓。宣天子威德，一以教化为主，凡三稔而告厥成功。是时，雷马三厅皆有事，惟公所镇抚者戢然。是非公之武备交全有，以捍卫而柔怀之。讵能如是乎？大吏上其功于朝，奉简命以知府用。历知成都、宁远、夔州、保宁、嘉定、叙州等府。胥能开诚布公，正己率人。为当世之龚渤海。然性和介，故迁转少迟。先是越嶲夷难驯抚绥者，不能为功。自公导化之，则恂恂如子弟。争以蛮华狍鸟为长官寿。后之丞其地者，张目拱手，坐享其成功，而不知公之苦心孤诣。有以启之也。且夫世之贪天功而受上赏者，难更仆数。求其功真，勤于民而已，不及于赏，谦谨退让。如公者岂多觏哉。虽然云兴泰山，风激而愈广其泽；骥行千里，山险而弥彰其能。若公之错节盘根者，殆亦苍苍之默相之，将。以老其才而大其用。则他日者懋潞国之精神，膺汾阳之福德，丰功伟绩为邦家。光必有与昔贤辉映者，况诸公子鲤庭秉训，玉立森森。或衣锦携琴，克勤王事；或焚膏继晷，能读父书。则天之福我善人，而公之克膺纯嘏者，正未有艾也。丙午季夏，值公揽揆之辰时守龙门。化式草茅寿征松柏，洵盛世之耆英也。盖弧星见丙，昭五百年名世之祥。嵩岳生申，永八千秋大椿之纪。民歌生佛，人祝地仙，群欲摛词以为寿。窃思公之德功与言，自有在也。窥天测海，固不能表扬其万一，而亦不敢以世之浮词虚誉进。姑就耳目所濡者，溯公之巩，以窥其德，而信其言。彼欲知公之德与言者，即以其功考焉。则亦可想见其寿身寿世之梗概云。

《度缘集》征诗序启

石壁刊经，径辟慈悲之路；禅门护法，交需慧业之人。只缘北斗灵章，终归宣圣；所以西方至教，尤仗儒宗。非文以载之，惧传之替也。某不才，自愧先觉未能，凤慕拈花，用镌梵笑伏，望阐扬密谛。广大真如，墨彩飞光，冠琳琅于篇首；笔花挺秀，落珠玉于毫端。或摘贝叶以镌词，或抚长松而作赋。非特坡翁宝带，可镇山门；亦将少傅新诗，永藏经室矣。

贺叶桐君贰尹丧偶

别子久矣。曲中折柳，又是一年；江上落梅，刚逢五月。虽鱼沉雁杳，未达尺书，而眷眷寸衷，靡日不与。知己者，心心相印也。比维青云得意，勋绩遐彰，冰誉遥聆。甚幸。仆龙门作客，囊橐仍空。客岁莲史兄分办馆事，颇觉逍遥。今则青毡还我，绛帐招人，笔耨舌耕，日无暇晷。惟幸家慈康健，细弱平安，差堪奉慰耳。五月一日阅阁下家报，惊悉嫂夫人仙逝，不胜扼腕。因思王进士失火河东贺之，而说者讥其幸灾。不知君子图其远者，小人图其近者。人生亦蜉蝣耳，苟得名立天壤间。虽朝闻夕死，犹其幸也。况区区之幻泡哉。故仆始为阁下悼，中为阁下疑，终将学柳子而更为阁下贺。盖嫂夫人淑慎其身，孝于舅姑，而慈爱其下固已，徽音是则，遐迩昭垂。方冀天假之年为修德者劝，孰意瑶台倾倒，弦转哀音，即铁石肠犹将痛之，况情种如阁下者乎。且夫入宫不见，剩半榻之幽辉；因梦何曾，拥孤衾而谁语？此仆所以始为阁下悼也。而况堂前生佛，同侍膳兮何人；掌上明珠，叹靡依兮罔极。揆之于势，度之于理，他日又有不得不为思元子。嗟乎！情深奉倩已薄三生，爱比高柔忍令二色。此仆所以中为阁下疑也。然而，文能永寿，阅世常存；天或相君，斯人不朽。阁下清才绰语，卓越群伦。偶尔咏题，尚将驾元白而上之。今值无可奈何之日，以夷则之音，写中怀之感。缠绵凄恻，润色风花；俊逸清新，光晖梨枣。他日悼亡集成，当不徒纸贵洛阳，且可以垂芬不朽矣。昔陈蔡之厄，人以为文学造就之区，安见其非此意也。此仆所以终将学柳子，而更为阁下贺也。庄甫之赠，其为惠也深矣。附此申谢，不备不庄。别绪重重，临池惆怅。

邹浣青夫人诗序

丙午冬，予友葆田明府，以淑配邹浣青夫人诗索序。维时梅花破晓，清梦方阑；竹叶凌寒，吟魂欲醉。雅托良朋之好，矜宠殊常；漫题才女之诗，光荣非分。不维固陋，请墨简端。盖夫人族本簪缨庭，趋诗礼。幼而明淑，早传伏氏之经；长更庄姝，即咏谢庭之絮。本兹家学自有源来，嗣厥徽音，讵同恒泛。故香痕粉渍，不逐波流；镜影钗光，都饶风雅。而况机中锦字，不必缄愁；案上琴弦，尽堪协奏。青衫红袖，击铜钵兮双声，白雪绛霞，敲玉壶而叠韵。或携手而山看并峙，岚翠沾襟；或分题而水咏交流，湖光荡桨。又岂仅描二分之眉黛？月挂松枝；绛一瓣之心香，风追林下也哉。是以学宗曹氏，韵更芬芳；才敌班姬，神尤蕴借。当花琢句，袖倚竹而春寒；摘叶镌词，佩纫兰而秋冷。所著《连清馆诗》十卷，亭亭净植，花骨轻裁；娓娓清词，莲心苦咏。落笔则庄凝端雅，构思则清倩缠绵，固已纤秾得衷，修短合度。拟秀丽于天孙，艳夺七襄之锦方；丰神于湘女，清于三叠之波矣。今夫离象文明，爻占女子，坤祺浑厚，秀毓名媛。为标盛世之清风，阃仪百代；幸作文人之佳偶，韵事千秋。以视夫计米筹薪，徒夸节俭；牵萝补屋，致慨凋零。然后知福慧兼收，独破红颜之格；德才并茂，不殊黄绢之词也已。仆持家有妇，但把犁锄；就正无师，谬谈骚雅。自念才非逸少，未能执湘管以临池。若教帐设宣文，定合侍绛纱而请业。嗟夫！萧萧朝籍，半登利禄之场；落落寒毡，亦少诗书之气。后之闻斯风者，能不卓然而兴，恧然而愧矣乎。

复盛庄甫书

昨以玉版笺致颐斋：乃承严谴，夫复何言？但古人于理死不敢屈，故不得不明白于足下。尝闻陆续之母，割肉未尝不方，断葱未尝过寸，而朱子称其质美。可知士君子一言一行莫不暗合其质，惟在有心者察之耳。足下不是之察，而哓哓于左右，其亦未之思也。在昔无简牍则已，自有以来，白简飞霜，凝光贡帝，固无论矣。即昌黎上《陈给事书》，而孟郊一序，竟以生纸写。夫生纸有丧之纸也。昌黎一儒生，且施之于给谏矣。况颐斋尚未有给谏之尊，而玉版笺又非生纸之可比，庸何伤乎？夫颐斋与仆，非父党，非母族，又非长官也，何轩轾于其简。仆之通书者，不过悦亲戚之情话耳。家本清癯，桃花难购。性耽安逸，蕉叶便书。

初无求悦当事之心，自不敢更儒风之素。《记》曰：素富贵行乎富贵，素贫贱行乎贫贱。阁下岂未之闻乎？此二语当与颐斋分据之，各安其常，毋相强也。阁下云：刻薄之行，施之君子则损德，施之小人则树怨，则于理尤不当。谨按，玉版十三行，起自右军而古人重之。既为君子矣，雅人韵事将嘉之不暇。何损德为若？固以小人自居者。俾知仆以君子自之，亦当感而不当怨也。仆常奉教于君子矣，何敢以小人目颐斋，奈何必欲自任之也。足下读圣贤书，凡事当求其是，置身处世宜以清贞雅正为第一。顾可作俗人之便佞，而不为儒宗之护法，甘心于悖理耶？承谴，裁复。请再三思。

《修真集》序

尝闻精生乎气，气摄乎神，神主乎心。故欲长生者，当以清心为主。第心也者，功名以震之，富贵以动之，声色以炫之，嗜欲以纷之。形劳于外，诚感乎中，清之至不易也夫。是故，古仙人者出，创为吐纳之术，夺天地造化之机，泄阴阳生生之妙，参天度人，意至厚也。无如其书，丛杂浩如烟海，使读者有望洋之憾。今陈君汇辑是编，以功行立其基，以修持练其心，以火候成其功，言虽约而钩其玄，路虽捷而归乎正，诚初学之津梁也！书成问序于余，余按：立三千功者成地仙，而况加之以修为，煅之以火候，造诣所极，气化神凝。反此心于太清，虽欲挟金仙而凌玉阙，亦何难哉！是为序。

致彰明牛雪桥书

前奉还云，借聆一是。辱承奖饰，惭恧殊深。只因俗务劳状，炎风炙躯，久缺报章，时呼负负。顷间又披。手示。借悉驰驱两邑，茂著贤劳，甚善，甚善。第念象山兄戴月披星，鞠躬告瘁。家贫母老，情实可伤。居停之不委他人，而独谆托阁下者，盖亦知茕茕孤露，非仁人不足以覆翼之耳。今阁下结旧案，为苏民济困计；取领呈，为关回蠹仆计；劝捐助，为魏氏扶榇计；托刘公印税而归其资，为其母日后养膳计；慈怀恻恻，义立仁彰。固不独魏氏存亡所当衔结，即闻之者，亦不觉首之至地也。惟是五日京兆，难奏全功，不无怅怏耳。周少府竟能如此尽心，诚古之人也，佩服，佩服！杨二攘剥成家，良堪发指，第恐后任不肯关提，使此奴侥倖，殊觉怅然。考棚南北坛及养济院，未知告厥成功否。轮奂维新,厥功斯茂。他日立。

庙堂造区夏,胥于此基之矣。碑序容后撰呈。承示近修县志,尤为文献之助。惜仆远阻一方,不克挂名简端,为可憾耳。养济院既立,宜筹经费,为衣食口粮计。一戒司事侵剥,二戒用度不敷。务须绰绰然有余裕,方为尽善。不然养济院在有也,不闻歌功颂德者。诚以虽邀养济,仍陷饥寒,徒有其名耳。承采刍荛,故敢附及。所示石泉添换积弊,处处皆然,可胜言哉?某尝谓欲省刑罚,必先绝株连。一案中若邻里若旁证若妇女,皆属无用之人。蠹役嘱其扳附,为侵渔地。执事者不察,带一名于纸尾,遂成附骨之疽。诚有如子才先生所谓者,虽官问不及,而其家已荡。故绝株连,即所以慎刑罚也。而况妇女之首重者在廉耻,一经差唤,则噂㗳杂坐,窘辱百端,其弊更有不忍言者。为民父母,诚能哀而矜之,其功德当不减于造浮屠了。至于禁狱,尤宜留意。每值祁寒酷暑,饬役扫除,一开口之劳,而造福无量,亦慎不虞,积阴骘之一端。承示梦魇惊卡相,呕秽丛杂所致,可赦者赦之,宜释者释之。人少气清,自然无事矣。专此肃复,言不宣意。残暑未消,起居自玉。

致毛蕴山

尝闻大烹之设,特养贤才;大武之颂,不留神惠。某素非李密,惮挂角之辛劳;远愧右军,啗炙心兮未应。只以学惭,窥西就北面而方殷;何期祭适,逢丁问东邻而已杀。伤无鼷鼠,丰洁堪夸;伴有羊豚,拜嘉可必。只恐陈平分肉,割或不多;敢如宁戚扣歌,音将待赏。朵颐观我食指动。予却三物之齐来,乞一脔而已足。书生邀福,聊比猪肝;狂客肆言,羞随鸡口。半樽白酒,笑未见夫全牛;一笛清风,思倒骑夫牧犊。阁下喜开秋社,独上春台。辨用牺于鲁国,君自聆音;盟宿将于文坛,我当执耳。谨状。

盛少霞墓志铭

癸卯春,少霞卒于家。予生平至好也,糊口于外,未暇志之。越五年,予客龙门,梦君来索铭。予不禁呜呼流涕而言曰:呜呼!文字之交至于如此,甚矣哉!古未尝有也。在昔,魂来枫林则有李白,音知山水则有钟期,是皆生前友,非相契于冥漠者。宋人或梦石曼卿,而六一居士之言,饶有寄托。即灵爽如元伯，亦不过临卒一梦，临穴一待，其后无闻焉。惟君得天独异，寒暑五六迁，而神明不隔。呜呼！如君者古人何哉。君姓盛氏讳之光字少霞，浙之鸳湖人。始祖郰伯奔于鲁，代有闻人。明季始迁于浙。其父浪霞先生，宦于蜀，卒而流寓焉。家极贫，环堵萧然，而体又羸弱。庚子夏，予得识君。倾盖欢然，心即忧之。尝九日登翠屏山，俯视江流，指点山川。顾余而言曰："此非献贼蹂躏之地乎？我辈生升平时，琴歌啸傲，何其幸也！"已而坐揖爽轩，相与论史事，淋漓慨慷。君扣竹而歌，仰天长啸，其音清楚，洒人毛发。予益忧之。其后家日落，甘旨或缺，所谋又不遂，退而自废。无以解忧，朝夕惟与予游，寝食与共，肝胆相照，金石诚不足以喻之。然余贫不能为君计也。沉忧隐郁，终更迫之，卒以委顿。癸卯春，予走江阳未阅月，而君之讣音至矣。君神气清癯，长不满五尺，而衣履整洁。虽居陋巷中，左图右史斩如也。假使天假之年，入承明襄著作。置身木天粉署中，清品清才，何尝非当世冠。顾乃茂龄。天促淹蹇死牖下，是岂天之不欲生斯才也，抑其才固为天所忌耶，是又不可知已。古有贾生者，不善处穷，而葆其天真，一不见用，则忧伤病沮，不能复振。呜呼！如君者，殆其流亚欤。不然，何忧思之深也。君性至孝，虽菽水之养，而能得亲心，周旋诸昆弟，雍雍肃睦。见人困厄，则戚然而忧。遇豪贵人，瞠目不相识。或论及屈抑事，则又慨慷言之，无少顾忌。人方怪其戆，而余以此益重君。君与予交仅三年耳，予多外出，不能深悉君。故所状君者，交情而外，不他赘焉。君生好予文，尝谓得天之奇气，而能以清倩出之，死而不忘。其亦有嗜痴之癖耶，甚矣哉。古未尝有也。余幼失学，惟饮食仆赁之资是忧。故笔荒如寻，不能尽天之所赋，以慰故人之期许。又无佳梦如江淹郭璞辈，临文自愧，怆然于心。他日泐诸贞石，君必有以教我，请仍以梦寐卜之。君卒于某年月日，生于某年月日，春秋仅十有九，未娶。葬戎城之西。铭曰。

致张晓瞻中丞

前中丞在豫时，曾两上书。计已仰邀鉴。及嗣闻晋阶请假，慈驭上征。未奉讣音，心常疑骇。顷舍侄至，辱承垂询，始得确音。伏念太夫人徽音懿德，遐迩昭垂，当兹驾返瑶京。虽两川赤子，亦觉伤感难名。而况中丞性敦纯孝，创巨痛深，自必异常哀毁。第太夫人衣披一品，寿近期颐，备极尊荣，应无发憾。而中丞当此不毁之年，似宜守悬壶之素。稍加自玉，以答主知。是不特四海苍生，咸深虔祷。想亦慈灵，所默慰也。某流滞江油，石田自耨。频年近况，难告远怀。乃中丞于风木声悲之际，尤念及寒士于空山，意重殷勤，感难罄竹。惟是山河远隔，鱼雁风疏。一束生刍，越疆难吊，殊觉怅然耳。专此布唁，只请履安。伏希照鉴不宣。

上浙江刘方伯书

浙江自香山玉局后，名贤代出，主宰西湖。我朝李敏达公，每携文卷，坐亭子湾辨治，而时人美之。可知有超世之功者，必有高世之见。而名迹胜境，亦得借贤人君子之光辉，以增其色。今公仰奉恩纶，屏藩全浙，此地民醇政简。对酒湖山，其勋施必有与昔贤相辉映者。惟是邦亏空相沿，最难清肃。而各州县交代钱谷粉繁，尤多藤葛。某于乙酉，岁读南旋。其时荷屋先生世兄在浙，故得悉知之。迄今十余年，不识曾清厘否。公诚起而振之，则本正源清。全浙官民之福也。某在川三十载，虽无补于苍生，而时深乾惕。无如频年潦倒，迩来时动归思，倘得邀福庇。言反乡关，即为大幸。第一身穷蹙，不特置山无术，亦且买舟无资。将来一片寒毡，仍不得不仰借龙门之嘘。值彼时尚望垂念旧属，俾得优游于儿时钓弋之场。则召伯棠甘苏公柳茂，亦当扶杖，以观政化之成也。

跋

李镛

家大人精于治文，只以家贫，奔走衣食，为人作嫁，有作辄随手散去，不自收拾。镛趋庭时年幼，亦无所存录，深以为憾。今春，赵心一丈，忽以此册见寄，是其三十年前携去者也。迟之又久，竟得珠还，安知暗中不有神物呵护。欲使镛复呈堂上，以博欢欣耶。敬读一周，不觉喜极而拜。用书始末于护纸上云。

先府君（李文熙）行略

谨按：先君讳文熙，字坤五，别号介盦，浙江嘉兴府嘉兴县人，世居用里街，曾祖扬曾公，讳玉传，增监生；祖虞樽公，讳澊，国学生；考兰陔公，讳南棠，……郡，庠廪膳生。以公贵，敕授修职佐郎，晋赠通奉大夫；妣聂太夫人，生五子，先君其季也。

先君生于乾隆丙戌年七月初十日申时，三岁失怙。依先伯秋门公成立，教之读书，力学不倦。屡应乡试不售。十七岁先祖母去世，先君哀毁骨立，秋门公挈之入京。因得交吴谷人、梁山舟、汪云壑、张船山诸先生，学益进。嗣秋门公捐馆，乃应聘入晋，馆于马氏，教其子弟者十余年，仍偕门人辈屡应顺天乡试。门人次第皆捷，先君终不售。马氏感先君，为捐布政司照磨一官报之，分发四川，非其志也。嘉庆二十三年，先君至蜀，历署青堤渡盐场大使、崇庆州州同。道光七年，借补射洪县巡检。十三年缺裁，复补屏山县巡检。时猓夷不靖，地方多故，先君带勇筹防，积劳成疾，遂于十九年三月初八戌时卒于官，敕授修职佐郎。先君笃于孝友。每以不得逮事祖父母终身抱恨，又以常受秋门公抚育未克报之。每谕璠等曰，他日成立，必博封诰，以光泉壤。生平喜读性理诸书，规行矩步，动必以礼，处友朋则诚信不欺，故多耐久交。居官清慎，不烦不扰，一以修养民生为主。性至介，辩义利甚严，虽饷钱万，欲其妄喝一笞不可得以，故卒之日，两袖清风，无以为殓。配张太夫人，生三子：长璿，官甘凉，先卒；次璣，嗣秋门公；次璠，四川候补按察司经历，历署南溪、筠连、兴文等县知县，充筠庆营统领。女子三人。孙三人：长洪钧，四川候补知县，历署名山、彭水等县知县；次忠清，四川候补同知，历署理番、松潘直隶同知、庆符县知县、城口厅通判、充安定前营营官，皆璿出；次镛，候选县丞，璠出。女孙三人。曾孙道源，候选府经历，洪钧出。道光二十四年三月葬于叙州府城北岸。同治四年十月以忠清遭际，覃恩加五级，诰赠通奉大夫。呜呼，先君至性觥觥，尤深经史，著作甚富，以家贫子幼，多散失。唯所修《鉴撮》行于世。候补时，历任学使者，聘入幕中，总阅试卷，倚之如左右手。家居奉了凡功过格。公余，手一经课子，每至夜分不辍。只以见背时，长兄已故，璠等均幼稚，一切嘉言懿行，不能悉知；或所知之而不详，不敢以厚诬先人，故所述者仅此。伏望仁人锡类摭其大略，铭之贞石，则璠等感泣无既矣。谨状。

醉墨山房诗稿

甲戌花朝后一日和朱海门太守见赠四律即步原韵

同官祖帐设东门，下吏攀辕出小村。愧我独行无伴侣，知公清节罢筵樽。
萧萧寒雨天为泣，黯黯江波孰与论。回首龙门八千里，谢元晖更复何言。

正喜文翁驻锦城，莼鲈何事速归旌。一丛薙拔强豪敛，满道甘棠父老迎。
二五偶成公且去，群阴聚处①局当更。他年谢傅东山起，再与闲鸥缔旧盟。

戎州此去足盘桓，六载循猷猛济宽。秀实戢兵烽火静，寇恂察吏士民安。
纠弹有疏流声远②，出处无惭③自古难。今日蒲帆江上去，还应高揖子陵滩。

宦海鲰生日抗尘，从公无计结芳邻。一阶倖进怀知遇，片语箴规感性真。
生本粗材逢哲匠，敢因时样薄佳人。寄言江上渔舟满，观钓何妨涑水滨。

和胡心田西湖原韵

梁上香泥燕子窝，寻春花里几回过。无端留下飞鸿爪，赢得诗人锦句多。

湖中楼阁水中船，旧恨重题忆管弦。衣上酒痕犹未浣，奈何紫玉已成烟。

得君重振旧风骚，调比阳春白雪高。笑我抛砖来引玉，还将倾倒志吟毫。

再叠前韵

卜宅曾邻安乐窝④，应官更向锦城过。书生本色都如旧，只有霜毛鬓上多。

---

① 原注：自公去位连月阴雨。
② 原注：公任御史时曾劾大僚，直声震天下。
③ 原注：两次移疾，大吏不许。
④ 原注：安乐窝在犍为县，予曾卜居其地。

半世功名水上船，明知琴曲不知弦。信天久作斋心法，且自逍遥立暮烟。

无聊寒夜读离骚，那管窗前月影高。几次鸡鸣迟不寐，墨花犹自染霜毫。

三叠前韵

锦字当年作擘窝①，磨崖塞外雪中过。从戎莫道皆危险，昭代将军奏凯多。

灯满亭台月满船，倒披紫绮听香弦。元龙豪气今销尽，湖水苍茫欲化烟。

蓬门花径竹萧骚，睡起三竿日正高。诗境喜逢新伴侣，吟成不用颊添毫。

四叠前韵

看云何事恋云窝，空谷还将载酒过。漱石枕流皆可隐，名贤终竟济人多。

月白风清霁晚烟，牙琴渡海奏冰弦。连番挑战词无敌，鸿富真如多宝船。

烟霞趣少漫牢骚，求志何如达道高。劝子好修循吏传，莫将怀抱损分毫。

花市有感

城南花市启，红紫各成丛。绣幕遮原密，雕阑护更工。

色香千种别，声价一般同。谁识无双品，春风秘洞中。

题美人窥镜图

余霞绮散碧天空，珠箔银屏落照红。美人徒倚悄无事，花阴背立东墙东。

七尺菱花携在手，一轮明月抱当胸。不似乐昌悲，翻疑徐淑玩。

雾鬓浓涵洛水妆，冰绡初卷香云幔。盼到刀环信总乖，问来钱卜魂应断。

万里觅封侯，关山怅远游。心数归期切，眉含镇日愁。

对影自怜人似玉，鉴形只觉凉如秋。芙蓉临水风神淡，芍药笼烟雾气收。

但愿郎心常似旧，岁岁妆台两相守。莫教古井浸寒芒，红颜空映桃花瘦。

君不见，兰房韵事传千年，温家玉镜伴婵娟。

---

① 原注：丁巳出口题名塞外。

癸酉冬十月重游桂湖，下榻沈霞榭，抚今追昔，书此摅怀

廿年重到旧湖楼，物换星移忆旧游。弹指沧桑多少事，无言小立白蘋州。

我昔曾看全盛时，楼台都浸碧琉璃。沉霞榭里风光好，四壁荷花照酒卮。

笑我当年作蹇修，停骖湖上正清秋。芙蓉满沼桂初吐，曾奉板舆花下游。

对舞莱衣对举杯，盛游曾共细君来。早知此乐不多得，悔不移家住水隈。

更有金闺掌上珠，风吹罗袂步踟蹰。阑干闲倚垂杨外，点缀湖山入画图。

小婢无端黑子名，盈盈十五玉光莹。烹茶解得风人性，报道泉开蟹眼生。

咫尺招提近宝光，簪花人爱散花香。僧寮乞得伊蒲馔，终日清斋学太常。

危巢依旧景全非，泥落空梁草不肥。记得当年双燕子，呢喃花里故飞飞。

画桡几度泊堤前，今日空余一破船。惟有鸳鸯亭似昔，鸳鸯已化翠湖烟。

曲折回廊次第游，堤前老桂几经秋。天葩如海思畴曩，香雾氤氲月满楼。

梅花零落树犹存，满院莓苔昼掩门。回首当年香雪地，欲从瑶岛与招魂。

独游揽胜不成春，欲去还停几逡巡。莫怪登车又回顾，自怜我亦白头人。

意有未尽，更书三绝

宜翁[①]当日种芙蕖，水榭风台位置余。从此湖山增胜概，原亭端合子云居。

何公[②]风义最堪思，雅意倾襟授馆时。今日湖山重对酒，灵光殿圮雨如丝。

吾家宅相爵封贤，几度联吟共擘笺。可惜琼林才晏罢，科名归报大罗天[③]。

题何恺堂锦帆奉母图

归舟安稳说藏园，舞着宫袍彩满轩。才子芳徽君继武，一船书画百龄萱。

慈云高覆士民安，几度平反问在官。今日风帆归锦里，舆人犹自忆加餐。

[①] 原注：谓前邑令张宜亭司马。
[②] 原注：谓前邑令何云垓封翁。
[③] 原注：余甥祥钟殁于榜下。

金章几度锡霞裾，入座崇封颂起居。报到百龄坊表至，君恩又赐紫泥书。

锦缆牙樯次第排，一帆遥向粤江开。春波新涨峰峦好，一路烟云入画来。

入耳乡音说锦旋，家园重睹桂林烟。儿童拍手亲朋喜，上岸争扶陆地仙。

奏罢循猷喜乞身，宦途几个得归人。羹调金鼎莼丝美，似较官庖味更真。

绿鬓方瞳玉杖扶，孙曾捧馔子提壶。春园桃李秋阶桂，都入君家家庆图。

昼锦堂开春昼迟，今朝先谱寿人词。重周花甲征诗日，我再含毫晋玉卮。

前诗成，嫌第一首轩字韵不甚惬意，更赋二章

无边春色满家园，日永庭阶芍药翻。好着宫袍上尊酒，六朝人瑞百龄萱。

十幅风帆蜀锦裁，收帆刚趁顺风回。舟中清课调孙惯，令诵陶诗归去来。

放言

古有宓子贱，弹琴不下堂。又有汲长孺，老病卧淮阳。
终竟两人名，千秋号循良。我常读史册，于此细思量。
所以古良吏，贵重如鸾凰。今时大不然，举世爱趋跄。
大吏所赏识，每每外骊黄。虽有龚黄绩，不如海物强。
虽有卓鲁才，不如宋朝臧。堂上一令发，有项谁能强。
堂上一语出，无膝不奔忙。所以今时吏，牛马走道旁。
岂真趋向殊，良由廉耻亡。大法小则廉，源清流乃芳。
古之救时相，矫俗切中肠。今之徇俗人，识时自夸张。
君恩等蒿草，人情深溟沧。宁可奸法令，不敢薄时妆。
古今不相及，世道为低昂。于此求人才，谁为栋与梁。
无怪丰城中，剑气甘埋藏。

自寿

五十忆朝天，蹉跎又四年。应官原写意，涉世且随缘。

小劫思边鄙①，余生幸瓦全。今朝应自寿，赢得小游仙。

鄂生廉使留饮彭园席间见梅花盛开有怀器之观察
归寓适得其自鄂来书赋此却寄兼柬鄂老索和

玉垒浮云变，风光又一年。名园悲树老，小饮占梅先。
疏影淡无偶，暗香清可怜。骚人高格似，避世楚江边。

岁暮正怀人，相思有凤因。酒边方话旧，书到恰翻新。
拓地栽灵药，庚诗和大椿。天伦原可乐，何用羡朝绅。

又听征鼙响②，烽从僰道来③。劳民空有檄，遣将恰须才④。
底事思严武，伊谁似郭隗。百花潭水畔，独望阵云开。

自公归故里，我亦杜柴门。旨口惟宜酒，扪胸孰可言。
闲枰消岁月，小咏度朝昏。幸有六如在，新诗且共论。

乙亥仲冬送英豪卿臬使移节广西

卿云红覆锦江边，三度屏藩重举贤。丹诏喜承枫陛露，碧幢遥指桂林烟。
军民有泪碑间堕，僚属歌离笛里传。转盼韦皋重莅蜀，筴骖拥向八驺前。

七载祥刑政尚宽，惟明克允镜光寒。心虚自觉平反易⑤，事剧谁知措置难⑥。
辂冕恩随江水永，筹边功向剑峰刊。去思欲验民情挚，处处甘棠列画栏。

昔年楚水拥鸣驺，今日漓江又放舟。倚畀行看颁玉节，姓名早已覆金瓯。
棋危乃见谟猷裕，才大何妨艰巨投。他日八州陶士行，经邦勋业炳千秋。

---

① 原注：宰筇连时寇氛甚炽。
② 原注：时有夷匪之警。
③ 原注：筇高告急。
④ 原注：唐军门不赴防所，崇朴帅责以大义乃行。
⑤ 原注：公屡平反大狱。
⑥ 原注：去今两年，川黔防勇屡次闹饷，沿边震恐。公不动声色，选将励兵，密授机宜，恩威并用，卒使边民大安，其功甚伟。

下吏才庸知识稀，频年奔走壮心违。一番拔擢钧稽易①，三载趋承报称微。
爨下枯桐留赏鉴，阶前小草恋恩晖。攀条只羡驿亭柳，得傍旌旗向北飞。

先大夫昔官（射洪）洋桃溪予庚戌重过时缺已裁。官廨易作旅舍怅然赋此

琴剑飘零阅历身，关心往事倍伤神。新花着雨皆成泪，故老从头说感恩②。
今日断桥重试马，昔年官阁已生尘。可怜弹指光阴换，逝水韶光二十春。

书扇答赠女弟子任浣香步原韵

欲赠湘纨得句迟，风光又过浴兰时。今朝才把琼瑶报，应谅诗人懒不支。
碧阑干外水云凉，照见湘娥试晚妆。满沼轻烟新月上，藕花深处宿鸳鸯③。
元相金闺第一娇，杨炎乍见已魂销。东风不肯开帘幕，情绪撩人早晚潮。
前身本是月娟娟，锦句经年字尚鲜④。只是一言太推许，道侬人是谪神仙。
第一妍词第一姝，描来轶事未模糊⑤。含毫默喻冰霜志，不写杨妃出浴图。
慵妆懒学鬓堆鸦，底事青棠尽作花。刺到芙蓉怜并蒂，绿窗风定绣帘斜。
冰作心肠玉作肤，金条脱称绣罗襦。清才浓福卿兼备，绮语缠绵近有无。
彩扇题来便不同，墨花香润紫毫融。团圞明月长相照，那得秋风到汉宫。

题平安洞石壁别袁浩然昆季（并序）

同治三年甲子，余宰兴文，值岁大饥。夏五月，复有苗警。民无粒粟，饥疲不能守。苗遂窜入邑境之五村三官殿等处。余率乡团堵击，阵亡者八十余人。贼退，乃购米江安。由三官殿一路，抚循赈贷至于五村。夜宿袁氏之平安洞。洞距村不数里，高敞篷卷，漏天一穴，四顾爽朗。村民数百家悉避兵于中，闻余至，

---

① 原注：曾委清厘库款。
② 原注：衙神祠，今改李公祠，祀先大夫木主。
③ 原注：妆阁临荷池。
④ 原注：客岁曾以诗见赠并索和。
⑤ 原注：曾绘梅妃图见赠。

争来赴诉。询知洞中缺粮，余相其地险固可守，乃命司事者，移五村义仓于此，劝民输谷储之，以备后之凶歉焉。次日事竣，洞主浩然昆季，具酒食饷余。且备悬火，导余游洞内。余因得遍览飞泉石笋之奇，欲作小诗不果。浩然请余为记，余又以军书旁午，狎狎无须臾之间，久未克报。迨今年三月，余得代将归。因念山川名胜显晦，何常若平安洞者幽奇险怪，异境天开。设生于通都大邑间，一经名流题咏，孰不诧为海内奇观。顾以埋没边陲，无人过问，竟不能于三十六洞天外别树一帜，深可慨也。因于束装之次，书五绝句。别浩然昆季，兼别平安洞，且嘱镌于洞壁间。嗟乎，袁氏不私此洞，而能公诸乡里，其行谊甚高，足可告后世。惜余无奇才惠政增色斯洞，惟愿飞鸿爪迹常留洞中，不与雪泥俱逝。俾千载而下，或有通儒才士来游此地，则披苔剔藓，考证遗文，亦得知洞之缘起，自余与浩然昆季始。则余与浩然昆季者，转将附斯洞以不泯灭，岂不幸哉。浩然姓袁氏名德广，其兄卓然名德立，均邑之高才生也。同游者夏君定基，亦邑名士。例得备书。时同治四年春三月清明后二日也。

骊歌忽唱酒杯前，举目风花尽黯然。回首洞天游览处，千寻石壁锁寒烟。

古洞从来好避兵，进堪图贼退归耕。愿君早树乡间式，敌忾同仇答圣明。

雅贶贻来意味长，一枚铜鼓艳归装。他年若著筹边略，先把奇勋纪武乡。

颜子拾尘事可疑，君心历久竟无期。昨宵我捡毛诗什，诵到青蝇愧不支。

胜地名流绕梦思，今朝赋别漫题诗。何当剪烛西窗下，重话飞泉石笋奇。

三台旅舍题壁次壁间韵
美人胡不来，春风又将去。生为有情物，相知便相忆。

附

织云女史原作
才从桥西来，又向桥东去。桥下水潺潺，人影空相忆。

男：镛，孙：道沛、道溥、道洋、道鸿，曾孙：尧枚等校

醉墨山房诗话

嘉兴　**李璠** 宗望

蜀中费先生锡璜，以诗名。子轩字执御，亦能诗。春闺云：豆蔻风微二月时，曲栏亭畔雨丝丝。梨花半树将成雪，下著珠帘总不知。风致娟然，殊不易得。

太白诗如涛翻大海，鱼龙出没，神光离合中，变化莫测，令人不敢逼视。至少陵，则如山川城廓，经界井井，而规模自然宏壮。故无少陵，不足以见太白之高。无太白，亦不足以臻少陵之大。

陈仙裳贰尹，家有合德小印汉尺。径九分，高五分，白玉凤纽，映日莹然，洵古物也。其文曰"婕妤姜赵"四字。

钱岱雨先生家，亦藏有赵子龙甲带。闻得诸白帝城中。乞予为之作记。

周载轩侍御，有蜀游草空舲峡，忆阮亭论诗绝句云："先生诗思在空舲。冷雁哀猿几度听。我最有情秋又老。断云衰草一舟停。"

杨忠武侯遇春，字时斋，屡立战功，妇孺皆知。贼畏之称为杨胡子。予在叶云塍先生席上见之。侯面微赤，白须彪彪，然体亦极其岸伟。时予年最少，终席惟谨。而侯议论雄快，谦尊而光。孙瘦石有杨军门杀贼歌云："将军将军须如戟，杨难当耶杨无敌。挽强三十胆横躯，智囊早裕兵戎策。"錤与公同乡，曾识公面目。虎头燕颔似班超，万里封侯飞食肉。破敌功成百战酣，倚天长剑拥鲛函。帝谓北门需寇准，无端蚁贼满河南。车攻肃肃星言驾，金鼓弓刀出宁夏。许国重悬报主心，天山特重将军䝉。落日风声生大纛，赤云如幕卷平麓。黑月横生斫阵心，先登上将攀旗独。霜飞铁甲重门火，咤叱风雷万人裹。一骑飞腾入阵中，将军见贼不见我。狭巷杀人如刈草，十丈旌竿马前倒。诸将耆从壁上观，刀光练接游龙扫。归来杀气尚纵横，血染征袍怒未平。褒公临阵夸神勇，充国防边景大名。剃莠安良在威克，沫邦从此干戈戢。箫鼓还朝马上歌，旌旗特壮终南色。丹青阁下画麒麟,髯也将军果绝伦。淋漓谁握如椽笔,一继班扬颂此人。诗亦沉雄。然伟烈丰功。不能状侯之万一也。

綦江程氏,茂才杨林妻也。伉俪甚笃。杨亡,作绝命词云:"十八青衿二十亡,红颜薄命最堪伤。人生百岁终归尽,愿尾辒车瘗墓傍。"遂服毒。家人灌救,得不死。又有"郎命已随冰镜冷,妾心长对玉壶清"之句。惜未得全貌。志此,以留吉光片羽。

沈刺史昭兴,与先子介盦公交最深,为福大将军上客。由幕而官,循声卓越。尝以三十金买一鼻烟壶,壶中刻一蛤蟆,张口衔珠,仰首向壶嘴。倒而视之,则明珠无数,自口散落。正放,则众珠融而为一,仍入蛤蟆之口。真异物也。

宋梅生鸣琦,丁未进士,以仪部出守嘉定。在部时,与洪稚存、张船山、石琢堂、家秋门诸先生唱和。诗才清妙,卓冠一时。重九日登高标山赏菊,用杜工部九日七律元韵,云:"秋心如水讼庭宽,胜地余闲结古欢。难得重阳好风日,依然同气旧衣冠。马蹄盘折都行健,茱佩阑珊不觉寒。试上最高峰顶去,云山无尽耐人看。丰年差免雁鸿哀,枷板声中往复回。碍眼丛篁迎刃解,乘流小艇过江来。襟痕尚挹凌云寺,径草全荒尔雅台。省识此身图画里,欸思归覆掌中杯。不厌更寻城北路,何须远访大江滨。庭空古树斑苔湿,石老残碑铁画新。二百年余仍此日,去来因里识完人。剧怜千佛名经后,多少游车隔软尘。折腰私愧柴桑宅,爱士虚传郭隗台。席帽轻风随意脱,黄花浊酒媚人开。糕题锦字徐徐就,月破微云款款来。检点杜陵诗事在,当筵莫怪钵频催。"一气呵成,清而有味。洵得此中三昧者。

去叙州府城四十里,有巨浸,曰天池。周围十余里尽种红藕花。烟水微茫中,一望无际。相传秋夜月明,则城廓楼台、峰峦竹树,倒影其中。每载酒探访,微风一掠,则波光荡漾,眼界迷离。最难得澄静时也。

内兄盛庄甫名迹,别号梵影人。境遇极窘,诗多奇气,而尤长于五言,豪放如送予之龙门云:"得度阴平道,依人亦壮哉。山奇惊倦眼,树古足良材。白发推严武[1],黄金聘郭隗。士为知已用,行矣莫徘徊。"奇警如题棋盘云:"十八盘中路。"行行尽险途,饶人争一着。失势早全输,眼活能逃劫。心灵可反隅,烂

---

[1] 原注:云朕太守之于宗望,高情古谊无异少陵严武也。

柯山下客，举手费踌躇。"俱能一气盘旋，不愧作者。惜隐于车尘马足间，不为世用，可哀也夫。

遂宁张船山先生出守莱州，癖诗耽酒，逸气凌云。兼工绘事，尝手为林夫人写照。林谢以诗曰："修到人间才子妇，不辞清瘦到梅花。"先生有句云："春衣互覆宵寒重，绣被联吟晓梦清。"可称佳偶。然性颇妒。先生游姑苏时，常以千金购名姝，置查小山宅中，不敢令夫人知也。久之，微闻声息，盛气寻至。船山遁去。夫人直入查内室。查夫人笑云："吾家丈夫不惜万金买一妾。列屋而居者数十，予未尝忤以言。夫人何量之浅也，先生有妾亦不匿予室。"林无辞退出，仍寻船山逼问。船山虑姬摧残，终不敢献。阅日，弟寿门携妻来视兄嫂。寿门妻劝林云："如此男儿谓之已死可耳，何必与言？"合室大哄。后船山见客，笑云："天下奇事，竟有弟妇代嫂行妒者。"有句云："买鱼自扰池中水，抵鹊兼伤树上枝。"盖纪实也。又云："仓庚疗妒恐无灵。"亦有所感。

唐长江主簿贾浪仙墓，苏绛作志，云在普安。普安即今之安岳县也。自昔题诗甚夥，国朝官此地者亦多吟咏。予尤喜沈清任太守诗，闲冷有致。诗云："深山冷翠微，荒冢落斜晖。谁哭诗魂瘦，空披墓草肥。一官名已误，万里骨无归。韩孟犹相识，知音自古稀。"

闺秀诗，绮丽者不豪放，缠绵者少解脱。女史张淑芬，武林人，又苏先生女也。随父官蜀归，予友叶桐君极倡酬之乐。其绮丽如《学诗初成，喜呈夫子》云："沉沉残漏月昏黄，枕上吟成数短章。生怕健忘新句子，唤回清梦告檀郎。"其豪放如《采石矶遇风》，云："浮生惯作飘蓬侣，不畏狂飙骇浪惊。"其缠绵如《题周香鸳夫人宝荸楼集》，云："宝荸楼中望月圆，月圆人静五更天。而今望月人何在，孤馆凄凉忆翠钿。"其解脱如《舟行杂咏》，云："历尽奔波水渐平，天风浩浩片帆轻。浮生竟学鸳鸯鸟，也向中流自在行。"似无美不兼。年二十四而亡。

范文正公守鄱阳时，创庆朔堂。而妓籍中有小鬟尚幼，公颇属意。既去，以诗寄魏介，曰："庆朔堂前花自栽，便移官去未曾开。年年长有别离色，已托春风干当来。"介因鬻以遗公。

一夕，大雷雨，风吼震屋，电光灼灼然。予挟《听雨楼随笔》十卷，冒雨叩叶桐君门。时已三鼓，桐君跣足出逆，大笑曰："子其求水火耶？"予曰："不然。天下有心人岂独予数人哉？"将所挟册置几上。桐君亟篝灯，读之五鼓而罢。题一绝云:"谁将千种丝,织就一匹练①。惹得白头女,空房泪如线。"

予十五岁时,以诗谒吕筠庄先生于泾南道署。过蒙许可,厚赐兼金。公卒,欲哭以诗而未果。今见研兰作,不禁狂喜,可谓先得我心矣。研兰姓李名瑜,才力甚富,笔亦清超,曾馆吕公家。公卒,哭之有句云:"谦如江海心常下,重似邱山性不移。"又云:"怜才饱谙齑盐味,处世群推阅历功。"又云:"作宦一生怀独淡,筹边十载鬓空皤。"将其性情、气度,曲曲传出。录之如见其人矣。

荣县官署西厅后,下临荷池,约广三亩。四围栽竹,芭蕉成林。风雨之夕,众响杂奏如笙竽、如羯鼓、如马铃。鸣镝震耳,巨如钧天广乐,无首无尾;细如环佩丁东,玉漏徐滴也。故前令马君,临崖架屋。颜之曰"听雨楼"。雪桥王明府,复葺而新之。盘桓其中著书自娱,即以《听雨楼》名篇云。

牛奇章作维扬大帅时,杜牧在幕中,夜多微服逸游。公闻之,以街子数辈潜随护之,以防不虞。后牧之以拾遗内召。临别,公以纵逸为戒。牧之始犹讳之。公命取一箧至,皆街子报帖。云杜书记平善,乃大感服。

予幼作王猛《扪虱赋》,包括史事,夹议夹写。车锡侯先生赏其典雅,拔冠一军。乃以此见妒,不得入场,深负先生意。先生山东海阳人,名申田,己丑进士。宰宜宾时多惠政,人第知为贤宰官,不知其为诗人也。五言如"风色入墟烟,萧飒送秋爽。开门孤月明,但闻人语响";七言如"桂楫兰桡欸乃歌,望郎不见离情多。妾心一似长江水,潮去潮来奈尔何",俱超拔可诵。

雪桥先生名培荀,山东人,善气迎人,道貌奇古。而学问渊博,才横一代,著述几百万言。己酉秋欲来过访,嘱诗人王迟士为之先容。一见欢然,过蒙倾倒。辱赠七古一章而别,老笔清苍,淋漓感慨。诗云:"宗之潇洒美少年,当时酒仙非诗仙。今之年少有宗望,卫玠风貌才翩翩。芙蓉城里初相识,快聆雄辩惊四筵。饮止蕉叶苏玉局,诗成百篇李青莲。听说凌云尝载酒,雅集绘图传众口。才女请业拜下风②,名士一时齐俯首。举世纷纷重科名,蛾眉见妒为倾城③。能修凤楼称巨手,一方石田载笔耕。叶公好龙应自贺,寻得真龙只一个④。雪花如

---

① 谐"恋"。
② 原注:女史任浣香韩素英罗梦娥邹浣青俱从君学诗。
③ 原注:君应宜宾试,吾乡车锡侯明府,拔冠一军,以冒籍不能覆试。
④ 原注:君受叶云媵太守国士知。

席边塞游，草橄磨盾盾为破。平生豪气涌如云，丈夫锐志不曾挫。我今衰朽头已童，猝遇劲敌百计穷。家学渊源联棣萼①，五字长城谁敢攻。秋风萧瑟卷茅屋，太息幽兰在空谷。少陵一橡囊乏钱，相如四壁食无肉。蛟龙欲蛰江风寒，客子驱车衣裳单。栈云陇树重重隔，君应忆我到长安。"

咏古诗，必立意翻新，方不落套。否则，人云亦云，味同嚼蜡，反不如不作之为妙也。尝见黎柱山题秦始皇徙豪杰入关中，有句云："项羽刘邦皆在楚，刚刚失却两英雄。"奇伟之谕，前人未及。柱山名原豫，阆中人。事亲至孝，母卒哀毁甚，赴水死。

余爵封甥，娶张宜亭女为继室。妇娴文墨，伉俪甚笃。成婚仅两月，甥赴合江书院主讲，妇旋病卒。嫁未一年，遽尔长别，为作《悃怅词》。其序哀婉流丽，爱而录之："嗟乎！别君南浦，草碧如烟；送客阳关，柳青带雨。况乃天涯游子，方歌雁弋之诗；闺阁雏姬，初叶虫飞之梦。画蛾眉而代汝，张京兆未免多情；齐鸿案以如宾，孟德耀居然有礼。高咏谢庭之絮，共门诗牌；闲吟官阁之梅，同拈韵谱。绿窗对奕子，声敲落灯花。斑管填词绮，思织成云锦。试看珠联璧合，共期似月常圆；剧怜瑟好琴耽，正复唯日不足。何意风吹客棹，遽分比翼之鹣；云敛巫山，顿失双飞之燕。手把盈盈之泪，人孰无情；肠回渺渺之波，伊谁能遣。芙蓉帐暖，喜前宵鬟乱钗斜；翡翠衾寒，愁异日魂消梦断。虽识百年偕老，倡随可待于他时；无如一载相思，离别何堪于此日。率拈四律，聊志寸心。情切于中，言不尽意。"甥名祥钟，甲辰举人。

甥妇名梅字香雪，张宜亭司马女。诗才清丽，貌亦端雅。《夏日杂咏》云："昼长睡起寂无哗，竹影摇摇漾碧纱。玉碗新尝消梦茗，翠盘时进镇心瓜。卷帘对语频来燕，开镜凝愁不扫鸦。有妹十三憨太甚，背人偷取鬓边花。罗衫薄薄袖垂垂，独倚阑干有所思。风过剧怜香到骨，雨余微觉润生肌。怕摇蕉扇惊鱼子，戏折莲房打鸭婉。忽听小鬟笑相语，池心又发并头枝。侍儿解意进兰汤，浴罢新添意体芳。叠雪轻罗无碍薄，迎风细葛恰生凉。阶翻蝶影迷幽梦，树咽蝉声送夕阳。剩有唐诗堪破闷，倦来斜倚美人床。花影参差淡不收，月钩初上粉墙头。有时几点萤流火，何处一声笛倚楼。坐冷空阶心悄悄，挥停素扇思悠悠。天涯谅有

---

① 先德介盦先生与兄秋门先生时相唱和，秋门有集行世，嗣子在衡亦能诗。

人如我，竟夕无言看女牛。"

韩素英，女子，峨眉人。幼耽文墨，长更庄姝。闻予以及门诸女弟子诗付《听雨楼》，而己未入选，乃投诗曰："海内风骚主，龙门百尺寒。珊瑚归铁网，珠玉富毫端。李白披沙易，王嫱入选难。千秋同一哭，清泪洒阑干。"

崇祯十二年九月，命大学士杨嗣昌，以原官兼兵部尚书，督师讨流寇。赐尚方剑，宴于平台。手觞嗣昌三爵，赐以诗曰："盐梅今暂作干城，上将威严细柳营。一扫寇氛从此靖，还期教养遂民生。"书用黄色金龙蜡，笺厚如指甲。长四尺余，阔一尺六七寸，字大二寸余。后一行署：赐督师辅臣嗣昌；又一行书：崇祯十二年九月。前钤御笔之章。引首一宝，上方中书一押。大体似明德二字合成者钤一，表正万邦之宝。

诸葛公征蛮，曾驻军邛崃九折板，因以大小相岭名。途中有晒经关、二十四盘等处。俱陡峭崎岖，过者不敢语，语则风雹立至，其险过栈道百倍。古人少咏之者，国朝亦不多见。录二首以作导师。吴学使树萱《大相岭》云："太阴积霰钟峨岷，凌冰冻结穷崖垠。日月蔽亏阴雾黑，竟使万古无冬春。我行乍与锦城别，城南看遍胭脂雪。春云如腻春波肥，百花吹暖饧萧节。到此天地忽闭藏，手扪星辰寒无光。坑谷森邃炫深紫，绝巘嵼巆争轩昂。西南屏障界幽阻，鸟道风云天尺许。盘盘梯磴作螺旋，十步九顾喑不语。闻根到处声喧豗，悬崖百尺轰奔雷。四围雾瘴注如雨，古木云衣绣作苔。山腰稍憩袈裟地，冰柱帘端铿忽坠。拓窗下瞰小关山，白云漫漫闳空翠。拂鞭跨马越层巅，招摇地阙来神仙。罡风吹我衣裳冷，手靸步怯扶欲颠。俄顷翻身如云里，不信人间竟有此。细栈凌兢二十四盘，鳞鳞板屋炊烟起。"陈登龙《度二十四盘岭》云："蜀道难，难于上青天。吾从蜀道来，所见乃不然。那知旧黎所，有此廿四盘。崇峰押霄汉，削壁立崭岏。互回凿崖磴，转上青螺环。初从山根起，十步拆一弯。陡上陡纡折，间无五步宽。譬如香篆纹，逶迤螭虎蟠。又如登天梯，修缏不可攀。行人蚁缘柱，骭楚行蹒跚。乍看猱升木，失笑鱼缘竿。驱骎我行迈，取径力已殚。盘盘为悉数，由末寻其端。或云七十折，始可登于颠。或云百又八，折折步履艰。险途天所设，界限分汉番。经营唐节度，此地曾筹边。挠功无成功，竟以羁縻安。后来沿故事，中外严重关。兹山成保障，借封一泥丸。自从六诏降，西抵青海湾。重译通贡赋，斯道人所便。盘折虽云高，可作平平观。"

予尝游缙云山相思岩，见岩畔相思树高五六丈。顶围如盖，结子深红色，又名红豆树。岩左有形如桃钗者，土人指为相思竹。岩中又有相思鸟，形不甚巨，而毛羽绮丽，五彩炫然。飞翔竹树间，宿必双栖。飞必交应，得一则其一自至。山川孕秀钟，此情物不可不韵之以诗。王雪桥咏之曰："缙云山畔起重岗，红豆花开叶亦香。解识春风无限恨，相思百斛总难量。绿染斑痕袅袅枝，深宵烟雨泪空垂。何来比翼翩翩鸟，借报平安不忍离。"

雪桥言摄篆兴文时，将至境，沿小溪而上，水清石瘦觉有异。过梅桥二三十里，平地两峰矗起。不甚高，而峭削秀拔，石骨清苍，斧劈刀划。周山无寸土，石隙生小松。离山数十步，巨石磊落如屋如象，负态争奇，皆贵家园亭不易得者。忽突兀平田，有石约高三四丈。横看似卧，侧看似立。又数里，远视有玲珑剔透者，以为山则小，以为石又甚巨也。阴雨路滑，匆匆舍去。他日以事复经其地，乃近而视之，则向之所谓玲珑剔透者，大于数间屋。老松倒垂，凹凸皱裂不可名状。有人屋其下方，斧石烧灰。又观突兀平田者，横长五六丈，高半之，浑然一石。环者如抱，阙者如门，陡者如峰，垂者如莲。狮口象鼻，夜叉面孔，森然俱备，大势横展，作屏风状。问其名，曰：女儿石也。问前两峰，曰：碧莲山也。均不愧其名。名之者似非无识。

清才必绝俗。家累三十万金，太白脱手而尽。此种胸襟风概，古人亦不多得，近惟尧东郎有焉。东郎性嗜酒，学极渊博。父官于粤，归存数万金，任意挥霍。惟余楹书万卷，中落后亦复随阅随卖，无不融贯于胸。故其才横肆，凌盖万有，有不可一世之概。第圭角太露，莫耶干将终致缺拆。乡举后，竟以酒亡。平生好作诗，名其集曰《古锦囊》。卒后稿复散失，予于迟士处得其吉光片羽。奇警之气，直逼长爪。生录之以存。其人《题高祖本纪后》云："芒砀山头云气紫，亭长自疑是天子。醉放黥徒直儿戏，匹练夜挥白蛇死。不待归来歌大风，目中早已无群雄。天下既定猛士少，腐儒乃用叔孙通。"《读史书鸿门宴后》云："座上亚父计奇绝，眼中项庄剑如雪。冷光射天龙虎逃，渴锋拟饮赤帝血。樊哙将军来何暮，交戟不内将军怒。项王一叱万人废，将军乃敢瞋目顾。立饮切啖生彘肩，沛公有功王不怨。醉饱便行何必辞，鱼肉转恋刀俎处。手挈真人出门去。"《醉后书感示迟士》云："紫琼宫冷雌龙泣，天乳无声湿瑶笠。风鬟雾鬓貌天人，独把金芝暗鸣邑。柳花团雪春风香，王郎长歌登我堂。药店龙飞愁视汝，槐街蝉蜕愧称郎。鸳鸯牒碎蛛丝乱,胶漆那知是冰炭。铲尽奇峰剩九疑,烧残心字余三叹。我亦年来晤上乘,杀那黑劫总无凭。劝君莫坠茕花障,百唤青苍百不应。"末篇真能不愧长吉。东郎名湛,字露华,温江人。

闽中何氏,家藏有文丞相琴,先子介盒公尝见之。周身纹若牛毛,制亦奇古。上刻文山诗云:"松风一榻雨潇潇,万里封疆不寂寥。独坐瑶琴遣世虑,君恩深恐壮怀消。"忠君爱国之心昭然如揭。后题云:"时景炎元年,蒙恩遣问召入。夜宿清原寺感怀之作,谱于琴中。"

蜀后主衍,幸凤州。大雄军王节度妻严氏,有美色。衍爱幸之,赐以蜀镜。镜径三寸六分,重十两有半,背作宝相花八盛,捧双鱼海螺之属。铭曰:"炼形神冶,莹质良工。当眉洗翠,对脸传红。如珠出匣,似月停空。绮窗绣幌,俱涵影中。"凡小篆三十二字。吴谷人先生咏之曰:"古镜苍凉秋一片,镜中之人今不见。三十二字铭在阴,写翠传红过如电。丽情记自张君房,王家阿妇承恩长。菱花但照颜色好,不照国家兴与亡。嘉王酒悲涕泗横,谏书上者蒲禹卿。眼前金鉴不知贵,乾德匆匆了此行。绮窗绣幌都安在,千里山河一朝改。鸾凤徒闻泣玉台,蟾蜍已分沉沧海。土蚀苔侵又几时,摩挲只益后人悲。蛾眉梦断狐狸穴,金碗人间那得知。自从花落芳林园,剩有鹃啼三赵村。莫笑武担山上镜,山精独自拜黄昏。"感慨悲凉。洵为咏物圣手。

明嘉靖帝尝被酒,与新幸宫姬尚美人,于貂帐中放小烟火,延烧宫殿。凡乘舆一切服御及先朝异宝,尽付一炬。此嘉靖四十年十一月二十五日事也。后五年八月册尚美人为寿妃。事见《野获编》。

世庙又喜青词,每一举醮,无论他费,即赤金亦至数千两。盖门坛联额,皆以金书屑泥数十碗抹笔。中书官预备大管,泚笔令满。故为不堪波画状则袖之。又出一管,凡讫一对。管或数十易,以袖中金满为率。联词亦皆诞妄。其最为时所脍炙者,如袁文荣所撰云:"洛水元龟初献瑞,阳数九,阴数九,九九八十一,数数原乎道。道通元始天尊,一诚有感;岐山丹凤两呈祥。雄声六,雌声六,六六三十六,声声闻于天。天生嘉靖皇帝,万寿无疆。"

道光庚戌上巳日,余爵封甥。约同人集成都二仙祠,临流赋诗。各体俱备,极一时文宴之乐。惜予在渠江不与斯会,录之以作升平佳话。温江王迟士侃云:"步出清远门,南望循城走。蚕豆荚半老,籁籁风流柳。长条时俯仰,流水带左右。桧林日色凉,倦行倚树久。好鸟一声鸣,心清绝尘垢。仙观重幽探,牡丹大如斗。花事已将了,花落游人后。草亭跨曲涧,怒芽出泥藕。潭深鱼足乐,莫被钓饵诱。兹泉未出山,无意灌农亩。疏篱织藤蔓,粉蝶眷林薮。相将坐绿阴,写以荆关手。道人铛底饭,小食良可口。殷勤出园蔬,芥蓝与春韭。盘飧鄙肉食,醲饮日到西。钟磬催人归,惆怅复回首。何事不能忘,未奠花间酒。"岭南何小苏环云:"踏草寻芳到古庵,一溪野水碧于蓝。眼前高阁如罨画,身外浮云等笑谈。泛鸭春江名种竹,听莺蜀道竟无柑。昔贤已作流觞会,恰是明朝三月三。"内弟盛海石钧云:"春风动衣袂,极目平芜远。客怪我行忙,花笑我来晚。横塘渡鸟影,断竹扶花枝。坐久尘心寂,忽闻孤笛吹。"王吾高志云:"君不见,桃李纷纷斗红白,孰与牡丹论资格。牡丹富贵爱者同,壶觞日日集游客。我来偏值花事残,雨后栏前泪未干。枝叶离披遮半面,低头一似畏人看。如此颜色不长久,几日鲜妍便老丑。世事由来等幻泡,丈夫感此思不朽。满座诗豪敌应刘,酒酣落笔风飕飕。旗鼓我亦当小队,安肯无诗负胜游。此时天醉地醉人未醉,起舞花前花欲坠。风笛一声鸦乱啼,苍烟黯黯促归骑。"陆蔼人云:"柳色青青带晓烟,笛声杨柳画桥边。几人携酒同游赏,好是刚逢上巳前。眷恋名花独倚阑,可怜风日事摧残。世间富贵都如此,知否旁人冷眼看。"爵封云:"昨日城东悼如玉,空江缥渺无情绿。今日城西结伴来,看花酌酒愁颜开。地僻尘嚣绝,觞行笑语温。夕阳归去晚,牧笛起江村。"迟士,爵封妇翁。海石,秀水人。吾高,则迟士子也。

程君月卿名廷桂,湖北天门人。与予交最得,而诗才绮丽。《春晚》云:"琤琮檐铁任风吹,天半朱霞一缕垂。晓起看花春睡足,朝暾红到碧桃枝。"《秋夜》云:"银烛烧残玉漏沉,满庭凉意袭罗襟。无端金鸭炉烟袅,明月移花露滴琴。"

迟士好为诗古文,以笔墨游幕。与尧东郎昆季、王雪桥及予交最深。著有《冶官纪异》行世,集名《回风录》。其《和小峰家园元韵》云:"闲庭无客至,风月自相于。试鼎烹佳茗,开园撷美蔬。畅怀随命酌,得句即成书。坐到花香晓,银河耿玉除。享此林泉福,于人胜百筹。曾经三华望,更拟大峨游。雪影毵毵鬓,星光炯炯眸。神仙今日是,不必羡丹邱。倒屣髯公至,双扉跌宕开。堆盘烧嫩笋,洗盏出新醅。与士无高下,忘形熟往来。几回分手处,小立又低徊。昨日闲相遇,花间一枕欹。盆鱼翻细藻,檐鸟动高枝。打点移栽菊,商量补和诗。吟成灯欲炧,夜雨拂窗时。"高淡恬逸,是不食人间烟火者。迟士,原籍归安,补温江弟子员，旋贡成均。

殿试次日，词林诣兵科一饭，观唐人十八学士图，相传为故事。画皆立像，上署衔名，末有沈括跋。问所从来，则嘉靖间，蒲州监生魏希古条陈兵事，兼进此卷。疏既下，并此卷俱发兵科，遂留至今云。

天门程公玉樵名德润，甲戌进士。由侍御历官甘肃布政使，所到有政声。年逾耳顺，精力聪强，尤喜吟咏。谒闵子庙云："故里香山侧，高风汶水滨。但居颜子下，不作季孙臣。深爱将慈母，微言感鲁人。千秋祠宇在，如见象阊阊。"《雨后见远山》云："远山何苍苍，白云常相逐。云山两莫辨，山断云仍续。却爱山中人，夜伴白云宿。"《典试粤东四十初度》云："宫花夹道映榴房，诏许乘轺出帝乡。四十年来欣宠遇，七千里外论文章。小臣殊愧观风使，多士争希上国光。天训谆谆庭训切，此行敢负旧萤囊。"诗既苍老，而襟怀抱负亦见。又云："莲灯千炬朗，桂月一轮圆。"又云："此地英雄无用武，他年著作自成家。"皆可诵。公子廷枃，牧渠江时与予交好。

《西垣笔记》记云："常朝旧制，每日御皇极门决事，御座谓之金台。既升座，锦衣力士，张五伞盖四围扇，自东西陛升立座后左右。而内使一，执黄罗盖，升立座上。一执武备，杂二羽扇，立座后正中。武备之制，一柄三刃，而圈以铁线裹以黄罗，袱如扇状。用则线圈自落，三刃出焉，防不虞也。"

唐人入朝，多侈言花柳之盛。五言诗如王维云："柳暗百花明，春深五凤城。"杜甫云："退朝花底散，归院柳边迷。"又云："冉冉柳枝碧，娟娟花蕊红。"戴叔伦云："月沉宫漏静，雨湿禁花寒。"窦叔向云："宫花一万树，不敢举头看。"七言诗如武平一云："千条弱柳垂青琐，百啭流莺绕建章。"岑参云："花迎剑佩星初落，柳拂旌旗露未干。"杜甫云："香飘合殿春风转，花覆千官淑景移。"钱起云："长乐钟声花外尽，龙池柳色雨中深。"皇甫曾云："晓色渐分双阙下，漏声遥在百花中。"张籍云："宝树楼前分绣幙，彩花廊下映朱栏。"至宋犹然。故宣和《御制宫词》云："禁宫春色最妖妍，桃李扶苏满眼前。"又云："才过阁门分曲槛，弄晴繁蕊丽如妆。"盖自金元以来始不复种花柳于阙下矣。明于午门左右，采松叶为棚，使百官免立风露之下。其制虽善要，不若植花柳之为愈也。

杨薪圃茂才，名引传，江苏人。叶云媵太守婿也。阅人佳句必载于册，亦少年而有志者。学极拿，雅工吟咏。《旅夜》云："孤灯悬客梦，残柝续邻春。"《偶成》云："蹉跎岁月少年易，打点功名贫士难。"《秋夜》云："久病诗俱瘦，新凉梦不成。"《岁暮》云："贫余诗句壮，愁仗酒杯宽。"皆得练字法。又"残月半肩挑"一句，亦佳。由戎州至省，船中与余倡和甚多。叠尖叉韵九次，争奇斗巧，见者叹绝。惜篇长不能备载。

广东陈君曦谷，乙巳进士，与予有宾主谊。权乐山令，三月得谤去官。尝有句云："宦海汪洋归计决，人情巇崄问途难。"盖有所指。缘在官时，有广西人过治。君以同乡故，凡事倾吐。不意鬼蜮欺人，含沙射影，竟谋代其任也。

蜀中江山奇秀，名迹最多，而浣花草堂为尤者。海内清宴，公卿晏游。不特见熙朝文物之盛，而为政风流，亦一时佳话也。戊戌正月十日立春，王春绶观察招学使何一山舍人，李西沤宫詹、苏鳌石方伯、多时帆廉访、尹实夫、周蔼余、张晓瞻观察，同集草堂，以立春草堂联吟分韵。王观察庭兰得立字云："溪南溪北春波急，倒写空潭放青入。水可浣花地有灵，千年香浸玻璃湿。揭来胜境踏青阳，不速之客竹林七。招邀我愧东道人，菜丝充盘剧生涩。座上坡仙兴更豪，不簪幡胜偏簪笔。谓借寻春好觅诗，诗不取佳惟纪实。斯地倘教句不成，何乃阑入此翁室。人生岁月能几何，过眼繁华掷梭疾。无语停杯独有思，巡檐悄对梅花立。一笑官如传舍忙，啖芋谁当作李泌。公余暇日或重游，其人胜地那堪必。把酒默默祝东风，后会还期似今日。"多廉访欢得春字云："选胜出城闉，松篁映水滨。诗寻工部宅，香醉锦江春。草色浓于酒，梅花瘦似人。西园佳话在，休笑迹陈陈。未了前番兴，重将韵事申。丹青添画本，风日健吟身。对我皆仙侣，论文亦凤因。盛筵谁再续，桥畔柳全新。"尹观察佩珩得草字云："今年春讯迟尤好，江上梅花开独早。梅开好是浣花溪，历劫常同春不老。桥西潭北影横斜，残月犹明天刚晓。我来正值早春初，一帘芳信媚春草。座中人比梅花清，笑我风霜两鬓绕。高吟据几爱坡公，一时摘华争掞藻。忆昔曾游牛头山[①]，两地清幽堪绝倒。古来怀抱让诗人，乾坤非大室非小。一从背郭堂初成，锦里春风阅多少。春风一度又一年，花径还拟再来扫。"李宫詹惺，集杜句得堂字云："邀我尝春酒，春风花草香。今朝好晴景，云水照方塘。尽醉摅怀抱，高谈随羽觞。主人情烂漫，久坐密金章。""宅入先贤传，百花潭北庄。英灵如过隙，达者得升堂。去郭轩楹

---

① 原注：山在西安城外为工部读书处。

敞,来时道路长。经营上元始,回首一茫茫。""济世宜公等,云台引栋梁。不才甘朽质,渔父濯沧浪。芳宴此时具,终朝有底忙。清闲树杪磬,且欲上慈航。"苏方伯廷玉得联字云:"策马城南去,红旗引路偏。当春知酒熟,分韵有珠联。径竹千枝直,邻钟一杵圆。浣花非旧地,风景亦依然。""红尘高十丈,幽赏又林泉。竹径蓬门地,微云欲雨天。香浮梅有韵,波绿水无边。一醉诗成后,何须判圣贤。""同到诗人宅,前生有夙缘。况当春富贵,难得客神仙。笔落飞来句,谭深醉后禅。先生如可作,许唱饮中篇。"周观察贻徽得吟字云:"东风昨夜来园林,挈榼寻春春许寻。城西共谒诗人宅,草堂隆古人犹今。几曲溶溶浣花水,潆洄泻出行歌音。红白梅花竞烂漫,分题我坐花之阴。有笔合当此地搁,饮酣面热情难禁。起为先生酬以酒,一觞既尽还复斟。疏狂不怕梅花笑,才有大小同胸襟。何时置宅草堂畔,与公日日长欢吟。"何学使桂馨得雅字云:"锦堂春如海,春郊宜纵马。言寻少陵祠,联袂拜堂下。缅惟缔造初,草堂盖茅瓦。即今拓幽栖,居然成广厦。楷阴笼门闲,水石秀平野。寒梅初着花,瘦绝增艳冶。抚景动豪情,发令总风雅。谈笑惊座筵,劝酬罗杯斝。昭觉为新咏,珠玉纷盈把。探袖出初稿,对客手自写。顾惭拙言辞,数典窘拮挶。何当破万卷,再共结吟社。"张观察日晸得集字云:"送客出城南,长亭冠盖集。乘兴觅良游,招邀度原湿。西郊有寓公,余芳千载裛。行过万里桥,一径幽篁入。花溪随到门,草亭仍覆葺。楼高恣登眺,轩广杂坐立。旷达略形骸,主宾忘拜揖。列席盛珍羞,探怀斗篇什。佳兴时与会,兹辰正春及。淑气乍氤氲,条风已习习。丛梅依槛香,露草侵阶湿。豆麦满田畴,葱茏新雨裛。时平吏有暇,岁美民胥辑。诸公稷契才,政教各秉执。锦城根本地,化被若嘘吸。余马望邛阪,官程催已急。岂独怅离群,边圉惭绥缉。依依此胜游,暮忘返城邑。"

春闺诗最多,作者未免落前人窠臼。予喜盛少霞诗蕴藉缠绵,自饶风韵。其词曰:"森森竹影扫纱窗,十二阑干偶延伫。回首落红春正深,珠帘寂寂流莺语。"君名之光,浙江秀水人。餐霞先生第九子,予妻弟也。少年好学,一往情深。惜天不假年,弱冠卒。

韦应物答徐秀才诗云:"清新舞艳雪,孤抱紫元冰。"而"艳雪"二字尤新。

宋王珪字禹玉,封岐公。在翰林时,尝直中秋,月好。上召公赐座,出御制诗示公。令宫嫔各取领巾裙带扇帕求诗,悉以进呈。上悦甚,云:"须与学士润笔，各取头上珠花一朵，装公幞头上。令内侍送公归院。"翌日，都下喧传天子请客。

丈夫存仁取义，甘蹈白刃者，已不可多得。而闾巷女子，不为强暴所辱，捐生殉节，尤足以风顽立懦。李伯禄妻黎氏，本德阳人。移居乐至，寄人篱下。有无赖子乘其夫出，逼之，不屈死。县令尤秉之，吊之以诗曰："夫佣工，妾纺织，贫贱夫妻苦度日。赁人屋，被人识；强暴何堪遽相逼，捉衣欲近衣已绝。衣可绝，节不失；奋身受刃刃尽赤，怒发风鬖死尤烈。夺彼狂魂丧狂魄，卓哉大义明巾帼。"诗颇健峭，足阐幽光。

孔昭焜字蔗庄，曲阜圣裔也。精明才干，有能吏声。作乐府，得浑古朴质之气。尝见其《题韩贞女》云："虢公之台何卬卬，东门之杨何牂牂，彼美一人坚且芳（一解）。韩姞燕誉，柔嘉维则。纳其征兮，实维我特（二解）。爰摽我梅，莫贽我枣。中河汛柏舟，繁霜浴苍昊（三解）。东海石莫填，南山笋可磨。儿父儿母发皤皤，儿死寡依将奈何。皑皑白刃空摩挲（四解）。儿生何不辰，一朝为鲜民。愿言漆室月，毕彼青庐姻（五解）。吁嗟乎！长松易凋，女萝难朽。井臼操兮螟蛉负，忠臣须求孝子门。君不见，贞女刲股疗伊父（六解）。"

诗虽恶蹈袭，而有袭而愈工者。李华《吊古战场》文云："其存其没，家莫闻之。人或有言，将信将疑。娟娟心目，梦寐见之。"陈陶则云："可怜无定河边骨，犹是春闺梦里人。"盖所谓夺胎换骨，益工于前矣。

元魏祖莹曰，"文章当自出，机杼成一家。风骨何能共人生活？"予谓诗亦云然。若貌袭唐宋，而落落寡真气，便觉兴味索然。

李雯霦字九霞，所谓栖霞道士者。少负大志，奇崛不羁。入泮后，一试不第，遂隐于诗酒间。每得意时，振笔疾书，洋洋数千言。暨乎兴发情酣，呼家人命酒。极斟满酌，引觞立尽。拔剑起舞，似醉似醒。忽歌忽泣。旁观者莫测其意旨之所在，竟以豪放终其身。其友潘宏道为作赞曰："其人如玉，其才如花。文章道学，浑浑无涯。生平著诗，咳吐珠玑。葩经神髓，李杜何奇。性酷嗜酒，藏之必久。动吸百川，违云五斗。自幼至老，清奇独饱。人住方隅，名驰海岛。"赞颇古雅。潘，乾隆间进士。李，达县人。

张宜雍女史，历城人。副榜元表女，适蔡刺史薰。夫亡扶榇归，年方盛，守志教子，以吟哦自娱，有《衔花阁小稿》。貌既如仙，诗复清丽。五言如："溪水湘罗碧，林花蜀锦红。痴云笼野水，宿雾起遥岑。姹紫香魂断，嫣红晓梦沉。"七言如："黄鸟多情犹绕树，绿杨无伴独凭栏。最怜细雨初匀绿，多谢东风淡染黄。细雨一帘红渐瘦，轻烟满树绿成堆。"皆有风韵。

诗由性灵中写出，自然古香时艳，各有攸宜。盖论诗，如论花木。牡丹自艳，兰蕙自幽，李冶桃夭，梅花清冷，无不各具天然风韵。如徒假涂饰，皮毛古人，则如绘兰画美，色香俱亡，亦何贵焉？子才子曰："江海虽大，岂无潇湘。云梦自幽，亦有庙堂。"船山先生曰："是我性情终是我，不成李杜不韩苏。"皆有味之言。

牛君雪桥，宰彰明时多惠政。清标壁立，民不忍欺。怜邑人争投牒诉，逻迤喧传。予度阴平时，蒙过访一见如旧相识。嗣后诗扎往复，论古评今。归而假道匡山，求太白遗址。复承开阁相延，致夫致赆。席间诵其《禅牧山歌》云："禅牧山，接混茫，石骨草皮郁苍苍。龙背横屈佛顶秃，六月飒飒凛飞霜。地势远自中州起，坡陁渐上三千里。到此行行未觉高，回首身在白云里。盘膝坐啸碧峰头，千里万里收双眸。西望昆仑东渤海，呵气迥与青冥浮。吾邑偏隅隔关陇，此山高并西天耸。若以东向俯诸州，足使五岳皆朝拱。禅牧山。何壮哉！不有圭棱之峻峭，不有岩壑之幽回。惟有两间雄厚气，莽然直溯鸿蒙开。我今为歌语山灵，山灵山灵，厘尔福，弭尔灾。兴云降雨自天来，无忝千秋俎豆陪。"君名树梅，甘肃进士，今以军功迁牧茂州。

东坡在西湖与杭妓琴操善。一日，戏作禅语问，云："何谓湖中景？"琴操答曰："落霞与孤鹜齐飞，秋水共长天一色。""何谓景中人？"答曰："裙拖六幅潇湘水，髻挽巫山一段云。""何谓人中意？"答曰："随他杨学士，鳖杀鲍参军。""如何究竟？"坡曰："门前冷落车马稀，老大嫁作商人妇。"琴操言下大悟，即削发为尼。

潘芝轩相国世恩，癸丑状元。父梦天降玉麒麟而生。历官清要，屡握文衡，是殆王沂公一流人。机务余闲，兼工吟咏。尝见其《春闱即事诗》，云："叨持玉尺记三三，老矣登坛兴尚酣[①]。到眼是花迷五色，盟心有月印千潭。曲高难得知音赏，味美争如说士甘。门外纷纷尽桃李，要从褥锦认楩楠。"赠同主试诸公，

---

① 原注：自注典乡会试各三视学者三。

云:"四座欣逢益友三,饫闻高论兴尤酣。澄怀各有千秋鉴,雅量真如万顷潭。看到奇文烧烛短,投来佳句饮醇甘。抡才当代推宗匠,第一春风被楚楠。"又赠分校及门。及试竣,赠诸同人。示公子曾莹喜、公子、曾绶登贤。书凡六叠前韵,澜翻涛涌,层出不穷。虽专门名家,亦对之失色。顾为勋业所掩。

古人才大者,心必虚。邢尹避面自甘。以太白天才,而黄鹤楼之作,愿为崔生搁笔。故但知同体之善,而忘异量之美者,皆非真有学问人。

作诗如酿蜜,读书如采花。蜂非千葩万蕊,不足以成蜜。然不可指花即以当蜜也。人非五车二酉,不足以为诗。然不可云读书即以能诗也。蜂成美蜜,未见有花。人吟好句,何见有书。然后知诗非读书不可轻于下笔。而下笔之时,又若初未尝有书也。随园云:"万卷山积,一篇吟成。诗之与书,有情无情。"又云:"脱去旧门户,仍存古典型。役使万书籍,不汩万寸灵。"

荆渚侍儿田氏,名国香。山谷自南溪召为吏部郎,留荆州,所居与此女为邻。偶见之,以为幽闺姝美,目所未睹。后其家以嫁下里贫民。山谷因赋水仙寓意,有"可惜国香天不管,随缘流落小民家"之句。俾高子勉和之。后数年,山谷已卒。此女因荆南岁荒,其夫售之田氏。田一日招子勉饮酒,出之,掩袂困悴,无复囊时玉貌。乃话昔时旧事,相与感叹。子勉因请名其女曰国香,以成黄太史之意云。

尝读《尧山堂外纪》云:唐刺史李鹭爱任涛"露溥沙鹤起。人卧钓船横"之句,特判免役。并云:"有诗似涛者,并免。"时辛元龙号松垣先生者,有气节,亦以诗援求免税丁。刺史判云:"松桓刀笔破沧溟,欲援任涛免税丁。一段风流好公案,锦江重写入图经。"又读《谭概》云:"明沈石田周名重一时,苏州守出朱票拘之。命立庑下献画。沈乃为《焚琴煮鹤图》以进。守竟不解,曰:平平耳。"因叹才人遭际,有幸有不幸。而仙吏之仙,俗吏之俗,由其所好不同,遂致行为迥别。

古人诗画,迟速不同。唐人云:"潘纬十年吟古镜,何涓一夕赋潇湘。"又云:"思训经年之力,道元一日之功。"

则天荒淫补阙。朱敬则谏曰:"陛下内宠已有薛怀义、张易之昌宗,欲应足矣。近闻尚食奉御柳模自言,子良洁白,美风姿。左监门卫祥,阳道壮伟,过于怀义。昨欲自进,堪充供奉。无礼无义,溢于朝听。臣职在谏垣,不敢不言。"

武氏劳之曰："非卿直言，朕不知此。赐彩百匹。"

农事为民所重，今人多不留心。史钦义醇庵，有《劝农诗》四首云："乡村引辔艳阳天，万顷秧畴翠浪鲜。叱犊人忙红杏雨，沿堤鸠唤绿杨烟。循行袛念耕耘切，勉作休教耒耜悬。贮望桑麻盈井里，还将景物入吟笺。""社鼓频敲西复东，田歌声彻绿云中。壶樽泽遍桑田酒，饎饷相传麦浪风。劝课何容劳长吏，雨晴无复祈元功。为呼田畯多齐力，转盻秋成慰圣衷。""半犁新水涨春泥，雨笠烟蓑处处齐。茆径闲眠桑下犬，芳塍时听稻中鸡。牧童横笛斜阳外，秧母分畦曲涧西。土脉香生疏润候，一声布谷柳丝低。""岂是闲游览物华，为来田舍问桑麻。青畴绿村含云液，甘雨和风簌稻花。千耦其耘鸠拂羽，三时不害粟盈车。待他黍稷丰穰日，击壤田头听万家。"

先君昔官洋桃溪，后此缺裁汰。予庚戌重过，则官廨已作旅店矣，不禁怅然。诗以记之："琴剑飘零阅历身，关心往事倍伤神。新花着雨皆成土，故老从头说感恩①。今日断桥重试马，昔年官阁已生尘。可怜弹指光阴换，逝水韶光二十春。"

华阳相国卓海帆先生，勋绩伟然，诗亦清妙。《仁寿古佛寺》云："一径入危石，乱松青到门。隔花僧影淡，穿竹鸟声喧。殿古藏云气，帘高见涨痕。偶来寻断碣，零落字无存。"

予庚戌至渠江，过三台，旅次见织云女史题壁诗云："才从桥西来，又向桥东去。桥下水潺潺，人影空相忆。"予和之云："美人胡不来，春风又将去。生为有情物，相知便相忆。"织云，不知何许人，字颇娟秀。

纪文达公昀，以学问文章名海内，国家大著作多出其手。在翰林时，校理《四库全书》，七万余卷。然才力宏富，绝不矜奇好异，总以清气运之。《富春至严陵舟行》云："沿江无数好山迎，才出杭州眼便明。两岸濛濛空翠合，琉璃镜里一帆行。""浓似春云淡似烟，参差绿到大江边。斜阳流水推篷坐，翠色随人欲上船。""烟水萧疏总画图，若非米老定倪迂。何须更说江山好，破屋荒林亦自殊。""金碧湖山作队看，沙鸥却占子陵滩。《武林旧事》依稀记，待诏街头卖牡丹。"

---

① 原注：衙神祠今改李公祠祀先君木主。

女弟子浣香，俗商张氏姬。风姿玉映，吹气如兰。尝学诗于予，见赠云："前身愧比月娟娟，也学雕虫技未全。一调阳春高和寡，分明人世谪神仙。""闺阁才名信不如，邯郸勉步试吟初。推敲未解诗中味，敢下元亭问字庐。""伊人宛在溯霞秋，卓荦群推第一流。者个清狂谁得似，吟身端寄仲宣楼。""风流幕府擅才多，雅咏时闻对素娥。浣月诗肠清若许，好簪彩笔步銮坡。"予亦作八绝句，书团扇赠之，云："欲赠湘纨得句迟，风光又过浴兰时。今朝才把琼瑶报，应谅诗人懒不支。""碧阑干外水云凉，照见湘娥试晚妆。满沼轻烟新月上，藕花深处宿鸳鸯①。""元相金闺第一娇，杨炎乍见已魂销。东风不肯开帘幙，情绪撩人早晚潮。""前身本是月娟娟，锦句经年字尚鲜②。只是一言太推许，道侬人是谪神仙。""第一妍词第一姝，描来轶事未模糊③。含毫默喻冰霜忘，不写杨妃出浴图。""慵妆懒学鬓堆鸦，底事青棠尽作花。刺花芙蓉怜并蒂，绿窗风定绣帘斜④。""冰作心肠玉作肤，金条脱称绣罗襦。清才浓福卿兼备，绮语缠绵近有无。""彩笺题来便不同，墨花香润紫毫融。团团明月长相照，那得秋风到汉宫。"姬任氏，姑苏人。诗笔清丽。以才女嫁俗商，竟郁郁死。

予在成都时，有以岳少保所书"忠孝节义"四大字求售者，价需三百金。亦不能定其真伪。然笔法遒劲，亦非俗手所能。又尝见王所作《满江红》词，悲壮激烈，凛凛有生气。其词曰："怒发冲冠，凭阑处，潇潇雨歇。抬望眼，仰天长啸，壮怀激烈。三十功名尘与土，八千里路云和月。莫等闲，白了少年头，空悲切。靖康耻，犹未雪；臣子恨，何时灭。驾长车踏破，贺兰山缺。壮志饥餐胡虏肉，笑谈渴饮匈奴血。待从头，收拾旧山河，朝天阙。"明文徵明和之曰："拂拭残碑，敕飞字，依稀堪读。慨当时，倚飞何重，后来何酷。果是功成身合死，可怜事去言难说。最无辜，堪恨更堪怜，风波狱。岂不惜，中原蹙；岂不念，徽钦辱。但徽钦既返，此身何属。千古休谈南渡错，当时只怕中原复。笑区区，一桧亦何能，逢其欲。"诛心之论，痛快淋漓。使高宗读之，亦当汗下。

---

① 原注：妆阁临荷池。
② 原注：客岁姬曾以短章见赠，并索予和。
③ 原注：姬曾绘梅妃图见赠。
④ 原注：姬工绣。

醉墨山房外集

督藩臬道府　咸丰十一年五月初四日缮发

敬禀者：本年四月十八日，接奉藩司宪札敕。以筠连县王令告病，遴委□□兼程驰往接署，等因奉此。□□遵将南广防务交替，随即起程赴任，于二十七日接印任事。伏查。□县并无城垣，地势平衍。所属共止五场，东西相距五十五里，南北相距九十里。东北二处均与高县连界，县西距城四十里之顶阳塘，五十里之丰乐场，均与云南昭通府属之盐井渡交界。西南距城九十里之孔雀场，正南距城八十里之龙塘场，均与滇省盐井渡及镇雄州属之牛街交界。此四处最为紧要。山深箐密，逼近夷巢，路路可通。自李逆倡乱以来，群夷出没。惟海银一场，被扰两次。其余有三四次者，有六七次者，人民掳杀过半，屋宇焚毁，资产荡然，田亩亦多荒废。流亡者，至今未能复业。是以，团防不能整，经费无所筹。散练游丁，随地成聚。恣行不法，民不聊生。地方官既无兵勇，又少团人。赤手空拳，无力剿抚。□□到任后，延见父老，细询疾苦，并详考地势。乃知该夷等出没路径，均由滇省之中渡口鲤鱼塘偷渡。该处系金沙江上流，水势极陡。今春，该夷为庆符县李令忠清击败，急于奔渡，沉溺者不下数百人。若该处据险而守，事半功倍，大省兵力。惜乎中渡距县城一百三十里，鲤鱼塘距县城一百七十余里，皆属滇界。兵勇远戍，集费无方。故历来均在塘坝等处防守。待贼渡河，无险可据。失此地利，防不胜防。殊为可惜。今□□一面招集流亡，妥为安抚。并选派公正绅粮，充当团总。简选精壮，制备军火。将团务一律整顿，与庆高两县各团联合，不分畛域，以壮声威。一面出示晓谕：游丁散练，赶紧还归本业，违者剿捕。又恐该游勇等，恃众抗官。故先借调庆符县双合场劲练团勇二百名，亲身统带。周历各场，勒陈要隘，胁以兵威。日来该游勇等，已为先声所夺。有弃械逃窜者，有散归本业者。闾里稍清，微有生意。除俟游勇散尽，人民还归。团务举行，再行设法筹防外。所有□□到任查看，地方凋敝，疮痍未复情形，不敢蒙蔽粉饰。理合先将筹办缘由，禀请核示，据实直陈。禀请宪台，俯赐察核批示饬遵。

督藩臬道府　十一年五月初八日

再禀者：正封禀间，接准永宁县卫令移称：探得发逆围攻毕节甚急。有一股假扮官军，疾如风雨，欲由镇雄州取道罗星渡入川。移请严防各等语。伏查。卑县距镇雄州四百六十里，距罗星渡仅止一百二十里。□□到任之日，见搬家者络绎，传来询问。据称，镇雄现有苗匪，滋扰滇边落雁、牛皮寨等处，亦有散练时出掳掠。如果系该逆欲由此路入川，更恐勾结为患。深为可虑。卑县地方凋敝，经费分厘无存，团练则甫议筹办。军火器械，无一完全者，现在惟有□□带来庆符团勇二百名。若系零星小匪，尚不难剿捕。第恐该逆大股驰至隘口甚多，一经分拨，势即单弱。□□仰沐委任，惟有竭尽心力，以酬知遇。除一面选派明干练丁，分路驰往侦探，并飞移镇雄、珙县各邻封一体严防；一面严饬各团迅速筹办，并于城中赶制军火器械，以备临期堵击外。合肃禀闻。

督藩臬道府　十一年五月二十五日缮发

敬禀者：本月初四初八两日，□□将地方实在情形、并到任筹办缘由，由四百里驰禀，计已上邀宪鉴。随查得筠邑，自勇目张宗珩、何金龙招练以来，劣衿莠民，见其获利。每每私招匪人，恣行不法。各粮户畏其拉掳，大半流亡。自□□履任后，严拿游勇，始行解散，四乡为之一清。其练首等亦皆草行露伏，深匿潜藏。□□因思根株不绝，终恐复萌。故于十二日流带团勇，周历各场，查看地势。将团练一律整齐。所有滇川交界各要隘，均派得力团丁轮流防守。沿路安设坐探、走探直达镇雄。复与该州杜牧暨盐井渡巡检牛街知事，约期会哨。并于点团时，暗中购线。将著名屡次拉掳之练首张成、赵金光、赵明晖、林端盛、郝子谦、尹斌等，先后拿获。量其情节轻重，分别严惩。惟奉府饬拿之职员何占飏、何露堂父子，尚未弋获。现已悬立重赏，购线缉拿。务期必得。以此地方大定，县境一律肃清。各粮户亦次第来归，团练因而齐集。现与庆高两县会议，刊发条规。一律举办。彼此联络，以壮声势。惟经费一层，实因兵燹连年，无法设措。兼之卑县各团，只有长矛短刀，火器一件俱无，难资防御。□□现饬各绅粮筹议，赶紧设法筹款，制造军火。延请教习。一俟火器足备，各团练有规模□□再行设法购捕滇边各匪，以仰副我宪台。绥靖岩疆之至意。

敬再禀者：昨奉宪台札饬，截止滇勇，不准入川。并令将有无滇勇入川，按月禀报，等因奉此。复查。截止滇勇屡奉札饬，卑县叠次移知滇省镇雄、大关等厅县。无如该省之人，总思来川投效。或思道路难行，借资护送。以故来者终不能绝。本月十三日，有云南汇泽县典史陈诰，携眷入川，带有勇丁四十名。十八日，有昭通府武举马开科来川省弟，亦带有勇丁十六名。均经□□截止。仅将陈诰、马开科及眷口夫役放过。其勇丁一概遣令回籍，押送出境。但思卑县并无城垣，与滇境处处接壤。与其勇至截留，难于遣散，莫若禁之于招集之时。似易为力。且卑县出城三十里，即是滇界，并无场市阻隔。无人知会该勇等，每骤然而来。若系大队，殊难防范。合无仰恳飞咨云南（督部堂抚部院）严饬昭通府大关厅、镇雄州，转饬牛街知事、盐井渡巡检、彝良州判、滥田汛汛官，一体严禁各该处之人，不准招练。如有外府州县带勇假道过境，称系川中官弁所招者，非验有督宪印文印票，亦即一面截止遣散，不准前进。一面专差漏夜知会卑县，以便调团堵击。倘该地方官不行截止，又无知会。一经滇勇入川，应请与川中经过各州县，亦并参办。如此，则来源既绝，群流自清。是否可行，伏乞衡示。再，本月十六日□□派坐探三名，前往镇雄州。二十三日，于孔雀场途次，接该探来报。毕节发逆，已窜至镇雄州属之关门山地方滋扰。经该牧杜浩亲带兵勇，奋力击退。该匪随窜往贵州大定府属之瓢儿井屯扎。是否回窜，尚难预料等情，据此复查。镇雄距卑县仅止四百余里，其中虽隔高珙两县地面，而道路纷歧，亟须严密防守。除飞移高珙两县外，□□随即亲履县属各要隘。添调团丁，授以机宜，饬令更番守御。但查瓢儿井地方，又可由仁怀走綦江、合江、泸州等处。更恐由此路逸出。除飞移綦江、合江、泸州一体严防外，合肃具禀。伏乞宪台，转饬该州县等。一体严防，实为公便。

督局道府 十一年五月二十九日缮发

敬禀者：本月二十五日，□□将镇雄坐探禀报，发逆窜扰镇雄，退扎大定府瓢儿井情形，由五百里附笺具禀，不日可邀宪鉴。二十九日，复接镇雄牛街蒿芝坝巡司场接递探报。五月初九日，发逆勾结苗匪，窜扑镇雄之关门山。经该州牧杜浩带团往击，杀毙贼匪三十余人。该逆因见兵练众多，山路险阻，料难入川，随即窜往瓢儿井去讫。迄今尚未回窜。闻有退归粤西巢穴之说，尚不知真假。惟镇雄斗米钱千，牛街一带包谷每升八九十文。以故。现在土匪甚多，出没无常。所属母享司地方，有花苗二三千人，在彼焚掠，杜牧已亲带兵练往捕。母享司距镇雄一百二十里。又探得滇南军务，较前稍有起色。迤西之大理、澄江、楚雄三郡，尚未克复；迤南则道路中阻；迤东仅寻甸、沾益、宣威三州回氛未熄。徐抚宪兼署督篆，饷缺万分，民捐殆尽，几有力不能支之势等情。据此，查镇雄既有苗土各匪勾结滋事，卑县益当加意严防，以免窜越。除严饬各隘添丁防守外，所有探报各情，合肃禀闻。

督局道府　十一年六月初五日缮发

敬禀者：本月二十九日，□□将镇雄二次续探军情。由五百里驰禀，计已上邀宪鉴。六月初五日，复接探报，毕节现已肃清，发逆已窜黔西州，被打鼓新场乡团堵住。该逆意在入川，恐由遵义大路、仁怀、綦江一带窜出，亟须严防。又探得母享司花苗势甚猖獗，近日镇勇兵练，亦未开仗。闻其中亦有发匪。又探得镇雄属之林口地方，现有土匪数百人盘踞山洞，肆行捆杀各等情。据此查，林口距卑县仅止二百余里，该处既有土匪，杜牧又办理苗务，无暇兼顾。其中并无阻隔，难保不日聚日众，乘机窜出。□□已调派团勇六百名，分防各隘。一面函知高珙两县，一体严防。除再遣丁侦探外，所有三次续探军情，合肃飞禀。伏乞飞饬泸州、綦江、合江，加意防守。实为公便。

叙州府周　十一年六月初七日缮发

敬禀者：本月初五日，□□将镇雄三次探报，并林口现有土匪，调团设防。恳请给军火各缘由。专差驰禀，计已上邀宪鉴。兹复查得林口匪首，名谢辛大爷。闻陶三教司亦在其内，共有七百人。因思该匪等窜踞岩洞，凭高而守，已属难于攻取。况该处斗米千钱，穷民甚多。并无团练围捕。杜牧又现办苗务，无暇兼顾。诚恐日聚日多，乘机逸出，殊为腹心之患。□□现已调派团丁，将县属各隘，一律严防。并移知高县，派人于鸡爪山蒿坝一带，据险扼守。第查卑县经费，分厘俱无。刻下皆由□□挪款筹垫，势难持久。且各团自经夷患，军火全行散失。此时即使有费，亦赶办不及。□□现在只制得劈山两杆、营枪二十四门，尚不济事。因再专丁持函，令局士苏冕躬诣崇辕，面禀一切。务乞我大人，垂念边防紧急，将前请火药二百斤、铅弹二百斤、火绳一千盘，饬局赶急如数给发，漏夜解回。并请拨借劈山四尊、抬枪四杆、营枪一百门，交苏冕星夜运回，以便转发各团应用。一俟匪踪扑灭，即由□□专丁缴还。如有遗失由□□购买赔补，决不有负宪德也。

督局道府　十一年六月十四申刻发

敬禀者：本月初五日，□□将镇雄三次探报，并林口现有土匪。筹防各情由，六百里驰禀宪鉴。初九、十四等日，连据探丁禀称。母享司花苗，现经杜牧及涂参将带兵击退，窜往毕节峰顶山去讫。惟镇雄各乡，又有威宁窜来杠匪，在彼滋扰。州牧拟亲身带勇往剿。又探林口之匪，半系西里散练饥民，因闻林口一带居民避苗匪之乱，悉将资粮、妇女运入岩洞，起意谋夺。匪首滕新大爷、万新大爷等，共二十二人。其初仅二十余人，假以乞粮为名，诓诱入洞，猝起袭夺。洞中半系妇女，无力抗拒，遂致霸占。招朋引类，次第而来。刻下约计有千余人。该处团民虽恨深切骨，因各顾子女，未敢攻取。又探得有冯四大爷、冯五大爷。与芭茅坡陈乡约有仇，现亦聚有七八百人，在芭茅坡将陈乡约杀死，场市焚毁。陈乡约家赴牛街报案。已派差二十名前往，恐难捕获。又探得巴胯亦有土匪数百滋事各等情，据此伏查。林口之匪据险而守，资粮充足。其洞又在半山中，属思安界内。四围陡绝，已难攻取，更兼该处团民，畏首畏尾，有投鼠之忌。芭茅坡距牛街不过二三十里，牛街距卑县亦止一百八十里，巴胯在牛街左近百十里内。滇边辐员太广，饥民甚多，一有匪徒屯聚即恐裹胁。现在卑县饷项无出，筹防一切，已觉力不能支。万难筹饷征兵，越境剿捕。若任其久聚，又恐日积日多，乘机逸出，为患不浅。□□思难再四。镇雄杜牧，精明干练，所办团练甚好。现已函致该牧，请其分兵剿除。又访得林口附近，有确凿关、绍雄关。新土司陇定国者，人亦勇干。所部之勇，亦甚得力。似可用之。故复函商杜牧，令选派兵勇，协同该土司，带勇剿匪。果能荡平，除该州奖励外，卑县亦当重给牢赏、贴补军资。杜牧尚未回信，不知该土司能否应命。除遣派妥人，驰往各该处侦探。并传谕团民，先将各匪诱出岩洞，以便剿击。一面严守各隘，以防窜逸外。所有镇雄四次探报，并□□筹办缘由。是否有当，理合由五百里禀请宪台，俯赐察核批示饬遵。再，探得发逆有由打鼓新场窜遵义府之信。合并禀闻。

督局道府　十一年六月二十五日申刻发

敬禀者：本月十四日，□□将镇雄四次探报，由五百里驰禀。计已上邀宪鉴。次日卯刻，即得杜牧回信，知该牧拟亲往剿捕巴胯五眼洞各匪。其林口之匪，现饬乡团协同绍雄新土司陇定国前往围捕，嘱令严防各等语。伏查镇雄既已动兵，则此击彼窜，势所必然。□□随添调团勇二百名，并派双合场存城之勇，分路驰往鸡爪山、孔雀场两处，协同该处防勇留心守御，以防窜逸。二十二、二十五等日，连得探报。知巴胯五眼之匪，经杜牧往剿，擒斩一百余名。并将岩洞封闭，闭死在内者，亦复不少。其林口洞匪，亦经陇定国带团围捕，贾勇而登，杀贼多名。并获匪首张辛大爷等。余匪溃窜羊肠、牛肠等处。现将岩洞夺回各等情，据此□□伏思。林口、巴胯等匪，若使久聚，实属蜀中心腹之患。今幸天夺其魄。数日之间，悉皆击散。诚非意料所及。惟查余匪窜往羊肠等处，势虽零落，仍恐复炽。且芭芒坡尚有一股未除，尤当加意防守。又，今日复接镇雄坐探来报，谓毕节峰顶山苗匪，现复裹胁土匪万余，窜踞母享司地方，杜牧已星夜赶回各等语。除再派人轮流侦探，并函致杜牧。札饬陇定国搜捕余匪，勿留余孽。一面严饬各隘，加意防守，勿稍解弛外。所有五次探报，合肃禀闻。

再禀者：正肃禀间，又据探差禀。称芭芒坡匪首冯四大爷、任原大爷等，因见我处添勇增防，匪中自起地皮风，谓筠邑带兵来剿，纷纷溃逃。冯四大爷、任原大爷、张三大爷，带匪十余人逃至猴街，被该处国民设筵擒获。匪首四人，闻已送官，刻下只存余匪三百余名，窜往本蜡湾、大洞子两处屯扎。除再饬飞探外，合肃禀闻。

督局道府　十一年七月十七日申发

敬禀者：六月二十五日，□□曾将镇雄五次探报，由五百里驰禀宪鉴。发禀后，旬日未得探报。□□复遣明干之人，前往查探。乃知大河边对块一带，现有匪徒啸聚，两次探丁由此经过，均无下落。并探得母享司苗土各匪与镇雄兵团连

111

开六仗，两次失利。其余均有斩获。现在，该匪等乏粮，有退往峰顶者，有逃回威宁苗窝者。杜牧与涂参将，带领兵勇团练万余，现扎大斗岭。拟日内会同毕节李镇军，两面夹攻峰顶山之匪，尚未知胜负。又探得镇雄年岁饥荒，粮食昂贵，草根树皮均已食尽。刻下，诸砸野勒、滥菁一带，有冯辛大爷啸聚饥民滋事。牛场、羊场、河里苏一带，有戚小七爷子七人啸聚。前次林口等处击散余匪，在彼滋事。又探得前次芭芧坡匪首冯四大爷被擒，其余匪三百余人，窜往木蜡湾、大洞子两处窃据。又推马新大爷为首，在彼劫掠。又探得发逆现在围攻黔西州甚急各等语。□□复查。滇边荒歉处处，饥民流而为匪，一时不能扑灭。卑县防不能撤，费无可筹，实有万难支撑之势。且现值秋收，虽有七分收成。因滇边缺食仰给，川中粮价，仍不能平。卑县仓谷无多。一旦有警，从何拨济？言之殊深焦灼。除一面严禁烧熬，一面遣丁侦探，查明前探下落。并与杜牧会商设法筹办外，所有镇雄六次探报，合肃飞禀。

军督局臬府 　十一年九月初十日发

敬禀者：窃□□前将镇雄苗匪、土匪、饥民探报各情，缕晰具禀，仰蒙批示，饬令严密防堵。续探飞报等因。遵奉在案。伏查八月以来，□□屡得探报。知母享苗匪，已经镇雄杜牧会同毕节李镇军击退，杜牧当于中秋前回署。旋因威镇交界之得马老林，又有另股青苗二千余人，在彼滋事。杜牧于八月二十五日复率兵练前往剿捕。现在距城二十里之簸箕地方扎营，尚未得手。其芭芧坡等处土匪冯四大、诸砸等处土匪冯辛大、牛场等处土匪戚小七父子、柳溪等处土匪刘高十等，仍复啸聚饥民，时出掳掠。该州杜牧为苗务牵制，不能分身。各处团民，虽不时堵击。无如该匪等流动靡常，毫无定向。此拿彼窜，总难扑灭。且探得距昭通城四十里大山老林内，现复聚有回匪千余人，以抢烟为名掳掠。商贾行旅断绝，亦无人过问。卑县处处与昭镇毗连，犬牙相错，时防窜逸，刻下匪焰益炽，防务愈严。□□随时亲往各隘，梭织督察，不敢稍懈。惟念各团勇练勇，自六月派防以来，迄今四阅月未得撤防。糜饷劳师，官民交困。所幸军火一切，□□现已赶造粗备，足资防守，可慰宪怀。除再遣丁侦探，随时禀报外，所有现探贼情，暨卑县防守严密，不敢稍懈。各情理，合先行驰禀。

军督局臬道府　十一年九月二十三日发

敬禀者：本月初十日，□□将镇雄、昭通、苗土回匪探报各情，由驿驰禀，计已上邀宪鉴。十九日，复得镇雄坐探来报。谓得马老林苗匪与毕节李镇军开仗，我师失利，阵亡数十人。刻下苗势益炽。又接得永善坐探来报。谓夷匪所扎船筏，现已抬放永善所属大屋基、小屋基河内。该匪等因春闲被庆符李令剿杀，黑匪十余人拟十月初一过年后，即行出巢来川报复。又探得永善县及大关厅所属，近日拈香结盟之会甚盛。永善庙口乡地方，有谭新大爷者纠匪一千余人，谋为不轨。已于初十日起事，杀生员谭姓一家二十余口祭旗各等情。据此□□伏查。夷船下河必有内侵之意，况滇边一带香会甚炽，动辄盈千。今谭新在爷既纠匪徒千余人，惨杀谭生一家。难免不勾结夷匪并各处会匪，乘机窜逸。且李镇军甫经失利，苗势益张。更恐连结为患不小，亟应远探严防，以免逸出。除再派壮丁前往各该处侦探，严饬各隘防勇认真盘查。并派壮勇四百名，驰往滇属柿子坝、鲤鱼塘一带。会同该处团勇，悉力堵御。一面移会庆高两县，筹议粮饷。各派兵勇出境，前往柿子坝、鲤鱼塘一带，会合防堵外。所有探报各情，合由六百里驰禀。伏乞宪台俯赐察核，严饬庆高两县派勇出境会防。实为公便。

再禀者：伏查每年夷匪出巢，均由滇属柿子坝、鲤鱼塘一带渡河窜入滇境，再由滇入川。舍此，不能飞越。刻下夷患尚在其次。所虑者拈香会匪从而勾结，乘机逸出。因思筹防之道，与其待彼渡河，头头是道，不如据河而守较省兵力。但查该处渡口共有三处，绵亘数十里。非有兵勇千余人，难资分布。今□□派勇四百名驰往堵御，颇形单弱。难免顾此失彼之虑，必须添兵协守，方保无虞。但卑县民贫地瘠，经费难筹。自六月至今，防不能撤，官民俱极困殆。然在本境各团尚有贴补，今复派勇出境办防，口粮一切均须官筹。□□再四设法罗掘，仅筹得粮米一百五十石。于本月十九日陆续运赴卑县所属之孔雀场，交保正廖启祥收贮寨中，随时拨运防所。绵力已竭，其势不能再添。合无仰恳宪恩，扎饬庆高两县，各派劲勇四百名驰赴该处，会同防守。俾夷不得渡河，三县均可高枕。并乞严饬该两县，自备口粮盐折，无累卑县则感荷鸿慈。实无既极。

本府　十一年十月十六日申

敬禀者：窃□□前将革弁何金龙逃至毕节总溪河萧正贵家，招匪报复，各情具禀。随复遣兵侦探，本月十六日，据探丁回报，该革弁委在总溪河地方招聚匪类，又遣人在威宁所属之菩萨塘、昭通所属之骡马厂等处，招集回匪夷人来川报复。该革弁现已改姓刘氏，或东或西，所扎无定等情，据此伏查。该革弁素怀不轨之心，其情不测。故□□前在叙城密禀宪台早为除灭，以绝祸根，不意徐都司招其投诚，设法纵放。现在该革弁四处招匪，势必入川。而总溪河地方距镇雄六站，距卑县将及千里。又难劳师远征及早扑灭，殊为可虑。□□现已会同杜牧，严饬川滇各场各隘团丁，严密防守，并悬立重赏，准其格杀勿论。一面函致高珙两县一体严防。但查总溪河有路可通瓢儿井雪山关，入四川永宁界，歧路甚多。理合飞禀宪台严饬高珙两县，并飞移叙永永宁两厅县，一体严防，以免窜越。实为公便。

军督局臬道府　十一年十月十八日申发

敬禀者：窃□□前将镇雄苗匪猖獗，土匪啸聚。暨大关会匪滋事。卑县派勇出境防河缘由，两次飞禀在案。伏查滇中兵燹连年，加之饥馑，民无所食，遂流为匪。虽其志止于劫掠，其人率皆乌合，不足深虑。但镇雄现有苗患大关，逼近夷巢。该匪等百十成群，四处屯扎。若不早为料理，诚恐一朝纠合，各路响应。猝然窜出，为患不小。是以□□发禀后，即函致镇雄杜牧、牛街蒋知事、大关盐井渡尹巡检，备陈利害，往复筹商。约令联团会办，消患未萌。昨接杜牧等复函，均以为然。杜牧并称，该州股匪虽多，实以巴胯、巴茅坡两股为最，人数亦极多。苟将两股扑灭，其余半属饥民，不击自散。现在已令土目陇定国带领土练围捕巴胯一股。牛街蒋知事统带各团暨卑县防河之勇剿击巴茅坡一股。但恐河岸空虚，彼击此窜。嘱令□□亲往大坝、柿子坝一带住扎，督饬团勇防守河岸，围捕逸匪，以期一股荡平。□□伏查杜牧所论，深合机宜，自应协力同心，以除丑类。□□现拟本月二十四日，督带文生詹会都，增生苏冕、文生文尔炳及城乡团勇，由龙塘、孔雀场一路赴滇，至大坝、柿子坝一带。联络绅团妥筹防剿。一俟各匪荡定，即由老鸦滩、牛皮寨一路回县。顺便将各该处之团联为一气，以作潘篱。其城守一切，已经□□布置周密。新任徐典史已到，饬令督饬在城绅士陈世辅等，无分昼夜，小心防守。其县中日行事件，檄委该典史代折代行，□□约计半月即可回署。除俟回署后，再将筹办情形具禀外，所有□□与杜牧会商筹办土匪，亲身赴滇缘由，理合禀请宪台，俯赐察核批示饬遵。

再禀者。□□探得镇雄苗匪，现扎吴家屯。毕镇两军虽屡次开仗，尚未得手。其大关庙高乡谭姓会匪，前拟纠同夷匪，来犯川界。因闻卑县业已派勇出防，据住河岸，故未敢动。并闻该匪等无粮，大半星散，谅难成聚。□□拟俟镇雄事竣，再与大关筹办此股。合并禀闻皋台。

再禀者：正肃禀间，奉本府转奉督宪扎饬，嗣后州县一以保固城池为要。如值贼窜邻境，必须团勇会剿者。只准令丞佐汛弁前往，不准自行出境。等因奉此，自应恪遵。惟□□此行实系当贼之冲，并非旁行斜出。为避贼起见，只要河岸严守，贼不得渡，城乡自可无虞。且□□早经与滇省官绅约会，如不前往，失信于人，以后难以办事。况滇中诸匪，半系饥民，情难尽杀。或抚之，或剿之，或解散之，必须□□亲往，轻重缓急之间，方有斟酌。且卑属惟一典史一汛弁，典史初到，地理人情均未深悉。汛弁又兼理高县事务，亦难分身。以故□□只得亲行。合无仰恳宪恩禀明督宪，俾知□□有不得不行之势，则感荷鸿慈，实无既极矣。

督局皋府　十一年十月二十一日申

敬禀者：窃□□前将大关、镇雄、昭通苗夷回土各匪情形，并卑县派勇防河缘由，两次飞禀宪鉴。一月以来，我军据住河岸，并随同牛街蒋知事团练将簸箕渡、小落瓦等处土匪击散。团势甚振，各匪均未敢来犯河。□□正与镇雄杜牧及蒋知事，往复会商，拟于本月二十四日，亲统大队，由南路孔雀场一带赴滇。乘此声威，扫平鼠类。不意本月二十一日，接东路探报，现有贼匪萨大爷、安三大带领匪党并苗匪约四千余人，由古芒郡夷地窜出，已至镇雄所属之班鸦沟、榨席等处，声言入川报仇。又探得昭通有流匪四五百人，于十八日午刻，由镇雄西里窜出，已至龙海地方，亦欲入川。又探得高县已革把总何金龙逃入滇中，改姓刘氏，在毕节所属总溪河，招聚匪类四千余人，扬言不日入川各等语。并接高县正舟团总、罗星渡局士报，同前由等情，据此伏查。滇边辐员太广，处处皆贼，股匪不可数计。刻下南路之贼，其势稍戢。而东路又复猖獗，查班鸠沟榨席，距珙县之落亥、王家场、罗星渡暨高县之正舟、沐爱、沐祥等场甚近，处处与卑县毗连。又由罗星渡可出庆符之沙河驲。该匪等既到班鸠沟榨席一带，路路可通，难保不入川境。且闻萨大爷即系何金龙股匪，匪中建有何金龙旗号。更恐结连总溪河及昭通流匪，大股窜出，为祸不小。珙县之团，昨已与之开仗。带伤五人，匪势稍却。该处团民，素称得力。惟闻该令，值新旧交替，恐有疏虞。□□现与庆高两令筹商，除严防本境外。张令并派沐爱、沐祥等场团勇八百名，驰赴落亥以前之官茅坪防堵。为珙团犄角，协同击贼。卑县暨庆符，又派团勇驰赴沐爱、沐柔为之后应，相机堵截。但查总溪河由瓢儿井出雪山关，又通永宁。声东击西更恐由此路逸出，亦须严防。除□□会同庆高两令妥筹防剿，并激励防勇，随同蒋知事力拒龙海流匪外。所有探得镇雄东路贼党纠约苗匪直犯珙县情形，合肃飞禀。伏乞宪台，俯赐察核。飞饬庆高珙永四县严饬团众，一体严防。实为公便。

督局禀道府　十一年十月二十七日长沟发

敬禀者：窃□□前将亲身赴滇，联络绅团会筹防剿各情，于本月二十一日具禀宪鉴。二十二三等日，外闲风传夷匪出巢。□□一面遣丁侦探，一面饬令刘宗禧带领前队百名，于二十二日起程，先行前往，相机堵御。□□大队随于二十四日起程住龙塘，沿途见搬家者络绎于道。金称蛮匪千余从龙海窜出，将近麻柳溪。距我邑孔雀场仅止百里各等情。□□随即催军前进，次日午刻出孔雀场入滇界。鹑悬菜色之民，百十成群前来迎道。□□逐加抚慰，犒以米谷。欢声动地，师次长沟。据刘宗禧遣探回报，龙海之贼实止八百余人，并非蛮夷。实系回人流匪假扮蛮人，于十八日由昭通一带窜出。至龙海地方，劫去客布三十余挑，乘机掳掠。因该处无团围捕，故在彼驻扎三日，由三岔坳走梅林、梦坝等场，将窜麻柳溪。闻我军已到，行至距麻柳溪十五里之洗滩。折回小草坝分为三股。一股回窜昭通，一股窜入威宁夷地，一股窜猴家街。我军现扎麻柳溪，并无一贼等语。又接得探报，巴胯五眼洞之贼势甚猖獗。陇定国师出无功，相持未下。闻该匪现已遣人赴簸琐渡、小落瓦铜厂坡、放牛坪、赞滩等处，纠约饥民，前往助阵等语。又得探报，芭茅坡之贼，已经蒋知事带领川滇各勇击之于风波山，斩杀甚多，生擒十七名。乘胜直捣芭茅坡贼巢，并获首匪杨新大、丁大五、张麻大、郭新大、张新大等，余皆溃散。惟伙匪郭四大未获，带领八十余人逃入大水沟夷地。蒋知事现已旋师各等语。□□伏查龙海之贼，既经远窜，蒋知事又有芭茅坡之捷，该匪等业经胆落，谅不回窜。惟芭茅巴胯之贼，意欲纠合饥民，实为可虑。□□现已函知杜牧蒋知事，请滇军合力围攻巴胯，并搜捕余匪。将各团整理，饬令严守要隘，毋令再入。一面饬刘宗禧，带勇由庙坝一路回军，至大坝会合。并派苏冕、詹会都、文尔炳、廖启祥等各带团勇，驰赴簸琐渡、小落瓦铜厂坡、放牛坪、赞滩等处招抚饥民。□□拟明日拔营，驻军大坝，接应各路。稍有端倪，即当回归。□□现接高县张令来信，谓珙县有警，促令旋师，故未敢久留。除俟苏冕等回报，再为续禀外，所有探报各情，合先驰禀。

再禀者：本月二十五日，□□于孔雀场途次，接高县张令曾彦来信。谓陶三教司、萨大爷、安三大、姚新人等，现聚匪类千余，纠合回匪、花苗，由镇雄古芒部夷地窜出，欲来珙县落亥、罗星渡等场报复。已至雨洒河，势甚猖獗。促令□□旋师回防东路。并接落亥、罗星渡各局士报，同前由。□□伏查陶姚二逆，本革弁何金龙余党，春间带勇出川，为珙团击散，久思报复。今既纠匪而来，其情叵测。落亥、罗星渡距卑县均止一百数十里，倘该二处有失，则卑县东面吃紧。但查雨洒河至落亥、罗星渡，必由班鸠沟经过。该处两山相夹，道路逼窄，若以罗星渡、落亥之团，紧扎要隘，诱匪入沟；令王家场之团，断其归路，两面夹击，必获全胜。□□悬度地势，未必遽取深入。现已密饬落亥、罗星渡各团，相机妥办。并饬卑县团首叶卿云，带巡司场团勇二百名，扎红花店，以堵罗星渡由高县上乡来路。饬团首詹元亮带大地场团勇百名，进扎高县之白凡滩，以堵落亥、罗星渡由高县平寨来路。饬团首王礼经，带鸡瓜山二坪子之团，扎高县之白霁，以堵落亥由高县蒿坝来路。并饬贡生刘廷杰带下墩坝、双合场等处团勇，接应各路。谅可无虞。□□一俟南路略有端倪，即当迅速旋师，会防东面所有贼犯珙界。□□筹防各情，合先禀闻。

军督局枭道府 十一年十一月初五日发

敬禀者：前月二十七日，□□于云南长沟行营，将筹防招抚各缘由具禀。次晨拔营起程，绕道南木园，次于大坝，沿途查看。各该处均以兵燹之余，民房悉毁，极其凋敝。□□道经其地，各绅民皆来迎谒，逐一抚慰。二十九日，牛街蒋知事、盐井渡尹巡检来会，□□随同该员等，并两省绅团，亲诣枋子坝一带河岸查勘渡口。柿子坝场，在对河仅存茅篷数间。其河为永定河上流，共有渡口四处。一曰鲤鱼塘，属牛街；二曰老鱼寨；三曰中渡；四曰义渡。均属盐井渡。两岸重山积雪，寸木不生，并无人家。四渡相隔三十余里，河面宽者四五丈，窄处不过二丈有奇。夏间水涨溜急，两岸树杙，中亘竹缆，小船攀缆而渡。近日水退，深处尚以舟渡，浅处竟可徒涉。然究有一水之隔，若使河岸有防，夷匪岂能得渡？比岁夷匪之所以得渡者，一则因民遭兵燹，防费无出。再则因该省官民不甚相洽，各团辛苦，累年未得尺寸之赏。地方官转得优保，以故愤激，不肯出力。一闻贼警，相率而逃，并无一人把守。使该夷等安然得渡。□□勘毕，饬传各地绅民，反复开谕。谓此地山童地瘠，薪炭皆无。加以转运为艰，客兵断难久守，必须本地团民出力，方能久远。因将地段分派各团，饬令每渡搭营棚二座。就近之团，每日选派团丁十人，轮流把守。探有夷警，一面调集全团先将渡口据住，一面飞报卑县派团协守。该团民等，果能杀贼立功。嗣后卑县一体给赏，保请优奖。如有疏忽，惟该团首是问。其旧团首是不能办事者，□□已会同该员革退；其曾经出力者，□□亦酌赏银牌、顶戴，以示鼓励。该团民等，均皆踊跃听命，愿奉驰驱。□□又令各团民，将所有妇女、粮食，概移寨堡岩洞之中。贼无所掠，自难深入。均皆应命。□□随即回营，前派出之苏冕、詹会都、文尔炳、廖启祥等，先后旋归，并带各该处饥民一千余人来见。□□询悉各情。该饥民等虽皆有罪，情尚可原。缘滇中连年兵燹，总未肃清，各种匪徒随时流窜。该饥民等大半良民，当寇至之时，或惧蹂躏，馈以米粮；或畏焚烧，假之屋宇；或威逼随从，或代之负运。原为一时救死之计，不意事后里魁伍伯藉之要挟，或屡次鱼肉，追逼无休；或无端讦告，敲搕不已。该饥民等原本无识，铤而走险，不肖匪棍，又从而煽惑，遂思集聚自卫。官捕不得，目之为盗。彼此猜忌，势如骑虎。今闻□□带勇亲至，各匪慑于兵威，均皆逃窜。该饥民等始知罪犯弥天，自新无路，幸蒙招抚，胥庆更生，悉皆投械随来，俯伏乞命。□□当将屡犯劫掠之陈新大、马新大、詹会升、陈老七、刘长岁、朱小大等十余人，立地拘拿。分别惩治。其余一概宥免，给以免死票，予以自新。饬令有田有产者，各还本乡，编入团甲。其实在穷而无告者，量给钱米，发交各团首管束，俾令各谋生路。倘再生事，立予擒斩。该饥民等，均各感悦，一体解散。□□复函致杜牧、蒋知事，严束各路暂停拘捕。并嘱将不法之胥吏、约保，严行究治。遐迩绅民无不欣颂。刻下卑县南路，上至牛街小草坝，下迄横江对河沿边，三百里内，土匪饥民，悉皆消散。各团亦均复振，与卑县联为一气，颇觉爱戴。□□因思前次派勇防河，虽因夷匪起见，而其实为防土匪饥民。今土匪既已远逃，饥民又皆解散，且得各团为我藩篱，声息相通，彼此相顾，则防勇自应暂撤，以节糜费。故□□于十一月初三日，一面率领大队，由老鸦滩、牛皮寨一路，联团回县。一面饬令刘宗禧、廖启祥，将防河团勇，带归孔雀、龙塘两场。俟探有夷匪出巢之信，再行出防。所有□□亲至滇边筹办防务，一律完竣，业已回县。是否允协，理合禀请宪台，俯赐察核批示饬遵。

再禀者：前将陶姚二逆，率领丑类欲至珙县报复，并卑县派团防守各隘缘由附禀，计已上邀宪鉴。连日探得该匪等实止千余人，尚扎古芒部一带，与珙团相持，未敢深入。因思该匪等，虽拥众千余，究系乌合之众。若以劲练团勇，乘时攻击，不难扑灭。倘仅据守各隘，与之相持，诚恐一朝粮尽，防费无出，必至团散匪逸，殊为可虑。□□现已一面函请珙县周令，带团进剿。并函致杜牧，严饬滇中各团，击贼之尾。一面会同高县张令，各派团勇防守要隘，以为珙团声援。除俟续探禀报外，所有现探各情合肃飞禀。伏乞宪台飞饬珙县周令，迅速带团攻剿，以除后患。实为公便。

督枭府 十一年十一月十一日申

敬禀者：本月初九初十等日，接牛街蒋知事及滇边各团络绎飞报。谓镇雄州城内兵变，印官被害。缘苗匪前扎峰顶山，杜牧带兵往剿失利。其中阵亡兵勇，索要恤赏，杜牧无银措给。初五日闹至大堂，将署掳掠一空。杜牧由间道至参将署商办，戌刻回署，甫出参署，即被兵勇攒杀。刻下城中大乱，城门已闭。尚不知后文何如等情。据此查滇中纲纪早失，文武戕害，视为故常。今杜牧不幸猝遭此变，深可怜恤。但镇雄现在苗匪围攻青胸，距城仅止三十余里。北里各匪，虽经□□赶散，而西里、巴胯、五眼洞等匪盘踞如故。今杜牧遭害，城中兵变。既恐各匪乘机窜出，又恐苗匪绕过镇雄，直犯川境筠高兴珙各界。除□□严饬川滇各团，严密防守，并知会各县外，合肃飞禀，伏乞大人飞饬各该县一体严防。珙县尤当冲要，更须加意。特此禀闻。

督局臬府 十一年十一月二十日申

敬禀者：本月初十日奉宪台札，开以牛皮寨地方险要，恐李蓝二逆回窜，饬令卑县派拨团勇前往防守，等因奉此。仰见我宪台深谋伟算，硕画周祥，曷胜欣佩。伏查牛皮寨为云南大关厅所属，李逆于彼起事，盘踞年余。今该匪等为大兵围捕，势已穷促。难保不回窜该处负隅抗拒，自应先期防守，断其归路。但查牛皮寨暨大关所属之老鸦滩，镇雄所属之南木园，向为匪徒荟萃之所。五方杂处，民情悍鸷。又以该管地方官窎远，刑赏不及，团务废弛。故自李逆倡乱以来，匪徒不时啸聚，民不聊生。嗣经□□到任，不分疆界，一体查拿，各匪逃窜。五月后，方渐安靖。□□因思各该处虽距大关镇雄较远，等诸徼外而实逼近。卑县如不将团务整顿，□□究在隔省，岂能事事照察。设有疏虞，所关非细。故前者因赴滇办防之便，绕道南木园、老鸦滩、牛皮寨等处查看地势。饬传各该处绅粮到案，询其团务废弛之故。除南木园业奉官示，实因团首不得其人，当经□□更换外，其老鸦滩、牛皮寨二处，据绅粮等禀，称滇民屡遭寇扰，亦思集团自卫。无如大官厅未经出示，难以举行。恳请□□给示，以便照办。□□不得已，越俎代谋，拟立条规。会同盐井渡尹巡检联衔出示，饬委可靠绅粮，充当团首，将团务一律举办。并令无分川滇，彼此联络，以壮声势。旬日以来，规模已立。而牛皮寨尤为踊跃。因思该处出川有两路，大路由筠连越高庆，出庆符之南岸、南广小岸一带。小路由滇边之兴龙场、落望等处，出宜宾之横江。大路尚有三县防守，小路则毫无间隔。欲防牛皮寨，必须先防横江以上各隘。□□奉札后，一面将牛皮寨以下至横江各要隘分出段落，派交滇中各团首，严密防守，盘查奸细，并许立功后即由卑县保给奖盛。倘有疏忽，一体治罪。一面派拨俗美乡永丰团团勇二百名，交该省监生邓辅亭管带，驻守牛皮寨。分据滥田坝、真武山等处险要，策应各路。如或有警，火速飞报。卑县距牛皮寨仅止六十里，朝发夕至。仅能救应，似可无虞。所虑者惟横江及南岸一带耳。横江属宜宾，□□已飞移宜宾县，应请大人再赐札饬，饬令宜宾县转饬该地团首，小心防范至南岸一带，尤为紧要。盖该处滨临大江，并无险隘，正对叙城，上连宜宾之小岸，下迄南溪之李庄、石笋，均为出产米谷之所。故李逆、张逆、周逆，卯逆扑犯叙州，均萌窥伺，幸为该处团勇击退。前年贼围叙州，水米不缺者。实因南岸团勇得力，屡获胜仗，故贼不敢犯，城中人心亦定。倘该处有失，不特六县震动，即叙州亦属可危。今李逆盘踞青神，大兵由上压下。犍为、叙州一带兵勇单薄，诚恐该匪等乘流而下，直犯南岸。该团勇等，虽称得力。但平时皆系散处，有事方聚。现届岁暮，各人不无私事。一旦贼匪猝至，征调不及。虽有智勇，亦无所施。况宜宾、南溪、庆符、长宁、珙县各令，均值更替。地理恐难骤悉，故此事十分可虑。我宪台舆图在掌，谅早鉴及。应请严饬庆符县，激励八甲绅民，加意防守。并饬宜宾、南溪两县，多备炮船，选派得力绅团，前往真溪、脚溪、月坡、宜溪一带，节节防守河面。庶该匪不致下窜，得以一鼓荡平。即或逸出，河中既有防守，而横江南岸，亦可早为，得信预先准备。□□愚昧之见，是否有当。伏乞宪台，俯赐察核批示饬遵。

督局禀府　十一年十二月初六日申

敬禀者：本月初五日辰刻，准阜县专城千总贾腾移开。初四日亥刻，奉建武营守备涂太平札，开据炭厂防堵。汛弁杨启祥飞禀，长宁匪勇张四黄弟，被颜勇攻败，窜入兴文。该县猝不及防，县城于十一月二十八日未刻失守，文武不知下落，衙署监卡概被焚烧。饬令该弁移请严防等情。准此，伏查此股匪徒。卑县前接高珙两县各团具禀本，胡飞鹏散勇，于十一月初八日，经代办南溪县卢令、放令，由石笋渡河窜入长宁、安宁桥地方，肆意焚杀。嗣经宪台叙州府札饬，委员并庆符县李令，带团攻剿。该匪等闻风宵遁，已由老翁场窜入江安地面去讫。岂意李令旋师后，该匪等复由梅桥坝一路回窜兴文，如入无人之境，唾手得城，可胜叹惜。卑县距兴文二百数十里，其中虽隔高珙长宁三县地面，但小路纷歧。头头是道。且该匪既得城池，更恐招集匪类日聚日多，六县均难安枕。除一面遣丁侦探确情，飞速续报。一面严饬沿边各团，选派丁壮，严守要隘外。所有建武来文，据称兴文失守缘由。理合由六百里飞禀，伏乞宪台，迅派智勇贤员，统带劲兵前往扑灭，实为公便。

再禀者：正肃禀间，卑县探丁回报。兴文城内之匪，业已退出，由周家沟窜至珙县之底洞堡，距珙县仅止四十里。又得镇雄探报，青胸苗匪，现在直逼镇雄城下，围困十分紧急。杜牧遇害，城中无主，殊为可虑。又得滇边各团及三滩总团首文映台等禀，称前次芭茅披之捷，各团生擒三十余名，解至牛街收禁，至今尚未正法。探闻逸匪郭四大，又复纠集流匪戚新大、古新大等数百人，屯聚大河边，欲由芭茅坡一路至牛街劫卡，乘势入川等语。□□复查，镇雄北里匪徒甚多，今郭新大等欲纠匪劫卡，又值兴文之匪窜至周家沟底洞堡一带，更恐里外勾结，实为心腹之患。□□现饬文映台带领滇边各团，相机堵截。一面严守各隘，以防窜逸。所有探报各情，合肃禀闻。

督局臬府 十一年十二月初九日发

敬禀者：本月初六日□□将兴文失守缘由，由六百里驰禀在案。昨今两日，连得探报，逆匪由兴文窜出，已有二千余人。闻分为两股。初四日，一股由炭厂坡，欲窜建武；一股由周家沟欲窜珙县之地洞堡。炭厂只有防兵二十五名，势不能敌，业已失守。建武十分危急，城中搬走已空，不知能否固守。建武距卑县仅一百八十里，其地洞堡是珙县所属，距卑县仅一百四十里。道路纷歧，防不胜防。□□现派文生文尔炳，管带劲勇二百名，驰赴高县之平寨，协同该处团丁防守建武来路。派武生叶卿云，管带劲勇二百名扎红花店，防守地洞堡来路。并派贡生刘廷杰，带下墩坝团勇一百名，接应叶卿云。派詹元亮，带大地场团勇一百名，接应文尔炳。□□亲统城乡选锋劲勇三百名，守住城中，策应各路。惟□县民贫地瘠，自六月以来，防堵无休，官民交困。刻下贼分两路，处处须防。不特口食盐折一项，罗掘殆尽。抑且匪众团单，又须兼顾滇边，其势实难持久。□□点金无术，惟有竭尽心力。以期不负委任。

再禀者：正肃禀间，又得探报。建武营已于初八日失守，高县与□县均属可危。□县向与庆高两县连团，有事救应。□□现已飞札，往调庆符县南岸团丁四百名，交该处监生张楷、武生陈伯龙、管带前来救援。应请大人飞饬庆符王令，饬令团丁等，漏夜前来。事已紧急，万勿迟误。再□县军饷早已搜索殆尽，刻下粮米尚可敷衍，而盐折一切，分毫莫措。务乞大人俯念地方紧要，迅发饷银二千两，檄发下县。否则，团集无饷，难望奏功，□□徒死无益。肃此附禀，伏乞垂鉴。

督局臬府　十一年十二月初十日发①

敬禀者：本月初六初八两日，□□将兴文、建武次第失守缘由，飞禀在案。伏查建武地势极险，又有城垣，且兴文之仓谷军火，均贮其中。不意竟不能守，为该匪所得。今该匪占据此地，粮草充足。招聚匪类，日出游弋，六县均难安枕。抑且彼处深可守御，兵出则据险而守，兵退又蹑迹而来。我粮有尽，防无了期；彼粮无穷，深为可虑。卑县逼近该处仅止百余里，虽各隘均派有团勇堵御，但卑县之团，自六月以来防堵至今，官民交困。虽卑职逆料边疆有事，于八月内劝谕绅粮，捐有仓谷三千余石，存贮县仓。无如防勇不下千名，业已支用数月。又复制造军火器械等项，需用浩繁，所存无多。且现又檄调庆符南岸团勇四百名，通计各隘，共有一千四百名之数。各勇调集粮米而外，尚须盐折，一时实难设措。合无仰恳宪台，垂念边疆要地，迅速筹拨饷银二千两，委员管带星驰下县。即饬令该员，经管支发，以免虚耗靡费并恳速派劲兵。收复建武，庶免生灵涂炭。卑职仰沐宪恩委任，从无欺饰。苟可支持，决不上请。刻下实值山穷水尽，不得不泣涕上陈。诚恐一朝饷项不继，各勇星散。卑职虽死，无益地方。用特飞禀宪台，俯赐察核批示饬遵。

再禀者：正肃禀间，又接滇边探报。并牛街蒋知事谓，芭茅坡逃匪刘玉连、戚新大等，现复纠聚匪徒数百人，现在新场周家堡屯聚，扬言欲从牛街入川。又探得昭通回匪千余人，已窜至镇雄之五眼洞、林口等处。亦有入川之意等情。据此除饬沿边川滇各团，严密防守外。但查五眼洞、林口，均有路可通建武。刻下内地有事，深恐里外勾结，为祸不小。且卑县细揣情形，六县兵勇仅足自守，建武之匪，恐非由宪台选派贤员，统带重兵前往，断难扑灭。即如卑县，刻下腹背有事，已有顾此失彼之势，何况他邑？用敢冒昧上陈，伏希核示。再，卑县团勇派赴平寨，无人统率。卑职为滇边牵制，一时不敢轻动。现已移请汛弁贾胜，带兵十二名，前往督率，相机堵御。合并禀闻。

督局臬府　十一年十二月十四日发

敬禀者：本月初六初八初十等日，卑职将兴文、建武次第失守，暨牛街又有

---

① 以下均无签发日期，从文中度之，当为该日所发，故补之。

匪警，卑县两面吃紧，檄调庆符团勇、饷项支绌各缘由，缕晰飞禀在案。十三日接牛街蒋知事来信，谓月之十二日，逆匪戚新大、萧三大、刘玉连等，带领七八百人，由新场窜出，至龙户大田坝、木瓜坪等处烧杀，声言欲赴牛街劫卡。十四日复得三溪团总、陕西候补通判文昳台禀报，土匪刘玉连等，勾结五眼洞匪徒萧三大等，于十二日窜出，星夜奔至牛街所属之簸琐渡，十三日由石板坪间道窜至柳溪，距牛街仅止四十里，声言劫卡。后即欲乘势入川，势甚猖獗。蒋知事闻警，弃署渡河。刻下人心惊惶，毫无主宰，恳请援救等情。据此，卑职复查。该匪既至柳溪，距卑县孔雀场甚近。蒋知事既经逃遁，滇团无主，谁更御之？若乘机窜出，殊为可虑。卑职现复严檄川滇各团，紧守要隘。并又谆谕文映台督带各团，相机堵击。许其立功后，由卑县保请奖励，尚不知能否奏绩。惟是卑县地只弹丸，兵单饷竭，刻下两面告警，势如累卵，十分危急。所调庆符南岸团勇至今未到，谅因无有盘川之故。卑职昨复专差持银往接，不知日内能否到来。至建武之匪，盘踞城中，时出近郊劫掳。昨今两日连得探报，上罗一带十分惊惶，纷纷搬逃。该匪四出罗星渡而上，探足不通。缘该处逼近珙兴两县。兴文失守后，桂令不知下落。至珙县周令，在先虽经卑职屡次致书，探询贼情，亦无一字见复。探闻该令病不视事。以故两县毫无信息，虚实竟难悬揣，可胜浩叹。卑职现与高县张令函商，惟有紧守本境。张令已到平寨，督率筠高各团，进扎高简漕、老鸦沱等处。卑职俟庆勇到来，相度两面缓急竭力固守。惟是建武之匪未平，滇中之匪又起。各县情形如此，隐忧殊大。所在探报合情，各肃飞禀。伏乞宪台俯赐察核，早赐运筹。免边患日深，庶贼氛及早扑灭。实为公便。

　　再禀者：镇雄自杜牧卒后，逆苗窜踞，郊回土各匪又复纷然四起。现在建武有事，民心震动。诚恐里外勾结，猝然逸出，实为川疆大患。卑职愚见，似应迅扫建武妖氛，及早办防。山路险阻。乘其未出，稍易控制。惟查六县民团，虽有曾经训练者，亦有未经训练者。么魔小寇，尚可资之为用。若令独当大敌，鲜不偾事。盖粮饷无出，易聚易散。又无锅帐，不能扎营。且各县事权既分，意见各别。兵无统率，岂能奏功？既如此番建武之匪，在石笋渡河时，不过二三百人。一旦肆虐，各团奔溃，日聚日众，遂至于斯。故卑职前禀请派智勇贤员，统兵剿办，盖非无见也。刻下边事日亟，有若养痈，若不早筹，噬脐何及。用是不揣冒昧，据实上陈。可否仰恳宪恩，俯念边防紧要，饬委前夔州府唐守，统带劲勇，驰往建武。先将此股扑灭，然后居中控制。督率六县办理滇防，庶几消患未萌，可免窜越。该守曾任南溪，循猷战伐，彪炳叙南。六县士民，无不景仰。如果带兵到此，士气百倍，民心乐从，各团当无不效命也。愚昧之见，是否有当，伏候核示。

督局藩臬盐道府　十一年十二月十五日发

敬禀者：自本月初六日以后，卑职将两路匪警，连具四禀。至今未奉宪台一字批示。连日接据高珙滇边暨卑县各团禀报，建武之匪，四出焚杀。珙县之上罗、罗星渡、落表、落亥各场，均被蹂躏。各团与之接仗，皆未得手。惨杀劫掠，贼势益张。滇中之匪已至蒿坝，分为两股。一股闻由高县之吴家场，取道巡司场，欲入卑县。一股欲由高县之沐祥、沐柔、落义、新场等处，直趋平寨。以入卑县。刻下蒿坝、吴家场一带，均已搬空。惟卑县之巡司场尚有防守，居民未动。沐柔、落义流离载道。虽各团有志杀贼，无如首尾势难兼顾。且闻贼之前驱，已有数百人入沐祥，至上罗、罗星渡各场，均被焚烧。其团已散，平寨十分危急。高县张令诚恐县城有失，业已自老鸦沱退回本县。刻下平寨，惟卑县汛官带领筠高团练数百人在彼防守，故高珙各团均来卑县求援。卑县仅止六场，处处毗连高珙。虽经卑职激励，人心尚属镇定。惟向来地瘠民贫，团人有限。且现在均派扎本境各隘，势难远出。至城中，只有奋勇三百名，并调到庆邑南岸七星山各甲团勇二百余人守城，尚觉十分单薄。今日又派一百人赴巡司场，岂能再行出境？盖卑县无城，四出陡逼。如各山头不派人紧守，则城亦难守。是以调来之人，一经分布，即行寥落。卑职现又续调文生吕宣德带团三百人，并调驻防牛皮寨之监生邓辅亭带团二百人，迅速来援。牛皮寨之团勇，日内可到。南岸续调之团勇，必须二十二三日方能到县。尚不知能否有济。但刻下合计城乡之勇，不下一千六百名。且南岸等处各勇，均系客兵。每日每人须发口粮米半升，盐菜钱一百文至二百四十文不等。需用浩繁，动支无款。卑县地丁盐课，业经批解。刻下征存只有田房税契既十年地丁尾数，并洋药厘捐输各项，为数无多，只得暂为挪用，然核计亦不过支持半月光景。此后饷项不继，各团散归，将何以守？卑职一介穷员，点金无术。仰沐宪恩，不敢稍存懈志。现在，惟有激励城乡各团，上下一心，悉力拒守。纵使力竭，亦当以死报国，决无他志。惟是军情如火，民命倒悬。各路求援，卑职无兵救应。坐视生灵涂炭，实属素餐尸位，有忝厥职。用是，不敢讳饰。据实具禀，伏乞宪台，俯赐察核。一面迅速发兵，驰赴高珙各场歼灭丑类。一面将卑职撤任，从严劾参，以为不能救应者戒。再，南岸七星山两团勇暨棚夫，共计二百六十二名，均于本月十五日到县。庆令并未支发一文，沿途口食盘川均系卑县筹给，合并声明。

再禀者：现据各团禀报，两股贼匪，均扬言欲先据住建武，然后蚕食六县，以图窃据。故长宁安宁桥地方，该匪往来二三次。所储社谷，颗粒未肯耗散。意盖有在卑职因查，安宁桥并无城堡，团民又不精锐。所储社谷，不下万余石。殊为可虑。现在军需紧急，与其留资寇粮，不如早为变价，以作公用。愚昧之见，是否有当，伏候宪裁。正肃禀间，又得探报。谓该匪四出掳劫，建武空虚。珙县各团会合永宁兵练，乘虚袭取建武。已经克复，斩获甚多。不知是否确实。容俟续探，再为禀报。再，建武之匪，如果击散，则卑职无所牵制。滇匪如来，即当奋兵击之也。合并禀闻。

敬禀者：八月十日，卑职将革弁何金龙，逃往毕节总溪河萧正有家，招集回土各匪情形，缕晰具禀。恳请早赐运筹，以免窜越。嗣奉宪檄，饬令确查实迹。无得率以无据之词，冒昧上渎。祗聆之下，当即派人密查。虽屡次探丁回报，均与前禀相符，究未实见其人，故不敢再渎。本月初十日，得牛街蒋知事来信，知滇匪刘玉连、戚新大等，又复纠集土匪，欲赴牛街劫卡，乘势入川。当经屡次飞禀。嗣复探得该匪等已至柳溪，欲回蒿坝入卑县巡司场。卑职当即派勇二百名，驰往红花店堵御。顷间，复据探报回。称刘玉连即系何金龙更名，因知卑县有备，未敢深入。遂于十八日由柳溪横过高县之落沐祥，直趋正舟，约有一千余人，肆意烧杀。并扬言此股尚是前队，犹有大队在后。系萧正有统领，其中并有回人。刻下正舟场上已为灰烬。各团民有被围去者，有逃走者，纷纷溃窜，毫无防守。并探得建武之匪由罗星渡窜出，即到新场对河。闻今日欲由落义赴正舟合股。又探得何逆明日要分股到沐爱、吴家场两处烧杀各等情。据此，卑职伏查。何金龙久怀不轨，萧正有亦是叛人，今既合股而来，其情叵测。刻下高县团练悉已遣散，惟剩卑职巡司场防勇二百名，孤军一旅何能抵御？抑且该匪分趋沐爱、正舟，则不惟巡司场两面受敌，即卑县首尾亦难兼顾。卑县弹丸之地，介于两寇之间。旬日以来，悉力拒守，民劳财匮，虽卑县激以大义，人无懈志，惟救军不到，兵饷将次告竭。诚恐一旦饷竭，团散更无阻挡之人，庆高均不可保矣。奈何，用再泣血上阵，应如何防剿之处，伏乞宪台大人早赐运筹，以救生灵涂炭。并希飞饬各县，严加防守。实为公便。

督局臬　十一年十二月二十日发

敬禀者：本月十七日，卑职将探报筹防各缘由，由五百里飞禀在案。十八、十九两日连得探报，建武之贼由罗星渡窜出，已至高县之新场落义等处肆意烧杀。其柳溪贼匪刘玉连、戚新大、吴山王、萧三大、何见龙等，本意欲由蒿坝窜卑县之巡司场，因知该处有备，于十八日遂从柳溪横窜高县之落沐祥，十九日又由沐祥窜正舟，一路无人堵御，势如破竹。分为二股，一窜沐爱，一窜吴家场，均是高县地界。各处居民，惨被焚杀，团练无不溃散，刻下惟卑县之巡司场尚有防勇四百名，紧守要隘。该匪既分窜沐爱、吴家场两处，则巡司场首尾受敌。派军一旅，何能当此巨寇？且闻刘玉连即是革弁何金龙更名。该革弁自奉□都司派防逃窜后，即入毕节总溪河萧正有家，招集土匪回匪不下数千。近又纠集镇雄兵变之匪，大股逸出，势甚猖獗。且闻此起二千余人，尚系前队，大队在后，萧正有统领。现在该匪等，虎视卑县，闻今日欲分四股来犯巡司场，倘有疏失，卑县断不可保。卑县有失，庆高更无拒贼之人，亦必随陷，可胜浩叹。卑县城中之勇，现又派赴巡司场协堵，只存二百余名在城。欲请援兵，非但缓不济急，且旬日以来饷银已竭，即有兵到，无饷给发，亦必生变。卑职现在计穷力竭，惟有激励人心，守一日尽一日之职。一朝力尽，即偕同职妇盛氏、职女酉姑、么姑，同时殉节，以仰副我大人知遇之恩。所有八旬老母张氏及职子振镛，拟临时派人送赴叙州，不知能否逃出，只好听命于天。此后能否具禀，尚不可知。所有滇匪窜入高县，卑县危亡只在旦夕情形。合由八百里飞禀宪台，俯赐察核。迅派智勇贤员来筹防剿，否则沐落祥一路，已为贼穴。此后滇匪源源而来，不知凡几，六县均属可危。肃禀至此，又得探报，建武之匪，已由新场、落义，窜高县之沐爱，与滇匪合股。再，该匪等各处分窜，均距卑县境界不远，恰未犯界。窥其意，游弋四境，牵制我师，盖欲乘其懈而后来耳。合并禀闻。

督局臬俯 十一年十二月二十五日发

敬禀者：本月二十日，卑职将滇匪大股窜入高县界内，会合建武之匪，分踞正舟、沐爱、吴家坝等处，欲分四股扑犯。卑县十分危急各缘由，飞禀在案。亥刻，即据卑县先锋管带叶青云、陈庆元飞禀。是日未刻，贼匪千余人，由高属官盘山一路蜂拥而来，沿途烧杀，直扑卑县石龙庙隘口。经该管带率领防勇枪炮齐施，击死数人，贼不敢近，旋即退去。次日晨刻，又据卑县前军管带张楷、吕泽遥飞禀。匪首萧三大带领三百余人，由高属之德迈坝顺山梁而下，来扑卑县红花店要隘。经我军悉力拒住，该匪退扎距营五六里之萧兰亭家。时出诱战，我军探得山后有伏，未敢出击。相持三日两夜，贼始败窜。二十三日，又据卑县大落瓦团总田洪开飞报，探得该匪等，因石龙庙、红花店两处不能扑入，现在吴家场之匪，欲由大落瓦窜入卑县，沐爱之匪欲窜平寨，取道大地场以入卑县各情。据此，卑职当饬大落瓦、大地场各团，严密防守，毋使拦入。并派双合场、下墩坝两团，为之接应，悉力固守。惟查匪势甚众，因知卑县尚有防守，故一时未敢遽入。时出游匪，分扑各隘。一以牵制我师，一以疲劳我众。现虽暂却，并未受创。又欲改道，以窥我境。窥其意，不得不止。卑县隘口甚多，防勇有限。刻下劲练之众，悉派守石龙庙、红花店、巡司场等处。城中只有二百余人。其大落瓦、大地场、木桶井、鼓楼坝、水茨坝等隘，仅有本处民团。恐大股猝至，难以抵御。抑且，近日防勇团勇萃集守隘，需钱需米，费用不赀。饷项已竭，半多拖欠。因思该匪犯境，高邑之团，财力数倍卑县，悉皆土崩瓦解，无人拒守。而卑县团勇独能孤立为国家效一日之守，虽系迫于军令，亦因卑县口食赏号，异于他邑，故能行法。今既无饷，则令亦难行。且恐不免偾事。夫使贼匪猝至，决机行阵之间。若果力竭，以马革裹尸，固属幸事。今各军用，命事尚可为。若徒以无饷之故，致令团散匪入，非特地土人民枉遭涂炭，即卑职束手待毙，亦不甘心。用再沥血陈情，务乞宪台大人，俯念边防紧要。团民尽力，其志可嘉。酌发饷银二三千金，委员倍道解来。卑职素性不知会计，即请饬令该委员，留此经理支发，以免滥冒。俾各团民口食有资，得以上下一心，固守待援。大兵到时，尚可奋勇助剿，其所保全，实非浅鲜。

督局臬府 十二年正月初二日发

敬禀者：去年腊月二十五日，卑职将逆匪攻扑卑县，各隘防勇击退，匪势暂却各缘由飞禀。二十六七等日，探闻高属正舟、沐爱各等处居民，前因寇至，大都逃入洞岩。近日为匪踪迹，连破数十洞，奸杀捆掳，惨不可言。又复时出股匪，来卑县各隘诱战。幸卑职先识诡计，严戒诸军，紧守要隘，毋许轻出。故连日尚无挫失，得以保守。该匪知一时难入，刻下全股退扎正舟过年，拟开正再来。因查该匪，久踞正舟，无兵剿捕。滇中匪类，接踵而来。卑县防无了期，民劳财匮。兼之连朝大雪，厚集尺余。各隘防勇，坐立风雪之中，不胜寒苦。虽经卑县再四抚慰，无如饷项已尽，盐折赏号，悉行拖欠，分厘俱无。人心逐渐涣散，大势已觉不支。前者卑职早思及此，滇匪一到，即与庆高两县屡次函商。与其分兵而防，无有了期，不如合力一剿。请各派拨劲团千名，或数百名来筹偕同卑职会剿，以期一劳永逸。乃该两县不肯同心，均以经费为词。迄今旬日，未发一兵一饷来助。所有庆符调来南岸七星山等处团勇四百名，均系卑职自出口食盐折延请。欲再檄调或请援兵，又苦无有饷银，来恐别生他变。以故，不敢请援。进退维谷，真有求死不得之势。卑职现在实无生机，因思饷项既无人接济，军心又日渐变动。庆高两县财力数倍卑县，逆匪已在高县，尚不肯破费一文。调一邻县得力之团，以救民命。而卑职以佐贰穷员，处此瘠区及养庆邑劲勇数百，以卫庆高门户，自问实属愚夯。故思与其勇散匪入，坐以待毙，不如待其来而背城一战。胜则朝廷之福，败则卑职可以致命。故拟日内亲赴巡司场，一面遣人宣谕，一面准备逆战。但查卑县防勇虽有千余人，各隘一分，势均单薄。存城只有二百余人，又无城垣可守。卑职此行，明知不济，难免偾事。无如呼号莫应，只得自蹈白刃，亦以坐而待亡，无宁杀贼，良非得已。现在商量城守，尚无人肯任。一俟议定，即行出防。成败利钝，在所不计。惟宪台哀而察之，倘蒙矜恤。即乞一面檄发大兵，随带粮台，前来援剿，庶免匪势日增。一面迅拨饷项兼程解，俾卑职力守危城，不致终失。则不惟卑职感荷生成，阖县绅民均可保全，实同再造。除径禀总督部堂暨局臬宪外，所有卑县计穷力竭，拟即冒死，亲出背城一战缘由，合肃飞禀。

本府 十二年正月初五日发

　　敬禀者：本月初二日，卑职□将经费告竭，军心更动，防不能支，拟亲身出战以决成败缘由，飞禀宪鉴。初三日，卑职曾彦，带庆勇八百名到筠；以四百名拨赴平寨，防其窜高之路；以四百名偕同卑职□由巡司场一路，相机堵击；卑职正拟出师，今得卑职□□之勇合力，军声稍振。方拟鼓其锐气，刻日进兵。乃卑职前后所调庆符各勇，又因盐折拖欠，不肯出战。卑职等伏思，贼匪盘踞正舟，为日已久。若不及早扑灭，则以后卑职等财力愈穷。不惟不能进战，抑恐更不能守。但现在欲要出战，必须将勇粮找清。悬立重赏，方能济事。无如两卑县，民贫地瘠，在平时已难筹款，况当此巨寇压境，粮户悉逃，实在无处挪借。事机坐失，未免可惜。用特备具印借一张，专差送呈。伏乞宪台，转饬宜宾县，无论何项公款，暂为拨借三千两，委员倍道解来。俾有饷项，即可出师。或将逆匪扫平，保全实非浅鲜。至此项银两事竣，由卑职等就地筹款，设法归还，决不有误。正肃禀间，奉督宪批示：以该县经费支绌自属实情，惟库储亦非宽裕，无可拨发。仰即禀商周守，设法筹款接济。等因奉此，合并禀闻。

督局臬府 十二年正月初十日发

　　敬禀者：新正初二日，卑职将贼氛甚炽，军心变动，拟亲身出战以决成败各缘由，一面飞禀，一面函致庆高两县，力辩宜剿不宜抚，请即带勇前来会剿。初三日，卑职曾彦调到庆宜各勇一千名，以四百名派赴平寨，防逆匪窜高之路。以六百名亲带赴筠与卑职筹商剿贼。初四五等日，逆匪张四黄帝，伪元帅马新大、戚新大、吕新大、何见龙、萧三大、李梁才、詹蛮亡、刘先知、殷万鹏、萧五大、张凤元等，复由正舟分窜五家坝等处，肆行烧杀。连日扑犯筠界，亟思窜出大河，均被防勇拒住，日有击斩。卑职因思，寇氛日近，民力日穷，如再因循不讨，则日益困敝。爰与卑职曾彦及汛弁贾腾会商，一意主剿。惟念兵无纪律，难望奏功。团纵众多，终嫌散漫。爰将庆高各勇二千名，分为五军，立为筠庆营，一切纪律悉遵营制。初六日誓师，又复晓以大义，各勇无不愤激。初七日卑职等遂亲身统领前赴巡司场石龙庙，距贼营五里扎营。该匪次日卯刻即来逆战。我军分为三队，前左二军，贾汛弁率领，直扑贼营。右后二军及三合团，卑职曾彦率领，抄袭贼后。卑职部领中军及各团，奋勇居中策应。该匪见我军至，悉众迎敌。左军副统带五品蓝翎武生陈文虎，矛制匪首詹蛮亡。前军统带五品蓝翎监生张楷，先锋统带五品蓝翎叶青云，直前手刃悍贼数名。该匪稍却。适后军统带冯均、中军统带国子监学正增生苏冕，带领营兵劲勇，由后抄至，贼始大溃。我军枪炮齐施，毙贼数十名，生擒五名。追逐二十余里，投诚者无算。当将官盘山收复。该匪夜退窜沐爱。次辰卑职等正拟进兵，不意该匪等复率全股丑类五千余人，由马家坳窜出。幸卑职等早作准备，令右军统带文生吕宣德、八品军功吕泽遥、武生母梦权、监生闵绍琨带勇逆战，诱贼入阵。令张楷冯均及武生刘万鹏、陈昌运，带勇伏于沙坝。令右军统带五品蓝翎陈伯龙、候选教谕陈世辅、提举衔候选通判段醇、监生闵绍镗，带勇伏于铙钵山背后。又复令增生詹都会，监生杨厚坤、苏承锡，文生文尔炳，军功李先春，乘虚一袭吴家坝，一袭蒋家坝。以窥沐爱贼巢，断其左右流窜之路。该匪见卑职等接战之兵偃旗卧鼓，以为怯战。直前冲突，深入重地。两面伏兵齐起，将贼围裹。诱战之兵，又复迎头截击。自辰至戌，鏖战一日之久，大挫贼锋。枪伤贼首李梁才，刺死伪先锋殷万鹏、萧五大，阵斩军师刘先知，生擒群匪六十余人，炮轰枪击者约三百有奇。夺获劈山十二尊、抬枪十七杆、火枪数十杆，军册数本，伪先锋印一颗，号片一千余件，其余刀矛旂帜无算。该匪被创，极其狼狈。遗弃辎重行李满道，逃出难民一千余人，由小路奔回沐爱。我军因力战一日，天已入夜，未敢穷追，当即收队。适詹会本文尔炳报到，已将吴坝收复，擒斩甚多。我军仅阵亡团丁李正川等五名，带伤者十余人，遗失抬枪二杆、大旗三面，余皆无损。卑职等当将各路团勇劳绩存记，分别赏恤。一面挪措粮饷，即日跟踪追逐；一面飞谕高珙关镇沿边各团，堵住要隘。以期一鼓荡平。除俟开仗再续飞报外，所有卑职等初八初十两日连战皆捷，大获全胜。贼已夺气各缘由，理合禀请宪台。俯赐察核批示饬遵。再，卑职部领全军，日无暇晷。所获之人，尚未讯问。合并声明。

本府

敬禀者：本月初五日，卑职将张令带勇到筠，拟合兵进剿。因军饷短绌，恳请拨发各缘由，具禀在案。初六初七等日，贼匪大队重复窜下沐爱，卑职与张令会商，必须及早剿捕。故于初七日，激励各勇偕同起程至巡司场。该匪探知，次日即率大股分三路来扑。卑职与张令指挥各团勇，分起迎拒。并派人抄袭其后。

鏖战三时之久，击斩无算，贼始败退。初八日，贼复合股而来，我军复出。该匪不敢接仗，乃退沐爱。卑职因营中无记室，除俟另具公牍禀报外，惟刻下已经开仗获胜，正好激励团勇，相机进剿。而饷项告竭，加分赏号悉行拖欠，实无以鼓励将士。用再飞速具禀。务乞宪台察核前禀，迅赐拨给，俾免事机坐失，功败垂成。则感激实无既极。

督局臬府　会禀十二年正月十九日发

敬禀者：窃卑职等前于巡司场行营，将初八初十等日会剿滇匪连获大胜各缘由，飞禀宪鉴。随得探报，该匪于初八日，分有一小股约三百人，窜往长宁败裂后，又遣其党赴镇雄大关等处，搬取匪类救援，以图报复。大股仍扎沐爱，分据关盘山马家埂要隘。卑职等当于十五日卯刻，分兵两路攻取沐爱。卑职暨汛弁贾腾，统领前左中三军并营兵，及庆邑续到复古场龙洞团及大关所属之落雁团，由官盘山大路而进。卑职曾彦统领后右二军，暨庆邑之三合团，并高筠两邑各团，由马家埂小路而进。该两处防匪见我兵势大，均不敢接战，望风奔窜，毫无阻隔。卑职大队于是日巳刻到沐爱，匪党陈于场外逆战。我军勇气百倍，鏖战多时，擒斩无算。该匪势虽不支，犹复抵死抗拒。适卑职曾彦带队续到，由场后杀入。该匪首尾受敌，被创甚深。逆首詹蛮亡，萧二大等均受枪伤。并生擒匪首张凤元并萧三大母舅刘荣举及群匪三十余人，夺获伪总镇印一枚，军械旗帜多件，救出难民无算。该匪等穷促，由牟家山、段家湾、柳溪沟各小路奔窜，我军乘胜疾追，直达正舟何金龙住宅，并牟家山何现龙住宅、段家湾从贼劣绅黄姓住宅，悉行焚毁，以断窝贼之路。该匪等巢穴已毁，复由高石坎一路窜去。时已入夜，我军尚未得食，不敢穷追。只得收队分扎正舟、沐爱两处。并派本地民团，据守各隘小路。查点士卒仅止五人带伤，其余皆无损失。卑职等因思逆匪屡败，其胆已落，如乘此声威跟踪追剿，前路再有团民截杀，真如摧枯拉朽，不难扑灭。无如我军终以粮饷缺乏，日筹日用，竟无隔宿之储。沐爱、正舟，屡遭兵燹，粮户逃亡，米谷散尽，派兵各路寻觅，所得无多。各军未免饥疲，又无油烛。且连次获胜，赏号皆不能应手，各有退志。虽经卑职等再三激励，而空言无补，竟难即日进兵。卑职等伏查，筠高两县公款无多，早经用罄。而各粮户又皆躲匿，现在实在无法可设。除再温言抚慰，不知能否促其前进外，惟查高石坎由落木祥可达镇雄，由落表、罗星渡可达珙县、建武、兴文、长宁等处。各路团民，早经星散。既无迎头截击之人，而卑军又以饷竭停顿，不能克期跟追。倘使贼匪窜出，不惟前功尽弃，抑且后患方深。各团勇非不尽心，亦非不能杀贼，无如师行无粮，呼号不应，独力难支，未得竣功，抱恨何极。庆邑续到各团，连前通计，不下二千人。除卑职曾彦支应八百石粮饷外，其余均系卑职承认筹发。刻下既不能进，又不敢撤。盐折拖欠已逾，两关如再无饷接济。恐一旦有变，不惟卑职等将蹈杜牧覆辙，其害有不胜言。用再泣血上陈，叩恳务乞迅速各拨饷银三千两应急。倘再不蒙援拯，将来设有偾事，或勇散贼入，卑职等均不任咎。伏望鉴察。除一面查探贼踪，设法追剿；一面招集流亡，妥为安抚。饬令办防外，所有追贼获胜，收得沐爱、正舟各缘由，合肃飞禀。伏乞宪台，俯赐察核批示饬遵。再，卑两县城守，前已布置周密，檄委典史代拆代行。督率在城绅粮，妥筹防范。因军书旁午，漏未声叙。合并禀陈。

再禀者：本月十四日，卑职在巡司场行营，接典史徐赞来禀，谓有昭通王姓者，带领游勇二百余人，称系唐大明营中旧练。现闻正舟有贼，前来投效，已抵塘坝。该典史恐系匪类假名而来，故一面派拨存城庆勇二百名，前往水潦塘堵御；一面遣人传谕，令其退回，否则即加剿捕。该勇闻我军得胜，不敢逆命。仍复退回老鸦滩去讫。惟十九日，又得滥泥坡保正黄锡光禀报，云南戈魁河现又到有滇匪二千余人，恐系正舟逆匪请来之党。恳请防剿各等情，据此卑职伏查。前获奸细，搜出逆书。内有赴滇搬取大股之语。此两路人必系匪党。卑县兵勇虽悍，而为数无多，其势殊难分顾。除派人探实，再为肃禀外，合先禀闻。正肃禀间，又得探报。逆匪大股，已于十八日由落表窜建武，营城复失。刻下落表，只有尾贼数百人。合并禀明。

督宪 十二年正月二十二日发

敬禀者：本月二十二日，卑职于沐爱行营，接奉宪批。以滇匪攻扑卑县，叙州府周守已派委员敖立榜等带练。并调庆符、长宁团练协剿。仰仍固结民心，扼要堵御，所请饷项，前已批令周守就近酌拨接济。仰候札饬该守，迅即筹款拨解，等因奉此。窃查，滇匪大股，于去年腊月十九日到高县之沐爱、正舟、吴家坝等处。二十等日即来扑犯卑县隘口，卑职一面固结人心，抵死堵御。一面迭次飞禀，请饷前来接济。迄今月余，虽仰借宪威，将匪击退。而所请饷金，分厘未到。周守屡次批示，谓已委员督带庆长团勇千余名前来援应，亦仅见诸文牍，至今未见到筠。所请庆符来筠各勇，均系卑职自备盘费、口粮、盐折、赏号，檄调而来，在此攻战。卑职一介穷员，尚且维顾大局，不敢自爱身家。只求于地方有济，满拟将疆土保全。所欠勇饷，各宪为地方百姓起见，自必拨接筹发，不令急公者受累。不意卑职迭次请饷，宪批均饬令商之周守。而周守处，卑职屡次恳求接济，并将宪批禀会商同高县张令，出具印券，请饬宜宾县，借拨三千金，蒙将印券发还，不惟分厘未能拨借。且昨奉该守来札，谓宪台现派吴副将、管带诚勇九百名，即日来筠助剿。饬令卑职预备口粮、药丸等件。夫口粮药丸非钱不办，卑县无饷该守所知，卑县屡次求饷，亦该守所知。今该守非但不能济卑县之饷，且令卑县更筹诚勇口食，何异凶年劝食肉糜？卑职实不能解。夫师行粮从，古今定制。宪台发兵，饬令该守备粮，何竟诿诸卑县？若谓大兵所到，口粮药丸转运维艰，应地方官就地筹买，则应由上发饷，委员备办。若谓饷项不足，责之被寇地方，以示薄谴。则匪徒起于滇边，窜扰皆在高珙。卑县未失寸土，夫以蕞尔下邑，当数千强寇团扑月余，终能固守，似亦可告无罪。且卑职现部庆勇，不下一千二百名，筠团在外连守城守隘又不下二千名，盐折浩繁，拖欠已逾。两关幸相处日深，尚可勉强通融。许以事竣找补，不敢遽行溃变。安能再有力量，措办诚勇口粮药丸？卑职探闻，诚勇日内可即到境。该勇等经宪台选派而来，自必恪遵节制，不敢扰累。惟念口粮乃日用所需，药丸为临阵之用，皆一日不可不备。今既未带粮台，卑县又无力筹办。一朝乏用，难免贻误生事，卑职安能当此重咎？况卑县支持巨寇将及两月，官民早已困敝。刻下逆匪虽退，去犹未远。疮痍未复，民不聊生。岂可再以缺粮之故，别生他事波及地方。使内忧外患一时并集，以重咎戾？卑职才识短浅，无术点金，与其贻误军需，自干法纪，不如先请参劾，据实陈明。伏乞宪台，俯赐察核。一面委员摘印，接署县事，筹办诚勇口粮、药丸，以资应用；一面将卑职从严劾参，以为无力筹办军需者戒。至卑职所部各勇，前到正舟。因该地为贼蹂躏，无力办粮。又知续到滇匪，已到蒿坝。我兵孤悬于外，恐为抄袭，势难久停。故二十二日，卑职与张令筹商，将前右后三军撤回，交张令部领。暂屯沐爱镇抚，以便办理善后。其余左右二军，并筠庆各团勇，均经卑职悉数带回巡司场，分布各隘。以期设法刮饷，找清蒂欠，妥为撤遣。惟现在卑县罗掘已尽，万难指望。且贼氛未靖，正舟无兵留守，更恐勇退，仍为贼踞，难胜厥咎。是以思维至再，两无所可，只得缕晰禀陈。所有筠庆各勇，应否即行裁撤？拖欠盐折赏号，究应如何发付？卑职未敢擅专。伏乞宪台明白批示，以便遵办。至蒿坝续到之匪，二十二日欲由鸡爪山窜入卑县。鸡爪山团与之开仗，阵亡及被围者约五十余人。卑职得信后，即派拨文生黄致熙、周锡镐、武生陈元春等，带领劲勇前往剿击。该匪闻风奔溃，不敢接仗，回窜滇界。我兵穷追二十余里而返。前次卑职带勇攻剿逆匪，由沐爱直达正舟。焚毁贼屋，擒获叛党。时已入夜，各团勇既恨何逆入骨，又以饥疲愤怒，乘势将逆属家资牺畜，悉数掠取，并波及该逆家族、佃户人等。卑职闻信严禁，仅将妇女追出，辎重悉已散失。除将各勇严惩外，所有卑职约束不严，咎无可辞。未敢隐讳，相应据实检举，听候参办。为此具禀。

再禀者：军兴以来，各州县陋习，凡有逆匪入境，始则禀报招勇请饷，继则禀报打仗获胜。千篇一律，故各大宪视为泛常，一概驳饬。请饷者亦不敢再申一语。推原其故，盖因勇数半多浮冒，战功亦难核实。问心先歉，不敢再犯逆鳞。今卑职所部各勇，均系邻县调来，按册可稽，有盈无缩。不惟迭次打仗，通国皆知；匪死满道，历历可验。即拒守至一月之久，滇匪大股，始终不能扑入，其劳亦有可纪者。宪台试思，此辈数至累千，历次效死拒守，出力打仗，究竟何所贪图？今纵不能破格优赏，而应领之盐折加分，亦不能给，若辈岂肯甘心？又岂空言所能镇抚？卑职能无性命之虑乎！夫卑职非惜死者。但死于贼，卑职所愿；死于勇，卑职亦不能甘。且卑职死，而各勇果散，不留后患，其事尚可为。倘因此之故，聚而不散，或别酿事端，则身后犹负罪戾。用再泣陈叩恳，如蒙哀怜，迅筹接济，倍道解来。则地方幸甚，卑职幸甚。卑职情急无路，语多过激。上冒威严，自知罪无可逭。只求宪台，俯念边防紧要，民命倒悬，迅赐拯援。其卑职犯颜之咎，应请劾参。不敢乞恩宥免，即乞撤任，委员接署。卑职亦不敢偷安，置身事外，或留营效力，或带队冲锋，悉听驱使。卑职自问，他事均可勉图报效，惟筹饷则计穷力竭也。

再禀者：正肃禀间，又奉本俯札。开以吴参将一军，已于二十一日到郡，拟次日起程，径赴长宁。等因奉此。伏查逆匪虽踞建武，尾队数百人，犹屯落表。虽卑职痛剿，未必遽敢重来。但该匪报复之心，未尝一刻去。念相距数十里，朝发即可夕至。且探得蒿坝退回之匪，又由沐祥往会，而牛街又有二百余匪续到。来源无尽，其势益张。卑县如有饷金，即可进屯正舟、罗星渡一带。上以扼该匪来路，下以截建匪归路，亦不惧贼。无如罗掘已穷，兵心不能如昔，势将散去，将何以战？昨奉府檄，方谓大兵到此。可以率领偏师，同心勠力，殄此妖氛。不意一片慈云，又为狂飙引去。卑职无力办饷，亦不敢再行禀请，惟是深负宪台援救之心。可胜叹惜耳！再，发来功牌四十张，已如数祗领。所有此番卑职檄调宜南庆邑各绅团，来此拒守。打仗，尤为出力之人，现拟撤回。可否由卑职酌量保奖，以示鼓励之处。出自宪恩。伏希核示。

本府 会禀十二年正月二十三日

敬禀者。本月二十三日，卑职于沐爱行营，接奉宪批。以逆匪尚踞沐爱，分扰长宁，现拟督饬宜宾等县，力筹兵饷，即日按临剿办。饬将沐爱踞匪，乘胜攻追，以绝根株。等因奉此仰见我大人志切筹边，两县绅民不胜欢欣鼓舞翘首以望云霓。窃查，沐爱之匪十五日已经卑职等攻溃，直达正舟，将两场收复，贼巢焚毁。业经禀报。该匪大股，探闻复踞建武，尚有尾队千余。在高石坎、落义、罗星渡一带滋扰。卑职等本拟跟踪追剿，实因连次获胜，赏号盐折分厘俱无，各勇灰心，不肯前进。又因该两场，兵燹之余，粮米缺乏，无处措办。且蒿坝一面又有续到滇匪，恐其抄袭，势难久停。不得已暂将前右后三军交卑职曾彦部领退回沐爱，办理安抚。其余各军各团，均经卑职统领，于二十四日回扎巡司场，以期先将蒿坝之匪扑灭，再图建武。惟查该逆现踞建武，分扰四乡，而滇中之匪，尚复源源而来。如不乘此声威，力图歼灭，诚恐日聚日众，锐气复生，转难措手。但卑职等庸才陋识，未悉兵机。倘得宪驾辱临，指授方略，则幺魔小丑，何难指日荡平。况南岸各勇，素沐恩波，仰望麾旄，尤增踊跃。务乞早降星轺，救民水火，则不惟卑职等幸甚，即六县绅民无不感德，合肃寸禀专差迎迓。伏乞宪台，迅赐贲临，以慰民望。

再禀者。顷奉宪札，查询萧正有是何案叛人。卑职伏查，萧正有乃大定府苦瓜河人，杨隆喜案内叛党。经童协台招抚，旋复逃去。前岁仍着亲勇来川，复返贵州，屡行不法。今番所带匪党，大半花苗白夷，其初约有三百余人。本月初七日，由正舟分窜长宁滋扰，裹胁甚多。合并禀闻。

本府　十二年正月二十四日

敬禀者：本月二十三日接奉宪檄，以督宪现委吴协戎，统带诚勇九百名，即日赴筠。所有口粮、药丸，饬令卑县预备。览之不胜骇然。夫口粮、药丸，非钱莫办。人至盈千，需用甚巨。卑县弹丸下邑，地瘠民贫，并无经费。宪台应早鉴。及此番逆匪犯境，卑县檄调庆符各勇支持，已将一月，口粮、盐折需用浩繁，屡次泣血求饷。虽迭经督宪批扎，饬令禀商宪台，设法筹拨，至今未蒙分厘接济。卑职顾念大局，不敢稍懈，终日与各团费尽唇舌，力求告援。方冀大人俯念地方紧要，生灵涂炭，即赐援拯，俾得饷足，可以克期进兵，歼除丑类。不谓望之日久，宪台转以诚勇口粮药丸见委。卑职一介穷员，罗掘已尽。如无意外之事见逼，各勇同心，虽有拖欠，尚可激以大义，同保疆土。倘更促办诚勇口粮药丸，不惟将索卑职于枯鱼之肆。且恐贻误军需，变生肘腋，卑职何能当此重咎？惟有将现在所调各勇，悉数遣散。亲赍印绶带赴宪辕，听候劾参。断不敢含糊误事，有负委任也。除将无力办粮，径禀督宪。仰求劾参，委员接署外，合肃禀请宪台，俯赐察核。先行委员摘印代办，免误军需。将卑职撤任，从严劾参，以为不能办粮者戒。

本府　十二年正月二十五日

敬禀者：本月二十五日，又奉宪檄。以吴参戎一军，于二十一日到郡。拟次日起程，由长宁一路进攻。饬询卑县有无贼匪，该匪现扎何处，一切形势、道路远近，大兵应由何路而进，令即查明，绘图粘说。飞禀宪辕，以凭筹办。等因奉此。伏查，卑县自去年腊月以来，虽逆匪屡次犯境，而各团用命固守，幸未拦入。至该匪等，叠经卑职攻剿，大股已于十八日窜赴建武，尚有尾队数百人，在落表及正舟附近一带滋扰。我兵到正舟后，本拟跟踪追剿，因饷项断竭，又闻蒿坝有匪续到，恐为抄袭，不得已于二十二日与张令筹商，将各队撤回。以前右后三军，随同张令留守沐爱，办理善后。以卑县各团留守吴家坝，为之声援。其余各军各队均随卑职退回巡司场，据险陑守，以图刮饷，再议进兵。所有蒿坝续到之匪，二十二日拟由鸡爪山窜入，已经卑职派勇击退，回窜滇中。今日探得，仍由沐祥一路，径趋建武。且闻牛街又有续到匪徒三百余人，因思该匪既据建武，滇中之匪又源源而来。若不断其归路，前后夹击，则不惟匪势日有所增，且恐我军战胜，该匪仍由滇中退去。待我兵撤，又复出扰，为患无穷。以卑职愚意，长宁一带，地方富饶，团民众多，又有宪台委员带勇千余名，仅足堵剿。今又得吴协镇一军，是彼面兵力十分充足。惟正舟、罗星渡一面，并无一兵扼守。既虑滇匪日至，又恐彼面一击，该匪由罗星渡窜出平寨，顺流而下庆高，入我腹心，无人堵御，殊为可虑。卑职拟乞宪台，一面札饬长兴珙庆等县，各带民团严守要扼，以助大兵声势。一面亲统精练劲勇，多筹饷金，督率筠高得胜之勇，由正舟进扎罗星渡，上以扼滇匪来路，下以截建匪归路。然后约会吴军，相机攻剿，庶可一鼓荡平。至正舟距沐爱三十里，距卑县城六十里。其余高坝、落表、沐祥、落亥、建武、罗星渡、平寨等处，均非卑县所属。道里远近，山川险夷。卑职并未走过，不敢妄谈。所有奉札查询贼情，并进兵道路各缘由，合肃禀复。

本府

敬禀者：本月二十四日奉督宪批示据禀已悉，叙州府周守，已派委员敖立榜等，带练并调庆符长宁团练协剿。仰仍固结民心，扼要堵御。所请饷项，省库无款可拨，前已批令禀请周守，就近酌量接济，仰候札饬该守迅即筹款拨解，等因奉此。伏查卑县团勇云集，饷项告竭。业经禀明宪鉴，嗣奉督宪批示。又复会同张令出立印券，禀恳借拨，先后均未蒙准行。现在勇饷拖欠日多，逆匪虽退，去犹未远。各勇因春耕在迩，无有盐折，均欲回去。卑职欲将各勇撤退，又恐一朝勇去，逆匪随入，难胜厥咎。欲将各勇留住，又无法筹饷，以应所需。进退维谷，一筹莫展。兹又奉院批，理合再行禀请。务乞宪台俯念边防紧要，民命倒悬，迅即筹拨饷金三千两，委员倍道解来。俾卑职得饷，即可督饬各勇，进屯正舟、罗星渡一带，会合吴军，两面夹击，灭此小丑。如再不蒙筹拨，则各勇断难留住。与其生变散归，不如及早遣退。即请宪台明白批示，饬令撤防。俾卑职好将各勇设法遣散。将来即使匪入，亦可免咎，则感荷鸿慈，实无既极。除暂将各勇留住，听候宪批外。所有卑县接奉院批，勇饷告竭，各勇思归，是否仰恳宪恩，遵批拨济。抑或即行裁撤缘由，合肃禀请宪台，迅速批示，以便遵照。

正封禀间，又获奸细讯得，逆匪何金龙已到建武，下令不得烧杀奸淫。此意甚恶，其心叵测。并云该匪等现拟由罗星渡窜平寨，直扑高庆以出大河，而犯叙郡。又获难民所供金同。卑职伏查，该匪之意原在庆筠高三县，以图报复夙仇。

因为卑职所击,不得已而窜建武,其意实未尝忘三县也。刻下罗星渡一面,并无一兵防守。平寨虽有防勇,亦不可靠,兼之卑县无饷可发,各勇逐渐离心。如果该匪突至,长驱而下,何以御之?用特飞禀,伏乞大人迅即移请吴协戎一军,进屯罗星渡,相机进剿。既可救三县生灵,而滇匪来路亦绝,不致日增日众。实为造福无暨。临颖,不胜急切望援之至。

本府

敬禀者:窃卑职昨将勇饷告竭,复奉督宪批示,饬令禀商宪台,设法拨借缘由,飞禀在案。现因春耕伊迩,各勇思归,逼索饷金,连日鼓噪。卑职无法可设,汲汲乎将生他变。因思逆匪虽窜建武,尾队数百犹屯落表。且探得该匪决意报复,溃裂以后遣人四出赴滇求援。连日牛街、柳溪、老鸦滩等处,均有匪类,耽耽环伺。我兵一撤,该匪等势必长驱,不惟卑县不保,即庆高亦属可危。故就目下形势而论,若能多筹饷金开除而外,稍有十日半月之余,饬令此勇由落表而进,前赴罗星渡屯扎,将滇匪来源截断。俾无所增,会合吴军直趋建武。此则策之上者也。若饷项不足,但将旧欠找清,勇数酌量裁撤。留五六百人分防巡司场平寨两处,以为自守之计,此则策之下者也。舍此不办,拥兵于此,迫之生变。是则非卑职所知。用是再肃飞禀,并遣局士苏冕等诣宪辕,面陈情形,听候采择。如蒙宪台俯念边防紧要,即乞迅筹三千金,委员协同该局士,倍道解来。俾将旧欠找清,或由宪台檄委干员,带领此勇,前赴罗星渡助剿。或令卑职部勇出征,委员代办县事,庶几内变不作,外患可平,三县生灵均蒙再造。如宪台实在无处筹拨饷金,不能接济,则请檄行下县,饬令撤防。一面委员接印代办县事,俾卑职将各勇设法撤回。得以亲身赴叙,挪借变卖以筹开发,亦可消患未萌。倘二者均不准行,则卑职困守无法,勇饷愈积愈多,不免激生他事,卑职实难任咎。至卑职出征,亦欲请员代办者。盖刻下滇中匪迹纵横,罗星渡一带距县窎远,诚恐卑职远出,或有寇警,回援不及。以故,必须委员以重职守。愚昧之见,是否有当,伏乞宪台俯赐,察核批示饬遵。再,卑县一军,苦无锣锅帐篷,如欲剿贼,必不可缺。闻胡都戎飞鹏之帐篷,均缴存在府。伏乞宪台,借发二百顶下县,交苏冕运回,以资应用。事后仍由卑职缴还可也。

本道阮

敬禀者：案奉宪台札，开以滇匪披猖，饬令六县会剿。并令将近日贼情，禀报策应。等因奉此。仰见我宪台，廑念边防之至意。伏查高县逆绅何金龙、何见龙，逆民萧三大，纠约滇匪吕新大、戚新大、张凤元、刘先知、詹蛮亡等匪党数千，于去年腊月十七八等日，由滇属之牛街，窜至蒿坝。欲假道于卑县之鸡爪山入境。既知卑县有备，据险扼守，不能得入。遂绕道沐祥、沐柔趋高县之正舟，分窜沐爱、吴家坝、蒋家坝等处肆行烧杀。各团星散，毫无阻隔。廿一廿二等日，遂分股来犯卑县之石龙庙、红花店等隘，与卑县团勇相持三日两夜，方始败退。卑职一面飞禀请援，一面自措饷金，檄调庆符南岸等团一千二百余名，前来援剿，并函商高县张令来笳会办。其后该匪屡次攻扑，均为我兵击退，始终未令入境。正月初三日，张令带勇八百名到县，庆符团勇亦次第来集。卑职于初六日誓师，偕同张令之勇，于初七拔营起程，至卑县所属之巡司场屯扎。初八初十两日，逆匪大股六千余人，蜂拥而至。卑职与张令指挥各勇，战于沙坝、红花店、铙钵顶等处。大破之两次，毙贼四百余名，并毙匪首刘先知、张凤元、殷先锋等。生擒百余名，逃出难民千余，夺获器械无算。并分兵抄袭贼后，将吴家坝、蒋家坝两处收复，该匪夺气退窜沐爱。十五日卑职与张令，复分兵两路攻剿沐爱，又战于场外。该匪力不能支，遂由小路窜回正舟。我兵乘胜疾追，直捣正舟贼巢，将贼屋焚毁，坟墓削平，并将贼党次第拿捕。该匪望风奔溃，由高石坎、落表一路窜去，我兵收队。本拟跟踪穷追，一则因该匪已趋建武，滇中匪迹纵横，我兵远出，诚恐回援不及。再则因勇饷断竭，连次获胜，盐折赏号均不应手，各勇未肯前进。卑职只得与张令筹商，将勇撤回。以前后右三军，交张令部领，屯扎沐爱防守，就便办理善后。其余中左二军并从征各团，均经卑职于二十三日带回巡司场，分部各隘。用心堵御，以防该匪回窜。连日探得，该匪复踞建武、营城，尚有二三千人，意图报复。自溃裂后即遣人四出赴滇求援。廿一廿三等日，蒿坝、牛街又有两股匪徒续到，均窜卑县之鸡爪山。鸡爪山团勇与之开仗，阵亡二十余人，几为窜入。幸卑职闻报，派兵往援，方将该匪击退。仍由沐祥一路，往合大股。因思该匪等既踞建武，地势甚险，粮食充足，已难攻剿。况滇中之匪源源而来，苗回丛杂，种类甚多。若不早为扑灭，诚恐纠结大股回匪苗匪入川，为祸不小。卑职一介微员，力量有限，所部之勇，虽甚得力，无如地瘠民贫，无处筹款，屡次请饷，分厘未得。刻下欲撤勇则防匪至，欲留兵又苦无资，进退两难，一筹莫展。昨得督宪所委吴参将嘉春来信，知该军千名，已由底洞堡至上罗，即日进剿。函约卑职严防协守。卑职现已禀本府，如能得饷，即当带领此起勇丁，会合吴军灭荡小丑。如不能得，非但不能进征，且恐防亦难恃。卑职非不肯尽心，实因力尽。仰蒙垂询，用敢缕晰禀陈。伏乞宪台，俯赐察核批示饬遵。为此具禀，须至禀者。

督局臬道

敬禀者：本月二十四日，卑职将无力筹办诚勇口粮，及卑军饷竭思归，应否裁撤，禀请批示。连日接据探报，正舟窜逸之匪，已至建武。其牛街、蒿坝续来之匪，亦由沐祥、太平场绕道落表。偕同落表之匪，同趋建武。现在该匪等聚集建武，围人挖壕，为久踞计。扬言俟各路匪党到齐，即来卑县复仇。二月初二日，又据大落瓦团总禀报，探得滇省叶蛮坡又到有匪徒千余人，在彼滋扰，言将入川。初四日，又据盐井渡尹巡检来文转大关厅札，知谓夷匪业已由永善渡河，窜至大关城外烧杀，约有五六千之众。滇民均已搬逃，一路毫无防守。恳请派勇前往堵御各等情。据此伏查，建武之匪，乃滇逆全股，兼杂苗回各匪。虽经卑职屡次攻剿击毙，逃亡者不下千余人，然陆续纠合，其势尚炽。且探得该匪自溃裂以后，又复遣人四出赴滇求救。近来滇中之匪，来者络绎，共计犹有三四千人。如不早为扑灭，诚恐该匪久踞建武，纠约大股苗回入川，为祸不小。吴参将一军，现扎底洞堡。刻下此面之防，惟卑职与张令一军。夷匪既已出巢，张令之兵，势将撤回防守县城。卑职之势亦孤，独防建匪回窜已觉不支，安有力量再分拒续到之匪以及大股夷匪。且卑县隘口甚多，此防又惧彼窜。兼之勇饷久竭，各勇咨怨。日来虽经卑职办理开征大粮津贴，以济军需。无如民力困穷，缓不济急，诚恐合匪麇至，勇不用命，首尾受敌，难免偾事。除派人迅速侦探各匪，相机设法防堵外，所有叶蛮坡又有滇匪，以及大股夷匪出巢。合肃飞禀，伏乞宪台，俯赐察核批示饬遵。再，柿子坝中渡一带团民，前经卑职派守河岸，近因滇匪滋扰，早已搬逃。现在卑县内地有警，又难派兵。远防一路，甚属空虚，殊为可虑。合并禀闻。

跋

　　先祖事略，已详筠连志两传、罗星潭观察所撰墓志，无容赘录。其幼孤贫，从事典籍，安砚幕府。凡有撰述，俱为士大夫所乐道。晚虽服官，暇即拈毫。至在军中凡有禀牍，亲自操觚，不劳幕客。惜稿脱后，半为友人携去。道洋未亲侍奉，无从访求。曩因国变，与仲兄华封去官闲居，重亲翰墨。家君将昔年所作，并命辑弃养两母，暨亡妹遗稿，刊为《李氏诗词四种》。又令搜集先祖手泽，经数年而所获无多，语门人江津程炳阳录之。家君复出当日，定本文一卷诗五十一首，诗话若干页，都为四卷：曰文集、曰诗集、曰诗话、曰公牍，俱付手民。家君谓《陆放翁诗集》刻于九江，文集刻于溧阳。俱其子子篴子遹为之。今老矣，命道洋等代为之。以存家范，使后世子孙，出则奉为官箴，处则谨守先典，即吾家之幸云。

丁亥秋，孙：道洋谨述

第三编

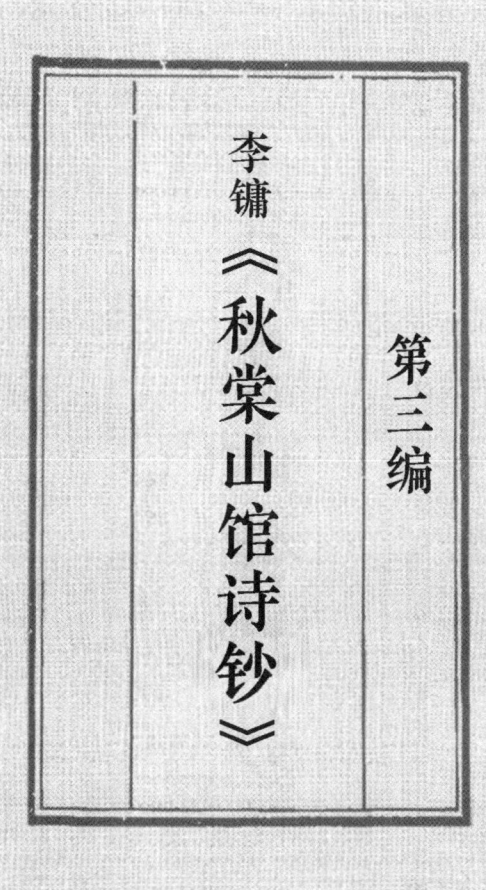

李镛《秋棠山馆诗钞》

秋棠山館詩鈔

李镛

李镛（1853—1920），巴金之祖父，幼名振镛，号浣云，清咸丰三年（1854）年生于四川，祖籍浙江嘉兴，历知宜宾（光绪十二年任）、南部（光绪十三年）、南溪（光绪十三年由军功补授，任至二十年。二十一年回任至二十二年告病去职）等县事，晚年定居成都，民国九年（1920）农历己未除夕病逝。晚年李镛与"五老七贤"等在成都的名流诗书往来，包括方旭（鹤斋）、林思进（山腴）、邓元鏸（纯丰）、盛光伟（壶道人）、吴虞（又陵）、赵藩（樾村）、王永言（咏斋）等。著有《秋棠山馆诗钞》（胡淦作序、吴虞题词），合刻于《李氏诗词四种》，其中词作若干被选入《嘉兴词征》。他的子侄辈中有多人或留学海外，或襄赞新政，或开办实业。曾祖父李南棠（号兰陔），曾祖母聂氏；祖父李文熙（字坤五，号介盦），祖母张氏；祖父李璠（字鲁珍，号宗望）；祖母盛氏，浙江秀水盛善沆女；原配汤淑清，江苏武进汤世桦女；继配濮贤娜，江苏溧水濮文昇女；濮氏故后纳曾氏、黄氏。子六人、女三人，分别为道河、道溥、道洋、道瀛、道沛、道鸿，道沅、道湘、道漪。

文另有《醉墨山房文集》跋，见本书第二编。

秋棠山馆诗钞
序

憩云盦封翁,以所为诗词曰《秋棠山馆》若干卷。德配汤恭人,《晚香楼诗钞》二卷,词钞一卷。续配濮恭人,《意眉阁诗词》都为一卷。亮卿大令①又以蕙卿女弟《霞绮楼仅存诗稿》一卷示。淦撮而读之,叹曰:高柔夫妇,合璧双辉。皇甫继妻,文坛竖帜。秦伏生一经传女,刘孝标三妹能文,俱以为良史美谈,德门佳话。然未有玉台之咏,锦瑟之篇。香闺则嫡庚继徐,绕膝则妹昭兄固。较诸一门词赋,班叔皮配乏齐名;千古文章,苏东坡妹无问字②。而况扫眉才子襄荫甘棠,慈母先生代成丹桂。今而知,天因社稷,方见西平;人望神仙,始逢元礼。取友则王离骚之名士,博物则张茂先之胸襟。虽宣文君未到白头,崔义成已埋黄土。而窦妻鲍妹,名满儿童;宋艳班香,齿流妇孺。况河南道上相忆曲屏③,银烛窗中有怀对月④。他如,山名依凤,雨夜灯初;馆号眷眉,雪深人至⑤。不愧香奁博士,巾帼侍中。盖不独中秋望月,七夕流萤。常修待婿之妻,关图同怀之妹。俱封翁夙娴诗教,整顿家风,所由致也⑥。谓比肩当比管夫人乎?惟斯人乃有斯配;谓同母当同杞梁妹乎⑦?无其妹焉显其妻。真所谓异曲同工,双烟一气者矣。方今女界昌明,宫闱进化。希冀晚香楼上,韵和尖叉⑧;意眉阁中,题无竞病。庶曹大家之弟子愿学《汉书》,黄崇嘏之宫花重逢宋制。尤

---
① 原注:著有《惜影龛集》六卷。
② 原注:蕙卿受诗于亮卿大令。
③ 原注:封翁诗。
④ 原注:汤恭人诗。
⑤ 原注:濮恭人诗。
⑥ 原注:华封观察《箱根室集》。芷卿女士《花影楼集》俱若干卷。子舟大令亦有集待梓。
⑦ 原注:中华古今注有杞梁妻歌乃其妹朝日所作。
⑧ 原注:汤恭人诗。

幸老人星朗，知高山流水之音；无奈天姥峰颓，乏白雪阳春之和也已。

中华民国四年阳历全月。新津胡淦序于壁经堂

忆菊　有序

老圃凉深，惟见惊霜之叶；短篱烟锁，难寻傲世之芳。怅秋色之萧疏，增予怀之悼惜，而况文园善病乎？子工愁，我且兼之，言曷能已？用赋忆菊等五章，敢云为花写照，直是借物抒忆寄托。如斯亦足慨矣。

三径荒凉叹莫支，为花消瘦为花痴。蛩吟寂圃芳魂梦，雁唳空篱助慨思。
还记去年簪短鬓，讵期隔岁杳仙姿。西风几度门虚掩，肠断提壶浅酌时。

访菊

霜容未识在谁家，冒雨相寻古径斜。但得疏篱增景色，不妨游屐遍天涯。
蜂媒毕竟归何处，蝶使难逢且漫嗟。预拟一肩连露荷，锄栽瓶供兴豪赊。

喜菊

乞得清芬便欲狂，临风起舞复飞觞。未曾插鬓心先得，从此开眉梦亦香。
佳节待酬休浪折，晚芳弥淡足相偿。钟情欣慕陶彭泽，侧帽扶筇共傲霜。

咏菊

寂寂秋光半掩门，拂尘安砚墨澜翻。古香冷艳应齐吐，秀色芳姿与细论。
毫染清霜聊写照，神传凉月淡无痕。吟魔底事相缠绕，叉手秋阶日已昏。

枕菊

琴虚石冷并宜捐，愿与花神结胜缘。一觉风流清彻鬓，半床霜压艳随肩。
葛巾贴处应消俗，纸帐醒时恍欲仙。却笑当年篱畔客，高情未识也徒然。

春草

最好光阴三月天，城南匝地草芊绵。长亭送客迷归路，不辨东西一望烟。

梦醒池塘日色低，东风似剪剪难齐。于今何处寻鸿爪，惟听斑驹陌上嘶。
沿溪一带碧铺茵，策杖探幽屡逡巡。螺髻远添千斛黛，夕阳微雨倍精神。
不比奇花要护持，托根高下总相宜。有心济世无人识，辜负春风几度吹。
绕砌萦除展嫩芽，朝来青透碧窗纱。到无人处偏增茂，雨过风停衬落花。
南浦春深绿意稠，骊歌一曲动征愁。苍茫极目浩无际，疑是汉阳鹦鹉洲。
烟迷一片夕阳中，装点山村处处同。牛背牧童欲归去，笛声吹过板桥东。
每到阳回曲径平，离离从不记枯荣。灵根尽有长生术，化作流萤闪闪明。
烧痕苏醒上空阶，燕落香泥为尔埋。南陌踏青多少女，萋萋软垫凤头鞋。
涧边幽静也飞香，僮仆慵芟更上堂。倦眼乍开浑不解，却疑书带未收藏。
柳条卧地欲相依，绿遍长堤色正肥。莫笑参差随处是，寸心能解报春晖。

夜雨有寄

南浦歌骊忆送君，索居默默感离群。青灯泻焰人初倦，冷雨敲窗夜正分。
一缕寒从襟底透，半炉香向静中焚。近来何处增惆怅，渭北江东树与云。

感作

静掩重门日色残，无聊斜倚碧栏杆。愁因寂寂都争至，花到寥寥不耐看。
有酒学仙诚可乐，无求立品亦何难。世情反复波相似，古调而今已废弹。

牡丹和周吉翁夫子韵

春阴静寂锁雕兰，百宝妆成此日观。名士风流夸蕴藉，神仙富贵祝团圞。
未容俗客搴帷玩，应许诗人载酒看。为语园丁勤护惜，年年花底足盘桓。

对菊

寂寂东篱锁淡烟，黄花无语自娟娟。数枝摇落应如醉，一径萧疏最可怜。
冒雨偏经秋气冷，傲霜裁见晚芳坚。自惭不是司香尉，赢得金铃处处悬。

春夜听雨

檐溜廉纤客思凄,挑灯静倚小楼西。残红明日知多少,怕听鹃声鲠咽啼。
最是关心韭一畦,润痕曾否透香泥。何堪回忆空阶夜,抆触愁丝剪不齐。

花朝

微阳淡淡嫩寒消,园敞风和客思遥。小鸟争鸣莺百啭,也知今日是花朝。

早春园中口占

小园连日雨,曲径苦泥封。草贱多生意,梅高少媚容。
嫩寒携满袖,暮色锁疏钟。彳亍阑干外,春愁几万重。

重谒杜公祠

寻春又作草堂游,月榭风亭处处幽。小子不文甘再拜,先生何幸占千秋。
竹阴梅影供吟兴,水色山光豁远眸。暂憩浑忘天欲暮,归鞍未整晚烟浮。

题画

嫣红姹紫一丛丛,开到繁华色更浓。鸟号白头花富贵,欣然相对笑东风。

对镜

可是秦宫物,膏涂分外明。贴花清影瘦,一笑我怜卿。

秋怀

弹指流光思悄然,惊霜桐叶报秋先。零烟断雨西窗下,此境何堪共往还。
年来事事总蹉跎,得失何常且放歌。莫谓竟无差胜处,清愁幽怨比人多。
关心往迹太匆匆,浓淡云烟一样空。多少闲情多少恨,可怜人似可怜虫。
万枝红遍拒霜花,菊放重阳景更赊。折向小斋斋伴我,冷清香里味繁华。

满城风雨近重阳　限阳字

雨雨风风逼画廊,年华荏苒近重阳。凉添篱畔花将放,秋满城中兴正狂。

载酒休忘明日会，题诗莫负好时光。登高有约酬佳节，小集平台共举觞。

西施菊　　限红字

门掩疏篱趁好风，秋光重叠绕吴宫。似凝剩粉三分白，尚殢残脂一点红。
香径芳丛无恙在，糜廊倩影几曾空。苏台冷落留余艳，幸未扁舟嫁范公。

独拒清霜待好风，几枝零落馆娃宫。倾城不是寻常色，映日方知别样红。
剩粉未销香径外，残脂犹殢糜廊中。南朝多少兴亡事，付与霜枝傲晚丛。

梅花

望见梅花喜不支，横琴酌酒总相宜。寒柯向暖开千点，老干临流卧一枝。
风过暗香闻断续，月明疏影看参差。冰魂雪骨清高甚，寄语东皇好护持。

绕庐三百影横斜，月色沉沉上碧纱。独抱幽情淡冬雪，更怀高格傲春花。
前身合是瑶台种，今日偏开处士家。笑我此生修得到，不妨清冷洗繁华。

岁寒知松柏　　限青字

松柏千重一望青，当窗拂槛影亭亭。冬心不畏清霜冷，瘦骨偏经宿露泠。
自是孤高撑劲节，只因苍老幻奇形。柯铜根石嶒崚甚，黛色参天入窈冥。

不减清阴荫满庭，一重深翠一重青。柯高自占风云足，树古能知岁月经。
本有冬心甘耐冷，更兼劲节亦通灵。苍苍日照鳞千点，老干凌云入窈冥。

秋宫怨

西风黄叶上阳秋，冷入珠帘起暮愁。照壁银缸光欲暗，关心玉漏更添筹。

桐叶萧萧落暮秋，含情无语下帘钩。怕看天上团圞月，不待更深掩画楼。

落花

三春花事散如烟，应是东风不解怜。从古倾城多薄命，绿章安得问青天。

石阑西畔景难描，零落残红分外娇。多是憎他好颜色，天涯海角总鸾飘。

不似当时簇锦柯，春江片片醉颜酡。才人落拓花飘泊，一样天教有折磨。

辞树何曾自主张，可怜久暂任东皇。繁华瞥眼真如幻，还逐轻风上下飏。

亭亭倩影下瑶台，半点泥中半点苔。回首芳菲成昔梦，香魂从此等轻灰。

前题

铅华卸处舞衣轻，凭借东风散满城。九十春归无那速，百千样落可怜生。
鸟啼画槛惟余恨，蝶恋芳尘尚有情。绝代玉颜均委露，彼苍底不惜卿卿。

廿四番吹转眼过，开时偏少谢时多。东风飘泊浑难定，春色摧残可奈何。
淡到无言空泣露，生来薄命怕随波。解人自有真题品，句赠珠玑语不磨。

前作意有未尽复用简斋先生韵得诗三首

园林春暮惜韶华，云散风流片片斜。想像那寻怀梦草，断肠赢得可怜花。
自拼坠粉酬金谷，谁与招魂向馆娃。同是开来同是落，随缘随分各天涯。

试将清影照清池，零乱残妆亦自知。尽有回风当晚节，莫因委露怨开时。
寻芳客去春无赖，起早人来计已迟。从祝东皇破常例，不教风雨妒繁枝。

谢却铅华绿满林，小廊回合昼沉沉。飘蓬敢望谁青眼，辞树何常悔素心。
无赖帘前留小影，似惭叶底借层阴。更番荣落年年在，何用流莺惜不禁。

为孙树侯同研画兰

一纸书来特赏音，笔床砚篚勉相寻。年来当意花枝少，惟有幽兰惬素心。
不求悦世不依篱，但觉烟霞作伴宜。绿叶素茎空谷里，高标未许俗人知。

效《疑雨集》体

一桁帘垂自点茶，月明如水浸窗纱。无端情绪悲鸿爪，有限欢娱构鼠牙。
缄札那能缄艳思，隔花终竟隔天涯。吟魔日夜长相伴，难遣离魂到谢家。

关心都是可怜虫①，多病多愁事事同。远道鱼书频寄达，近时鸳梦几层通。萦牵意绪花栏外，湮没情怀茗椀中。谁识司勋断肠句，枝头子满叶成丛。

步红豆村人韵十三首

春宵独处也嫌长，回首前游记渺茫。霜里兰枝浑似妾，风中蓬梗类如郎。
贪从帷幕窥清影，好是妆台渡暗香。老向柔乡欢喜事，一凭外汉说荒唐。

无聊缓步碧苔坳，小燕双双返暮巢。睹物伤怀增怅惘，钟情得句细推敲。
梅酸终觉含春意，花放凭探带露梢。乍得相逢欢莫耐，隔帘先自语交交。

相思惟有付沉吟，人面经年那复寻。绣枕梦无灵草断，闲庭迹杳落花深。
个中但极怜香意，此外都凭见爱心。愧乏相如才绝世，许从画阁弄瑶琴。

窄窄鞋踪印软尘，郎来应不患迷津。未谙离别痴于我，善解温存信可人。
斟酌金尊同醉月，流连锦被为留春。自拼厮守酬知遇，多少闲花不与亲。

取次经过不用迎，小窗鹦鹉故相惊。多愁略减娇憨态，倾听犹能腻语声。
眉翠倦描春昼永，颊红微带睡容轻。当前细细风吹过，肤气衣香两莫名。

由来情重便多愁，泪眼盈盈腻欲流。欢聚莫教虚岁月，别离能禁几春秋。
香浓宝鼎慵熏坐，月满珠帘懒上钩。幸得相知可无憾，感恩牢记在心头。

不寄长笺便短函，碧纱窗下悄开缄。情虚生恐郎来误，事秘终虞婢起谗。
避暑强斟莲叶盏，临晨爱着藕丝衫。争禁即夜酬佳约，记取楼头月半衔。

猜忌丛中一暂过，劳将软语慰蹉跎。无欢只为寻欢取，落泪何如咽泪多。
望望未穿惟绣幕，迢迢犹似隔天河。春宵一刻千金价，认得依然委逝波。

不惮追寻步履卭②，玉扉虚掩月溶溶。鲜花插鬓双鬟艳，私语传情两意浓。
自矢欢娱终夕尽，难禁羞涩下帏重。新诗当得坤灵扇，不是年来岂易逢。

良宵最怕听阴谐，雨沥天教计莫偕。写恨惟凭双管笔，定情赢得一枝钗。
江湖落拓劳青眼，文字谋生愧壮怀。寄语钟情宜郑重，自来薄倖是吾侪。

---

① 原注：船山句。
② 原注：劳也。

气味如兰性更惺①，几番相约漏声停。吃虚倍觉腰肢软，偷度常妨妒眼醒。
袅袅金炉香向烬，哝哝罗帐语难听。多情愿化庄生蝶，梦入花丛意也宁。

相逢且漫说相思，但问归来是几时。肠断前番虚雅约，神伤此际若为词。
风波尽有非缘懒，云雨难忘直类痴。怪底近来诗兴好，怜才红粉莫如伊。

多病多愁愧不才，寄情聊复向妆台。未尝薄幸差无负，且喜同心更莫猜。
红豆那须将恨去，青泥时见报书来。盟深比翼知何意，应取双飞怕折开。

哭陆惕人少尉

论交君最笃，死别痛何如。素志原豪举，微官亦暂居。
女多身后累，儿童抱中虚。料得魂归夜，伤心定掩裾。

意想真难到，曾无大衍年。分金征厚谊，埋玉惜名贤。
尘梦于今醒，游踪尽自怜。漫漫乡国路，孤榇几时还。

秋海棠

紫玉盈盈欲化烟，宜人风调可人怜。漫夸兰是无双品，应比兰枝态更妍。

闲阶谁与说相思，浥露迎风弱不支。花到清华神亦薄，美人多半细腰肢。

可叹

背面思量见惘然，片时那得话缠绵。秋波转处防人觉，不把灯光照近前。

避人私语太朦胧，巧合机缘那易逢。同是善愁翻慰藉，真真一对可怜虫。

寄内用送别原韵

非厌闲居爱出游，心灰尤不羡封侯。儿娇卿病情原恋，母老家贫住亦愁。
难报客怀殊旧日，熟看世态等残秋。利场直与名场似，也得朱衣暗点头。

那堪回首忆临歧，行箧征装赖主持。清泪暗弹悲莫塞，诗情不属意伤离。
休因念远疏中馈，漫向高堂话去思。更有一言烦记取，勤将密绪报侬知。

---

① 原注：悟也。

答闽人一首用来韵
此身难谓惯萍浮，王粲怀深独倚楼。病骨那禁风似剪，乡心频见月如钩。
漫怜豪气都消减，剩有吟情觉尚悠。花下几番商去住，如何才解老亲愁。

瓶梅示同辈
折得寒芬三两枝，小窗闲供玩移时。横斜犹具凌云势，清冷生成傲雪姿。
引我襟怀差不俗，同他气味本相宜。从今便伴铜瓶坐，相见何须惜太迟。

刘生云章招饮青楼席间赋此
掎裳乘月到天台，一曲琵琶酒百杯。好色敢言名士气，清狂应愧谪仙才。
只饶诗当缠头掷，犹喜花能送笑来。同伴漫辞今夕醉，此欢能得几多回。

赠惊鸿校书
飞燕身材碧玉年，眉鬈靥晕最堪怜。清歌几度当筵听，销我狂魂欲上天。

画兰赠月仙校书
画法原来不擅场，拈毫濡墨意傍徨。也知难免涂鸦诮，惟恃佳人恕我狂。

画兰赠群仙校书
也擅丹青也擅歌，风流应不让横波。书生愧乏缠头赠，学写幽兰比拟他。

为玉翠校书画兰
旧日狂踪远近訾，多缘随处写兰枝。而今已觉心知悔，争奈如花不许辞。

集次回先生句寄刘云章
酒畔棋边是处过，近来青鸟半传讹。孤踪只与君知道，莫误欢期夕渡河。

春日自遣集次回句
春昼初长夜更长，春来无伴与猖狂。穷途自合亲情断，只办双柑听绕梁。

谒忠州陆忠宣祠

名贤祠宇景清妍,冒雨来游插菊天。幼读史书心感慕,今瞻遗像拜维虔。
忠忱恳切昭千古,政化流传遍两川。绝胜桐乡当日祀,应无谪恨墓门边。

秋斋闲咏

最是三秋好,风光俨画张。黄花香晚节,红树媚斜阳。
远岫当窗曲,寒流绕郭长。客中何所乐,得句益清狂。

读闺人见怀诗依韵答寄

新诗寄到读移时,抆触离怀不自支。飘泊漫怜生命薄,艰难可谅我归迟。
慈亲多病烦调药,儿辈虽顽合下帷。都仗卿卿频料理,天涯感到泪如丝。

临江衙斋即景用闺人韵

斑驳苔痕上粉墙,新秋气候便清凉。屏山当户时闻鸟[1],祠瓦临流见卧鸯[2]。
雨后树摇深谷影,风来花送隔林香。朝昏纵目多佳景,争奈羁人思故乡。

重九口占用次回先生秋词韵

休论经岁不还家,为有阿咸侍绛纱。最是惊心好时节,满城风雨放黄花。
支离病骨懒登台,非是归从五岳来。窗外芭蕉应识我,一般怀抱不曾开。

秋夜感怀

屡换归期莫得归,频年奔走壮心违。一灯旅馆虫鸣急,千里音书雁到稀。
揽涕泷冈阡未表,惊心老母病相依。夜深怕作还家梦,梦醒魂犹带月飞。

枕上听雨

冷雨幽窗不可听,流萤低度小围屏。思量枉被浮名误,为客经年剩瘦形。

冷雨幽窗不可听,滴残旅梦夜常醒。浮荣本自关心浅,只祝高堂病眼青。

---

[1] 原注:余所寓斋与翠屏山相对。
[2] 原注:山半有陆忠宣祠,下临大江。

舟中夜坐

夜色微茫里，扁舟一叶横。山迷前浦影，钟送隔江声。
冷雨敲篷背，孤灯照客心。榜人无赖甚，故与话归程。

书渝城店壁

旅馆重来景物更，经年为客暗心惊。浮名浮利终何有，多病多愁伴此行。
世态已能谙反覆，朋欢幸未绝逢迎。悬知近夕高堂上，白发飘萧望眼横。

有赠

别后何清减，飘飘望欲仙。倍形腰绰约，愈觉态嫣然。
艳极偏多病，重逢信有缘。琵琶听未竟，肠断晚风前。

纪恨集王次回句

绣床移近曲屏西，欢绪从今絮堕泥。惟有半衾余暖在，不堪空作翠乡迷。

珠江题壁

归路长如许，风霜苦莫支。探囊同阮籍，置驿少当时。
寒重衣难敌，怀孤剑合知。此行空自悔，无心慰亲思。

南津驿题壁

名场不偶利场空，北马南船一岁中。今日凄凄复归去，男儿真作可怜虫。
尽有新诗到处题，长途聊以纪鸿泥。鲰生福薄兼才薄，敢望纱笼四壁齐。

归途有感

一枕风声杂雨声，无眠应使旅魂惊。青衫抆湿穷途泪，红烛摇残竟夕情。
顾我已无侥倖想，见人懒作不平鸣。从今莫更频相诮，甘负清狂两字名。

金陵舟中作

只为牵缨冕，匆匆便远游。江湖千尺浪，风雨一扁舟。
异地谁青眼，高堂母白头。归期私自计，多半在残秋。

西湖即景
风吹水漾碧玻璃,画舫轻摇与意宜。好是湖心亭上望,夕阳一片柳千丝。

砳影横陈塔影圆,参差楼阁隐轻烟。游人那识清游趣,尽向荷丛肆管弦。

沪上杂咏
小小肩舆异样车,灯街飞走影横斜。个中若个浑难辨,一样双鬟尽插花。

竞裁艳服费多金,著向歌场趁夜深。一曲未终低唤去,空余香泽醉郎心。

小扇团圞雪色罗,轻挥频度暗香过。可儿自是知风雅,上写蝇头字许多。

隔座丰姿照眼明,细看真觉可怜生。年来我已狂非昔,不肯从他问姓名。

有赠
历遍欢场思惘然,薄情犹自说缠绵。只卿一种相怜意,不在眉梢眼角边。

答友
万里来为客,孤身束自严。小炉闲煮茗,长日静垂帘。

歌席攒眉避,衾书信手拈。漫劳知我者,远道下针砭。

赠爱菱
秀媚天然胜雪儿,曼歌一曲过云迟。慧心更有怜才处,代向豪筵倒酒卮。

北河题壁
漫说妖姬聚北河,琵琶斜抱度新歌。今来塞耳非无意,羞共行人唤奈何。

出都口占
急叱征车出帝城,尚余残梦未分明。长途晓色凉如许,远岸秋光画不成。

眺赏尽能消俗韵,驰驱容易动离情。声声杜宇催归去,似亦相怜太瘦生。

答闺人
记得临歧嘱,孱躯好自持。尺书频寄慰,远道莫相思。

行李轻逾便,烟花重不宜。一番怜爱意,何忍遽忘之。

寄内时在河南道中

惊回旅梦五更鸡,赢得茅檐月照低。如此凄凉谁共语,不堪相忆曲屏西。

频年寄远有诗篇,底事而今竟杳然。每听雁声天半过,吟眸望断碧霞笺。

卢生祠

大道荒祠夕照红,壁间锦字句重重。几人不作功名想,翻说先生是梦中。

有忆

皎皎临风玉树枝,论心几度酒阑时。想他生就聪明性,捧砚添香事总知。

再题卢生祠壁

车马祠前过往忙,先生偏自睡无妨。悬知梦境居然好,可许痴人借一场。

邯郸晓发

策马邯郸趁晓风,遥遥城郭画图中。千株杨柳丝垂绿,万片荷花粉坠红。
寺古难从仙借枕,桥横斜见叟扶筇。新秋景物般般好,吟笔描摹恐未工。

过邺望铜雀台有感

横槊雄风毕竟休,漳河依旧邺城秋。金蚕冢破疑终释,铜雀台荒址独留。
遗瓦间供文士砚,分香遥想美人愁。残花阅遍当时事,为底无言画一筹。

见道旁杨柳感作

是否灵和殿里身,栖鸦流水想风神。怜他竟日长堤上,青眼迎人又送人。

纪游一首寄内

琴剑随身胜结俦,风尘仆仆再逢秋。燕南赵北冲炎走,楚尾吴头破浪游。
到处莺花名士酒,强排烟月旅人愁。倦来已把归与赋,计日联吟画烛楼。

客中七夕
征衫轻点露华凉，懒看银河渡七襄。私语夜深无处听，离愁料不抵侬长。

硖石道中
崚嶒石路困双轮，风过黄尘扑满身。已是不堪人意绪，来前犹有问途人。

温泉
旧事开元孰与论，断椽残础滞花魂。惟余赐浴华池水，犹是当时一样温。

度栈道
邮签册计到三秦，云栈初经薄宦身。怪石撑天峰错落，飞泉挂壁韵清新。纵游未得惊人句，张袖难遮扑面尘。又见晚烟横木末，一鞭西向莫逡巡。

不寐
野店秋深分外凉，无眠独数漏声长。灯花为底连宵发，若报闺中问卜忙。

栈中即景
鞭丝帽影宦游身，驰逐人谁识苦辛。峰绕四围青簇簇，溪流一线碧粼粼。轻云欲断炊烟续，薄雾才消曲径陈。自是俗尘飞不到，疏花幽草亦精神。

旅怀
班马萧萧客路长，销魂几度板桥霜。长卿游倦惟余病，阮籍途穷愈是狂。云栈烟青沾晓鬓，剑门山翠扑诗囊。归程因雨多愆阻，遥想高堂睫正望。

冬夜寄闺人
霜月当窗分外明，悬知鬓影可怜生。鱼书纵达词难尽，鸳被虚张梦不成。细数芳悰悲悄悄，暗牵离绪意怦怦。何时瀹茗熏香坐，同话无聊旅客情。

偶忆　用来作韵

料得妆初罢,闲凭亚字栏。肌香花气淡,肤色玉光寒。
密绪猜难诉,新诗忆共看。相怜相喻处,辜负绣衾单。

答闺人

芳讯频来念有加,巴渝回首隔天涯。梦魂应比归心切,夜夜飞腾到月斜。
客里光阴分外赊,无聊情绪寄瓶花。寒轻小阁香销篆,安得联吟共煮茶。
耽病贪闲省往还,狂踪收拾悔当年。风尘私讶何曾惯,一谒权门一惘然。
磨蝎身宫漫自怜,同愁人更意缠绵。区区眠食都烦念,始信高柔爱玩偏。

题鬼诣图

脱却皮囊即是仙,泉途何又胁双肩。纵然博得来生贵,如此功名亦可怜。

寒夜口占用来作韵

柝声喧未已,清露满雕栏。夜永炉香烬,窗虚烛影寒。
劳生空感喟,刮目有谁看。自笑同蓬转,闲挥客袖单。

冬夜有怀

每到黄昏别绪盈,也知鸳阁有同情。闲勘蕉叶愁难遣,静对梅花影共清。
心愿未酬虚岁岁,腰围或减虑卿卿。何烦频嘱加餐饭,词赋伤神已半生。

长宁舟中口占

不用嗟行役,溪山得往还。风篁浑有韵,云树欲黏天。
小雨蓬窗过,清泉石穴穿。羡他野鸥鸟,随处便闲眠。

奉酬牟惠兄见怀之作　即用来韵

扁舟江上递佳章,不惮箴规见热肠。望切敢同诸耳食,感深应更爇心香。
浮沉宦海情非恋,钓曳乡江梦亦凉。闻道故人山已买,临风欢羡欲飞觞。

自题渝江萍泛图

知交惟数子，萍聚且言欢。放棹江湖窄，推蓬眼界宽。
春山天半笑，城郭画中看。何日同归隐，相期把钓竿。

题峨眉山图

登山还未得，先写画图看。石径穿云杳，峰峦杂雾攒。
钟声传远寺，凉月上林端。欲把尘鞅谢，携琴绝顶弹。

重九日于役泾南舟中口占

无福东篱坐举觞，砵封催我布帆张，半江烟水横秋色。两岸云山抹夕阳，
滩已惯经忘涉险，风从未顺遇何尝。劳肩欲息偏难息，际此莼肥客感长。

早行谒长吏

曙鼓催残梦，匆匆出雉城。雨余山路滑，风静笋舆轻。
薄宦愁供帐，频年苦送迎。愧谈鼓泽令，不待督邮行。

巡乡和壁闲韵

台檄严催力奉行，家家农隙尽操兵。溪山风景应清绝，点缀旌旗耀晚晴。

永峰寺山中

遮眼老松密，峰回境逾逼。俄倾白云生，清风来习习。
何处幽兰花，清香扑人鼻。应乏出山心，披荆竟难觅。
寺僻浑忘暑，聋僧病可怜。解装聊小憩，煮茗试新泉。

秋咏

天为诗送料，秋色满长空。叉手浑忘倦，求工岂畏穷。
静思憎鸟语，逸兴托飞鸿。不觉江城晚，涛声入夜风。

秋泛

放棹秋江上，吟情未肯降。沙光含蓼岸，山色映篷窗。
断续闻砧杵，夷犹见钓艭。烟波真个乐，鸥鹭亦成双。

书石鼓滩寺壁

解装山寺里，尘冗暂时休。云影低前浦，溪光荡小楼。
野花闲自落，沙鸟寂无俦。始识村居乐，携筇处处幽。

再题黄沙河寺壁示诸父老

题壁墨痕干，流光指一弹。溪山皆旧识，父老尚争看。
休讶催征急，当知国用难。片言聊勖汝，耕凿莫偷安。

和秋农兄游岑嘉州祠原韵

翰墨场邻选佛场，闲寻胜迹溯三唐。嘉州罢后斯流寓，别墅于今未尽荒。
四面云山开画本，千竿修竹映书堂。佳游无福同携酒，官阁低回到夕阳。

忆石韵轩三奇石

忆昔去泾南，良朋欢握手。相见无别言，惟问得石否。
示我以锦囊，题词满囊口。倾倒出所获，奇异真莫耦。
有似紫虾蟆，宛向人昂首。白者玉不如，凹眼同截藕。
更有不能名，文而又兼丑。聊欲状其形，青天银云走。
品之为第一，不啻敌琼玖。主人本笃好，清供学髯叟。
荐以水晶盘，永日长相守。悬想几案闲，定觉风生肘。

谢纯锋亲家惠竹石拨

好石与君同，知石愧弗若。藏既作锦囊，供复佐以拨。
特截竹为之，著手殊清脱。缄封远寄将，斯情不可没。

秋柳

西风板渚水空流，缕失纤纤感旧游。绝世丰神如中酒，半堤清影写残秋。

离魂早逐三春絮,青眼难传此日愁。更有闲情消不得,谁吹玉笛向江楼。

秋兰

秋来九畹未全荒,缀玉犹留几箭芳。空谷久经忘冷暖,素心原自耐冰霜。不嫌荆棘妨高致,且与寒花共晚香。纫佩至今余韵在,瑶琴一曲露瀼瀼。

杂恸

廿载持家耐苦辛,转相慰藉最情真。眼前事事须亲检,感触如何不怆神。

恶耗阿兄未许传,恐惊堂上泪沧涟。每当佳节浑无赖,忍痛挥毫强寄笺。

难忘频年劝隐词,小园拟自种花枝。倘逢月白风清候,并倚阑干细咏诗。

往日归来兴不孤,焚香瀹茗共追呼。如今妆阁都仍旧,只是伤心笑语无。

遗稿丛残尚待删,几番开卷泪潸潸。重泉定必能怜我,薄领悾偬未有闲。

佳城未卜动惊春,心事终朝似转轮。虽是迁延因慎重,一回低念一酸辛。

游屏山万寿寺

山半前朝寺,临流气象雄。仙踪浇石见,① 古镜积尘封。②

历乱幽花落,高低曲径通。劳人逢胜境,可惜去匆匆。

男:道溥、道洋、道沛、道河、道鸿,孙:尧枚、尧杞、尧林、尧棠、尧棣、尧格、尧枢、尧槩、尧榘、尧椽、尧楫、尧業同校

女:道沅,外孙:濮思弇、濮思祐复校

---

① 原注:殿上有张三丰足迹以水浇之则。
② 原注:梁间悬铜镜甚巨,惜已不能鉴物。

秋棠山馆词钞

酷相思　怀归

盈盈一水横衣带。空欲渡、无聊赖。徒念那可人天际外。目极处，炊烟霭。恨不得，同粗粝。　　霜林晓色真如绘。风过耳、闻清籁，更落照衔山红似盖。猛触起，离愁大，难逆料，何时会。

凤凰台上忆吹箫　寒惊

半角遥山，一眉凉月。清宵倦倚疏桐。听砧声断续，玉漏丁东。偏觉情怀无限，叹羁游、又到残冬。争受得，炉烟萦碧，蜡泪流红。　　征鸿惊回好梦，恍在曲屏西，私语方浓。又疑花径侧，乍喜相逢。都是昔年况味，漫低回，把酒浇胸。消磨那、幽窗岑寂，旅馆寒惊。

满江红　有忆

院静窗明，缘底事，懒拈针线。似为著，意中人去，梦回肠断。淡扫翠蛾浑不耐，生憎孤枕何曾惯。细思量，妆阁与天涯，应同叹。　　劳寄语，加餐饭。频致意，情尤眷。奈韶华流水，漏壶传箭。别久已谙滋味苦，病余单剩吟毫健。倩飞鸿，时为寄书来，如相见。

南柯子　别后

云驿来书数，霞笺赠句真。离愁别绪总难伸，远水盈盈，应照翠蛾颦。　　苔白间阶露，梅红小阁春。相看无那步逡巡，此意谁知？回首黯伤神。

人月圆　旅怀

当时错把征鞭著,初夜便无眠。泪珠颗颗,些时堆满,珊枕函边。
最难忘是,一帘花雨,半榻茶烟。商量消遣,卿拈针线,我擘吟笺。

望秦川　人日珠江道中

远岫寒云重,平畴晓露浓。篮舆一辆去匆匆。大道萦回、茧足小奴从。
竟夕浑无寐,临晨倍觉慵。惊心人日客中逢。奔走频年。应笑煞东风。

满江红　挽汤子尹二首

书记翩翩,尽道兴,牧之无间。一管笔,衣奔食走,饱忧当患。醵局过从如昨耳,衙斋聚处经年半。万不图。噩耗遽传来,肠几断。　缘底事,违心愿。留墨在,偏难见。望芙蓉城郭,只撑双眄。斗室待君应未掩,莲帷旧侣同兴叹。问苍苍,为底厄斯人,无稍眷。

白发尊堂,殊未解,若何无念?也不管,眼边含泪,手中牵线。善病本来因酒渴,多情倍觉论交绻。猛然间、华屋更山阿,真如幻。　钱焚纸,盂盛饭。贤师友,营斋奠。倘重泉知得,定增悲歎。落月屋梁颜恍在,临风歌拍声犹散。最难堪,案上牍纷繁,谁相赞?

满江红　悼亡

病只经旬,竟不料,乞灵无药,怕忆那,喘丝将断,泪珠空落。预录悼词应有意[1],何期狂婿偏难觉。廿余年,情事总堪悲,犹如昨。　诗词稿,盈妆阁。搜箧笥,衣裙薄。恨相抛中路,寸心如斫。独夜每先愁不寐,吟笺以后谁商榷。愿卿卿,莫忘旧时盟,缘重续。

青衫湿　有感

白头本自同期必,撒手竟何因。想缘狂婿,无才命薄,致损青春。　那堪

---

[1] 原注:殁前两月,忽录仁和沈秋卿悼亡词十首于册。

回忆，兰闺厮守，相爱相亲。二十年情事，光阴弹指，似梦如真。

长相思　不寐

绣幕遮，静不哗，鳏绪无端乱似麻。谁云爱有涯。

别离赊，梦都差，推枕思量到月斜。虚窗啼晓鸦。

惜分飞　悲遣

粉剩脂残妆阁掩，我亦凭谁栉盥。料得情难遣，风清午夜魂应返。　　每吊遗踪空泪泫，暗炷炉香拜展。今世悲缘浅，来生长作同心伴。

阑干万里心　忆旧

记言私愿学鸳鸯，双宿双飞水一方。小别经旬便断肠，最难忘，但去①依心总②伴郎。

浪淘沙　月夜感怀

怕见月当中，花影重重。素心人去画楼空。记得昔时同笑赏，并倚帘栊。

玉漏下丁东，幽恨弥浓。夜台何处问芳踪？欲向绣床寻旧梦，可许欢逢。

满江红　戏题闺人书华小照

长日如年，可正是、绣余吟倦。试向那，绿莎芳砌，碧云深院。榻几暂安聊小憩，湘帘不下凭清玩。有薰风、习习送凉来，阑干畔。　　翠袖薄，眉痕倩。娇欲语，花羞见。况幽娴情性，连娟身段。似此最宜金屋贮，何须更借枯毫赞。愿葫芦、依样学高柔，卿休粲。

女：道沅，外孙：濮思弇、濮思祐复校

---

① 原注：一作无处。
② 原注：一作不。

汤淑清《晚香楼集》

第四编

晚香樓集

汤淑清

汤淑清（1856—1891），巴金之祖母，号菊仙，成丰六年（1856）重阳生于四川宜宾，祖籍江苏武进。同治十一年（1872）适李镛，生四子三女。淑清幼工诗词画，师承外祖母赵书卿及三叔祖母陈季畹，室号晚香楼。其诗词被编为《晚香楼集》，合刻于《李氏诗词四种》，亦有光绪三十四年（1908）刻本《晚香楼词稿》。淑清光绪十七年（一八九一）卒于南溪。高祖父汤健业（入川始祖），高祖母庄氏，同邑庄贻芑之女；曾祖父汤贻泽，曾祖母杜氏，四川安岳县任典史江苏无锡人杜作霖之女；祖父汤洪名，祖母谭氏，谭善檩女；父汤世楫，母王氏，在川任候选同知、浙江山阴人王文朸之女；兄弟姊妹众多。淑清生四子三女，为道河、道溥、道洋、道瀛、道沅、道湘、道漪。淑清之三叔祖父汤成彦（号秋史）是道光进士，晚年同在四川。汤成彦所塾弟子缪荃孙亦为（光绪）进士。缪氏历主江阴南菁、济南乐源、南京钟山等书院，创办江南与京师图书馆，并被征任清史馆总纂（未赴任）。

晚香楼诗稿
序

噫，此余妹菊仙遗稿也。妹以前年辛卯夏四月卒于仙源任所。越明年癸巳，妹婿浣云寄书来，将梓其遗稿嘱余校雠。受而读之，睹妹手笔，如晤生平。抚卷凄然，不禁泪下。妹名淑清号菊仙，后余生二年，于诸女弟中性最颖。耽书史，工针黹，为两大人所钟爱。七岁能辨四声。维时外王母赵太宜人就养余家，喜妹慧，课以经史。间取唐宋诗为之讲解，因稍稍识韵语。洎吾乡左小云夫人由江右旋蜀，开吟社于百花潭上。与外王母篇什往还，妹窃和之，屡邀奖许，遂致力于诗。女红之际，旁置一编，意有所触，辄寄之吟句或不工不示人也。年十六归嘉兴李浣云。浣云妹丈固工诗，极唱随之乐。事舅姑孝，得其欢心。昇以家政，料量咸宜。虽极冗劳，不废吟咏，稍暇则咿唔之声旋作，如未嫁时积习然也。十余年来，诗词积为三卷，共得若干首。其中咏物寄怀，颇得温柔敦厚之旨。使天能假以年，其造诣当不只此。何亡之遽也！妹生平喜诵袁秋卿诗，每遥和其韵。顾秋卿以娩难，亡在乾隆辛卯五月。妹之卒也竟与之同。岂有所感召耶！抑爱其诗，遂罹其厄耶。何先后合符若是也。嘻异矣，余不才，不能序妹诗如随园之序秋卿。仅于诠次之末，志其梗概，余滋戚矣。

同怀兄镜清序于渝州需次

序

吾友李浣云明府，以其室菊仙女史诗来索序于余。余维有宋谢景山之女弟曰希孟能诗，欧阳文忠公曾为之序，称其母夫人好学通经，用能成景山之名。又以其余遗希孟，故其诗隐约深厚，守礼而不自放，有古幽闲淑女之风。且惜希孟不幸为女子，欲如卫庄姜、许穆夫人之列于国风，非有杰然巨人能轻重。时人取信后世者，一为重之，几何其不泯没也。予固力不足者。夫以欧公之文章，勋德冠乎汴，宋士大夫仰齿颊，增声价者夥矣，矧一能诗弱女子哉！顾其言谦让若是，藐藐余末小子，敢轻序女史诗哉。第余偕浣云交最久，同事复多年，谊无可却。爰按女史姓汤氏，其家兰陵，为江左方雅。族祖若父以来，辄以能诗鸣于时。内外辈行中，解吟咏者众，其熏陶渐染为有素矣，视希孟之闺幼能诗，渊源于母与兄者同。逮于归陇西，伉俪彬彬，赓唱随和，极闺房之韵事，与希孟之乐所天亦同。福慧可兼，独天年难永，仅遗此清词丽句，传诸其人，无俾淹没不彰，与希孟若不尽同，而未始不同。傥得如六一者序而行之，信今传后无疑也。奈何以余辱之，洵不足为晚香轻重。质也，非逊也。余既点定其讹误，姑以意略有去取。敢借欧公序希孟之旨，以发其凡，聊塞浣云督序之命，而慰其故剑之思。时柔兆涒滩之小阳月朔。

程番傅达源序于嘉州差次

叙

余于光绪癸巳，改官入蜀，即耳李浣云大令循声。丁酉春，始识大令于邓君纯锋华阳署斋。是日，纯锋邀诸友，携书画古器作清玩会。浣云吐属风雅，所弆书画多精品。已不乐仕，固今之高雅人也。已而浣云与余结邻，朝夕过从，出元配汤宜人《晚香楼诗词》遗稿属序。余于词学从未留心。诚如袁简斋覆西樵居士书，谓门外人作谰语未必有当。乃转乞友人黎薇生大令为之序。余观宜人之诗，语多性灵，不染纤尘，又能首尾一律。近今闺阁中，实未易觏。薇生词序中，称其清超绝俗，无簪舃纤媚之态，未谬也。至浣云型家之端正，宜人性情之和雅，读者当于篇什间求之。

光绪丁酉仲冬下浣。贵阳陈矩

题词

天地清淑气，强半赋闺中。后妃列风始，淑女声称隆。
降及班左辈，为文世所宗。诗夸回文字，巧可夺天工。
操琴与咏絮，更仆数难终。厥后失真传，香奁绮靡同。
词意尚纤巧，大率类雕虫。自我来西蜀，所识多诗翁。
因之求遗稿，搜讨日匆匆。浣云李大令，风雅实文雄。
元配汤宜人，诗名震耳聋。晚香存稿在，借读佩当躬。
可歌复可泣，真性感无穷。岂独声调谐，还欣气宇冲。
温柔敦厚旨，一一蕴深衷。三复真无厌，甘心拜下风。

光绪戊戌年季春月下浣。贵阳熊湛英拜题

浣云大令将刊贤俪菊仙夫人《晚香楼诗钞》，浼陈君衡山征题缀小诗卷端
妇姑棋罢空斋静，姊妹花开曲槛妍。雅称梅兄与礬弟，秋英一盏荐寒泉。
徐吾山鸟对关关，青镜俄窥只影闲。记话风诗成恨事，一篇蒙楚径须删。
我从味外喻酸咸，如见针余笔偶拈。亦是芬芳性灵语，肯将坛坫例香奁。

光绪辛丑长至后五日，篝灯率书于成都寓斋。剑川赵藩

卷上

丁卯

春闺杂咏

烟雨霏霏助晓凉，一泓春水涨横塘。东皇爱惜红芳甚，酿就轻阴护海棠。

秋千庭院雨初晴，杏子春衫翠袖轻。只有东风解人意，隔墙吹过卖花声。

夏夜即景
雨过添幽兴,罗衣怯晚凉。倚栏闲待月,风送藕花香。

秋夕
卷帘乍见一轮秋,花影横斜压小楼。如此良宵如此景,何须秉烛共清游。

寒夜对月
彤云吹净朔风寒,银箭无声玉漏残。只有嫦娥偏耐冷,夜深还照小栏干。

戊辰

新柳
细腻春光上柳枝,鹅黄鸭绿一丝丝。初开倦眼还如昨,学画修眉未入时。
闻笛乍增青塞感,凝妆忽动翠楼思。纤腰欲舞浑无力,旖旎临风弱不支。

夏夜纳凉
月明云净晚风轻,雨过闲庭夜气清。纨扇频挥余暑退,绡衣乍换嫩凉生。
荷香馥郁沾罗袖,树影横斜上画楹。阶下虫声鸣唧唧,助人吟兴到三更。

秋柳
萧疏几树翠楼头,无复长条绾别愁。色退黄金非昔日,眉消翠黛已深秋。
枝疏未许游骢系,阴薄难将过雁留。莫道西风摇落甚,春回依旧舞腰柔。

中秋待月
绮筵闲设小庭中,香袅帘栊烛晕红。何事嫦娥甘寂寞,云屏深锁广寒宫。

己巳

春日偶成
轻暖轻寒二月天,迟迟春日上帘前。残红满径无人扫,风袅炉香一缕烟。

闲庭人静掩朱扉,无语风前倚夕晖。营垒画梁双燕子,衔泥斜掠落花飞。

173

夏日即事

桐阴雨过晚凉天,乳燕低飞翠幕前。净几明窗无一事,自研荷露写云笺。

银床梦醒鬓云斜,汲井亲煎雀舌茶。女伴相逢闲对弈,不知夕照上窗纱。

待月

为待天边月,迟迟不下帘。欲看光皎皎,遥忆影纤纤。

想像悬明镜,徘徊立画檐。焚香闲伫久,罗袂露华沾。

消夏分韵

波纹荡漾拟潇湘,一桁低垂漏月光。雨过空庭凉意透,暗移花影上回廊(竹帘)。

耶溪新买绛云纱,宝帐裁成胜晚霞。凉浸桃笙清似水,半床明月梦梅花(纱帐)。

夏夜对月

小庭帘卷晚凉生,纨扇轻摇对月明。雨过回廊风乍静,豆花棚底乱虫鸣。

秋月

一轮皎洁漾清光,高卷晶帘坐画廊。砌畔虫催风信冷,阶前花瘦露华凉。

银河耿耿寒砧急,玉宇沉沉夜漏长。人倚阑干闲玩久,流萤几点扑罗裳。

和补笙叔菊花韵

疏风细雨欲重阳,篱落秋英正吐芳。三径月明人对酒,一庭露冷菊飞香。

供来书案添吟兴,簪向云鬟助晓妆。自是迟开偏耐久,生成傲骨不知霜。

和外王母赵太宜人咏雪用东坡尖叉韵

一帘飞絮影纤纤,暖阁围炉酒令严。霰集楼台如镂玉,风回庭院已堆盐。

飘扬梅萼铺瑶砌,零落梨花扑画檐。闲染霜毫思觅句,苦吟愁锁两眉尖。

拈毫深愧学涂鸦,自笑何曾读五车。撒去银沙堆竹径,飞来玉屑压梅花。

闭门昼卧高人宅,煮茗清谈处士家。寒夜拥炉煨榾柮,不知铺遍路三叉。

174

梅花

园林才放两三枝，谁道东皇雨露私。春到孤山人未识，香深灞岸鹤先知。
幽姿带雪徐熙画，瘦骨含烟水部诗。疏影横斜新月上，忍寒花下立多时。

参差竹外绽红霞，索笑巡檐兴更赊。绕屋拟栽千树艳，隔篱遥见数枝斜。
不随桃李争春色，甘共松筠历岁华。独抱寒香耐冰雪，果然高格压群花。

和外祖母海棠韵

嫩碧娇红缀满枝，柔条也学柳垂丝。晓妆初罢莺先觉，香梦方浓蝶未知。
倚遍雕阑人倦后，烧残银烛夜深时。绿草底事殷勤上，为乞东皇好护持。

庚午

暮春

残红堆径草萋萋，枝上黄莺宛转啼。蜂蝶不知花事尽，又随飞絮过桥西。

夏日病中

梧桐庭院午阴浓，梦醒筠床宝髻松。为怯微风帘不卷，闲听檐铁响丁冬。
无力闲行倩婢扶，日长倦倚碧纱厨。借他小病偷闲好，不把奇方付药炉。
断续蝉声咽树梢，风摇邻竹听轻敲。收来荷露添蕉砚，选得宫词破闷钞。
金炉香烬懒重焚，风雨声喧枕上闻。数遍更筹眠不得，唤醒小妹共论文。

夏夜纳凉听外祖母谈诗

晚凉庭院暑初消，煮茗论诗破寂寥。花影满阶虫语细，坐看新月上芭蕉。

和外祖母雨过即景

雨余池沼水痕添，银汉盈盈漾蔚蓝。拥处黛云横不一，画来眉月正初三。
清泉苦茗消心渴，雪藕冰梨沁齿甘。最爱夜凉多乐事，幽居真不羡江南。

读袁秋卿绣余吟草书后

庭院沉沉夜漏迟,挑灯静读绣余诗。若兰格调回文锦,道蕴才华咏絮词。君为鹡鸰牵别恨,我因鸿雁系离思[1]。缘悭深愧余生晚,空自闺中拜女师。

秋日偶成

料峭西风助嫩寒,飘来落叶满阑干。小园镇日无人到,红藕花开已半残。

秋闺杂咏

不同桃李斗轻盈,斜倚西风倍有情。粉艳脂香好颜色,爱他恰称女儿名。(秋花)
春明曾记踏青游,野色苍凉又入秋。回首池塘疏雨后,芊绵犹剩梦痕留。(秋草)
秋气初来暑气残,小池荷露转珠盘。闲鸥梦稳银塘冷,水国苍凉月影寒。(秋荷)
黄叶丹枫远岫闲,层岩木落露秋山。岚光雨过千峰静,洗出烟螺十二鬟。(秋山)
经秋燕子欲何归,来往疏帘伴夕晖。王谢堂前风景别,雕梁月冷梦依依。(秋燕)
凉月娟娟静掩门,玉阶露冷夜黄昏。满帘菊影兼梧影,半是无痕半有痕。(秋痕)

买菊数种植庭中作二绝

秋英冒雨吐仙姿,瘦骨欹斜倚短篱。处是傲霜丰格秀,花能耐久不嫌迟。
点缀秋光映薜门,疏篱曲槛伴晨昏。一帘明月寒香满,瘦影横斜夜有痕。

接冰持大兄书喜作即以奉寄

一纸真能抵万金,平安两字慰亲心。临风读罢添离思,怅望云山泪满襟。
离情写向浣花笺,雁足殷勤万里传。犹幸高堂身健在,慰君差可免情牵。

和左筱芸女史忆梅韵

柳条破腊迎春色,山意冲寒梅蕊结。南枝消息问东风,梦到西湖一泓碧。

---

[1] 原注:夫人集中多忆兄诗。而余姊韵仙适在蓬州,故云。

怀人忽惹故乡情，离愁萦绕心怦怦。遥思庾岭春风早，瘦影萧疏月下横。
寒生竹屋霜凝白，炼得冰心护玉骨。冻云如睡月如烟，鹤步苍苔守终夕。
相思遥隔重闉望，久为梅花添别况。不知绿萼几时开，漠漠暗香生纸帐。
镜屏花韵同相照，丰骨珊珊自应肖。幽人谱入瑶琴曲，三叠余音七弦促。
忆君使我动离情，不惜吟魂太瘦生。巡檐伫立浑无语，欲向癯仙问千古。
忽传驿使陇头来，一枝慰我相思苦。

辛未

梅影用陈湘箬女史韵

罗浮花好遍江村，丰骨珊珊淡有痕。灯映纱窗香淡远，月明纸帐夜黄昏。
未容粉蝶窥仙质，只许幽人伴瘦魂。应是癯仙怜寂寞，故教疏影荫柴门。

杏花

丽日融和淑景宜，东风初上杏花枝。靥凝薄粉新妆后，腮晕轻红浅醉时。
二月韵光春意闹，六朝金粉露华滋。小楼一夜如酥雨，深巷朝来卖未迟。

春柳

浅碧娇黄上柳条，纤纤一捻小蛮腰。江南二月春如许，绾住花风廿四饶。
乍眠乍起锁春烟，万缕千条拂画檐。添与玉人妆阁里，描来眉黛影纤纤。
春风吹遍短长堤，枝上黄莺不住啼。流水一湾桥半折，飞花扑过画帘西。
浓阴清影隐柴门，疏雨添来浅黛痕。最是隋堤风景好，枝枝摇曳月黄昏。

春夜听雨

嫩寒如剪透窗棂，小雨霏霏洗曲尘。湿柳细同飞絮落，润花轻比散丝匀。
惊回乡梦天涯客，滴碎愁心病里身。一夜潇潇声不绝，寻芳犹恐负良辰。

哭韵仙大姊（并序）

姊为先伯聘之公长女。幼失怙，随母侨居嘉州。丁卯秋，先大夫（父）迎世母并姊至省。女红之暇，携手论心，形影相随，方经三载。己巳秋，姊于归朱氏，仲冬同返蓬州。今春，姊忽以疾辞世。姊妹之情一朝俱尽，聊制俚句数章志痛。姊如有知，亦当堕泪也。

飞来一纸陡然惊，岂料骖鸾返玉京。最恨妒花风雨急，昙花一现了浮生。

珠沉玉碎最堪伤，又醒红尘梦一场。绣阁无缘重把袂，青山何幸得埋香。

秋水丰神态欲仙，那知紫玉竟成烟。临歧一别人千里，犹望幽魂化杜鹃。

连朝犹自说相思，已是青山葬玉时。愁绝今宵天上月，照人独立泪如丝。

三年小别感离群，月下花前倍忆君。惆怅天涯太迢递，教人何处吊香坟。

闲庭花柳嫩盘桓，无限伤心泪不干。慈母病中频问卜，朝朝犹自望平安。

题美人春睡图

罗帏低掩玉钩斜，幽梦沉酣绕碧纱。一枕游仙谁唤醒，风摇铃索动庭花。

春闺杂咏

帘前紫燕语东风，晓梦惊回意尚慵。早起惜花懒梳洗，玉钗斜坠鬓云松。

晓起妆成拓碧窗，闲庭蛱蝶舞双双。檐前一阵微风过，碎玉玲珑互击撞。

汲泉新试凤团茶，斗草闲阶笑语哗。忽见隔墙红杏放，十分春色在邻家。

晚峰十二碧于螺，门径沉沉掩薜萝。最是夕阳风景好，绿杨阴里听莺歌。

罗衣淡淡佩珊珊，为怯轻寒倦倚阑。几日湘帘慵不卷，飘来飞絮报春残。

遥山如黛隐窗坳，一角斜阳挂柳梢。收得蔷薇花上露，自研螺墨借诗钞。

清明

佳节届清明，纱窗晓日晴。雨余芳草润，风软落花轻。
社鼓家家酒，饧箫处处声。门前杨柳绿，触景倍愁生。

春夜读袁秋卿夫人诗

夜静更阑人未眠，挑灯闲读绣余篇。雕琼缕玉声声秀，摘艳薰香字字妍。格比春花饶绮丽，情如弱柳最缠绵。那堪触我椿庭感，凄绝愁怀涕泪涟①。

暮春与芸仙妹作

又是花飞三月时，困人天气起常迟。爱他营垒衔泥燕，为啄残红落研池。

消夏杂咏

碧波新涨小池塘，古研摩挲曲槛旁。一片紫云勤洗涤，墨花狼藉浪花香。（涤砚）

一院桐阴暑气消，竹炉茶熟响松涛。晚凉倦绣闲无事，独坐花前读楚骚。（读书）

闲向金猊试水沉，麝煤一注袅氤氲。小庭待月招凉坐，几缕轻烟篆碧云。（焚香）

雨余暑退晚凉天，采得龙芽试惠泉。活火竹炉风细细，松阴一鹤避轻烟。（煮茗）

即事

绿窗倦绣晚凉初，偷得余闲且读书。一院梧阴净如此，清幽风趣爱吾庐。

罗衣初换晚妆时，独倚阑干步懒移。瞥见一弯新月影，如钩斜挂绿杨枝。

午日

浴兰佳节庆朱明，竞渡龙舟吊屈平。艾虎压钗簪短鬓，蒲人悬户映疏楹。

赤灵符系香罗软，彩缕丝飘翠袖轻。却看邻家小儿女，花阴斗草数芳名。

感怀亡姊韵仙

香消粉退最堪嗟，风雨摧残姊妹花。瘦影依稀来梦里，芳魂迢递滞天涯。

数年欢聚韶光速，千里离愁别路赊。往事忍教回首忆，袖罗低拭泪痕斜。

病中即事

酷暑炎炎逼绮窗，那堪终日卧筠床。因延凉意帘拢卷，为养疏慵笔砚荒。

---

① 原注：先大夫曾写夫人诗于蘅芳姑便面。

药碗久尝嫌味苦，花瓷静对觉衣香。支颐强倚云屏坐，爱听轻蝉噪夕阳。

片时雨过夕阳收，乍息炎氛晚景幽。雪藕冰梨清似茗，竹床筠簟淡于秋。
珊珊瘦骨临风怯，浅浅纤眉镇日愁。病里心慵阑倦倚，负他帘外月如钩。

枕上闻雁

残灯如豆映窗寮，幽梦初回夜渐遥。万籁无声更漏永，数行飞雁唳雪霄。

长空嘹唳雁南征，楚地燕云万里程。触我天涯棠棣感，那堪偏是病中听。

夏夜纳凉有怀蘅芳姑母

纤云卷尽长空净，明月娟娟弄花影。招凉露坐碧梧阴，汲得新泉烹苦茗。
晚风拂面似新秋，冰簟银床景最幽。姊妹嬉游明月下，徘徊忽尔动离愁。
回思幼稚垂髫日，绣阁相依朝与夕。早起兰帏共理妆，迟眠竹径同延月。
欢娱正好忽分离①，把袂牵衣两泪垂。折柳河梁肠欲断，骊歌一曲不胜悲。
但将尺素托鳞鸿，两地情怀一纸通。怅望云山千里隔，相亲只有梦魏中。
数年远别长相念，一旦重逢喜无限②。况当二月好良辰，柳色花香媚丽春。
醇酒同斟谈往事，疏灯共剪诉离情。那堪舆马重催别③，分手临歧百感生。
怪他驿路青青柳，攀折年年送客行。离愁别恨萦心曲，聊擘云笺付短吟。
新诗吟罢无情绪，默默含愁慵不语。月斜人静漏声残，展转筠床悲独处。

纳凉

湘帘高卷敞轩楹，满院荷香暑气清。竹榻移来风里卧，豆棚瓜架听秋声。

雨夜检阅旧稿有作

雨声浙沥漏声长，风透帘栊夜乍凉。绣罢无聊窗下坐，挑灯闲理旧诗囊。

墙阴络纬早惊秋，入耳凄清听未休。一卷翻残添感慨，那堪回首忆前游。

---

① 原注：乙丑夏姑随松坪叔之任石砫。
② 原注：花朝日姑随姑丈友兰至。
③ 原注：小住三日即之任彭县。

秋景八首

非雾非烟碧落浮，宛同擘絮自悠悠。出山无意为霖雨，伴月多情傍斗牛。
云锦织成当七夕，冰绡裁就正中秋。斜阳晚树天涯隔，望远频登百尺楼。（秋云）

银河雨洗暮天青，冰镜流辉上画屏。一院霜华秋浅淡，半帘花雾影珑玲。
清砧响急虫吟碎，远笛声凄鹤梦醒。玉宇琼楼何处是，霓裳仙曲可容听。（秋月）

层岩叠嶂景苍凉，消瘦山容似淡妆。摇落梧桐零冷露，凋残枫叶漏斜阳。
梦紫越岭三秋远，家隔吴云万里长。螺髻烟鬟真若画，峨眉遥望影微茫。（秋山）

长江万里碧于罗，浅濑纷纷落叶多。沙坞潮平鸥梦稳，湖湘月冷雁声过。
清流澄澈明如镜，远影苍茫静不波。罢钓渔翁归去晚，芦花深处晒烟蓑。（秋水）

秋容浅淡映帘栊，素艳幽香一径中。兰蕙风清侵鬓绿，芙蓉露冷堕阶红。
海棠影瘦怜飞蝶，篱菊霜寒咽乱虫。不与春花斗颜色，珊珊秀骨倚西风。（秋花）

经霜草色锁寒烟，到眼秋光又一年。生意欣看新雨后，烧痕怕见夕阳边。
马蹄踏处前游在，鸿爪重寻旧印圆。待到明春风信转，平原依旧绿芊芊。（秋草）

南园秋老景全非，凤子飘零倦舞衣。栖共流萤依落叶，飞同归燕恋斜晖。
纤腰减退金风冷，瘦影伶俜玉露肥。差幸陶家篱菊好，蓬蓬栩栩欲忘归。（秋蝶）

野花篱落豆花棚，愁听深宵蟋蟀鸣。懒妇篝灯憎别恨，征人揽辔动离情。
急催机杼惊寒早，微和衣砧捣月明。挑尽残灯浑不寐，那堪满耳尽秋声。（秋虫）

秋夜对月有怀元甫兄

西风瑟瑟嫩凉生，闲倚阑干翠袖轻。月影半窗扶竹影，虫声满院弄秋声。
飞鸿嘹唳惊乡思，邻笛凄清惹别情。遥忆去年欢笑处，联吟共对一轮明。

秋夜听雨

打窗夜雨响潇潇，坐对牙签破寂寥。滴碎愁心檐溜急，闲阶应悔种芭蕉。

西风萧瑟警花铃，宝鼎烟消冷画屏。静掩纱窗帘不卷，声声枕上带愁听。

罗衾翠簟峭寒侵，夜色迢迢夜漏沉。满耳秋声听不得，凄清络纬咽墙阴。

秋夜感怀

小院沉沉夜色幽，满庭凉意淡于秋。半窗灯影摇书幌，一片蟾光上画楼。
静坐自能删俗虑，微吟容易惹闲愁。忽闻南雁冲霄过，可有乡音寄我不。

风势生威渐觉寒，吟躯消瘦怯衣单。茫茫碧落成仙易，渺渺音容入梦难[①]。
昔日书缄犹记忆，旧时针线怕重看。挑灯愁坐浑无那，数尽更筹夜欲阑。

静闭柴扉掩画槛，满窗花影月黄昏。寒虫唧唧秋鸣砌，落叶萧萧夜打门。
隔院书声惊短梦，邻家笛韵谱离魂。侍儿解得人心意，消遣闲愁劝酒尊。

铜壶漏永夜初长，不卷帘栊护篆香。入幕寒威侵瘦骨，游窗凉意逼罗裳。
金炉闲拨焚沉速，银烛慵烧照海棠。络纬也知时序改，声声催促授衣忙。

风雨连朝，庭花凋谢，率成二绝，以写秋怀

经旬风雨太无端，零落庭花好景残。满地余香人不惜，愁怀怅触倦凭阑。

海棠花谢堕阶红，狼藉香痕曲径封。自卷珠帘探秋色，秋容一样瘦于侬。

送小轩叔之任清溪

匆匆折柳饯离筵，迢递征程路几千。红杏乌衣怀旧第，铜章墨绶喜新迁。
讼庭花落琴常抚，官阁风清吏亦仙。定继先人循德政，甘棠遗爱并流传。

秋日晚眺

绣余无事倚书楼，极目园林景色幽。落日半山蝉唱急，残霞红映一天秋。

萧疏烟树隐归鸦，云掩遥空一角遮。最爱枫林秋色好，经霜红叶艳于花。

重九初度

岁月如流节序催，重阳酿熟快衔杯。檐前红叶经霜饱，篱畔黄花冒雨开。
此日琴书怀作客，他乡兄弟感登台。无心采制茱萸佩，怅望云天盼雁来。

[①] 原注：时韵仙姊亡已七阅月矣。

小谪尘寰十六年，静中回首悟前缘。犹欣尚有诗书癖，且喜常亲翰墨筵①。
白露微茫离梦隔，青山迢递别愁牵。消闲小句新吟就，乘兴挥毫写锦笺。

秋雁

鸿雁来宾报早秋，天涯引起故乡愁。倦栖蓼岸呼群侣，梦稳芦江羡野鸥。
塞北风霜应不惯，江南烟月足勾留。羁人已有思家感，莫更飞鸣过小楼。

秋阴

昏昼惜惜暝色横，秋光萧瑟几阴晴。寒生竹屋帘慵卷，雾掩珠宫月懒明。
络纬频催刀尺急，莼鲈忽动故乡情。断云残雨江城暮，惆怅天涯景物更。

瓶花

东篱丛菊放，秋色满空庭。折得黄金盏，供来碧玉瓶。
寒香霏研席，瘦影倚灯屏。相对忘言久，催诗醉绿醽。

送叔祖母陈太宜人之石砫

人生离别亦寻常，偏我无端暗自伤。白发萧萧榆景暮，绿波森森道途长。
离情呜咽难成语，老泪凄其只断肠。但祝年年长健饭，斜阳光彩似朝阳。

十月朔日夜大雪作诗记之

秋光乍返无多日，斗杓建亥严霜逼。朔风一夜声怒号，走石扬沙势横绝。
竹屋生寒冷画屏，轻罗衾薄凉侵骨。隔墙修竹响萧萧，如雨敲窗催败叶。
晓起惊闻侍女呼，鸳瓦雕檐堆玉屑。启帘环祝小庭中，始识宵来飞瑞雪。
琉璃世界散花天，万里江山浑一色。芭蕉压折衰柳肥，池水成冰凝冻碧。
寒雀无声静不哗，四顾茫茫少人迹。痴云如墨黯遥空，犹见纷扮飞絮白。
呼童持帚扫琼瑶，火活红炉烹雀舌。相邀小妹共分吟，自拂云笺呵冻笔。

---

① 原注：三叔祖母及外祖母皆工诗。

雪后寄园漫兴

积雪初晴风力柔，小园随步试闲游。峰凹残雪消难尽，却怪青山也白头。

疏帘一桁映晴霞，衰柳含烟老干斜。独立小桥流水畔，夕阳影里数归鸦。

闻元甫兄将归喜而有作

一纸书来信欲狂，喜闻雁序整归装。长途放棹烟波里，佳句应知满锦囊。

年年作客滞天涯，我亦知君定忆家。却喜归来将岁暮，消寒同赏老梅花。

冬闺

琐窗静掩画帘垂，为怯严寒睡起迟。共啄雪花饥鸟乐，争敲冰柱小鬟嬉。
薰香静坐慵拈绣，研墨消闲爱咏诗。戏点消寒图九九，妆台终日染胭脂。

朝暾又被冻云遮，凛冽风威透幔纱。清瘦老梅栖睡鹤，萧条枯柳隐归鸦。
香残宝鼎烟初尽，酒暖金壶兴自赊。侍女扫来花上雪，竹炉新煮凤团茶。

雪窗遣兴再用尖叉韵

漫天飞絮影纤纤，一派寒光逼户严。积袂应同璃玉佩，堆盘真是水晶盐。
守梅老鹤眠荒径，啄粟饥禽噪短檐。静坐拥炉删旧稿，频呵冻笔吮毫尖。

萧条古树已栖鸦，忍冻谁还走钿车。竹院风来飘柳絮，柴门人静掩梨花。
高吟白战诗人宅，醉解金貂卖酒家。欲探阶前梅放未，珠帘卷上玉了叉。

雪后微月怀元甫兄

半弯眉影映窗寒，冷逼金猊兽炭残。一样雪宵好清景，有人独在小舟看。

芸仙妹扫雪烹茶殊饶雅趣诗以记之

娇痴小妹兴风华，持帚闲阶笑语哗。扫得老梅花上雪，竹炉自煮紫耳茶。

前诗意有未尽复作一绝

玉瓶时听泻珠声，火活松风细细鸣。入口清香甘沁齿，一杯香雪引诗情。

水仙

凌波仙子玉为裳，环珮姗姗翠带长。月下芳魂疑倩女，瑟中清怨忆灵湘。
映窗最爱伶俜影，压鬟时闻淡远香。合与梅花伴幽寂，一生常住水云乡。

除夕前四日喜元甫兄归

弹指流光景物催，天涯人喜共春回[①]。洗尘却值将除夕，把酒同倾饯岁杯。

壬申

初春微雪

寂寂闲庭静掩扉，轻寒如剪逗帘帏。东风才欲舒杨柳，何事阶前絮便飞。

偶成

天气融和画漏迟，一庭丽日上阶墀。余寒乍减风犹峭，淑气初回柳欲丝。
箫鼓声中来雁候，梅花香里试灯时。卷帘自探春消息，红杏花开第一枝。

病起口占

薄薄春衣戒晓寒，妆成独自倚阑干。珠帘不卷无多日，红杏枝头已半残。
病里疏慵笔砚抛，今朝强集旧诗钞。案头几日无人理，已是尘生古砚坳。

春日即事

晓妆初罢卷帘栊，鹦鹉喃喃语画笼。报道邻家春较早，一枝花压粉墙红。
称体春衫叠雪罗，凭阑无语看莺梭。催花几日廉纤雨，池水新添一尺波。
画帘风飐玉钩斜，汲得清泉自煮茶。百五韶华过一半，春光初上海棠花。
红娇绿媚雨初晴，扑蝶花间笑语轻。最忆江南好风景，卖饧天气欲清明。

---

① 原注：是日立春。

夜雨

廉纤春雨细如丝，庭院沉沉绣幕垂。一任清凄檐溜响，挑灯自读少陵诗。

姹紫嫣红正斗妍，那堪风雨便摧残。明朝一径余香满，只恐吟怀不忍看。

春闺杂咏

迟迟春日上帘栊，妆罢窗前学女红。花影半帘传粉本，冰纹几缕界香绒。
金针愧乏灵芸巧，织锦应输苏蕙工。欲仿西湖好风景，云山楼阁绣玲珑。（春绣）

绣余无事卷书帷，偷得工夫日暮时。细爇名香温国语，自研花露写宫词。
新诗吟就教鹦鹉，佳句钞来课侍儿。灯下一编犹不倦，任他深巷漏迟迟。（春读）

羯鼓声中百卉芳，争妍竞艳斗春光。彩幡低护遮朝日，银烛高烧照晚妆。
小院月明移瘦影，闲庭风过送幽香。昨宵一阵如酥雨，紫韵红腔听隔墙。（春花）

一望茸茸草色齐，春来绿遍浣花溪。雨添浅碧迷鹰眼，风扫残红衬马蹄。
拾翠芳郊香舄软，踏青绮陌绣裙低。笑他邻女娇痴甚，共赌金钗曲径西。（春草）

搅醒幽梦上林莺，出谷时闻恰恰声。巧舌绵蛮和燕语，佳音宛转对人鸣。
穿花振羽调新曲，织柳抛梭弄晚晴。携得双柑兼斗酒，凭阑静听助诗情。（春莺）

锦城二月景芳菲，香暖芹泥社燕肥。梁上呢喃营故垒，花间来往带斜晖。
惊回午梦双双语，剪碎春愁款款飞。记否乌衣旧门巷，红襟紫颔认依稀。（春燕）

寻芳吸露遍天涯，绿醉红酣玩物华。逐队长堤随落絮，成团曲径掠残花。
飞来雨后香鬓润，舞向风前粉翅斜。栩栩蘧蘧过墙去，春光应是在邻家。（春蝶）

廉纤烟雨酿春愁，不卷湘帘冷玉钩。润柳催花声细腻，浇红洗翠势轻柔。
莺儿怨湿慵迁树，燕子惊寒懒下楼。庭院无人苔藓绿，艳阳天气似新秋。（春雨）

玉宇无尘夜悄然，浮云扫尽月娟娟。眉痕遥认初三细，镜影欣看十五圆。
浸到梨花香化雪，照来杨柳碧生烟。秋千庭院重门掩，独倚阑干未忍眠。（春月）

催花擘柳复鸣条，苹末初生涨夜潮。隔院竞敲铃索响，入帘轻漾篆香飘。
乍吹落絮来旧案，还引飞鸢上碧霄。弹指清明佳节近，粉垣时送卖饧箫。（春风）

寒食感怀亡姊韵仙

杜宇声中又禁烟，怀人触景思凄然。怜他玉化香消日，记别春风又一年。

残红狼藉遍苍苔，檐铎风摇午梦回。此日天涯萧寺里，纸钱麦饭可曾来。

春柳用袁秋卿夫人集中韵

春色勾留廿四桥，飞花漠漠水迢迢。二分新月横愁黛，十五吴姬妒舞腰。
疏雨迷离青自锁，淡烟笼绕翠难描。树犹如此情何限，攀折长条魂黯消。

一声羌笛怅将离，绕绕情怀似乱丝。带雨低萦游客骑，临风轻飐酒家旗。
几多飘泊劳青眼，无限春愁锁翠眉。不管韶华兼别绪，长堤镇日舞柔枝。

寒食用袁秋卿夫人集中韵

禁烟风景冷如秋，不卷帘栊懒下楼。花事将残蝴蝶怨，春光欲暮杜鹃愁。
落红狼藉堆阶畔，芳草芊绵遍陌头。正是踏青天气好，饧箫吹彻韵偏幽。

清明用袁秋卿夫人集中韵

桐花榆火冷春烟，又是清明扫墓天。箫卖香饧吹巷外，柳垂弱线插门前。
雨滋芳草酣蝴蝶，风冷棠梨泣杜鹃。闲倚阑干无一事，笑看侍女戏秋千。

春草用红豆村人集中韵

曲阑干外小桥西，刚衬裙腰一径迷。细雨润时青欲遍，东风催处绿初齐。
魂销南浦人将别，梦醒西堂鸟正啼。最忆明妃香冢上，芊绵掩映夕阳低。

郊原剩与野鸥眠，一望蒙茸最可怜。扑蝶瑶阶欹画扇，踏歌绮陌袅丝鞭。
翠分驿柳迷平地，绿映江波接远天。指点浣花溪畔路，柳烟深锁小桥边。

上巳夜见月

一痕斜挂绿杨梢，眉黛纤纤乍学描。最是扬州清景好，红桥吹彻玉人箫。

落花

韶华归去太匆匆,好景难留一夜中。零落红香春不管,教人怨杀妒花风。

乱抛香粉点苔衣,蛱蝶芳丛亦倦飞。疏雨一帘春去也,海棠花谢绿阴肥。

潇潇疏雨饯华年,粉退香消玉化烟。青帝驾回韶景暮,莺捎燕蹴有谁怜。

金粉飘零忆六朝,繁华梦醒黯魂销。五更风雨偏相妒,花事摧残只一宵。

弹指流光转瞬过,绿肥红瘦景消磨。杜鹃啼彻枝头月,难挽韶华唤奈何。

红雨霏霏一径深,秋千庭院夕阳沉。嫦娥最是多情者,犹把清辉照绿阴。

暮暮夜雨有怀亡姊韵仙

潇潇风雨响阑干,摧送春光一夜残。愁绝泉台当此际,幽魂怎耐五更寒。

送春

无计留春强送春,情怀缭乱惜花人。韶光弹指成流水,风雨连宵最怆神。

困人天气落花时,帘幙沉沉睡起迟。惆怅春归何太速,拈毫强赋饯春词。

红愁绿惨怨华年,门掩梨云泣杜鹃。最是吟怀禁不得,雨丝风片落花天。

莺慵燕懒正愁依,金粉飘零昨夜风。花事阑珊春事了,一樽佳酿饯残红。

夜雨感怀

夜静掩重门,窗外雨声咽。残溜洒芭蕉,凄清和漏滴。

瑟瑟复潇潇,如助愁人泣。檐铁响虚廊,幽虫鸣四壁。

风劲入帘栊,嫩凉侵瘦骨。宝鼎篆烟销,兰釭焰凝碧。

倦绣得余闲,书史聊温习。读至蓼莪篇,掩卷长太息。

犹忆垂髫时,严亲最珍惜。我性本娇痴,慈祥怜弱质。

爱比掌中珠,嬉顽亦不责。旦暮惯趋庭,晨昏常绕膝。

稍长学诗书,吟哦竟成癖。诸兄与小妹,分吟花月夕。

亲为加丹黄,品题标甲乙。对客必道之,慈爱尤胜昔。

戊辰客巴渝①，定省从此失。轻纨远赐将，拜受犹存箧②。
天道不可知，梁木忽倾折。千里信飞回，一家惊欲绝。
此恨抱终天，泪尽啼鹃血。仙凡从此分，渺渺音容隔。
魂梦欲相从，茫茫泉路黑。何日至夜台，永侍严亲侧。
当此风雨宵，重帷寒尚逼。何况郊原外，四野无人迹。
漂摇撼墓门，亲灵岂能适。思忆一至斯，刀芒生胸臆。
无以写伤心，和泪研吟墨。搦管发悲歌，不觉花笺湿。

夜读松月山庄诗中有咏江南诸景感而有作

四世羁栖寄蜀城③，故乡回首阻归程。乌衣红杏当时第，只恐而今景物更。
鼓鼙声动最堪哀，琴隐名园付劫灰④。知否清风明月夜，忠魂犹绕旧池台。
繁华从古说金陵，玉树歌残感发兴。只有秦淮河畔月，年年一样照春灯。
飘泊天涯事已非，故园空忆旧荆扉。羡他梁上红襟燕，犹得年年一度归。

月夜纳凉

一轮冰镜乍团圞，云敛晴空玉宇宽。小病自怜清影瘦，多愁谁觉黛眉攒。
荷香竹露能消暑，纨扇绡衣渐怯寒。忍负连宵好明月，强扶残梦倚阑干。

凉夕

雨过虚庭暑气收，二分明月上帘钩。虫声多事偏惊梦，纨扇无情不待秋。
欲醒睡魔焚石叶，为清诗思浣茶瓯。谁家笛弄江南曲，惹起天涯旅客愁。

---

① 原注：戊辰春先大夫至渝，为周养恬太姻丈留办黔省捐输。
② 原注：蒙赐纨扇一柄，每一入手把玩不禁潸然泪下。
③ 原注：余家祖居武进，高祖莳介公游宦于蜀，遂侨居焉。
④ 原注：族曾祖雨生公以难荫官副将致仕，隐居金陵。有园名琴隐，极林泉花木之胜。癸丑贼陷金陵，公与女碧春、祖姑母及数仆投池殉节。赐谥贞愍，建祠以祀。今园亦为荒烟蔓草矣。

不寐

竹床冰簟嫩凉生，瘦骨先秋梦不成。正是闲愁无著处，偏听络纬隔花鸣。

香烬金炉冷画屏，兰膏无焰一灯青。满阶明月无人赏，花影横斜上短檠。

愁怀消遣料应难，蹙损双蛾翠黛攒。何处风来闻玉笛，又添乡思上眉端。

立秋日病中

苦雨酸风里，凉生暑气收。诗魂偏恋月，瘦骨怯逢秋。

寒蟀啼金井，飞鸿过玉楼。江乡莼菜美，又动故园愁。

病中遣怀

镜台慵启懒梳头，瘦骨珊珊不下楼。自笑病躯娇弱甚，也如桐叶怕经秋。

秋风秋雨夜黄昏，落叶声中静掩门。虫语满阶灯影淡，纵无愁绪也消魂。

西风萧瑟又成秋，弹指韶光似水流。忽听数声南去雁，故乡羡尔得遨游。

秋水描来病里身，镜中瘦影悟前因。浮生修短寻常事，本是瑶池小谪人。

听雨有怀诸妹于归后作

夜雨潇潇洒竹枝，芙蓉小院漏声迟。嫩寒一缕侵诗骨，愁绪千重锁黛眉。

窗外凄清添别恨，阶前点滴助离思。香消灯炧眠难稳，忆否连床共话时。

雨夜有怀旧居

庚午仲冬，赁居于外家寄园之西。茅舍竹篱，颇饶雅趣。池畔有柳数株，正与居室相对。每值淡烟疏雨之余，残月斜阳之际，真一幅天然图画。针黹余闲，或祖孙唱和，或兄妹分吟，乐叙天伦，诚不美石家金谷也。讵意芳序如流，桃夭遽赋，效离巢之飞燕，类过树之鸣蝉。从兹只事调羹，不克主张胜地。花开花谢，任教狼藉于飘风；月缺月圆，不管乌啼于永夜。谁能遣此，未免有情。迩乃丹树惊霜，黄花冒雨，幽窗兀坐。争禁铃语凄清，小院闲行，怕听砧声断续。回忆海棠庭畔，杨柳池边，惜花起早，侍儿催系金铃；爱月眠迟，小妹劝焚兰麝。

流光似水，往事成烟。言念旧游，益增秋思。爰作七绝六章。以志感怀。

凭庑聊居屋数椽，红尘隔断景肃然。幽栖不厌蜗庐小，自有园林物外天。

纸闻芦帘不讳贫，风花分得小园春。隔墙修竹池边柳，都与诗人作比邻。

小庭深锁长莓苔，寂寂柴门昼不开。侵晓梦醒人乍起，卖花声过粉墙来。

卍字阑干亚字墙，绿阴重叠绕回廊。柳梢新月梧桐雨，风景宜人似故乡。

三年小住倍情深，欲别番教思不禁。只恐衔泥梁上燕，妆楼人去尚相寻。

年华流水太忽忽，往事思量似梦中。十七韶光弹指过，女儿真是可怜虫。

重九初度

又是登高作赋天，满城风雨怅连绵。思家懒结茱萸佩，独对黄花忆去年。

何事无端堕劫尘，误人偏是女郎身。故园咫尺天涯似，佳节相逢倍忆亲。

自怜生小太娇憨，洗手调羹愧未谙。戒旦恐违彤管训，背人偷暇诵周南。

小阳十四日至东关外为先大夫扫墓感作

肠断城东路，伤心此再过。寒烟迷树杪，衰草遍山阿。
儿女生前累，音容梦里讹。青青三尺土，其奈雨风何。

忆昔垂髫日，椿庭爱比儿。读书夸颖慧，游戏恕娇痴。
宠极邀兄妒，恩深似母慈。那堪思往事，剩有泪如丝。

一旦人天隔，趋庭梦也难。音容余想象，书画剩丛残。
地下年华永，郊原雨雪寒。蓼莪诗句在，一读一心酸。

杯酒空陈奠，何能藉齿牙。灰飞蝴蝶影，泪洒杜鹃花。
绕膝情犹在，承欢愿已赊。欲归仍恋恋，忘却夕阳斜。

雪窗晓起

晶莹瑞雪压庭梅，寒逼重衾梦乍回。落絮飞花铺径砌，珠尘玉屑积楼台。
全尊酒暖煨琼液，宝鼎香消冷麝煤。忽听侍儿窗外语，山茶红灿一枝开。

除夕

腊鼓声中岁又残,屠苏酒暖荐辛盘。梅花已透春消息,香满枝头独耐看。

离居咫尺即天涯,那得教人不忆家。遥想故园诸弟妹,承欢温酒荐年华。

癸酉

人日立春

佳节逢人日,春回丽物华。东风酥卉草,淑气到梅花。

树上青幡展,钗头彩燕斜。寒消天渐暖,红日焕晴霞。

春夜听雨有怀筠仙妹

小别匆匆又一旬,萍踪聚散太无因。怕听窗外催花雨,枨触离愁暗怆神。

彼池香暖梦回时,淅沥声声洒竹枝。忆否对床同听夜,与君枕上细谈诗。

春阴

湿云黯黯昼沉沉,如剪轻寒逼绮衾。流水年华如短梦,养花天气爱微阴。

燕雏避雨眠香垒,鸠妇呼晴隐翠林。镇日绣窗帘不卷,碧阑干外藓痕侵。

和浣云春阴韵

量晴较冷费天心,护惜芳华几日阴。燕懒莺慵频诉恨,红酣绿嫩总难禁。

东风似剪轻寒峭,细雨如烟晓雾深。帘幕沉沉庭院静,湿云犹自宿苔岑。

咏镜和浣云

团圞如月影澄清,疑是一泓盈盈水。转侧相看却相似,几回真欲唤卿卿。

脂痕粉渍印模糊,黛色钗光照也无。秋水亭亭留瘦影,拈花一笑悟真吾。

春闺遣兴寄筠仙妹

风日融和放嫩晴,湘纹帘卷晓妆成。入春人每因花瘦,隔岁愁还共草生。

梁涴香泥来社燕,园栽新柳听流莺。韶华转瞬清明近,巷陌箫声已卖饧。

昨宵微雨润苍苔，竹外桃花已尽开。小院东风飘落絮，一庭香雪葬残梅。
倦携纨扇惊蝴蝶，闲拔金钗拨麝煤。午睡醒来人意懒，怪他鹦鹉语频催。

可奈经年示疾频，鬓丝禅榻总伤春。拈花小劫消无计，逝水流光换又新。
病里心情缘底懒，镜中眉黛为谁颦。深闺近事君知否，药鼎薰炉伴此身。

寄园春色正繁华，对景知君兴倍赊。朝拂涛笺吟柳絮，暮悬铃索护桃花。
卷帘与妹同挑绣，汲水呼鬟为煮茶。如此闲情如此景，可能分得到侬家。

病起闻园中牡丹盛开，随女伴往赏。已为昨宵风雨所欺，碎锦零香，皆狼藉于苍苔间矣。怅寻春之较晚，叹花事之先残。余本恨人，能无神往。新愁寄之笔底，旧恨触于花前。花神有知，亦当酸楚。

小圃移栽玉树枝，嫣红姹紫斗丰姿。我来也抱司勋感，一样寻春去较迟。

自是瑶池阆苑根，偶然移种在苔盆。可怜一夜风兼雨，捡点残红有泪痕。

当年金谷擅繁华，翠幕朱阑叠叠遮。今日飘零同小草，锦幡谁为护名花。

甲戌

寄冰持兄　时在岳池

落灯时节记分襟，弹指流光夏又临。易锁闲愁惟翠黛，惯催离别是黄金。
小庭花谢慵开幔，宝鼎香俏懒抚琴。寄语多情天上月，清辉常照两人心。

记否髫龄上学时，绛纱曾共侍名师。能参坟典欣君慧，苦癖诗书笑我痴。
一院花香同觅句，半窗灯影伴敲棋。当年事迹空回首，剩有余情系梦思。

别来三度见银蟾，病里惊心岁月淹。春事已随流水去，闲愁都为落花添。
梦魂远隔人千里，形影惟亲月一帘。风景消磨虚掷过，愁魔离恨两相兼。

感君尺素远相遗，愧我疏慵答报迟。节序易添游子恨，风花长繁故园思。
遣怀莫动依人感，砺志休违少壮时。珍重寄声无别语，书香早继慰慈帏。

乙亥
与兰如姊夜话感作

小聚萍踪也是缘，一灯清话夜窗前。关怀各有酸心恨，对影低徊只自怜。

天教辜负好年华，百不如人慢自嗟。我素工愁君善病，一般清瘦比梅花。

秋夜感怀

残灯泻焰半窗明，欹枕无眠百感并。生不逢辰真命薄，死应无慨此身轻。
消磨岁月尘寰梦，阅尽炎凉世上情。蟋蟀也知人意绪，凄凄都作不平鸣。

经年愁病苦相摧，拼此羸躯化劫灰。瘦影自怜真似菊，酸心谁识甚于梅。
浮生从古原如梦，造物由来总忌才。捡点笑囊旧吟稿，他时同与落花埋。

丙子
春晴即事

晓起新妆髻挽鸦，一痕晴日上窗纱。侍儿汲水因添砚，小妹栽幡为护花。
对语流莺声宛转，学飞乳燕影横斜。昼长偶尔停针线，消渴新烹雀舌茶。

丁丑
侍君舅之任定远别外祖母赵太宜人

重慈白发享遐龄，画稿诗篇养性灵。辛苦频年量冷暖[①]，勤劳终日课儒经。
情当恋处难为别，话到离时不忍听。更是恩深怜弱质，临歧执手苦丁宁。

别太夫人

那堪回首忆儿时，十七年无一日离。自咏于归疏子职，难将返哺遂乌私。
老亲恩重丁宁语，游子愁萦宛转丝。膝下牵衣频眷恋，笋舆欲上又迟迟。

恐惹高堂老泪倾，强将温语慰慈亲。一年暌隔归当速，千里音书寄要频。
莫以离愁伤暮境，好凭怡养乐天真。女儿生是离娘草，辜负怜同掌上珍。

---

① 原注：余手足幼时俱蒙太宜人抚抱。

晓发雷神寺

橹声欸乃趁江潮，两岸青山过眼遥。回首白云亲合远，离魂不觉黯然消。

舟行杂咏

一峰忽断一峰连，万壑千岩变幻间。镇日篷窗看不尽，淡妆浓抹是秋山。

长江万里碧于螺，浅水粼粼静不波。枫叶芦花相掩映，轻舟如在画中过。

故园回望动离情，已隔云山路几程。一枕思亲残梦醒，怪他古寺晓钟声。

冰镜流辉映远峦，波光如练净生寒。今宵一样团圞月，水驿山程两处看①。

戊寅
病中听雨思亲

髫龄膝下奉晨昏，娇养真同掌上珍。今日天涯飘泊际，有谁解惜病中身。

独背银灯蹙翠蛾，愁人奈此夜长何。一宵滴尽思亲泪，应比阶前雨更多。

暮秋送浣云赴之江

捡点轻装赋远游，故抛笔砚觅封侯。不将别泪樽前洒，剩有离情去后愁。
驴背饱看千里景，奚囊收尽万山秋。异乡虽好休留恋，须念高堂已白头。

丁宁执手话临歧，此际愁怀不自持。客路风霜宜慎重，故园花鸟莫相思。
好凭锦字传情绪，恨煞黄金惹别离。今夜小窗人去后，寂寥况味只灯知。

与浣云别后半月未得手书有怀

相思滋味我初谙，愁病交萦那更堪。几日眉痕慵不扫，负他帘外月初三。

弹指相离十日余，梦魂夜夜逐征车。终朝望断楼头雁，不见平安两字书。

羞将尺素托游鳞，生恐幽情露别人。侍女不知频问讯，双蛾镇日为谁颦。

迢迢寒夜漏三更，独拥鸳衾梦未成。料得天涯羁旅客，此时也起故园情。

---

① 原注：浣云侍君舅由陆路赴任。

书札尾寄浣云

手拂花笺翠黛攒,泪痕和墨浥毫端。自怜憔悴如秋叶,欲报平安下笔难。

寒夜对月有怀浣云

扫尽彤云兔魄浮,忍寒独倚最高楼。影穿窗纸窥银烛,光射帘栊冷玉钩。
花雾一庭人寂寂,霜华漏院夜悠悠。倩他天上团圞镜,分照离怀两地愁。

岁暮寄浣云

千里迢迢隔暮云,情怀潦倒怅离群。愿将心化天边月,夜夜清辉独照君。

枝头春信返梅魂,一院寒香静掩门。惆怅花开人去远,更无情绪倒芳尊。

月转回廊夜已阑,不眠人独倚阑干。幽情细向嫦娥诉,一任霜侵翠袖寒。

己卯

海棠盛开对花有怀

东风庭院海棠开,一树红芳倚碧苔。人去兰帷罢吟赏,销魂春色为谁来。

新秋寄浣云

又是梧桐叶落时,西风吹瘦旧腰肢。天涯即序惊秋早,远道音书怨雁迟。
残暑乍消抛画扇,嫩凉初觉掩罗帷。别来愁绪知多少,几缕霜痕染鬓丝。

溶溶新月上东墙,雨过添来一缕凉。曲径哀吟怜络纬,芳塘稳梦妒鸳鸯。
海棠乍绽娇红嫩,菡萏飘残腻粉香。怅望伊人隔秋水,聊缄幽怨寄他乡。

两地离情托锦鳞,尺书展处倍伤神。空言归计全无准,便说平安那当真。
亲老每妨温清缺,儿娇时觉笑啼频。几回对影增长叹,才是当年镜里人。

匆匆饯夏又迎秋,岁月惊心似水流。难觅青棠蠲旧忿,故栽红豆计新愁。
绡衣纨扇轻凉透,冰簟纱橱晚景幽。清露满阶人悄悄,画屏独倚看牵牛。

七夕感怀

懒设瓜筵拜女牛,珠帘寂寂掩针楼。遥怜今夜巴渝客,两地离怀一样愁。

花影重重上粉墙,鸳鸯瓦冷露华凉。谁倾海水添莲漏,故遣秋宵细细长。

男耕女织隔银河,只许秋来一度过。侬亦惯尝离合味,团圞时少别时多。

闲阶伫立思无聊,隔院谁吹碧玉箫。不管愁人听不得,阳关一曲最魂销。

病中读浣云见怀之作有感

两度新诗寄锦笺,缄来离恨倍缠绵。将雏栖燕君休惜,觅食征鸿我独怜。

浪说归期宽白发,惯因游冶负华年。奉亲课子惭侬拙,戏彩丸熊愧昔贤。

一年踪迹滞天涯,总为飘零怨岁华。听雨那堪人卧病,逢秋容易客思家。

勤劳累我原安命,文字谋生亦可嗟。欲报佳篇无过雁,泪痕和墨洒窗纱。

送筠仙妹于归富顺

怕听阳关曲一声,那堪今日送君行。好调琴瑟宜家室,莫倚娇痴旧性情。

别泪沾襟肠易断,离筵对酒话难成。高堂须念亲头白,早寄平安到锦城。

回首髫年膝下时,兰闺姊妹日追随。晴窗分线同挑绣,夜雨联床共咏诗。

往事已教成昨梦,新愁偏又赋将离。尊前不尽丁宁语,把袂难禁泪欲垂。

庚辰

叩别太夫人之渝江

未唱阳开曲,离魂已黯消。乌私情眷恋,鹤发影飘萧。

驿路征帆远,庭帏别梦遥。生憎江上水,偏又送轻桡。

慈母情何切,临歧泪不干。丁宁频执手,珍重劝加餐。

客舍休相忆,愁怀要自宽。尺书须早寄,伫望报平安。

除夕思亲

绿酒红灯岁又除,天涯风物倍愁余。那堪怅触儿时事,一夜乡心返故庐。

比户桃符尽换新,愁怀触景倍恩亲。遥知此夕高堂上,定向尊前忆远人。

辛巳

客中春感

容舍逢春不当春，索居寂寞负芳辰。多情只有衔泥燕，犹向天涯觅故人。

斗室深沉绣幕遮，苔痕分绿上窗纱。山城地僻春难到，已过花朝未见花。

故园风景最关情，浪迹天涯别绪萦。辜负踏青好时节，嫩晴天气近清明。

柴门昼掩少人来，庭院深深长绿苔。记得去年春事早，园丁已报鼠姑开。

一泓秋水净无尘，对影徘徊暗怆神。忆自远游离膝下，镜中不是旧时人。

自怜瘦骨太珊珊，憔悴吟腰绣带宽。恐使高堂增远思，拈毫强自报平安。

清明日感怀

风木惊心十二年，离魂长自恋新阡。儿时事迹空追忆，梦里音容竟杳然。

插柳又达寒食节，吹箫正是卖饧天。那堪千里遥相隔，麦饭无由奠墓前。

思亲

杜宇催归未得归，梦魂夜夜绕萱帏。心惊岁月乌飞急，目断云天雁到稀。

浣服怕看慈母线，开箱频捡老莱衣。故园西望关情切，返哺空嗟愿每违。

新秋对月怀弟妹

蟾光移影上帘栊，小院凉生瑟瑟风。菡萏香残飘剩粉，海棠花放绽新红。

惊回旅梦楼头笛，引起乡愁砌下虫。秋水伊人劳怅望，满腔幽怨寄丝桐。

碧天如水暮云收，清浅银河静不流。入坐松风初解暑，堕阶梧叶已知秋。

只凭雁字缄离恨，好借鸾笺寄旅愁。遥想故园诸弟妹，也应对景忆前游。

赠惊鸿校书

不爱浓妆爱淡妆，天然丰韵压群芳。果然我见犹怜汝，争怪檀郎兴欲狂。

盈盈碧玉好年华，秀比琼瑶艳妒花。更有销魂残醉在，孃人香颊见红霞。

春尖斜拨紫檀槽，谱入梁州调更高。呖呖娇莺低转处，口脂香馥绽樱桃。

一泓秋水眼波明，淡冶春山画不成。绰约纤腰比飞燕，妒他二月柳枝轻。

随意梳妆也入时，风流不让谢芳姿。阿娇若许藏金屋，愿立花幡好护持。

壬午
苦热

无计驱炎暑，羸躯苦莫支。湘帘终日卷，卧榻逐风移。
朝旭来偏早，斜阳下每迟。最怜小团扇，恩重忍相离。

两载渝江住，偏逢酷暑侵。羁怀无可遣，病骨更难禁。
院小风来少，墙高月易沉。欲寻烟水域，为我涤尘襟。

癸未
雨夜感怀

秋色萧条静掩门，连宵风雨送黄昏。凉侵病骨欺人瘦，酒入愁肠化泪痕。
古寺有谁亲定省①，夜台无计问寒温。十年妇职惭多缺，每一思量已断魂。

故园回首倍添愁，苦念高堂已白头。远道音书偏易滞，荒年菽水更难谋。
归期未卜何时定，返哺难将素愿酬。听雨听风眠不得，泪珠惟向枕函流。

鹡鸰分散各天涯，风雨联床愿已赊。怀远只凭诗写恨，思亲空有梦还家。
萱堂须要勤甘旨，芸馆休教负岁华。秋水蒹葭增别绪，云衢遥望雁行斜。

一雨缠绵可奈何，三秋风景易消磨。滴残旅梦通宵响，引起乡心尽日多。
长伴药炉淹岁月，久抛笔砚废吟哦。年来诗思颓唐甚，半为离愁半病魔。

移居

纸阁芦帘屋数椽，萍踪小住已三年。无端一旦相辞去，也觉离怀意惘然。

种菊

买得黄花数种来，匀泥自向小庭栽。正嫌秋色经霜老，却喜幽姿冒雨开。

---

① 原注：时先姑尚寄殡泾南浙江会馆。

傲骨清癯同我瘦，吟怀寂寞倩君陪。倚阑相对忘言久，欲赠新诗愧菲才。

一庭秋色一帘香，独立闲阶引兴长。慰藉相思如旧雨，生来丰骨傲严霜。
待邀冷月描清影，羞向春风斗艳妆。惆怅轻寒太相勒，开迟可惜过重阳。

子翔玉叔两弟以近作寄示作此勖之

几幅云笺写妙词，菊花香里雁来时。欣看诗笔清如许，解释离愁喜不支。
休负书灯勤旧业，好标蕊榜慰慈帏。他年共试吴刚斧，高斫蟾宫桂一枝。

得冰持兄书感作

喜逢雁足得云笺，展向风前子细看。两地情怀空怅望，一家骨肉幸平安。
年荒逾觉谋生拙，累重谁怜虚世难。最是高堂双鹤发，何时捧檄博亲欢。

前年偶泛渝江棹，剪烛西窗话旧游。小住又成经岁别，开缄更起十分愁。
浮沉宦海无青眼，辛苦持家累白头。愧我欲归归未得，天涯无奈强淹留。

菊花残矣作此送之

连朝青女降严霜，憔悴黄花卸晚妆。从此吟怀增寂寞，卷帘惆怅对斜阳。
叶销浓翠蕊销红，瘦骨姗姗傲晚风。似解幽人留恋意，尚余细蕊缀深丛。
殷勤犹为护霜根，明岁重邀雨露恩。必竟高标胜凡卉，不教剩粉点苔痕。

冰持兄书讯近况赋答

只因久病惹兄怜，问讯频劳寄锦笺。弱体未能离药饵，遣怀聊复捡诗篇。
望云思阻程千里，听雨愁萦梦四年。一语寄君休记忆，近来眠食已如前。

腊月十四日对月奉怀外王母赵太宜人

扫尽彤云敞碧霄，满天星斗夜迢迢。照来清影梅同瘦，触起羁愁梦转遥。
雨地离情增此夕，一年好景剩明宵。寸心默祝重慈健，宝鼎添香浣手烧。

女：道沅，外孙：濮思弇、濮思祜复校

卷下

甲申

暮春感怀
才看青帝送春来,又见残红点翠苔。帆影带将离恨去,鸟声惊醒梦魂回。绪如绣线抽还乱,心似芭蕉卷不开。月姊不知人意懒,夜深犹为照妆台。

寄远
柳丝不为绾离愁,翻遣飞花送客舟。遥想长途风景好,一江春水碧于油。

子规声里又黄昏,寂寂闲庭静掩门。一径落红慵不扫,离怀枨触倍销魂。

花事阑珊委路尘,雨丝风片送残春。满怀幽怨凭谁诉,自写鸾笺寄远人。

连朝烟雨怅廉纤,拂面风来尚觉严。寄语征人宜自爱,春衣须为晓寒添。

春怨六首
鸟语惊幽梦,朝阳上碧纱。晓妆慵不整,一任鬓云斜。

小院无人迹,闲阶生绿苔。东风不解意,偏送落花来。

芳草迷南浦,春波送画桡。伤春兼怨别,那得不魂销。

睡起无情楮,珠帘懒上钩。呢喃双紫燕,浑似诉春愁。

强步阑干畔,春残花事非。妒他双蛱蝶,故故向人飞。

莫道春宵短,离人怨漏长。梦魂太无赖,飞不到君傍。

喜子尹弟侍母来渝为赋长律
屈指分襟日,流光忽六年。相逢来意外,惊喜到眉边。
共讶容颜改,同怜岁月迁。萍踪欣又合,花萼快重圆。
旧事空思忆,前游尚梦牵。椿萱夸色茂,棠棣幸辉联。

乞果嬉庭下，争梨绕膝前。承欢长聚首，戏彩每随肩。
失怙悲君幼，辞家怅我先。艰难谋菽水，辛苦历山川。
作嫁劳针线，躬耕借砚田。书烦江鲤寄，情倩塞鸿传。
一旦羁怀释，多时别恨蠲。倾樽谈旅况，剪烛读诗编①。
白发愁亲老，青云仗弟贤。门楣期再振，莫负祖生鞭。

月夜与子尹弟小酌

纤云卷尽敞晴空，招得新凉小院中。风送花香霏几席，月移树影上帘栊。
细谈往事烧红烛，消遣羁愁饮碧筒。欢聚不知更漏永，瀼瀼清露滴梧桐。

新秋寄浣云

个中滋味有谁知，潦倒情怀强自支。雁字不来沉远信，灯花无准误归期。
征途风露须珍重，旅馆寒温好护持。抛掷韶光虚岁月，两年七夕隔天涯。

中元夜月与莲芬妹分韵作

瑟瑟西风助嫩凉，浮云敛处露蟾光。虫声断续鸣苔径，花影横斜上粉墙。
增我离情怀远道，照人雁序聚他乡。恐教负此团圞月，连袂寻诗绕画廊。

对月

忍负连宵月，空庭独倚阑。霜凝鸳瓦白，光映纸窗寒。
瘦影三人共，清辉两地看。遥怜羁旅客，应已怯衣单。

初寒

渐觉新寒峭，风来冷不禁。严霜欺败叶，远杵和清砧。
宿火温金鼎，余香恋翠衾。夜长浑小寐，数尽漏沉沉。

答浣云见怀之作即次原韵

病魔离绪两交加，怅望盈盈水一涯。拆得新诗情更切，夜深吟到月西斜。

---

① 原注：时以所作瘦红诗见示。

抛掷韶光别路赊,一枝聊为寄梅花。去年此际围炉坐,扫叶同烹雀舌茶。

尺素频劳雁往还,无端离合怅连年。深闺那识名场味,转惜驰驱意黯然。

珍重吟躯好自怜,几回笺寄致缠绵。安闲不及双栖燕,我逸君劳造物偏。

送子尹弟之壁山

才欣聚首慰离情,又赋东征送远行。风雪长途当岁暮,琴书一橐束装轻。
家贫须奋青年志,母老应怜白发生。莫负重慈期望切,砚田学业在勤耕。

一樽相饯唱骊歌,感旧言怀奈别何。骨肉偏怜同聚少,人生最苦是离多。
却怜雁序皆青鬓,早寄鱼书递绿波。好借笔耕谋菽水,翩翩莲幕得春和。

答浣云见怀之作即次原韵

漏永灯昏一穗明,金炉香烬觉寒生。独依珊枕眠难稳,欲和瑶章句未成。
思隔三秋常恋恋,心萦两地更怦怦。深闺愧乏凌云笔,聊借吟笺慰远情。

珠玉琳琅一纸盈,频劳问讯感多情。遥知别绪如云集,转幸诗肠比水清。
家计未谙应愧我,风尘常历最怜卿。霜严雪虐须珍重,莫使吟肩太瘦生。

乙酉

元夜对月

灯烛交辉映画楼,金炉香篆袅帘钩。嫦娥也爱繁华景,故启珠宫夜出游。

浮云扫尽碧天宽,捧出晶莹月一丸。盥手添香无别祝,年年人月共团圞。

春闺曲

秋千庭院东风软,枝上流莺声宛转。惊回香梦起还慵,一缕轻寒生翠簟。

迟迟晓日透疏帘,妆镜初开翡翠奁。挽罢云鬟拈彩笔,双蛾学画月痕纤。

送浣云之仲兄蓉洲太守泾南署中

谁怜经岁惯遄征,历遍山程与水程。雁字只教传别绪,柳条那解绾离情。
天涯手足欣重聚,镜里容颜恐易更。宫官定知多乐事,荆花枝上月长明。

消夏杂咏

桐阴满院昼生凉，不放炎氛到画堂。静坐明窗拈绣线，爱他夏日比年长。

宿雨初晴霁色开，喜看晓日上阶来。榴花却惜飘零尽，绝似丹砂点翠苔。

白发重慈逸兴多，寸阴珍惜肯闲过。江山画稿描摹遍，更把新诗细细哦。

墙角芭蕉展丝笺，分将翠色到窗前。湘帘高卷厉栊静，宝鼎时霏一缕烟。

嘒嘒蝉声噪夕阳，抛针闲步绕回廊。偶携纨扇花前立，消受幽兰竟体香。

风透绡衣暑气无，半帘花影月来初。招凉露坐烹香茗，闲听娇儿读古书。

书札尾寄浣云

殷勤缄札寄离思，往返长劳塞雁驰。别后情怀殊旧日，镜中人面减当时。
频年作客怜君苦，初学持家愧我痴。伏雨炎风宜慎重，吟躯珍摄自维持。

苦雨叹

去夏苦骄阳，禾苗尽枯槁。粒米贵如珠，郊原多饿殍。
今年望丰收，群黎得温饱。何期五月交，又被雨师扰。
淫雨久不晴，缠绵昏复晓。急湍泻檐端，飞泉鸣树杪。
荷池涨绿波，庭院浮萍藻。漏室叹泥泞，城垣半倾倒。
炎氛虽不侵，却恐伤禾稻。田家辛苦功，只望秋成好。
金炉爇瓣香，诚虔向天祷。阴云速扫除，捧出红轮早。

寄芸仙妹

回首蓉城话别时，流光真个快如驰。烟波淼淼鱼来少，云路迢迢雁到迟。
晓镜分花怀往事，夜窗听雨系离思。盼君早作归宁计，膝下承欢慰母慈。

幸逢潮信得鱼书，消息传闻伴药炉。反哺私情常恋母，持家辛苦独将雏。
关河每怅分南北，魂梦应怜阻道途。须念高堂珍惜意，休因离绪损吟躯。

晓起

红日初升丽晓霞，扶将树影上窗纱。萝回珊枕桃笙滑，风袅银钩绣幕斜。

宝鼎烟霏青玉案，云鬟香浸素馨花。妆成独倚雕栏立，荷露收来自品茶。

夏日病中

骄阳如火已难禁，弱质无端病忽侵。瘦骨支离行坐倦，绣床几日懒拈针。

炎炎酷暑逼窗前，纨扇无风欲弃捐。病里情怀潦倒甚，最难遣此日如年。

翠蛾慵扫髻慵盘，坐既无聊卧亦难。闷极强寻消遣法，倚床合理旧诗看。

懒寻仙草乞长生，早悟浮云梦幻情。自笑维摩工示疾，拈花瘦影认分明。

短札长笺寄讯频，含毫几度翠眉颦。恐教客舍添离绪，强报平安慰远人。

露滴桐阴暑乍消，银床冰簟可怜宵。病魔愁绪如丝乱，数尽更筹梦转遥。

病怀

镜里眉痕渐减青，消磨瘦骨太伶俜。愁多早识情为累，病久翻嫌药少灵。
脉脉离怀萦两地，盈盈远水阻双星。忏除魔障浑无计，尘梦留人未肯醒。

未得浣云书作此却寄

记得丁宁话别时，尺书勤递莫相违。鸾笺纵达愁难寄，雁字频来信转稀。
何事征途羁手札，恐防客舍减腰围。梦魂那惮烟波阻，夜夜长随皓月飞。

驰驱原为稻粮谋，踪迹频年怅远游。寄恨空教劳翠管，修书底事惜银钩。
一函锦字迟鱼雁，千古仙缘羡女牛。只有多情天上月，替人分照别离愁。

立秋

阴云漠漠暗楼台，梧叶随风堕绿苔。暑退桃笙凉似水，一庭细雨送秋来。

新秋寄怀浣云

连朝微雨暑初收，湿雾蒙蒙罩画楼。病里年华真似水，天涯节序易惊秋。
绡衣风透抛纨扇，珠箔凉生下玉钩。白露兼葭无限思，凭栏凝眺动离愁。

才见芙蓉放小池，又惊梧叶堕阶墀。炎氛已共吟情减，凉意先教病骨知。
浪掷青春如逝水，惯栽红豆记相思。年来懒咏闲花草，只把离愁写入诗。

寄浣云

一雨消残暑，西风送嫩凉。蕉心留浅绿，莲瓣剩余香。
游子怜衣薄，愁人怨夜长。红笺勤寄讯，征雁正飞翔。

小别又三月，情牵万缕丝。逢秋增感慨，抚景系离思。
愁绪凭谁遣，寒温要自知。归期须早定，莫误桂花时。

盆中秋兰忽开并蒂，临风弄影，娇弱堪怜。外王母赵太宜人及子尹弟皆以诗奖之。因亦赋四绝

弱不禁秋态更娇，妮人双影最魂消。丰姿绝世谁堪并，除是江东大小乔。
楚辞读罢忆湘灵，风送幽香度画屏。一种情怀怜臭味，夜深只许伴双星。
香肩并倚态含颦，九畹丰神秀出尘。为系金铃勤护惜，临风弱质瘦于人。
也共鸳鸯学并头，风情旖旎太温柔。看花忽动怀人意，眉黛新添一缕愁。

七夕寄怀浣云

巧云叠叠暗银河，风助清凉透薄罗。惆怅三年逢此夕，偏教两地拜星娥。
微茫新月隐层霄，隔水盈盈倩鹊桥。料得女牛相会际，一年离恨话今宵。
谁家曲谱玉珑玲，弦管悠扬隔院听。虫语满阶风露冷，含情默默看双星。
独坐空庭有所思，炉香添尽夜眠迟。悬知旅馆逢佳节，一样情怀怨别离。

月夜闻歌

残暑侵人梦不成，招凉独坐厂轩楹。碧空云净天如洗，银汉星稀月倍明。
绕砌虫鸣惊旅思，隔墙风送按歌声。禁他休唱阳关曲，恐惹离怀感慨生。

秋夜偶成

静夜挑灯生，铜壶已二更。窥窗无月色，在树有秋声。
闷借奇书遣，寒因病骨惊。忽闻征雁过，又起故乡情。

独坐浑无伴，疏帘影自双。嫩寒侵翠袖，落叶打纱窗。
香篆留余火，兰膏灿夜缸。一编看不厌，顿使睡魔降。

漏永人声寂,闲庭静掩扉。萤光穿曲径,花气入疏帏。
消渴思烹茗,惊寒欲授衣。年来工示疾,减尽旧腰围。

遣兴吟初就,拈毫墨渐凝,诗情惭玉茗。书味爱青灯,
坐久神忘倦,凉生簟已冰。无愁羡痴婢,酣睡唤难应。

秋晴

火云收尽碧天清,禾稻登场最喜晴。煮茗恰宜花露洁,拈针爱趁绮窗明。
寻香瘦蝶伶俜舞,抱叶寒蝉断续鸣。满院秋光人意爽,卷帘消受午风轻。

瓶桂

一枝乞向广寒宫,赢得天香满室中。叶簇碧云看匼匝,蕊攒黄雪缀玲珑。
养宜秋水方为洁,品胜春花更不同。何必小山招隐去,胆瓶相伴夜灯红。

晚渡之江

蜻蜓小艇捷于梭,柔橹咿呀载客过。秋水澄清明似镜,芦花风送乍生波。
四围山色映斜曛,几缕炊烟霭暮云。渡口人喧村市散,渔歌隐隐隔江闻。

乙酉重九三十初度即事书怀

偶向红尘现此身,流光虚掷卅年春。亲恩未报惭乌鸟,妇德难全愧古人。
琴瑟音调淳雅化,埙篪韵叶乐天真。笑他膝下痴儿女,也解随肩叩祝频。

连年风雨冷重阳,难得晴辉映画堂。马齿渐增当此日,雁行欢聚在他乡。
闲探黄菊迟花信,聊折茱萸佐酒觞。忽忽三旬弹指过,蹉跎真觉负韶光。

暮秋夜月步外王母赵太宜人韵

落尽庭梧秋已残,晚风吹月上云端。负他连夕清光好,为怯霜华倦倚栏。

初寒

才见迎秋又送秋,催人岁月快如流。菊迟花信香犹艳,枫染霜痕景尚留。
为制寒衣拈绣线,偶添兽炭理薰篝。病躯早觉风威肃,帘幙低垂不上钩。

207

雨夜无聊检阅旧稿有怀莲芬妹

冷雨湿苔径，潇疏助夜寒。绣帘垂翡翠，宝鼎爇沉檀。
静坐消尘虑，翻书忆旧欢。前游一回首，如在梦中看。

去岁卿为伴，宵谈睡每迟。拥炉同煮茗，剪烛共钞诗。
时序惊频换，情怀怅久离。寸心无限意，只有夜灯知。

忆故园梅花

又看春信到南枝，滞迹天涯怅远离。林下仙姿萦梦寐，月中疏影系相思。
香残纸帐诗魂瘦，雪满江乡驿使迟。回首故园千里隔，五年辜负好花时。

微雨催寒侍外王母小饮

霏霏冷雨湿雕檐，风助寒威入户严。暖借金炉煨兽炭，静垂犀押护虾帘。
瑶瓶水冻梅花瘦，玉盏香温竹叶添。更羡重慈诗兴好，高吟白战韵频拈。

洗云斋中水仙着花并蒂喜赋二律

偶从海上乞仙根，碎石玲珑种玉盆。洛浦遗留双佩影，湘江疑迟二妃魂。
同心香吐风前韵，并蒂神传月下痕。底事幽芳工幻化，想应雨露沐殊恩。

凌波微步影珊珊，罗袜应怜怯夜寒。曲谱双声赓雅调，花开连理结清欢。
湘云湘水成千古，同气同根有二难。绣幌珍藏霜雪少，琴樽相伴共盘桓。

红梅

十分春色羡山家，乱洒胭脂染作花。朱点新妆欺冻雪，艳翻缟袂映晴霞。
笛中谁谱红罗曲，天上争夸绿萼华。自是癯仙工换骨，驻颜珍重乞丹砂。

东风昨夜到庭梅，催得琼英冒雪开。浓点脂痕侵粉额，薄留酒晕上香腮。
最宜翠羽枝头宿，疑是红妆月下来。汲水瑶瓶为供养，消寒频酌紫霞杯。

读莲蘅两妹近作拈此却寄

江城风物近残年，漠漠阴云酿雪天。堪羡兰闺清兴好，敲冰煮茗斗诗笺。

左家小妹擅才华，双管齐开一色花。愧我年来诗律减，枯肠搜索手频叉。

除夕

辛盘端整饯年华，骨肉团圆笑语哗。习礼娇儿衣换彩，学妆幼女髻簪花。
银荷吐焰辉红烛，金兽流烟袅碧纱。物阜民安征盛世，通宵炮竹响千家。

丙戌

元旦立春侍外王母小饮

阳生凤琯律回寅，喜见江城万象新。却笑垂髫娇小女，也簪花朵贺新春。
桃符比户斗鲜妍，柏子香浓霭瑞烟。酒暖屠酥堆菜甲，樽前四代庆团圆。

早春偶兴

翠被香消梦乍醒，一痕日影上云屏。庭梅雪后妆才减，砌草春回色渐青。
出谷流莺争暖树，隔花娇鸟动金铃。卷帘犹怯东风峭，寂寂重门昼亦扃。

春闺杂咏与蘅芬妹同作

画檐风飐玉丁冬，香梦初惊起尚慵。对镜自怜清影瘦，春愁莫遣上眉峰。
珠帘高卷敞纱窗，嫩草和烟绿映幢。日暖风柔天气好，枝头娇鸟语双双。
袭人花气昼氤氲，正好韶光欲二分。弹指踏青佳节近，笳箫吹彻隔墙闻。
双扉寂寂昼长关，隔断尘氛兴自闲。渐觉日长添绣线，晴窗无事课雏鬟。
苔痕绿遍小庭坳，几叶芭蕉展翠梢。闲看差池风里燕，衔将花片补新巢。
酿花天气嫩寒增，瓦冷鸳鸯晓露凝。幼女娇痴殊好事，彩幡戏制剪吴绫。
海棠欲放蕊犹含，一院浓香睡正酣。最是听莺好时节，绕堤新柳碧毿毿。
金笼鹦鹉语喃喃，绿上苔阶草不芟。午倦抛针花下立，飞来红雨扑春衫。

春夜对月与莲芬妹作

海棠庭院晚凉初，帘卷银钩敞绮疏。一径清光真似水，半圭素魄恰如梳。
苔沾细露侵罗袜，兰吐浓香袭翠裾。好景宜人忘夜永，暗移花影下阶除。

东风扫尽碧天云，皎洁蟾光恰二分。几点疏星明玉宇，一庭花影压苔纹。
闲烹雀舌清诗思，细爇龙涎静俗氛。月姊多情知雅意，照人联袂共论文。

209

即景偶成

闹晴娇鸟语花梢，睡起纱窗日影高。落尽海棠春事晚，隔墙时听卖樱桃。

将随浣云之任外江留别莲芬蘅芬两妹

两年骨肉聚天涯，萍迹重圆乐事赊。绣榻香浓同压线，妆台春暖互分花。
敲诗选韵拈湘管，待月招凉敞碧纱。幼女依依解留恋，也知惜别语牙牙。

长亭柳色正含烟，攀折柔条意怅然。分袂恰当修禊节，临岐偏值艳阳天。
望云官阁离愁结，听雨巴山别梦牵。但祝他时仍把晤，荆花枝上月长圆。

留别碧梧吟馆

庭院清幽少俗尘，闲花点缀四时春。萍踪小住经三载，到得临岐意倍亲。
山茶茉莉手亲栽，雪蕾朱英次第开。欲去呼嬛勤灌溉，看花留待后人来。

晓发

喔喔邻鸡唱，催人早束装。浓云迷远岫，细雨湿征裳。
驿路春泥滑，遥山古木苍。舆窗闲眺处，风送茶花香。

征途杂咏

遄征车马去匆匆，山路崎岖一径通。晓雾迷漫浑不辨，东风剪前雨蒙蒙。
平畴罂粟正芳菲，蚕豆离离燕麦肥。雨过秧田春水足，一行鸥鹭掠波飞。
湿雾初消细雨晴，征衣渐减午风轻。枝头布谷催耕急，一路时闻叱犊声。
数椽瓦屋自成村，曲曲溪流绿绕门。一树山花开正好，风吹红雨点篱根。
绕堤修竹笼烟青，松柏森森列翠屏。为爱此间风景好，停车小憩水边亭。
陌头柳线舞风轻，落尽梨花雨乍晴。不是千山啼杜宇，浑忘佳节过清明。

旅夜

未惯奔驰苦，孱躯倦莫支。行囊劳检点，儿女累扶持。
夜永残灯暗，村荒远柝迟。拥衾眠不稳，聊记壁间诗。

晓行
鸡唱催行早，残星尚在天。雾迷山隐约，水绕路回旋。
驿柳含烟重，林花带露妍。举头望峰顶，日出彩霞鲜。

抵戎州作①
卅载重来景物殊，雪泥鸿爪印前途。春山对我浑如笑，似识今吾即故吾。

外江官署听雨有怀莲蘅两妹
衙鼓声中夜正分，潇潇檐溜枕边闻。惊残旅梦难成寐，滴碎乡心倍忆君。
方幸荆花重聚首，无端雁序又离群。遥怜妆阁挑灯听，应怅萍踪隔暮云。

瓶中白荷花
太华峰头玉一枝，瑶瓶清供雅相宜。丰神自是超凡品，秀骨天然绝俗姿。
仙子凌波遗玉佩，美人对镜洗胭脂。窗明几净无炎暑，时有幽香泻砚池。

喜雨应祈而至
果然天意感真诚，喜听檐前骤雨鸣。润遍田畴秧稻活，一时四野尽欢声。

夏夜对月有怀莲蘅两妹
独坐招凉小院中，蟾光如水映帘栊。闲挥纨扇消炎暑，初试绡衣怯晚风。
露湿花房酣宿蝶，书沉锦字盼征鸿。悬知此夜巴山月，两地离愁一样同。

一轮冰镜影娟娟，相对徘徊忆去年。异地情怀应共此，良宵风景尚依然。
花前觅句思携手，阶下焚香记并肩。屈指分襟又三月，云天翘首梦魂牵。

夏日杂咏
炎炎旭日射雕檐，香谢瓶荷堕镜奁。为放梁间双燕子，金钩卷上水晶帘。

瑶盆兰蕙正芬芳，时送幽香入画堂。携得离骚对花坐，尘氛消尽自生凉。

---

① 原注：咸丰丙辰余生于是郡。

长日如年昼漏迟，蝉声时噪绿槐枝。纱橱午梦初回候，茉莉香浓染鬓丝。

轻雷送雨湿庭莎，残滴时闻响翠荷。风透绡衣凉似水，玉阶闲立看银河。

七夕见幼女乞巧有怀诸妹

碧天如水浮云敛，鹊桥早驾银河岸。弯弯新月画蛾眉，清光斜照针楼畔。

垂髫娇女六龄余，乞巧庭前敞绮疏。自设瓜筵邀女伴，殷勤学拜下阶除。

画屏银烛摇红晕，香雾氤氲霏宝鼎。凉生小院夜迢迢，栏干六曲移花影。

抚景徘徊独怅然，稀依风景似当年。良宵风月还如昔，雁序分飞各一天。

新秋

晚妆初罢鬓堆鸦，尽敞红窗六扇纱。却喜侍儿解人意，烹泉为试雨前茶。

携将纨扇步回廊，风送幽兰一院香。消受新秋天气好，嫩凉初透藕丝裳。

瀼瀼清露湿阶墀，倚遍栏干月上迟。为爱夜凉贪久坐，闲听娇女背唐诗。

金猊小篆袅残烟，玉漏沉沉夜悄然。冰簟筠床幽梦好，素馨香透枕函边。

立秋后苦热夜坐

星斗微茫隐碧霄，闲庭人静夜迢迢。秋来余暑威犹烈，伏尽晴阳势更骄。

那有清风生画扇，但教香汗湿冰绡。瑶阶独坐慵归寝，数尽铜壶漏点遥。

寄芸仙妹

屈指分襟已七春，萍踪同作远游人。相思细数栽红豆，情绪遥传借锦鳞。

善病君须调药饵，多劳我惯涉风尘。离怀欲寄书难尽，怅望云山倍怆神。

随夫子之任南部留别外江官署

官阁多幽趣，端宜住散仙①。窗明尘俗少，院敞暑氛蠲。

别垒情如燕，迁枝迹似蝉。又留鸿爪印，聊以证前缘。

---

① 原注：署中有大仙楼一楹。

别戎州

行装捡束太匆匆，又挂征帆趁晓风。笑谢青山休眷恋，此来端为证泥鸿。

离筵一路饯行旌，父老攀辕尚有情。敢道使君多惠政，家风应不愧冰清。

舟泊之江登岸谒慈亲敬呈一律

远隔萱帏半载余，归宁重赋快何如。含饴已遂慈颜喜①，返哺终惭子职疏。此夕承欢欣绕膝，明朝惜别更牵裾。年来惯作天涯客，只愧无能奉板舆。

与莲蘅两妹夜话感作

剪烛西窗下，宵深话正长。倾谈重把袂，听雨又连床。

小住情方慰，将离意更伤。新愁兼旧恨，欲诉转茫茫。

舟夜

野岸停征棹，灯昏夜已深。涛声惊旅梦，月影警乡心。

村远更筹寂，秋残肃气侵。邻舟谁弄笛，清韵和龙吟。

舟行即景寄两妹

邮签日日计程期，锦缆牵舟上濑迟。知否吟怀太岑寂，远游辜负菊花时。

笑同秋雁共遄征，流览江山客思清。滩吼雷声惊午梦，晚霞红映水窗明。

霜染枫林木叶丹，芦花萧瑟雁声寒。篷窗纵目多佳景，只惜伊人不共看。

两宵相伴话绸缪，别后新添一段愁。好倩江鳞传尺素，远随流水下渝州。

新安官署遣兴

慢道衙斋陋，幽栖亦自佳。竹阴青入幕，草色绿侵阶。

地仄聊容膝，身安且放怀。缄书烦去雁，珍重寄天涯。

---

① 原注：时冰持兄新举一子。

小阳后庭中残菊犹芳偶拈一律

数丛瘦菊阿谁栽,留得残英待我来。能傲严霜坚晚节,敢论花信怨迟开。
扶持弱骨依湘竹,嗅取寒香立绿苔。瓶供一枝书案侧,衙斋清寂倩相陪。

冬闺即景

倦歆珊枕梦惺忪,寒恋重衾起更慵。红冷燕支香粉腻,碧霏云雾篆烟浓。
小窗日上留花影,远岫晴网露翠峰。绣户深沉帘不卷,玉钩摇曳听丁冬。

月夜偶成

吹尽彤云月正华,栏干独倚兴偏赊。寒侵瘦骨罗衣薄,风漾疏帘竹影斜。
曲径霜浓惊睡鹤,深林光皎警栖鸦。嫦娥偏耐连宵冷,故遣清辉映茜纱。

仲冬十五夜对月有怀弟妹

一丸霜月上珠帘,人静闲庭朔气严。青女催寒封碧瓦,素娥耐冷启冰奁。
照来影为耽吟瘦,触处愁因怨别添。翘首巴山千里隔,鳞鸿休使尺书淹。

元旦喜晴丁亥

凤律回春淑气融,朝霞如锦丽遥空。香焚柏子烟初袅,颂献椒花句未工。
新岁恰宜晴日暖,早梅先趁晓阳红。衙斋添兴儿童乐,箫鼓时喧小院中。

元夜对月即景口占

东风送暖不知寒,云净天空拥玉盘。绿酒红灯添雅兴,银花火树壮奇观。
画堂箫鼓鱼龙斗,绮席笙歌笑语欢。莲漏沉沉良夜永,人和明月雨团圞。

早春偶兴

入幕风犹峭,春衣未卸棉。娇黄舒柳眼,嫩绿染苔钱。
花怨轻寒勒,山添远黛妍。痴兄殊好戏,偷暇放飞鸢。

令长女道沅入学

幼女娇痴惯,珍同掌上珠。未教拈绣线,且令识之无。
绛帐书声细,罗襟墨迹濡。好娴班氏诫,慧业慢相谀。

新安官署春兴

催花细雨润香泥,浅草茸茸色渐齐。卷幔不禁风似剪,湿云犹压远峰低。

枝头莺语梦初惊,日上红窗放嫩晴。记得去年天较暖,春衫新试晓寒轻。

偶穿曲径小徘徊,闲探芳丛立翠苔。忽讶邻园春色好,杏花红出粉墙来。

樱桃花放绮窗前,素艳清姿别样妍。隔着晶帘浑不辨,满枝香雪月娟娟。

净几明窗少俗尘,瑶瓶供养几枝春。莫嫌官阁无吟伴,折取名花当美人。

碧桃盛开偶成一律

自是天台种,移栽小院中。娇姿酣晓露,笑靥醉东风。

洞府春如海,仙源路不通。学妆垂发女,酺面染脂红。

灯下见长女道沅学字

如云细发挽双丫,娇影俜停映茜纱。裁得红笺拈翠管,偷闲灯下仿簪花。

弟妹等以近作见示并索和章作此答之

水涨桃花万里春,瑶函重叠付游鳞。霏珠屑玉才华艳,雅唱清酬乐事真。
芳讯传来离恨释,花笺书遍墨痕新。枯肠搜索难为报,惭愧涂鸦步后尘。

和莲芬妹春柳韵

柔丝袅袅漾帘波,牵惹离愁敛翠娥。新燕低飞初试剪,娇莺出谷乍抛梭。
隋堤粉黛腰肢细,汉苑韶华雨露多。十二红楼春正好,临风纤影自婆娑。

和蘅芬妹春日即景韵

梦回晴日上窗坳,晓露如珠缀柳梢。蝶宿花房欹粉翅,燕来绣户补香巢。
怕忘佳句书重展,恐废针工韵懒敲。遥羡玉台诗兴好,鸾笺十种不胜钞。

乳燕

绿柳阴浓花事非,雕梁渐见燕雏肥。娇音上下初调语,弱翅差池乍学飞。

玉翦怕沾新雨润，红襟犹怯晓风微。衔泥营得香巢稳，紫陌寻芳缓缓归。

初夏
春光弹指去天涯，照眼红榴灿若霞。杨柳飘残千缕絮，荼蘼开剩一枝花。
雕梁软语教雏燕，深树营巢返哺鸦。恰喜昼长无个事，拈针静坐倚窗纱。

闻筠仙二妹抱恙作此却寄
八年两地滞萍踪，梦绕云山路几重。欲写蛮笺寄妆阁，离愁尤比墨痕浓。
夫婿经年赋远征，苦持家计独怜卿。病魔底事偏缠绕，料得吟腰太瘦生。
拈毫浥泪叠芜函，万种情怀一纸缄。别绪如云消不尽，心随征雁度层岩。

消夏杂兴
晴霞如绮映窗明，鸟语金笼梦乍惊。荷盖倾珠朝露滑，竹稍戛玉晓风清。
钗垂云鬓簪花重，衣换冰绡着体轻。欲试新茶解烦渴，汲泉亲唤侍儿烹。

十二湘帘贴地垂，画堂深处少炎曦。闲看乳燕衔花片，时听新蝉噪柳枝。
一缕炉烟风细细，半阶日影漏迟迟。轻雷忽送催诗雨，冰簟凉生午梦宜。

残虹收雨淡斜阳，水榭风来菡萏香。沉李浮瓜能解渴，罗衣纨扇乍生凉。
蛛丝添网垂雕槛，鱼子衔萍戏曲塘。帘卷银钩余暑退，待看新月上回廊。

银河如练傍檐斜，卷尽纤云月正华。光滑桃笙铺竹榻，玲珑花影上窗纱。
烦嚣寂静诗怀爽，夜色清幽逸兴赊。笑看娇痴垂发女，金盘自捣凤仙花。

对月有怀芸仙莲芬蘅芬诸妹
碧天如水绝纤尘，暑退闲庭月似银。底享团圞明镜影，偏教三处照离人。
疏篱络纬弄清音，搅乱情怀费苦吟。记得儿时同此景，谈诗携手立花阴。

夏夜不寐儿辈捉络纬数头置薜萝间欹枕听之颇有秋意
酷暑难成寐，宜听络纬吟。秋声来枕畔，清韵发花阴。
似诉炎凉感，偏禁风露侵。可能惊懒妇，空作弄梭音。

月夜闻歌

银河雨洗净如揩,花影参差月满阶。何处歌声风送至,悠扬清韵动离怀。

隔墙弦管谱玲珑,宛转纤喉调更工。一曲初终莲漏永,娟娟凉露湿花丛。

立秋日雨

喜听迎秋雨,萧萧响小池。炎威方乍减,病骨已先知。
凉意生冰簟,西风透玉肌。梧桐能应候,一叶堕阶墀。

新秋小病寄莲芬妹

秋气来何速,先惊善病躯。离愁萦骨肉,乡思感莼鲈。
慢惜腰围减,应怜手札疏。缄书讯妆阁,忆我有诗无。

凤仙花

翩翩彩凤宿芳丛,点染秋光藉化工。花谢胭脂飘石径,叶垂翡翠映帘栊。
枝头晒粉寻香蝶,根下催寒促织虫。娇女摘来和露捣,一痕浓染指尖红。

七夕

彩云如锦月如钩,竹院凉生夜色幽。瑟瑟金风初涤暑,娟娟玉露又成秋。
香浓绮席陈瓜果,浪静银河渡女牛。学拜娇痴小儿女,穿针乞巧共登楼。

画屏烟霭篆香飘,风飐帘波烛影摇。千古仙缘留此夕,一年别绪诉今宵。
蜘蛛结就玲珑网,乌鹊填成窈窕桥。应是嫦娥争巧思,纤纤眉月学初描。

新安官署秋兴

瞳瞳晴日散秋烟,正是田家打稻天。玉粒盈仓民食足,群黎鼓腹庆丰年。

香飘莲瓣卸残妆,红蓼扶疏绕曲塘。只恐夜深风露冷,留将翠盖隐鸳鸯。

西风底事助轻寒,落叶飘来满画阑。一日炎凉迁变易,维持瘦骨着衣难。

玉阶初放海棠红,秋色萧疏小院中。一缕幽香何处至,桂花枝上过来风。

催寒连日雨潺潺，似替峰岩洗翠鬟。恰喜新晴人意爽，斜阳影里看秋山。

宿雨初收夕照微，庭花零落点苔衣。多情枝上伶俜蝶，犹恋余香作对飞。

秋光萧爽暑全收，凉透纱橱枕簟幽。消遣吟怀酬节序，桂花香里过中秋。

流光弹指及瓜期，窗竹篱花也系思。自笑行踪如社燕，年年来去在天涯。

阶下白秋海棠著花娟秀可爱戏赠四绝

此是花中绝代姿，铅华不御洗胭脂。玉阶露冷西风紧，香雾空蒙月上时。

珊珊玉骨试冰绡，雅淡妆成态更娇。恰似美人新病起，香消粉颊退红潮。

羞将脂粉涴容华，雪貌檀心绝点瑕。色相参空尘不染，如何偏号断肠花。

秋阴乞得护芳魂，银烛高烧静掩门。倩影伶俜谁与伴，满阶虫语月黄昏。

哭子尹二弟

八树荆花茂，无端折一枝。人心真叵测，天意竟难知。
未遂乌私愿，长增雁序悲。断肠遗恨在，何以慰重慈。

少小奔驰惯，勤将菽水谋。家贫能奋志，数短竟难修。
师德辜青眼①，亲恩负白头。幽魂如有识，应已返渝州。

尘世原如寄，堪伤死太奇。凤箫音未叶，鸰鸟祸先罹。
噩梦醒何速，轻生悔已迟。高堂衰老甚，此信忍教知。

分袂无多日，惊闻噩耗传。浮生真梦幻，此别判人天。
情切鸰原痛，诗悲棠棣篇。招魂空有泪，滴不到重泉。

为赋宜家返锦城，忽传噩耗众皆惊。忍抛白发心应痛，死殉黄金命太轻。
罗网误投偿宿业，莲台再礼忏今生②。那堪重读坡公句，肠断连宵夜雨声。

---

① 原注：弟殁后其师盛维周为诵经三日。
② 原注：弟生时先大夫梦优婆塞入室。

蓉城一别几星霜，犹幸渝江聚雁行。课读芸窗欣设帐①，联吟荆馆快飞觞②。
旧游似梦空追忆，往事如云怕忖量。书卷题签留手迹③，重看那禁泪沾裳。

九日初度有怀

斜风细雨冷秋光，寒勒东篱菊未芳。自笑劳人负佳节，天涯两度过重阳。

虚掷驹光自愧愚，空将反哺羡慈乌。巴山弟妹登高际，还向樽前忆我无。

暮秋对月有怀莲芬

星稀云净碧天宽，凉月流辉上画栏。千里光华谁共赏，一年秋色又将残。

隔篱瘦菊留清影，堆瓦新霜助峭寒。独对嫦娥怀往事，重重离绪压眉端。

篱菊盛开偶成长句

主人怀抱绝尘俗，雅好名花尤好菊。分来佳种植庭中，护惜寒芳珍似玉。
政余闲暇自经营，灌溉均宜课童仆。重阳节过暮秋时，才见篱边放几枝。
冒雨幽姿怜瘦弱，傲霜丰骨自清奇。秾容点染浑如锦，五色缤纷相掩映。
西风瑟瑟送寒香，凉月娟娟描瘦影。开樽花下酌新醅，嗅取浓香入酒杯。
恰喜衡斋无俗客，倩君相伴足徘徊。满庭落叶新霜候，卷帘乍觉轻寒骤。
醉折黄花对镜簪，镜中人与花同瘦。迟开独具傲霜姿，艳李秾桃难并耦。
孤标自是少知音，只有渊明惬素心。欲赠新诗恐花笑，还将陶句对花吟。

初寒

新霜才几日，落叶满阶墀。骨瘦惊寒早，宵长觉漏迟。
狂飙敲竹响，明月隔帘窥。展卷挑灯坐，添香唤侍儿。

---

① 原注：乙酉岁弟曾课儿辈读。
② 原注：弟性喜饮。
③ 原注：余年来所置书集皆弟题签。

夜坐

犀押低垂绣幌遮，瓶花留影绘窗纱。幽闺夜永停刀尺，闲拨红炉自煮茶。

牙签检点对灯光，偷得余闲爱夜长。坐久忽惊寒刺骨，牛窗明月一庭霜。

孟冬下浣随夫子之任仙源留别新安官署

小住经年别转难，喜无尘俗搅清闲。常抛香稻驯娇鸟，爱种名花课小嬛。

院敞饱看残夜月，墙低不碍四围山。征帆欲挂还留恋，聊志鸿泥记壁间。

晓发

舟子推篷搅客眠，桡歌惊散一江烟。山容不改来时景，两岸青青送我还。

篷窗凭眺豁胸襟，日射波光万点金。贪看嘉陵好山水，吟躯不畏晓寒侵。

晚泊金龟寺

沧江斜日坠，古寺且停舟。茅屋炊烟起，寒山暮霭浮。

村荒无犬吠，市远少更筹。儿女灯前坐，欢谈话旧游。

嘉陵江道中

山青水秀说嘉陵，独占烟霞羡野僧。欲倩毫端留胜迹，诗笺画稿两无能。

舟夜有怀　浣云时由陆路返省

一叶扁舟泊浅沙，半圭寒月映窗斜。梦回忽忆征途客，遥计程期已到家。

出峡夜泊　距渝城四十里

兰桡划破碧琉璃，水浅沙胶出峡迟。烟树苍茫迷远浦，渔灯明灭吹寒陂。

停舟野岸无村店，翘首之江系梦思。料得倚闾情更切，灯前屈指计程期。

舟抵渝江登岸拜谒老母感赋长句

别亲一载余，思亲萦梦寐。犹幸道途间，骨肉得一聚。

心急怨舟迟，水程屈指计。蓬窗见城郭，喜色上眉际。

停舟急登舆，门径幸犹记。登堂拜慈亲，团圆叙昆季。
围坐画筵中，倾谈两地事。重慈将八旬，沉疴喜初愈。
精神尚如前，更出新诗赐。老母苦持家，米盐殊琐碎。
霜雪两鬓侵，慈颜益憔悴。阿兄滞宦途，浮沉不得志。
所入颇相微，菽水谋不易。我久作宦游，晨昏未能侍。
稍将甘旨供，道远难常寄。勉为数日留，少尽乌私意。
绕膝诸童孙，慈颜颇欣慰。阿妹太多情，更以珍羞馈①。
离情诉未终，漏尽银灯炧。此会非偶然，特拈湘管志。

月夜即事　时归宁母寓

月上帘栊夜悄然，雁行相聚话窗前。霜堆碧瓦凝寒玉，香暖金猊袅细烟。
人影梅魂同绰约，愁怀诗思共缠绵。嫦娥也识将离别，照到荆花分外圆。

别慈亲感作

离筵相饯暂盘桓，强笑还将白发宽。远道风霜休记忆，衰年珍重勉加餐。
若逢驿使缄书易，已定行期小住难。欲慰高堂伤别意，临岐有泪敢轻弹。

过滩

重叠雄溅险，轻舟破浪来。柁随石壁转，帆借朔风催。
怪石如蹲兽，奔涛吼怒雷。江神能默佑，飞渡不惊猜。

江行杂咏

粼粼浅水碧连天，锦缆遥从曲岸牵。羡杀蜻蜓小鱼艇，双桡划破浪花圆。

苍苍松柏绕烟岚，橘柚经霜色正酣。一杵疏钟何处至，遥知峰顶有茅庵。

衰柳萧疏集暮鸦，遥山如黛映残霞。天然一幅倪迂画，茅屋青帘卖酒家。

烟迷远岫有无中，两岸疏林薄雾浓。欲傍渔村停画舫，斜阳倒映碧波红。

---

① 谓莲芬妹时初于归，赠物颇厚，故云。

抵南溪作

检点邮签过四旬，风餐水宿慨劳辛。才看城郭临江岸，已听驺从集水滨。
试馆暂教为族舍，行装初解浣征尘。花间书就平安字，好倩鳞鸿慰老亲。

戊子

元日试笔

听彻晨鸡唱，韶华又一年。桃符迎瑞气，柏子袅祥烟。
醉饮屠苏酒，红书吉利笺。欣看小儿女，学礼喜随肩。

早春偶兴

东风初到草先知，新绿如烟上玉墀。怪底园林春事浅，峭寒勒住百花枝。
经旬阴雨怅廉纤，酿作轻寒分外严。似剪春风禁不得，低垂银蒜掩珠帘。
清闲官阁称幽居，琴谱棋枰乐自如。却笑主人忙转甚，栽花锄草课奚奴。

落灯后二日雨夜闻雷

落梅风冷雨潇潇，第一春雷响碧霄。犛角定知抽竹笋，芳心应已展芭蕉。
催开花柳韶华媚，惊起蛟龙气势骄。闲剔银灯倾耳听，寒生翠袖夜迢迢。

思亲

春信初来换岁华，天涯游子苦思家。难将甘旨供慈母，羞对林间反哺鸦。
底事鱼书滞驿程，巴山遥隔水盈盈。惊回一枕思亲梦，怪杀枝头百啭莺。

雨夜不寐有怀　时浣云因公务往泾南

催花细雨湿栏干，香冷鸳衾欲睡难。料得今宵行役客，征衣应亦怯春寒。

读书示儿辈

我生无嗜好，所嗜惟诗书。岂敢谓风雅，亦由情性殊。
终日手一卷，人嗤为蠹鱼。钞书贪昼永，展卷趁宵余。

质疑绕爷膝，问字牵娘裾。于归勤妇职，结习始暂除。
偶然得片暇，偷诵声咿唔。未能得三昧，借以警痴愚。
女子尚耽此，何况男子乎。汝曹日嬉戏，岁月真相辜。
读书不求熟，作字肆抹涂。经传及书史，视之如畏途。
已往姑不咎，戒尔改其初。无忘古圣训，刻意相规摹。
知否古贤者，贫贱尚勤学。映雪及囊萤，负薪与挂角。
彼无父师训，日夜自勤督。汝辈处温饱，髫龄珍似玉。
不识稼穑难，只知游戏乐。当此春昼长，晴辉映帘幙。
静凡列牙签，明窗堆锦轴。既不忧米盐，更不劳案牍。
正宜屏粉华，下帷勤诵读。岂必熟五车，冀免人讥俗。
莫负少年时，流光如电速。书为座右铭，勉哉宜自赎。

得冰持兄书喜作

春江水暖泛游鳞，远信传来喜不禁。宦海浮沉过数载，焦桐今始遇知音。

高堂从此老怀宽，禄米能承菽水欢。绕膝含饴娱晚景，莱衣对舞劝加餐。

春阴

东风蔫蔫雨霏霏，湿遍庭阶草色齐。唤妇拙鸠啼碧树，营巢娇燕啄香泥。
参差新竹遮窗暗，叆叇痴云压户低。帘幙畏寒常不卷，自添沉水爇金猊。

春晴

唤回幽梦鸟声哗，喜见晴辉透碧炒。鸭绿乍抽杨柳线，猩红初试海棠花。
寻香双蝶酣春睡，课蜜群蜂闹午衙。清昼渐长天渐暖，迟迟日影入砖斜。

春夜听雨

插秧天气近清明，好雨知时恰有情。听彻通宵檐溜响，明朝蓑笠看春耕。

花朝后五日移居退思堂漫兴

偶将陋室小经营，风景天然画不成。营垒笑同春社燕，迁乔喜共上林莺。

芟除苔草栽花竹，罗列图书养性情。案牍清闲衙放早，幽居真个俗尘轻。

小窗分绿有芭蕉，一夜轻雷展翠梢。鹁鸽巧偷鹦鹉舌，梧桐栖稳凤凰巢。

阑干月上珠帘卷，檐角风来铁马敲。儿女戏将瓜豆种，柔条牵引满墙坳。

前诗意有未尽再作七绝八章

辛勤半月费鸠功，静几明窗布置工。幽室果然尘不染，瓶花香篆总玲珑。

十字长廊接画堂，恰宜待月坐匡床。金炉那用焚沉速，花气薰人竟体香。

红窗六扇换玻璃，树色花光映绣帏。开卷不愁天色晚，粉墙月上已先知。

紫荆一树压檐斜，枝叶初青未著花。相对不禁怀姊妹，雁行三处隔天涯。

小园半亩未全荒，修竹千竿护短墙。正是幽人消夏地，罗襟吹透柳风凉。

柔桑绕屋绿初酣，嫩叶如云晓露涵。笑语女儿须取记，明春及早饲吴蚕。

小池水涸不生波，嫩叶犹舒几点荷。翠盖红衣佳句好，有谁重唱采莲歌。

假山戏垒数峰青，邱壑分来见性灵。似与诗人争巧思，文心一样斗玲珑。

消夏杂咏

十二疏帘护画楼，午阴庭院碧云流。织成湘竹波纹细，遮住晴辉枕簟幽。
花影参差摇月碎，篆烟飘飏暗香留。恐教迷却归巢燕，尽卷虾须上玉钩。（帘）

皎洁齐纨乍制成，圆圆恰似月华明。三庚炎暑闲中减，一味新凉雨后生。
戏扑流萤挥草际，故惊宿蝶绕花行。合欢未肯轻抛弃，休向西风怨薄情。（扇）

琐窗清寂少尘氛，为遣诗魔宝篆焚。香霭帘栊疑作雾，烟霏几案欲成云。
幽兰浓馥闲中领，沉水余芬静里闻。拜月庭前凉夜好，金猊火活袅氤氲。（香）

一泓秋水静娟娟，刻凤蟠龙巧样镌。皎洁浑疑珠出匣，晶莹宛似月当天。
斯妆映处妨人见，倩影窥来只自怜。写翠传红留艳迹，蜀宫佳丽久成烟。（镜）

听秋轩枕上作

玉漏迢迢夜渐徂，窥檐斜月映纱橱。素馨香袭纹鸳枕，沉水烟消睡鸭炉。

满耳虫声如雨急，半窗花影倩风扶。梦魂清绝诗魂爽，凉透桃笙暑气无。

新秋夜坐
乍觉炎威减，虫声已报秋。碧天清似水，新月曲如钩。
庭树影初定，盆兰香更幽。玉阶闲坐久，纨扇怯风柔。

久不得渝江书思亲甚切
去冬江上泊扁舟，曾赋归宁慰白头。小住匆匆无十日，流光忽忽又经秋。
远违色笑牵魂梦，只盼平安解客愁。尽隔盈盈衣带水，鱼书底事惯淹留。

念切高堂鬓已丝，犹将家计苦支持。累因儿女安闲少，路隔关河骨肉离。
眠食可能如昔日，精神只恐减当时。天涯游子魂飞越，过尽征鸿信转迟。

秋后苦热
秋阳何太酷，日日逼窗纱。伏已三庚尽，威尤一倍加。
迎凉无异草，消渴忆甘瓜①。纨扇方承宠，班姬慢自嗟。

月夜即景
金井桐飘暑已残，半轮凉月上栏干。西风庭院帘栊卷，花影参差鬓影寒。
娟娟零露湿庭莎，断续虫声曳薜萝。独坐寻诗忘夜永，轻罗衣薄嫩寒多。

枕上听雨
银釭光淡夜悠悠，瓶桂香浓斗室幽。梦醒忽惊檐溜急，恐花零落替花愁。

秋日偶成
阴雨连朝喜放晴，瞳瞳红日映窗明。桂花浥露香逾烈，梧叶随风落有声。
抱树残蝉吟断续，书空新雁字斜横。暑威收尽襟怀爽，满院秋光画不成。

---

① 南邑无瓜。

夜坐

银箭沉沉夜渐长,风敲铃索响回廊。绣余灯下摊书坐,消受瓶花一缕香。

月华如水浸空庭,花影横斜上画屏。音调悠扬何处笛,添来秋思不堪听。

芙蓉

绘出三秋景,芙蓉解拒霜。娇能经冷露,艳不媚春阳。
锦绣堆红萼,胭脂试晓妆。莫嫌开独晚,留伴菊花黄。

冬暮病起

沉疴缠搅太无端,时序惊心岁欲残。病里流光真草草,镜中瘦影更珊珊。
乍抛药盏犹余懒,深护重帏尚怯寒。诗兴消磨佳句少,负他明月两回圆。

己丑

寄芸仙二妹

青鸟传芳讯,开缄兴欲飞。怜侬同远别,羡汝得先归。
饯岁倾金盏,承欢戏彩衣。新年多乐事,笑语满庭帏。

竟遂乌私愿,归宁慰老亲。数年萦别绪,此日乐天伦。
胜事逢新岁,诗情咏早春。连枝团聚处,可念宦游人。

梨花

花朝节近艳阳时,细雨催开玉满枝。自是淡妆偏绝世,不教粉颊污胭脂。

镂冰为骨雪为肤,夜静余香淡欲无。月色花光浑不辨,水晶帘外影模糊。

一株如雪画栏东,料峭春寒睡思浓。深院无人门悄掩,玉阶露冷月溶溶。

春酣晶枕背斜曛,幽梦惺忪欲化云。惆怅晚来风力紧,满庭香雪落缤纷。

暮春中浣莲芬三妹由省赴渝道过仙源登岸见访赋此送别

忽闻画舫泊江边,意外相逢喜欲颠。晤会匆匆谈别绪,壶觞草草设离筵。
萍踪重聚知何日,荆馆联吟忆往年。羡汝庭帏欢笑近,惹侬远道梦魂牵。

初夏寄芸仙二妹

樱桃红熟垂芳树,开到荼䕷春已暮。一帘红雨洒闲阶,声声杜宇催春去。

迟迟清漏日初长,绿树阴浓荫画堂。柳絮飘残莺舌老,林花飞尽燕泥香。

兰闺人静帘栊卷,课女明窗拈绣线。竹炉泉沸试新茶,宝鼎烟霏篆细篆。

困人天气偶停针,抚景徘徊感素心。为盼乡音欣雀噪,欲寻午梦恼蝉吟。

回思往岁之江住,骨肉天涯欣共聚。萱帏戏彩共承欢,荆馆分笺同觅句。

离居咫尺日相过,雅集清谈乐事多。数到同怀诸手足,独怜卿尚隔关河。

两年日月如弹指,宦游我走风尘里。从此晨昏定省违,雁行分散增离绪。

今春忽得阿兄书,道汝归宁度岁除。伉俪偕行儿女共①,天伦重叙快何如。

羡君竟遂归宁愿,久别重逢情更恋。莱衣共舞侍重慈,吟赏时开花月宴。

开缄感触宦游人,千里归心一夜生。此际团圆惟欠我,当年佳会每思卿。

前游回首皆陈迹,庭帏乐事还如昔。只卿与我不相逢,应是缘艰成间隔。

一水盈盈阻道途,欲图良晤杳难图。不知赌酒拈题际,可有新诗忆我无。

夏夜与儿辈作

湘帘高卷敞窗纱,闲坐招凉共品茶。纨扇风来香透骨,盆兰新放两三花。

读苏文忠公诗集书后

万丈光芒百代雄,文如沧海气如虹。慢言闺阁无知识,一瓣心香独祀公。

唐末文章废不兴,浮华纤艳久相承。幸公一洗西昆体,独把源流溯少陵。

忧时忧国不平鸣,下笔真教四座惊。那管时人惯媒蘖,心如孤月愈光明②。

偶然戏咏蛰龙诗,薏苡明珠谤莫辞。穷困敢生迁谪感,余年已荷圣恩慈③。

---

① 原注:时妹偕妹婿率儿女赴渝。
② 原注:公集中有"孤月此心明"句。
③ 原注:公以诗狱几不免,神宗独庇之。

升沉荣辱不关怀，未报君恩敢乞骸。空说买田阳羡好，归耕之愿叹终乖。

烟瘴何堪度晓昏，已拼白发老蛮村。冤忠必竟天能雪，犹得生还入鬼门[①]。

手足情深世少双，来生之约更堪伤。白头未遂归田愿，风雨年年忆对床。

追踪李杜擅才优，宋代诸贤孰与俦。堪笑蚍蜉空撼树，那知公自占千秋。

和冰持兄半舫消夏十景原韵

阿兄居榷关，新构廊百步。凉宵玩月时，不使衣沾露。
千里寄诗来，索我和佳句。（长廊步月）

小艇爪皮轻，渡江时泛椊。桃叶与桃根，篷窗藏窈窕。
何如霜中兰，甘卧烟霞老。（小艇藏花）

板舆奉重帏，恰住烟水域。江山俨画图，明窗弄颜色。
兴来一挥毫，倾尽金壶墨。（晴窗作画）

荆花聚庭帏，骨肉胜良友。月下共承欢，开筵献樽酒。
何物解余酲，晶盘雪新藕。（凉夜开樽）

依山结屋居，流泉喧午枕。入耳响潺湲，那及涛声猛。
夜静听清音，暑退桃笙冷。（倚枕听泉）

雷雨走蛟龙，水涨前溪积。倚槛望长江，浪应长千尺。
何当一苇航，来访幽人宅。（曲栏观涨）

林外晚风来，一杵疏钟度。默听洗烦襟，自得清静趣。
愧我宦游人，扰扰红尘住。（晚寺钟声）

远浦晚烟生，天际残霞堕。渔艇晚炊时，一火如星大。
老翁收纶归，醉饱和衣卧。（沧江渔火）

飘檐好雨来，敲响琤玠玉。垂帘静坐时，秋意满林屋。
炎威一扫除，纨扇新凉足。（垂帘坐雨）

[①] 原注：公有"能雪冤忠死亦甘"之句。

岚气化为云，随风飞玉宇。无心住深山，有意作霖雨。
亲舍阻关河，终朝瞻望汝。（远岫飞云）

七夕
灵鹊填桥夕，天孙罢锦梭。黛云横碧落，眉月映银河。
一水盈盈隔，双星岁岁过。痴儿争乞巧，知赐阿谁多。

长女道沅十龄初度作此示之
忆妆初生日，韶光忽十龄。学书怜腕弱，刺绣爱心灵。
面靧桃花艳，眉凝柳叶青。随肩兄与妹，习礼共趋庭。

爱比珠擎掌，亭亭玉雪姿。明眸秋水翦，细发绿云垂。
问字超兄慧，耽书效母痴。年华看渐长，婉娩习闺仪。

素心兰
分来佳种惜如珍，磁斗亲栽土细匀。纫佩应怜迁逐客，采芳宜赠素心人。
招来皓月神同洁，嗅到幽香味更真。一卷离骚相对读，襟怀潇洒绝纤尘。

中秋待月
秋阴黯淡锁秋烟，隐约蟾光雨后天。佳节十年无好月，广寒此夕宴群仙。
木犀香透珍珠箔，银烛红摇玳瑁筵。怪杀浮云太多事，飞空时为蔽婵娟。

十六夜对月
万里无云玉宇宽，一轮晶镜尚团圞。作宵底事辜佳兴，今夜偏教尽雅欢。
鸳瓦光凝知露重，虾帘风动怯衣单。迟眠忍负清幽景，满院天香独倚栏。

外王母赵太宜人以近作二册寄示作此敬呈
冲云新雁一行来，寄到音书浣手开。密字珍珠诗百首，重慈白发擅仙才。

承欢幸赖阿兄贤，矍铄精神胜往年。读罢黄山题咏句，画禅参透悟诗禅①。

自写佳篇远寄将，花笺幅幅粲琳琅。菲才那敢酬珠玉，相对真教愧望洋。

奉和外王母赵太宜人秋日杂吟三十首之十并步原韵

结习年来改，奚囊久已空。兴随秋气至，句得月明中。
选韵吟金粟，敲诗倚碧桐。裁笺书写就，封寄倩飞鸿。（秋咏）

凭眺斜阳里，秋光分外幽。霞阴枫叶岸，雁宿荻花洲。
木落山容瘦，波平水态柔。白云缥缈处，伫望动离愁。（秋望）

谁弄桓伊笛，高楼独倚时。随风来院宇，和月度帘帷。
雅调惊秋思，新声感别离。余音听未已，清露湿阶墀。（秋笛）

风送秋声至，清砧度井栏。敢辞微力倦，只恐客衣单。
月影敲来碎，霜痕捣处寒。长宵人不寐，静听到更残。（秋砧）

曲沼凭栏立，香风送晚荷。擎来秋露洁，听彻雨声多。
翠盖遮鸳梦，红衣坠绿波。莲房含嫩菂，奈尔苦心何。（秋荷）

一叶飘然堕，梧桐得气先。报来秋信早，漏出月痕圆。
老干栖丹凤，孙枝抱晚蝉。中郎能赏识，清响发冰弦。（秋桐）

乞得蟾宫种，移栽曲槛傍。叶滋天半露，花吐月中香。
黄雪攒繁蕊，金风送嫩凉。一枝谁折取，仙斧利吴刚。（秋桂）

秋光烘染处，小院放芙蓉。萼吐胭脂色，枝堆锦绣重。
拒霜姿更艳，浥露态尤浓。甘伴西风老，幽情诉晚蛩。（秋蓉）

秋夜垂帘坐，摊书对短檠。替描人影瘦，羞比月光明。
喜事凭花报，诗情共汝清。兰膏添未尽，相伴听长更。（秋灯）

秋阴寒正峭，帘押护疏棂。半卷风先入，低垂雨细听。
花香留馥郁，月影漏珑玲。摇曳琼钩响，宵长梦乍醒。（秋帘）

---

① 原注：以黄山图题咏诗五十首见示。

秋日苦雨

匝月难逢五日晴，西风萧瑟冷江城。云迷远岫山无色，雨滴空阶夜有声。
金粟香残诗思懒，海棠红湿可怜生。庭前积水将盈尺，蜗篆苔痕上画楹。

一雨缠绵助薄寒，三秋景色易阑珊。檐前残溜停还滴，砌畔新苔浣未干。
润到金猊香篆烬，凉生玉簟绣衾单。夜深厌听潇潇响，悔种芭蕉傍画栏。

重九初度

匆匆佳节太相催，又插茱萸酌玉醅。儿女随肩知献寿，华筵香暖笑颜开。

流光弹指入中年，虚掷韶华转自怜。犹幸襟怀少尘俗，生辰恰值菊花天。

秋夜即事

门掩深秋夜，虫声带雨听。篆香霏宝鼎，花影上云屏。
骨瘦寒先觉，宵长绣早停。呼儿钞近作，共对一灯青。

代浣云谢人惠竹石拨

良友石离奇，供养皆佳器。遗我青琅玕，镂以银钩字。
用之拨文石，把玩多新致。报愧乏琼瑶，珍藏感高谊。

仲冬月夜独酌

一庭明月夜黄昏，辜负清光静掩门。鸳瓦霜凝寒乍肃，鸭炉香暖火初温。
扶持花影横窗纸，浣涤诗肠倒酒尊。何处高楼人耐冷，笛声催返早梅魂。

庚寅
病中书怀

病榻缠绵半载过，惊心岁月似飞梭。尘封砚匣吟情减，梦绕关山别恨多。
镜里朱颜怜瘦损，愁中青鬓易消磨。浮生无计消魔障，奈此恹恹二竖何。

年来惯与病为缘，减尽腰围瘦可怜。欲遣闲愁聊刺绣，久荒诗课懒裁笺。
胆瓶花气消炎暑，高树蝉声搅午眠。寂静房栊帘不卷，终朝相伴药炉烟。

晚凉庭院夕阳收，强倚阑干醒倦眸。体弱翻嫌罗縠重，花香独爱蕙兰幽。难消愁绪丝千缕，懒画眉痕月一钩。翘首巴山亲舍远，怪他鱼雁惯沉浮。

冰簟纱幮暑气清，兰釭光映小窗明。梧桐叶堕秋初至，络纬声喧梦不成。尝尽参苓谙药味，参空泡幻悟浮生。痴儿幼女相依处，怅触髫年膝下情。

女：道沅，外孙：濮思弇、濮思祐复校

晚香楼词稿
叙

　　自诗教微而倚声之学盛，缘情绮靡为之者，率多绰缛呃呕之音。求其神姿婉约，格韵高秀者，士大夫中已不数觏。晚近闺闼间，识此者无论已。武进汤菊仙宜人，夙承家学，雅好吟咏。曾受学于外王母同邑诗人赵书卿，所为诗若干首，清超绝俗，无簪写纤媚之态。而倚声亦工，其服习于诗教者至耶。夫声歌递变，由来已久。清韵所发，殊尠兼胜。古昔妇人能词者漱玉其几矣。外若朱淑真断肠词及黄氏花庵词选所录闺秀诸作，虽觉清婉可诵，于易安已难嗣响，况其他哉。盖华艳纤雅流俗各殊，而习尚规仿，复随世移易。昔人以萧淡疏远，激楚苍凉为词家高格。然浅涩嚣奴或致诟病，丛讥方来。究不若清新婉转，弗矜标格，而得中道，知所宗法固当慎尔。今观宜人所为《晚香楼词》，隐秀峭蒨，一以漱玉为宗。归李后，与浣云大令唱酬，诸阕寄远联韵，极一时房帏赠答之雅，视易安之流离播迁，嫠居终者所遇，奚啻霄壤。今宜人往矣，浣云大令伤游情挚，搜辑旧稿得八十四首，付女公子道沅写录成帙。丏其友贵阳陈君衡山，审校勘正，付之剞劂，以传无穷。并因衡山嘱余叙述崖略，重事编核。余年来外宦，奔走南北，旧殖荒落，几无孑遗，知不足导扬盛美明矣。兹重以浣云之所请，勉一泚笔。爰举作者生平得力之致，及余因衡山获与浣云大令相知之由，并书卷端以贻好事。若于词学浅深之故，余固穷日为之，而不得百一也。愿以赘之衡山。

　　　　　　　　　　光绪二十有三年丁酉夏五月，长沙黎承礼

己巳

浪淘沙　暮春

莺老众芳残，空翠娟娟。呢喃双燕语窗前。红雨一庭春去也，草色成烟。
闲自倚阑干，幽思绵绵，学今小句觉诗肩。曾记踏青南陌路，花正嫣然。

前调和元甫兄送春韵

花谢鸟空啼，粉退香稀。声声杜宇唤春归。无那韶光留不住，蜂蝶依依。
人倚画阑西，柳絮霏霏，残红零落点苔衣。邻树成阴新绿满，草色初肥。

庚午

如梦令　暮春

庭院落红堆满，又是一年春晚。默默倚阑干。风袅垂杨丝软。人倦，人倦，日暮画帘慵卷。

虞美人　题停琴伫月仕女图

小庭帘卷新凉乍，出浴妆初罢。长空云敛月娟娟，花影横斜移上曲栏前。
银河耿耿疏星小，碧水澄芳沼。添香煮茗抚瑶琴，曲罢更残清露湿罗襟。

月中行　新秋对月

银河雨霁暮云收，明月上帘钩。乍凉天气是新秋，翠袖怯风柔。
晚妆初罢阶前步。凭曲槛、闲看牵牛。茶烟几缕竹阴浮，花影一庭留。

深院月　冬夜即景和元甫兄韵

霜月皎，暮天空。过雁声声唳朔风。庭外疏梅花正放，冷香时透入帘栊。

临江仙　水仙花和元甫兄韵

乞得幽芳清供处，汲泉自贮瑶盆。玲珑碎石护灵根，最怜霜雪冷，却幸水云深。　　灯下亭亭欹瘦影，恍疑洛浦仙魂。月明人静掩重门，翠钿清有韵，缟袂淡无痕。

更漏子　月夜不寐和元甫兄韵

梦初回，更正永，留得半窗花影。银烛烬，篆烟沉，轻寒逼绮衾。声凄咽，谁家笛，吹堕中庭明月。添别思，引诗情。推敲句未成。

桃源忆故人　咏梅四阕和补笙叔韵忆梅

北风猎猎寒侵牖，忽忆梅花开否。灞岸春光应透，引我诗魂瘦。孤山老鹤终年守，驿使不来寒骤。去岁寻芳远岫，折罢香盈袖。

踏莎行　访梅

东阁寒消，西湖春早，疏梅一夜齐开了。幽人驴背踏霜来，紫华绿萼知多少。　　何逊吟情，徐熙画稿。霜条独数孤山好。行来千里路纡回，枝南枝北香风袅。

青玉案　供梅

江南春早花盈岭，千里故人遥赠，雪里折来犹带粉。瑶瓶供养，罗帏深护，惟恐冰姿损。　　纸窗月照留清影，相对忘言俗虑静。风度暗香添逸兴，砚池红泻，镜屏相映，伴我闲吟咏。

探芳信　问梅

冒霜雪。向灞岸山桥，扶筇闲立。想林逋仙去，檀心料相忆。罗浮梦渺知音绝。若个怜幽独，伴冰姿，树抄斜阳，枝头残月。　　欲问孤山鹤。问千载盘根，可能如昔。品冠群芳，春信应先得？晴香疏影都付与，隔院桓伊笛。倚琅玕，冷淡丰神，清癯无匹。

辛未

东风第一枝

补笙五叔以所作落梅词用吴谷人祭酒韵命和即次原韵。

香色初消，粉痕乍退，残红狼藉庭圃。琼英满径飘零，空倚夕阳一树。园林人静，宛然是、绿珠坠去。欲问他魂返何时，却又含情无语。　　听隔院、笛声吹处，三弄依然前度。夜深明月横斜，只有鹤雏飞舞，屏风六曲，画半幅、折枝来补。帐重来、咏赏偏迟，惟读锦笺佳句。

月照梨花　春夜

画帘、初卷。蟾光窥槛。小院风来，秋千影乱。梨梦初醒犹慵，怯东风。春衫乍试，春寒减。阑干倚遍，诗思疏懒。茶烟低袅竹阴中，花露香浓，咽鸣虫。

惜秋华　代左小芸夫人题九秋图

竹院柴扉，悄无人，行迹小窗画永。闲染霜毫，描来数丛倩影。临溪恨叶犛枝，剩一片余霞如锦。清回更天香，云外檀心幽静。　　水国露华凝，倚西风弱质，淡妆凝粉。细雨霏霏催放，寒英三径。轻罗湿透无痕，翠篠筱向银河涤净，秋冷惜芳心，淡红微晕。

如梦令　新秋

几日西风萧瑟，乍觉罗衣寒怯。桐树已知秋，金井乱飞黄叶。堪惜，堪惜，菡萏飘残红雪。

壶中天　苦雨

秋阴黯淡，怯连朝霖雨，绵绵昏昼。水积阶墀堪泛棹，石上苔纹如绣。风势呼号，雷声奋怒，恍似蛟龙斗。凄清浙沥，怕听深夜檐溜。　　最是窗掩轻纱，帘垂翡翠，犹觉轻寒透。屋漏墙颓池沼溢，一片波光绿绉。邻竹敧斜，庭花零落，烟雾迷疏柳。愁怀无那，吟肩如许消瘦。

月上海棠　秋夜坐

卷帘独倚阑干曲。爱明蟾、移影上修竹。满耳秋声，听砌下乱虫争咽。零露重，冷瘦疏篱黄菊。　　闲阶风动秋千索，看星河天际敛尽。浮云漾清辉。光凝银烛寒，宵永乍觉轻罗袖薄。

望梅

微雪连朝，朔风寒甚。静坐小窗，无聊已极，惟听檐际寒声渐沥。偶拈此，解以写吟怀。

岁将残矣。奈连朝小雪，只催寒意。更北风，猎猎生威，散一院琼花，一庭飞絮。静坐无聊甚，拨闷惟拼沉醉。听蕉窗瑟瑟，竹径潇潇，乱洒檐际。　长空冻云密布。看淡描水墨，天黯如睡。到夜来、静掩重门，与兄妹围炉，睹棋闲戏。为忆梅花，又添了、个依乡思。只林间、忍一寒老鹤，晓他放未？

水龙吟　寒夜闻笛

小庭门掩帘垂，金炉炭热香初暖。挑灯冗坐，静翻书史，闲情自遣。知是谁家，玉人绣罢，笛声飞远。听凄清呜咽，阳关折柳，诉不尽，离怀怨。　忽又梅花三弄，和天边、数行征雁。云霄遗响，轻风暗送，吹来深院。壮似龙吟，高于鹤唳，细如莺啭。曲终时，万籁无声，只有嫦娥相伴。

壬申

倦寻芳　春日小病

重门净掩，帘押低垂，绿窗人倦。小病无端，辜负春光晚晚。花下懒看新蝶戏，柳阴爱听雏莺啭。偶凭栏，奈竹梢风至，轻寒如翦。　房栊悄，乍醒午梦，短榻烟浓，药温玉碗。永昼无聊，倚枕微吟消遣。尘积针楼慵刺绣，香残宝鼎闲添炭。到黄昏，有嫦娥隔帘相伴。

杏花天　题画

迟迟日上纱窗晓，莺语绿杨枝声巧。沉酣香梦初惊搅，翠簟轻寒料峭。　妆台畔菱花镜照，梳掠处云鬟窈窕。兰膏香腻金钗袅，低问姣嬛可好。

扫花游　花朝日春分

秋千庭院，正晓梦惊回。绣帏人起，碧纱窗启。对冰奁妆罢，春衫初试。乍暖轻寒，酿就卖饧天气。下瑶砌，笑语问东风，海棠开未？　　流光如水逝，又节届花朝，红酣绿醉。姣痴小婢，翦花幡彩饰，树梢亲系。九十浓春，一半韶华已去。乞青帝，且留他，余春少住。

卖花声

风雨连宵，春光去矣。卧听檐溜，清梦难成。起坐小窗，援笔赋此。

深巷漏声迟，静掩柴扉。连宵风雨送春归。搅乱愁怀眠不得，酒正醒时，花事已全非。狼藉苔衣，怕听枝上杜鹃啼。似道风姨情太薄，绿怨红凄。

贺新凉

宿雨新霁。喜左小芸夫人见过，清宵茗话颇慰岑寂。钿车归后，倚声寄之。

一雨消残暑，正黄昏、斜阳将坠，暮山凝紫。忽报香车来陋巷，呼婢柴扉速启。觉别绪离愁消矣。煮茗清谈花底坐，爱襟怀潇洒真仙侣。才与韵，自无比。

园蔬村酿无甘旨。只贫家、荒厨野味，且拼沉醉。林下高风谁可并，诗画应流万古。奈更漏催人归去。别后心情犹恋恋，惹春蚕又把柔丝吐[①]。拈弱管，写长句。

丙子

意难忘　元夕对月怀小姑竹仙

炮竹声喧。奈流光似水，又过新年。广寒宫阙启，宝镜出云端。光皎洁，影团圆，灯月两争妍。负良宵，愁丝萦绕，意兴阑珊。　　去年戏彩堂前，记藏钩睹酒，角彩寻欢。调羹教试味，问寝忆随肩。人去远，事成烟。好景共谁看？只窗外，梅花耐冷，伴我盘桓。

戊寅

鬓云松　雨夜怀浣云

篆香残，灯焰细。一缕轻寒，透入罗衾里。辗转无眠推枕起。斜倚薰笼。静

---

① 原注：余每欲戒诗，遇景则不能止。

听敲窗雨。　　引离愁,萦别绪。眉上心头,只觉抛难去。欲遣相思凭梦诉,知到伊人,今夜谁家住。

壬午

解语花　碧桃盛开对花感赋

轻寒乍减,宿雨初晴,春事已过一半。风信更番,又催开、满树碧桃娇艳。胭脂淡染,明镜晓妆增腼腆。回首仙源流水远,离恨凭谁遣?　　镇日啼烟泣露,独倚斜阳,若个怜幽怨。为问芳心,尚忆否,当年刘阮?韶华易晚,弹指处、流光频换。崔护重来情眷恋,梦里寻人面。

甲申

菩萨蛮　对月有怀浣云

斜阳刚把珠楼下,又看新月林梢挂。风静晚凉天,垂杨锁暮烟。　　春衫罗袖薄,独倚栏干角。抚景动离愁,怅然怀远游。

遥怜今夜天涯客,扁舟知向何方泊。浪静晚潮平,隔江渔火明。　　篷窗清夜永,相对惟孤影。惆怅月明中,离情两处同。

菩萨蛮　春归

垂杨只解风前舞,长条不绾韶华住。花落点苔衣,无端春又归。红笺缄别绪,细写蝇头字。珍重托游鳞,为侬寄远人。

凤凰台上忆吹箫　暮秋寄怀浣云

红堕芙蓉,绿凋梧叶,无端又到残秋。更光阴似水,岁序如流。篱畔黄花摇落,最堪怜,露冷霜浮。帘卷处、轻寒乍峭,新月如钩。　　登楼,情怀怅惘,念旅客天涯,触起离愁。叹驰驱驿路,岂为封侯。辜负一年好景,怪垂杨、难系骅骝。销魂际,凭栏凝眺,极目归舟。

烛影摇红　寒夜与莲芬三妹话旧,有怀芸仙二妹

几日新霜,满庭梧叶随风堕。玉阶月冷又黄昏,寂寂重门锁。自拨金炉余

火。伴连枝、小窗闲坐。前游再记，旧事重题，愁怀无那。　　忆否髫年，谈诗听雨联床卧。一朝分手各西东，萍迹风吹破。幸有天边雁过。折瑶缄、离情稍可。传来吉语，掌上奇擎，明珠一颗。

南柯子　寒夜寄怀浣云

压屋霜痕重，窥窗月影斜。沉沉小阁绣帘遮，欲剔银釭深惜并头花。　　握管离愁集，裁笺别恨赊。泪痕和墨寄天涯，料得羁人此际也思家。

翠被余香烬，金炉宿火残。朔风凛冽助严寒，落叶潇潇如雨洒阑干。　　青鬓消磨易，红笺寄恨难。关河阻隔路漫漫，梦里寻君聊作醒时看。

乙酉

柳长春　客中清明

宿雨初晴，轻寒犹峭。梨花落尽无人扫，流光强半病中过，惊心冷节匆匆到。　　风袅垂杨，烟迷浅草。卖饧声里春光好。五年踪迹滞之江，新阡回首离魂绕。

眉妩　新月

正黄昏庭院，暮霭才收，夕照又西下。扫尽浮云影，天如洗，银蟾树杪斜挂。嫦娥妆罢，试黛螺眉样初画。看纤影、浅带含颦态，只离恨难写。　　堪爱春宵清雅。更柳烟淡笼，花露轻泻。曲槛闲凭久，罗衣薄，欲去未能抛舍。迢迢良夜，要倩他、点染台榭。待三五圆时，须把光华早借。

八宝妆

外王母赵太宜人游桂花园赏牡丹，归以诗见示，因拈此解。

节过清明，乍寒还暖，正是踏青时候。廿四番风吹欲遍，试问鼠姑开否。招邀吟伴闲游。一叶扁舟，双桡划破波纹绉。遥指道旁园圃，春光如绣。　　堪爱姹紫嫣红，姚黄欧碧，倚新妆共争斗。惹多少蝶蜂喧闹，绕枝上天香争嗅。笑凡卉应难并耦，花前乘兴题诗去，羡好句霏珠，仙才定继青莲后。

疏帘淡月 春夜有怀莲蘅两妹

重门掩处，爱风静瑶阶，月明如水。几点疏星，映出碧天无际。娟娟素影窥帘幌，转回廊、更穿窗纸。花阴立久，苔侵罗袜，露沾衣袂。　听砌下虫声细细，又触起吴侬、别离情绪。记否年时，携手画栏同倚。前游回首都成梦，隔红墙、浑似千里。倩他月姊，替人分照、一腔愁思。

满江红 得夫子书拈此代柬

满院梧阴，遮尽了、尘氛暑气。晨妆罢，卷帘独坐，绣绒闲理。忽听云霄鸿雁过，为传旅馆音书至。急开缄、浣手诵回环，添离思。　君作客，偏多累。侬善病，尤憔悴。叹天涯妆阁，一般情味。辛苦休将眠食减，勤劳莫使腰围细。嘱征人、珍重要随时，心须记。

卷珠帘 夏夜对月

玉宇无尘云乍敛。几点疏星，映出银河淡。明月娟娟窥画槛，帘波风动琼钩飐。　小院沉沉门静掩。清露霏珠，洗净花光艳。纨扇绡衣余暑减，嫩凉如水生冰簟。

爱此团圆天上镜，故遣清辉，夜夜添幽兴。庭树无声风乍静，花丛宿蝶香魂警。　相对徘徊怜瘦影。弱骨珊珊，可奈经年病。独立瑶阶眠未忍，更阑渐觉罗衣冷。

误佳期 不寐

深院月斜人静，风弄一窗花影。听残漏、漏夜将阑，辗转眠难稳。
欹枕数归期，盼断天涯信。欲凭梦里诉离愁，梦也全无准。

南浦月 病况

镇日恹恹，懒临鸾镜施膏沐。翠蛾频蹙，双颊消红玉。
一寸眉尖，怎载愁千斛。屏山曲，幽兰流馥。香透纱窗绿。

双红豆　凉夕

花一庭，月一庭。翠袖迎凉倚画屏，闲看织女星。

漏将沉，酒初醒。风送邻家玉笛声，添人离别情。

临江仙　立秋后苦热

可奈骄阳秋更烈，炎炎日丽晴空。轩窗尽敞卷帘栊。绡衣犹觉重，纨扇不生风。　玉枕纱橱幽梦醒，夕阳初过花丛。蝉声断续绿槐中。已看新月影，移上曲栏东。

剔银灯　雨夜不寐有怀芸仙妹

瑟瑟西风初起，添几阵潇潇夜雨。落叶敲窗，轻寒入幕，一点兰釭光细，长宵难寐，又值此助愁天气。　回首对床情思。剩有吟笺犹记。梦阻蒹葭，书迟鱼雁，怅望关河迢递。离怀难寄，问何日萍迹重聚。

桂殿秋　中秋赏雨

风飒飒，雨潇潇，湿云如墨掩层霄。广寒底事琼楼闭，应是嫦娥耐寂寥。

丙戌

清平乐　人日与弟妹小集

新年无事，骨肉欢相聚。暖阁围炉同笑语，柏酒椒盘聊具。

佳辰喜遇晴晖，梅花香透帘帏。得遂天伦乐意，兴来醉墨闲挥。

锁窗寒　春雨

湿雾蒙蒙，阴云黯黯，恼人天气。枝上啼鸠，唤作廉纤微雨。洒阶墀，寂寂无声，瞒人著意催花蕊。更润逼金猊，寒生翠幌，麝煤香细。　无计。难消遣。剩一缕春愁，几分绮思。重门悄掩，镇日栏干倦倚。爱芊绵、草色如烟，苔痕映入疏帘里。待黄昏、燕子归来，泥涴雕梁腻。

满庭芳　春草

南浦春来，西园雨挞，萋萋芳草如云。踏青节近，绿遍浣花村。最惜弓鞋行处，穿曲径，软衬罗裙。郊原外、东风似剪，吹返烧痕。　　消魂，离别际、短长亭畔，催送征人。更堪怜、金勒踏碎芳茵。回首前游旧迹，天涯远，空忆王孙。深院里，和烟浥露，翠色映重门。

长亭怨慢　舟中见新月怀莲蘅两妹

行过了、青山无数。且趁残阳、停舟古渡。渔父收纶，牧童驱犊，沧江暮。篷窗闲眺，暂遣满怀愁绪。新月一钩斜，正挂着、溪头枯树。　　凝注，看纤纤瘦影，恰似伊人眉妩。兰闺倦绣，料早向花前闲步。还念否？游客天涯，知此际、征帆何处。只打叠离情，今夜梦中相诉。

寿星明　奉怀外王母

白发重慈，古稀已过，逸兴尤豪。喜矍铄精神，爱评花月；优游杖履，惯涉风涛。画仿徐黄，诗宗李杜，意蕊心花艳彩毫。怡情处，把江山胜迹，写上生绡。　　儿时抚抱勤劳，受多少、恩同天地高。记绣窗日暖，女红课督，绛纱月皎，书史亲教。色笑才承，骊歌又唱，离绪新添一夜潮。乌私愿，祝遐龄永庆，香篆频烧。

菩萨蛮　灯下读弟妹见怀诗感作

冬冬衙鼓更初起，画帘低押重门闭。倦绣坐窗前，金猊袅篆烟。　　桃灯寻尺素，细读相思句。别恨太缠绵，书来亦可怜。

情怀欲诉何由诉，伊人惆怅关何阻。两地借书函，离愁细细缄。　　山城无驿使，一纸凭谁寄。道远雁飞迟，凝眸望欲痴。

丁亥

南浦　得芸仙妹书拈此却寄

荆树本连枝，怪无端，萍迹被风吹散。魂梦隔天涯，空惆怅、千里山遥水远。鸾笺锦字，传情凭仗鱼和雁。满纸离愁难细读，惹我泪花飘溅。　　诉来幽恨缠绵，料拈毫、未写柔肠先断。一语寄君知，须珍重、休使吟腰瘦减。药炉茗碗，消闲好把吟怀遣。但祝团圆天上月，照我他时欢宴。

虞美人　子尹弟以同人所画桃花见示戏拈此解

嫩晴天气余寒减，小阁珠帘卷。夭桃竹外几枝红，靥晕脂痕无语笑东风。
蜂喧蝶闹韶华丽，日映花光媚。妒他人面不胜姣，知否当年崔护已魂销。

临江仙　咏蝶和女弟莲芬

节近清明春景丽，南园嫩草初肥。多情凤子惜芳菲，酣红饱绿，花径作团飞。　粉翅香须颜色好，玉人绣上罗衣。庄周梦境是耶非？温柔乡里，留恋欲忘归。

卖花声　本意和蘅芬妹

鸟语闹新晴，绣被寒轻，东风吹过卖花声。一角红墙遮不住，幽梦方惊。
数遍众芳名，素蕊琼英，买来犹带露盈盈。分与学妆娇小女，簪傍钗横。

忆江南　春绣

春昼永，学绣蔚轻绡。彩线分来纤缕软，金针刺处折枝娇。花样倩人描。
房栊静，睡鸭袅残香。纨扇懒携惊蛱蝶，彩丝细擘绣鸳鸯。清昼喜初长。

百尺楼　春夜

深院夜黄昏，晚镜妆初罢。月色溶溶上粉墙，露湿鸳鸯瓦。风过嫩寒生，一树梨花谢。蝴蝶芳丛睡正酣，香梦和云化。　散步下瑶阶，花影如人瘦。摘得蔷薇带露簪，香染轻罗袖。珠箔漾微波，篆缕霏金兽。良夜迢迢故睡迟，细数铜壶漏。

忆秦娥　怀莲蘅两妹

东风紧，水晶帘漾玲珑影。玲珑影，半阶晴日一栏花韵。
绣床午倦添春困，停针又动离群恨。离群恨，鱼书频寄，情惊难尽。

新雁过妆楼　　外王母赵太宜人以见怀诗寄示敬呈此解

玉宇秋高，刚好是、山城宿雨晴时。西风瑟瑟，数行雁唳斜晖。我正思家乡梦切，一函底事寄偏迟。急开缄，桂花香里，盥诵新诗。　　重慈吟怀老健，看蛮笺写遍，字字珠玑。戎州官阁，去年曾舞莱衣。而今宦游异地，隔千里、瞻云怅远离。归宁愿遂，承欢献寿，再捧金卮。

南乡子　　思亲

一载别萱帏，水远山长信到稀。遥望白云千里隔，依依。镇日心随过雁飞。寸草恋春晖，惆怅年来定省违。梦绕之江烟水阔，思归。好待秋潮赋浣衣。

凤栖梧　　初冬月夜

长夜迢迢莲漏永。悄掩双扉，小院人初静。月姊偏禁霜信冷，莲宵妆阁开奁镜。　　玉宇高寒河汉迥。光映庭除，恍似冰壶浸。篱菊将残怜瘦损。风来时弄参差影。

离亭燕　　与莲蘅两妹夜话

夜永漏迟银箭，睡鸭浓薰香篆。听雨西窗烧画烛，细诉旧愁新怨。一别动经年，共讶朱颜瘦减。　　底事萍踪难绾，不及联行飞雁。后会未知何日是，空使离魂留恋。强订再来期，有约他时重践。

大江东去　　渝江晓发

朔风猎猎，送蒲帆冲破、一江寒雾。回首渝州城郭远，已隔几重烟树。草草还家，匆匆送别，欲住偏难住。波光浩淼，又添多少愁绪。　　那更绿水青山，牙樯锦缆，都是前游路。白发衰亲千里隔，羞说慈乌反哺。雁序分飞，鱼书寄讯，两地情难诉。白云缥缈，倚窗终日凝注。

戊子

画堂春　　元夕

华筵香暖绮罗丛，金钩高卷帘栊。画屏绛蜡影摇红，官阁春融。

火树银花灿烂，明灯皓月玲珑。新年好景乐儿童，戏舞鱼龙。

海棠春　花朝
春分才过余寒减，听巷陌饧箫吹暖。嫩日上瑶阶，帘幙东风软。
红酣绿媚韶光艳，更彩斾、朱幡招飐。把酒祝花神，满泛流霞盏。

生查子　送春
几日雨廉纤，又送春归去。花事已阑珊，红湿苔痕腻。
杨柳碧无情，飞尽颠狂絮。空自袅柔丝，不解留春住。

湘月　仙源官署月夜，有怀芸仙莲芬蘅芬诸妹，时散居江阳蓉城渝江。

碧梧庭院，看纤云卷尽，银河如洗。花影半帘，明月上、正好晚凉天气。画扇迎风，罗衣叠雪，人在冰壶里。墙阴络纬，添来多少离绪。　　忽忆雁序天涯，分飞四地。何日重欢聚？一样良宵清景好，不见当年伴侣。驿使难逢，书函莫达，别恨无由寄。遥怜此夜，寸怀同系千里。

鹊桥仙　七夕遇雨
巧云如墨，金风似剪，雨湿鹊桥仙路。天孙特为泻银河，便洗尽、人间炎暑。　　铜荷烛灿，画屏烟袅，散作满庭香雾。共呈瓜果拜双星，看一队、痴儿娇女。

己丑
玉烛新　元旦试笔
阳和回凤琯。看万户千门，桃符齐换。官斋瑞霭韶光好，箫鼓时喧深院。娇儿幼女，斗妆束、新衣花钿。霏宝鼎，龙脑香浓，银荷烛花红灿。　　华堂玳筵开，喜酒暖屠苏，共倾金盏。瓶梅吐艳，迎淑气、独把春光先占。东风似剪，便嫩柳娇花催遍。欣此际、盛世升平，江城春满。

陂塘柳 春柳

绕池塘、依依垂柳，鹅黄染遍芳树。江城才见阳和转，漏泄春光笑汝。纤腰舞，看竞斗，轻盈多少随宫女。千条万缕。任燕剪低飞，莺梭细织，替绾韶华住。　　翠楼上，钩起伤春情绪。凝妆懒画眉妩。销魂桥畔毵毵碧，镇日啼烟啼雨。休攀取，待留得、浓阴好覆行人路。花飞轻絮。更曲谱新声，晓风残月，听唱耆卿句。

百尺楼

浣云种兰盛开，属余咏之，为作二律。后读蜀桐弦词有此调八阕，因拈八题分赋以应其请。

　　官阁得余闲，且尽栽花兴。艳李浓桃总俗姿，只有幽兰韵。
　　佳种素心多，别具超凡品。细土瑶盆植嫩芽，须识花情性。（种兰）

　　弱质不禁秋，偏解消炎暑。嫩箭须妨烈日侵，锦幔为遮护。
　　半吐欲开时，更喜风和露。花虱亲除避蚁虫，费尽心无数。（护兰）

　　太湿易生蛙，晴久还愁燠。玉虎牵丝转轴轳，汲水为花浴。
　　手瓮喷清泉，细比游丝薄。素蕊临风态益妍，浑似施膏沐。（溉兰）

　　棐几小玲珑，雅称黄磁斗。茗碗瑶琴位置宜，相伴消清昼。
　　时为送幽香，薰彻罗衣透。嗅味如君忍暂离，原结同心友。（供兰）

　　隐迹寄空山，羞与凡葩共。便屈孤芳入世来，只合幽人种。
　　洁并白莲清，品与琼芝重。尘俗知难惬素心，独把瑶琴弄。（兰品）

　　庭院好风来，忽送浓芬至。扑鼻氤氲暑气消，绝胜龙涎味。
　　那用爇金猊，别有清幽气。凡艳何能并国香，怪底人争媚。（兰香）

帘卷晓妆成，独向花前立。乍喜深丛几箭开，弱态真清绝。
秀润玉无瑕，莹净珠同洁。雅淡丰姿更可人，素质娇凝雪。（兰色）

银汉月初升，光射晶帘下。花影参差映玉阶，一幅天然画。
嫩叶自交加，逸态真潇洒。雅韵难教俗笔摹，好倩嫦娥写。（兰影）

庚寅

卷珠帘　暮秋对菊有感

怪底沉疴淹滞久。病过炎天，又是秋残候。愁压双蛾眉黛皱，带围宽退腰肢瘦。

几日新霜寒乍骤。篱畔黄花，摇落全非旧。对影相怜如旧友，凭栏独把余香嗅。

酷相思　书札尾寄夫子

迢迢长夜停针线。人静也，重门掩。剩一穗灯花光黯淡。本已是，难消遣。又触起，闲愁怨。　天边过尽传书雁。缘底事、音书断？料羁旅情怀同缱恋。怎此际，遍疏懒，全不管，人翘盼。

貂裘换酒　长至日消寒初集与莲芬妹联句

葭管灰飞候（菊），助严寒、北风凛冽，纸窗吹透（莲）。却喜天涯逢令节，一样红灯绿酒（菊）。联吟处、埙篪叠奏（莲）。膝下承欢团聚好，献金樽、共祝高堂寿（菊）。欣永夜，如春昼（莲）。　故园此际梅开否（菊）？料南枝、阳和信转，暗香应逗（莲）。愧我他乡萍寄久，忍把韶华辜负（菊）。爱晴日，工添刺绣（莲）。九九图成闲点染，试霜毫、墨迹沾罗袖（菊）。分险韵，争先后（莲）。

高阳台　读夫子见怀诸作拈此答之

静掩纱窗，低垂帘押，兰釭影淡疏帷。独坐无聊，幽怀难遣人知。谢他天外传书雁，趁霜征、寄到新词。展愁眉，盥手开缄，讽咏移时。　花笺写遍销魂句。更薰香摘艳,玉屑珠霏。怨别伤离,缠绵情见乎辞。涂鸦我愧雕虫技,借吟毫、少寄相思。盼天涯,早买扁舟,莫误归期。

女:道沅恭录
外孙:濮思弇、濮思祜复校

濮贤娜 《意眉阁集》

第五编

意眉閣集

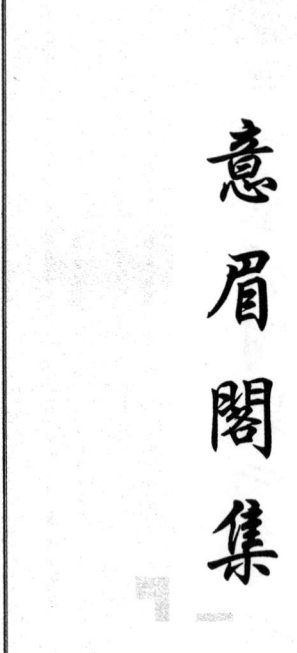

濮贤娜

濮贤娜（1869—1898），巴金之继祖母，号书华，同治二十八年（1869）生于四川，祖籍江苏溧水。适李镛为继室，生道沛一子。卒于光绪二十四年（1898）冬。贤娜工诗词画，与上辈文湘、文绮、同辈贤妲，精于诗词，同为濮氏四闺秀，被著录于多种诗目。《益州书画录（附录）》说她"天性夙慧，素耽艺事，主嗜'六法'，尤工花卉，有佳作累累，为世人珍赏"。她写的《蝶恋花·咏蝶》脍炙人口，被收入《南京诗文集》（又名《南京历朝历代诗歌选》）。贤娜室号意眉阁，所著诗词被编为《意眉阁集》，合刻于《李氏诗词四种》；亦传有光绪三十四年（1908）刻本《意眉阁诗词稿》；近年又以《意眉阁诗词稿》为题收入《江南女性别集初编》（黄山书社）。祖父濮瑗，祖母丁氏；父文昇（号蘧生），举人出身，先任营山、资阳知县，后擢涪州知州，母刘氏；有六兄弟与二姊。子道沛。现代话剧艺术家濮思洵（苏民）、濮存昕父子为其族人（文昇长兄文遑之后）。

意眉阁诗稿

朝游依凤山
雨夜灯初烬,晴窗晓日烘。花知春气暖,叶啸晚来风。
古寺青山远,深林绿水通。归途须缓缓,明月小楼东。

对月有怀
绣刺东楼月,团圞一样明。那堪今夜景,偶忆旧时情。
两地添离绪,三年恨别声。凄凄芳草处,风雨泪常倾。

早梅
不羡罗浮梦,东园报晚香。清芬含瓣蕊,浓艳照衣裳。
踏雪过豀径,探春出粉墙。新醅斟绿蚁,相对赏红妆。

眷眉山馆送寿铭七哥还家
积雪人方至,东风客又还。归舟先送别,回首望云山。

怀诗环五姊
重门深锁系相思,冷雨秋风忆别时。愁看齐纨旧团扇,折枝犹是画将离。
记取年时送客舟,殷勤携手话离愁。黄花屡负归来约,别梦天涯几度秋。

题牡丹蝶
歌舞艳沉香,寻芳蝶使忙。南华新梦觉,风景在洛阳。

芙蓉蝶

栩栩寻秋梦不差,锦城花事正繁华。栖香错识春风面,太液波寒日半斜。

秋海棠

玉殿曾劳奏绿章,红妆新样出花房。阿侬未识春阴护,却向西风唤断肠。

珊珊秀骨自轻柔,聊与飞仙作梦游。妆罢漫烧红烛照,和风带雨不胜秋。

春灯

玉楼延月夜深开,帘底笙歌去复回。看罢鱼龙春欲曙,踏青女伴更相催。

东风吹遍六街春,火树辉煌巧样新。碍月华灯惊宿鸟,妨花飞盖照游人。

草

平芜望尽冷凄凄,相忆王孙路转迷。休向六朝思远道,断肠只在夕阳西。

题画金丝桃蝴蝶花

鹧鸪斑晕粉痕深,栩栩何劳梦里寻。参透桃花禅一指,东风变相亦黄金。

意眉阁词稿

减字木兰花 山居立春

重衾渐暖，欲起还眠梳洗懒。信步回廊，仿佛山花扑面香。

画帘人静，宝砚新烘晴日嫩。却是春光，怪底东风昨夜忙。

浪淘沙 登凌云山

石壁系归舟，双橹春柔。绿阴深处小红楼。城郭江天都入画，槛外凝眸。

浪卷九峰浮，阅尽春秋。苏家兄妹盛名留。尚有读书台在此，我辈同游。

踏莎行 留别眷眉山馆

皓月孤明，红梅半吐，忍将一片春光负。庭轩寂寞任人行，何年重到桃源住？

蒙竹平桥，垂杨古渡，去时犹记来时路。扁舟不见峨眉峰，白云天外深深处。

如梦令 偶成

天气时晴时雨，都是落花飞絮。寻蝶到中庭，随步小红深处。休去，休去，栏外碧苔沾砌。

祝英台近 新燕

柳初芽，桃欲吐，画栋曲尘暖。贴地双飞，约得旧时伴。栏杆细雨方晴，翠尾分开，乍翻落、乱红千片。　　弱翎倦，一霎飞近帘钩，掌上斗轻软。王谢乌衣，问甚旧庭院。辛勤早砌香巢，双宿双飞，定遂尔、携雏心愿。

水调歌头　重过江州

春水一江碧，双桨荡波柔。落花声里啼鸠，处处动征愁。正好轻帆飞渡，莫教东风误阻，楼橹认渝州。细辨旧时路，惆怅去年秋。　转危峡，依断岸，系扁舟。不曾一诉，离恨今夕枉勾留。千里故家程近，咫尺孤城人远，相见怨无由。明日深闺梦，应更绕秦楼。

满江红　闰花朝

斗草寻芳，早过了、清明时节。算今年，百花有幸，再逢生日。罚酒重翻金谷例，踏青更试弓鞋窄。把前番扑蝶会中人，重邀集。　青桐腻、新添叶。黄杨小，偏增厄。又淡云微雨，补些春色。宝篆香消烟不断，罗衣珍重寒无力。怕梁间、燕子带春归，茫无迹。

鬲溪梅　蝴蝶

恋花香梦忒多情，问庄生。待把三春眉样，画丹青。寻香约未成。罗裙化出腻无声，被风惊。莫是洛阳买纸、剪娉婷。凋零粉翼轻。　红蚕初褪彩毛干。影翩翩。弱翼惊风怯露，不胜寒。两眉蛾样弯。一春辛苦傍花眠，尽堪怜。切莫双双飞去、过秋千。画檐蛛网缠。

蝶恋花　画蝶

晓梦醒来无处觅。幻影南华，笔底传消息。吮粉调脂谁省识，滕王旧谱新翻得。　软翅才舒风约折。碎锦迷金，做就罗裙色。可惜一丛花影隔，娉婷飞去娇无力。

柳梢青　柳絮

软逐轻尘，风前有影，雨后无声。记得江干，牵衣送别，点点啼痕。天涯梦冷长亭，更消瘦、东风几分。飘尽闲愁，任他金缕，莫系残春。

又　柳眉

蹙露横烟，青分螺黛，秀衬蛾山。淡扫东风，陌头忽见，时世妆残。

离愁不展阳关，有新月、梢头未圆。种近长亭，纤纤系马，恨锁微尖。

忆秦娥　柳腰

伤倦客，绿丝系马罗裙窄。罗裙窄，依稀楚女，陌头春色。

亭亭攀赠新离别，掌中纤细枝无力。枝无力，门前陶令，不甘轻折。

满江红　送春

吹彻东风，听夜夜、啼破杜鹃。随流去、落花千片，香渺无边。过雨樱桃红碎锦，经风杨柳绿垂烟。把离愁、挑逗到天涯，人未还。　　伤春句，吟未安，新珍重，断肠天。奈晓钟惊觉，百八声残。蝶梦无凭人易醒，蛛丝有力恨长牵。问送春、春去几时回，如旧年。

菩萨蛮　四月八日

龙华会里香如织，迎神歌鼓喧声急。风雨洗春池，昙花青杏枝。

年年朝佛日，金镜生悲泣。佳节在人间，春归又一年。

满江红　寄荔初七姊

榴火槐风，又正是、销魂时节。算别后，罗巾犹在，泪痕成迹。欲倩云笺词远寄，试拈湘管愁难说。正衡阳、归雁到针楼，书盈尺。　　相思字，嵌层叠。回环读，增凄咽。想临妆罢绣，一般伤别。失伴鹡鸰谁急难，惜春杜宇空啼血。问几时、侍宴画堂中，欢声溢。

扬州慢　前题

蜀道崎岖，楚江空阔，七年人远天涯。忆长堤送别，正稚柳初芽。自天际轻帆去后，登临一望，回首堪嗟。只妆楼，西畔垂杨，依旧欹斜。　　寻芳斗草，曾经过、几度繁华。叹锦绣欢筵，笙歌胜会，尽幻空花。拟嘱归鸿传语，知东去、飞落谁家。问离人何处，千山雾锁云遮。

卜算子慢　听雨

西风夹雨，催冷送寒，酿出暮秋情味。滴碎檐牙，不管愁人无寐。更更寒，点点声相继。便积有、千场好梦，何曾留得人睡？　　翦烛人何地？念两处窗纱，一般秋意。乍歇还喧，似诉断肠情绪。抵天涯、多少离人泪？数漏尽、疏棂破晓，尚声声时坠。

浪淘沙　秋夜有怀

好月正盈盈，漏尽残更，印窗花竹影纵横。记得栏杆人并立，一样娉婷。
话别尽多情，别后寒盟。那年相送短长亭。说是春来书早寄，何等丁宁。

贺新凉

世事都痴绝。算古今、几人才气，几人颜色。待把闲愁呼天诉，满腹幽情无极。第一是、零丁孤寂。道是红颜多薄命，貌无花、命薄何如叶。谁为我，细评说。　　诗书自是人间物。怅生平、阿侬无分，总成消歇。念一光阴真虚度，绣句几曾拈得？负多少、花晨月夕。一字推敲难何似，枉教人、呕尽心头血。千万恨，寸肠裂。

金缕曲　赋落牡丹

减却春光暮。看园亭、斜风细雨，倩谁为主。底事东皇都冷落，久已朱幡不护。莫更说、沉香歌舞。收得朱栏魂一片，愿芳名、更入洛阳谱。樽酒约，记前度。　　脂痕一捻生香处。怅而今、残红点尽，美人黄土。富贵何须春长在，认取帝城归路。伴夜月、啼鹃休诉。自古空花原是梦，算繁华能得几今古？传遗恨，唱金缕。

长亭怨慢　柳

又吹绿、丝丝烟缕。糁絮飞花，满城风雨。几线黄金，蓦垂青翠，罨南浦。树犹如此，人那耐，春迟暮？转眼怨飘零，枉太息，当年张绪。　　记取，记灵和毁后，才剩绿阴如许。年年陌上，浪攀折、送君何处？望故国、十里隋堤，想都怨、青青无主。把万绪春愁，权付流莺声诉。

菩萨蛮　春晓

鹦哥巧语繁红里，声声苦唤愁人起。只解惜花忙，那知春梦长。
看花情脉脉，梦里春心窄。花落怨春迟，怨花花不知。

又

流莺啼破相思梦，衾窝翠拥春寒重。怕起理残妆，两眉春恨长。
春长何日尽，常抱伤春病。拼与伴春归，春归自复回。

贺新凉　重九怀诗姐

何处催砧杵，尽消魂、空阶落叶，冷风疏雨。梦里归来分明是，醒后伤心谁诉？况又是、凄凉秋暮。咫尺江山天样远，怅归期、屡被黄花误。空盼断，粉江路。天涯此度登临苦，伴黄昏、虫吟草岸，雁来南浦。故境依然人何地？满目悲秋情绪。但剪烛、西窗自语。料得相思同此夕，仁鸣琴、暗忆知音侣。书不尽，断肠句。

浣溪沙　素心兰

凤尾轻分晓露浓，美人妆素倚屏风。淡交难得两心同。
画上生绡空是色，遗谁远道去无踪，自然名占国香中。

又　红牡丹

绿叶新裁金缕裳，魏家妆束胜姚黄。果然春色冠群芳。
独乐园中倾国艳，华清宫里解醒香。东君无奈为花忙。

菩萨蛮　梅

野桥踏雪寻春久，春来莫在人归后。新曲助芬芳，小园春更长。
绿窗斜伴月，红素双清绝。吹笛又东风，玉颜和醉红。

醉花阴　新月

岁岁盈亏看不了，几度催人老。把酒近中秋，料得相逢，意欲团圆早。

重帘不卷银钩小，有桂花长好。暗影旧山河，绣户曾窥，眉样长多少。

醉吟商小品　题画芍药杏花

春雨醉扬州，二十四桥依旧。闹红吟就，金带围腰瘦。记取前村沽酒，将离时候。

菩萨蛮　题画水仙梅花

清泉倒浸黄昏月，一般冷艳夸双绝。姑射幻飞仙，美人刚并肩。　孤山山下路，蹀躞凌波步。红点寿阳妆，贴花金盏黄。

女：道沅，外孙：濮思弇、濮思祜复校

李道漪《霞绮楼仅存稿》

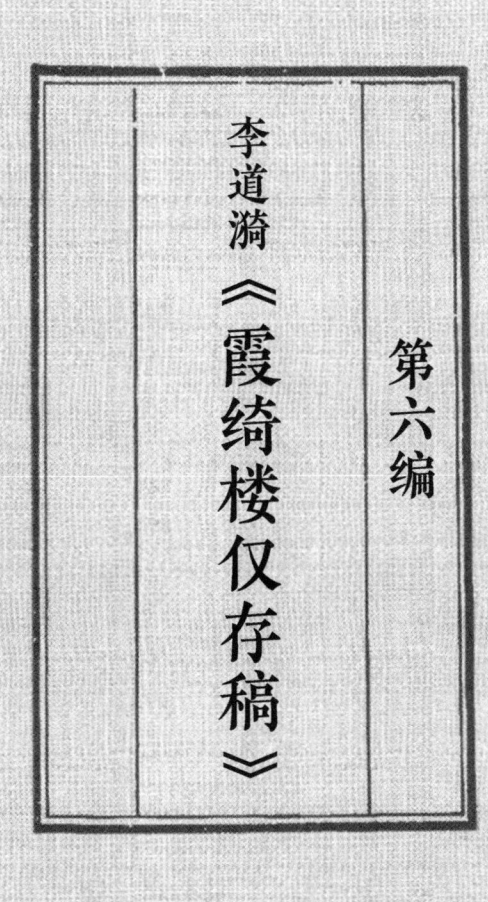

第六编

霞綺樓僅存稿

李道漪

李道漪（1886—1908），巴金之小姑姑，号蕙卿，光绪十二年（1886）生于四川，祖籍浙江嘉兴，李镛之幼女。道漪幼工女红，喜诗词，受诗于三兄道洋。室号霞绮楼。光绪三十四（1908）年卒。所遗诗词被编为《霞绮楼仅存稿》，合刻于《李氏诗词四种》。曾祖父李文熙（字坤五，号介盦），曾祖母张氏；祖父李璠（字鲁珍，号宗望），祖母盛氏，秀水盛善沆女；父李镛（号浣云），生母汤淑清，武进汤世楒女，继母濮贤娜，溧水濮文昇女。

霞绮楼仅存稿
叙

女弟蕙卿,以戊申正月十三日病殁。殁既六日,余乃铨次其诗而手定之。得若干首,付弟道沛录副既竣。余署曰《霞绮楼仅存稿》,复大书其卷首。曰女弟名道漪,生于光绪十二年丙戌。于诸女弟中最慧。性和易,工女红。为三亲所钟爱。早岁受诗于余,字[号]之曰蕙卿。八九岁诵唐人诗,辄能领其旨趣。稍长,学为韵语,极有风致。然性癖不肯示人,亦不甚留稿。岁癸卯,余侍亲南游归,乃为最录之。得诗十二首、词一首。嗣是余复远游东京,需次湖北,不复睹女弟诗。比还,病已弥留。既殁,大索箧中,得诗若干首,即今稿中所存者是也,曰仅存者,稿多散失,此不足以当十之一也。其言冲淡而意远,如秋花晚秀,顾影自怜。虽纤细有足喜者,宜吾曼声吟啸焉,低徊独抱焉,而弗能自已也。稿既不足一卷,附之先太恭人集后,以存其人,不然恐遂无诇者。戊申二月付写定。

同怀兄道洋记

庚子
七夕
碧天如水映双星,风送秋砧隔院听。满砌虫声人倚槛,半窗花影月窥棂。香消金鸭烟将散,漏尽铜壶酒半醒。寂寞闲庭凉思爽,笑携纨扇扑流萤。

辛丑
清明感作
细雨霏霏二月天,河桥柳色半含烟。啼鹃休扰愁人耳,魂梦空飞向墓田。

秋夜听雨有怀大姊

小院沉沉静掩门,摊书倦对一灯昏。更残玉漏声将断,香烬金炉火尚温。
细雨敲窗惊别思,微风入幕冷吟魂。那堪回忆联床夜,句就拈毫和泪痕。

中秋望月有怀大姊

皎洁冰轮涌碧天,锦屏红烛映芳筵。烟霏宝鼎浓香馥,光浸帘波素魄圆。
天上团圞欢彻夜,人间离别怅经年。清风明月都如旧,一忆前游意黯然。

水仙花

冰雪为心玉作胎,幽姿端合冒寒开。朦胧瞥见亭亭影,疑是凌波踏月来。

壬寅
落花

枝头杜宇唤春归,绿暗红愁景色稀。著雨恰如临槛泣,迎风还欲逐帘飞。
流莺绕树情犹恋,蛱蝶寻香愿已违。漫惜荣枯多变幻,瑶台重理旧朱衣。

七夕

纤纤新月映银河,此夕天孙罢锦梭。却笑世人争乞巧,灵心究赐阿谁多?

癸卯
元旦

绿酒红灯又一新,千门爆竹庆芳辰。喜看风信传梅萼,香满南枝报早春。

杨花

韶光欲暮渐飞绵,送客长亭别恨牵。点砚有痕轻似雪,随风无力淡于烟。
漫怜飘泊身如寄,转羡轻扬骨亦仙。应向白云深处隐,任他桃李自年年。

七夕

玉露金风一晌过,彩云如锦涌秋河。流萤点点轻穿幌,凉月娟娟淡扫娥。
合掩蛛丝争乞巧,鹊填银汉共传讹。夜深微雨消炎暑,翠袖寒生怯薄罗。

得杭州　书闻大人与两兄将归喜作

芳信鳞传至，欣闻客整装。趋庭重绕膝，问字复牵裳①。
既喜归期准，翻嫌别路长。待看篱菊茂，吟赏共倾觞。

甲辰
落花

斜风料峭雨连绵，鹢鸠声中意黯然。一径青阴飞蛱蝶，满枝红泪泣啼鹃。
残脂狼藉空遗恨，剩粉飘零总可怜。镇日重帘慵不卷，绿章拟乞向苍天。

惆怅迎风乱点埃，繁华转眼等轻灰。燕衔碎锦犹穿幕，蝶恋余香尚拂苔。
红雨迷离粘屐齿，白云飘缈望蓬莱。荣枯开落浑无定，应向东君悔去来。

偶从尘世托仙根，惆怅春归昼掩门。雨滴空枝嗟艳魄，月明静夜吊残魂。
轻烟漠漠娇无语，倩影亭亭淡有痕。自是倾城沦落恨，含情敛怨独朝昏。

杜宇催归感岁华，东皇此日返云车。金铃系遍人何在，玉笛歌残恨更赊。
泣雨似闻悲夜永，随风轻飐即天涯。流光荏苒春将尽，寂寂闲庭日又斜。

春草

绿遍郊原细草齐，斜风剪剪雨凄凄。一丛凝翠侵游屐，满径飞香衬马蹄。
南浦歌残归路远，西堂梦醒夕阳低。踏青女伴时相过，碧映春山黛色迷。

咏雪

朔风凛冽向晨频，妆点山川尽作银。乍见漫天飘飞絮，转怜堕地即成尘。
纷纷玉屑千行艳，点点花飞独出新。惟有南枝偏耐冷，冰心合借雪为魂。

乙巳
元旦立春试笔

韶华转瞬一年新，爆竹声欢笑语频。喜见太平风俗好，桃符万户共迎春。

柏子凝烟袅画堂，梅花似解斗新妆。深闺寂静闲无事，裁得红笺写吉祥。

---

① 原注：余幼从兄学故云。

268

暮春偶成

荏苒流光换物华，一庭新绿映窗纱。黄鹂独转衔春草，粉蝶双飞护晚花。
课蜜游蜂来静院，随风飘絮去天涯。昼长人倦闲停绣，一缕茶烟日半斜。

春归

绿惨红愁事已非，萧条满目送春归。寻芳双蝶来何暮，犹向花间栩栩飞。

题陈锦雯夫人书《过秦论》册子

前身籍隶蕊珠宫，岂独针神擅女红。余事直追松□老，硬黄合遣碧纱笼。
左家小妹太多情，锦赠金题寄哲兄。想见红闺□□绣，绮窗闲课午阴清。
铁画银钩迥绝伦，簪花不羡卫夫人。临池羞写□□字，一幅生峭学过秦。

和白乐天女降坛诗

间柳栽桃自一庵，春来开遍百花潭。洞天清课无□事，早夜殷勤护病蚕。
海山阿阁影重重，碧夜楼边缥缈峰。翠羽明珰自□重，彩霞环拥不知侬。
司书天女灿如云，争画鸳鸯上绣裙。锦袄绡裆□□束，背人偷礼九华君。
水田衣衬白鲛绡，璀璨珠冠百子娇。灵药万年花□树，洞天此福最难消。

哭二姊

罡风忽地损琼根，病榻缠绵旦复昏。弱骨支离衣怯重，喘丝断续泪潜吞。
空言有药能延命，深恨无香可返魂。搔首茫茫成一恸，伤心天道竟难论。
优昙一现判人天，玉碎珠沉剧可怜。理箧愁看余绣线，开奁怕见旧花钿。
心伤古寺招魂日，肠断深闺□首年。从此碧窗好风月，更无人共倚栏前。

旧居窗下梅花盛开对花有感

本是蓬莱仙窟根，冰心端不借苔盆。娉婷想见□□影，缥缈疑归月下魂。
风透暗香清有韵，露侵缟□□无痕。夜深环佩音终绝，愁对南枝静掩门。

丙午

春夜病中听雨有怀

风雨潇潇助嫩寒,一灯如豆焰将残。支离倦拥弯□坐,渐觉凉生翠袖单。

雨声淅沥傍窗楹,对此茫茫百感并。回忆联床同□夜,愁怀怅触黯伤神。

秋海棠　卖花声

粉颊淡红鲜,酒晕微添。含愁独立画栏前。却似□□初病起,娇弱堪怜。
月下影翩翩,敛怨低鬟,娉婷绰约恍疑仙。折向妆台簪宝髻,人逊花妍。

女:道沅,甥:濮思弇、濮思祜复校

第七编

赵书卿《绿窗藏稿》《澹音阁诗词》《澹音阁词》

綠窗藏稿

赵书卿

赵书卿（1810—?），巴金祖母汤淑清之外祖母，字友兰，初号佩芳，后改为佩芸，清嘉庆十五年（1810）生于江苏武进，少时随父游宦入川，遂留寓蜀中。承母教，工诗词画，与二姊云卿和四妹韵卿幼有诗名，合刊闺作《兰陵三秀集》（书卿部为《绿窗藏稿·佩芳诗草》），并尝与朱希蕴、顾琳、曾宏莲、赵云霞、李锡桂等"诸女伴结吟社，邮筒来往，亦韵事也"（王培荀《听雨楼随笔》）。适王文枃，未四十而寡，生活非常清贫，丁碧溪描述说"佩芳夫亡，只一女，现居嘉郡（乐山），十指为活"，就是说她靠书画刺绣为生。王培荀评价："流寓于蜀，后来孤苦特甚。女子知书，果非福欤！"因无子，故后依女（及婿）生活。后与表弟媳陈季畹（汤成彦妻）、同乡左锡佳和曾懿母女诗词往来。晚年自称澹音阁老人，后期诗词多失散，自存的一部分以《澹音阁词（草）》被选入《小檀栾室汇刻闺秀词》（徐乃昌辑）和《国朝常州词录》，其中若干首被摘入其后的扫叶山房《闺秀百家词选》（吴灏辑），并著录于《闺秀词话》（雷瑨、雷瑊著）；寄给其妹韵卿的另一部分被作为《澹音阁诗词》附刻于韵卿之《寄云山馆诗钞》之后，其中若干首后被摘入《巴蜀近代诗钞》。年八十余乃卒。祖赵遐龄，字九峰；父赵胜，字邦英；母汤氏；书卿仅一女，适同邑汤世楫。姊云卿字友月、妹韵卿字友莲，后号悟莲。母系汤健业之三女。武进汤氏家族，多出才人。她的姨父张琦（妻汤瑶卿）与其兄张惠言同为阳湖词派创始人；同邑族人赵翼亦为清代大家。清末才女曾懿（书卿闺友左锡佳之女）云："佩芸夫人，风雅宜人，兼工诗词；幼操柏志，今近古稀，著有《澹音阁诗词集》。"晚清进士王培荀更赞其"五律颇苍健，余嘱碧溪有延女师者荐之，亦风雅中厚意也"。张琦子曜孙（仲远）评论她"天才俊敏，气韵雅逸。以近日才媛论之，足与《花帘词》相抗衡矣"。晚清进士汤成彦（秋史）则称赞她"精神深调，音谐畅洵。足平睨尧章，分镳玉田。至跌宕淋漓处，壮彩豪情，又直入苏、辛之室。词旨气韵，于倚声家之榘矱，不差累黍。此岂闺阁中所易觏哉。"

《澹音阁》存画二十一幅，见后"图录"。

绿窗藏稿

春晓
呢喃燕子补新巢，花影横窗日影高。睡鸭香残清梦醒，深深门巷卖樱桃。

春阴
轻寒帘幙昼沉沉，新绿凄迷锁院深。鹁鸪声中风力软，乍晴乍雨酿春阴。

初夏雨后同云卿韵卿分韵
天气清和日渐长，庭间竹荫绿生凉。池添细雨鱼儿乐，巢垒新泥燕子忙。
漠漠湿云平远树，蒙蒙残照映虚廊。栏干闲倚诗怀爽，几度微吟兴欲狂。

夏夜
小倚栏干久，罗衣渐怯凉。蝉声低远树，星影落芳塘。
漏急知宵短，眠多觉梦长。襟怀清若许，对月乐徜徉。

秋夜听雨
玉兽香残梦乍醒，西风淅沥警花铃。梧桐庭院三更雨，化作秋声枕上听。

闻络纬口占
凉月娟娟冷绮棂，寒声断续隔窗听。不嫌风露抛梭急，一夜鸣机肯暂停。

梦回斜月冷双扉，络纬凄清听渐微。怀远定添征妇泪，声声催取寄寒衣。

和韵卿妹九月原韵

秋色荒凉碎客怀，危楼小倚醉深杯。霜封雁足音书滞，雨涨鸥波钓艇回。
翠竹几竿依沼秀，黄花半亩绕篱开。登高分韵联吟社，遣兴凭临百尺台。

闲愁无限系离怀，遣兴频倾潋滟杯。三径花香人独醉，满天风急雁初回。
吟残秋色诗怀冷，凭眺山光眼界开。回首斜阳疏柳外，一声牧笛隔楼台。

留别安居官署

菊残枫老晚秋天，帆挂西风别思牵。亲自临行检吟箧，恐教遗失旧诗笺。
秋风秋雨酿秋寒，人去斋空菊已残。愁绝今宵明月夜，有谁横笛倚阑干。

途次

舟行近日夕，小泊荻芦边。霜影归征雁，秋声咽暮蝉。
天寒山露月，江冷水生烟。回首巴陵道，临风一黯然。

过滩

江水奔流急，滔滔泻碧湍。云联山万叠，泉引石千盘。
风吼滩声壮，潮吞夕照寒。此行真冒险，幸赖一舟安。

合州峡中作

云际双峰合，青天一线开。轻舟小于叶，飞瀑吼如雷。
秋老鸿征急，风高猿啸哀。沽将樽酒在，朗咏畅吟怀。

抵重庆

昔日宦游地，惊心此又过。帆留新月影，风撼旧时波。
客思闻砧碎，乡心入雁多。重来转惆怅，倚棹发悲歌。

泸江遇雨

落叶下寒渚，残阳冷薜门。竹疏微露寺，树密远疑村。
细雨添山翠，轻风绉水痕。芦间渔笛起，宛转弄黄昏。

舟中对月

泊舟疏林间，夜静群纷息。云水远不分，江天同一色。
凭舷眺远山，峻嶒撑小月。俯视清流中，涓涓浸寒碧。
上下耀双轮，清辉共皎洁。相对心豁然，幽幽尘思绝。

舟夜即景口占

波平风静暮停桡，月下看山入望遥。顿觉夜深凉似水，一江芦荻影萧萧。

渡石鸭滩遇雨

滩险寸心惊，危舟骇浪行。浓云遮日色，骤雨壮涛声。
作客知非愿，还家固有情。来朝乞风便，莫更阻归程。

舟至叙州登石凤庵楼

登岸上江楼，山川豁远眸。晚峰衔日照，远水带云流。
灯火孤城暮，风烟两岸秋。兴阑返舟后，魂梦续清游。

抵犍为雨望

片帆近夕抵犍为，红树青山认旧堤。一叶扁舟江上望，漫天烟雨满峨眉。

大佛岩晓发

达曙趱程急，扬帆趁好风。涛声翻石壁，塔影入晴空。
山宿浮云白，江吞晓日红。长吟诗界阔，烟景浩无穷。

暮抵嘉定喜作

征程行已尽，薄暮住轻舟。近市闻乡语，凭舷数旧游。
涛声消客恨，灯火入江流。未忍抛山水，羁栖且暂留。

卜居旧宅

今日重来认旧居，欣欣吾亦爱吾庐。安排种竹堪栖凤，取次栽花好读书。
玩月几凭青玉槛，怯寒添制碧纱厨。身心从此皆安稳，吟赏随时乐自如。

寒夜

夜永眠难稳，寒深梦未能。漏残鸡叫月，人静鼠窥灯。
壶酒留微热，瓶花插渐冰。曲肱片时息，不觉晓轮升。

初春偶成

二月催花细雨晴，春衫渐觉晓寒轻。画帘十二风无力，静坐闲窗听早莺。

秋柳

霜信无端到灞桥，可怜消瘦女儿腰。只因秋去愁难遣，待得春来恨始消。
寒月冷烟迷断岸，凄风疏雨蔫柔条。禁他玉笛频三弄，零落残魂未易招。

梅魂

非云非雾亦非烟，寂寞孤山夜悄然。化去是谁丹换骨，飞来还有月为缘。
檀心已委风亭外，玉笛能招灞水边。忆否罗浮前日路，翠禽犹在旧枝眠。

乞梅

欲于处士觅芳标，耐冷冲寒去路遥。一径香风吹不断，满林春色冻难消。
仙姿疏淡和烟折，竹杖斜横带雪桃。携得数枝归已晚，踏残明月过溪桥。

画梅

诗余戏笔写丰神，落月参横点缀匀。泼墨攒成千朵素，淡烟染就一枝新。
虽无雪映风前影，别有香生腕底春。莫道仙姿难仿佛，写将高格伴幽人。

梅花杂咏

闲谱新词拍玉条，初春时节雪全消。日斜驿路人归晚，烟锁寒林鹤舞遥。

篱畔村前香浼浼，江深月冷梦迢迢。为怜一夜东风早，开到孤山第几桥。

仙姿高雅绝嚣尘，丰骨幽奇似逸人。江远夜迷三里雾，腊残谁寄一枝春。
疏香林下贪看久，微雨窗前小倚频。闭户自成冰雪趣，满天寒色助精神。

几日霜威骨更坚，不同凡卉易凋残。花迟花早凭风信，春后春前耐岁寒。
雪霁草堂香宿幙，梦回纸帐月横栏。夜深檐下疏疏影，早被诗人索笑看。

东风昨夜到篱门，吹返罗浮旧日魂。宜咏宜觞无尽意，和烟和月有新痕。
传来古驿书千里，寻到前溪雪一村。远岫冻云天籁静，但浮香气近黄昏。

峡中作

入峡日云暮，偏舟夕未停。一江横练白，双岫插云青。
雁影依微见，猿声不可听。我来仙迹渺，惆怅感飘零。

峡中秋信早，红叶落纷纷。淡月归帆晚，飞泉老树分。
狎鸥添客思，见雁感离群。十二巫峰上，何人梦白云。

一色水云静，峦烟四望收。月明三峡夜，风急万山秋。
倚棹舒吟兴，长歌壮远游。巴江来日到，何处住归舟。

闺夜四景

杜宇声声怨晚风，梨花落尽小庭空。灯前闲写乌丝格，一任春归夜雨中。

玻璃窗格碧纱厨，兰蕙香深暑气无。夜坐小斋清不寐，柳亭烟月绘真吾。

停琴无语倚阑干，夜静天寒翠袖单。风露一庭篱菊冷，月痕分影上琅玕。

寒风帘押静垂垂，春透瓶梅绽一枝。银烛烧残更漏永，兽炉香袅独敲棋。

和楚堂兄汉江道中早行原韵

晨起赋长征，寒帏数客程。板桥人迹少，茆店犬声惊。
落月峰头隐，残星水底明。途中清兴足，吟赏听溪声。

偶兴

夕阳影里画楼斜,倦睡浑忘掩碧纱。书馆无人飞鸟入,偷衔瓶内小桃花。

双流道中早行

行行天渐晓,红日照高松。石径喧流水,秋风送远钟。

笋形浮古塔,剑气冷孤峰。怅望依江道,山川隔几重。

溪晚

远岫寒烟生,清溪明返照。野寺发暮钟,平林宿归鸟。

倚树待晚凉,渔溪月上早。此间坐幽人,一竿正垂钓。

花月吟

花鲜月朗斗春光,花自芬芳月自凉。一径月明花似锦,半窗花影月如霜。

鹃啼月露花魂冷,蝶宿花房月魄香。月下看花裁好韵,闲吟花月费平章。

荷花浸月冷芳洲,月影花香卷水流。花气入帘延月早,月痕穿牖为花留。

花清月榭蝉声寂,月转花阴鹤梦幽。裁得云笺咏花月,不知月已下花楼。

从来花月最关心,爱月怜花抚绮琴。月浸黄花蛩韵碎,花留寒月漏声沉。

庭前待月携花坐,篱畔评花对月吟。花淡月闲秋夜永,月移花影过墙阴。

伴花待月每忘眠,明月梅花好梦牵。邀月栽花残雪夜,品花醉月小寒天。

花承月貌清无比,月写花心瘦可怜。静坐不知花与月,满身花影月如烟。

春日纪游

平林一抹晓烟青,流水桃花映远汀。自是年年春欲暮,子规啼遍短长亭。

一溪流水一溪烟,烟锁垂杨绿可怜。社燕欲来寒食近,饧箫吹暖落花天。

双飞燕蹴落红香,翠荇青青覆野塘。杏雨乍晴芳草绿,春风陌上马蹄忙。

落花时节半阴晴,隔巷箫声唤卖饧。啼煞子规春不管,雨丝烟柳过清明。

浣溪绕曲柳参差,多感行人鬓易丝。谁向寒碑摹古迹,草堂寺畔少陵祠。

习习和风碾曲尘,飘残官蔻扑游人。花骢嘶听城南路,不断香痕廿里春①。

草色凄迷绿满洲,闺中俊侣踏青游。停车暂憩仙桥路,一叶青帘认酒楼。

小小山亭曲曲栏,清溪一带水云间。便携酒榼看题句,买得涛笺百幅还。

彭山道中早行

旅馆闻鸡唱,仆夫促趱程。驱车过古驿,倚杖听泉声。
孤堠埋荒草,寒蛩咽短更。潇潇疏竹里,风闪一灯明。

细数辞家路,遥遥又几程。水沉星汉影,风杂荻芦声。
寒犬勤司夜,孤鸿懒唱更。烟联村树合,远岫月犹明。

秋夜口占

更残香静晚风柔,黯淡疏灯半壁留。清夜梦回天籁寂,一声蕉雨一声秋。

和楚堂大兄唐安道中晚眺原韵

旧道重经忆壮游,怜余踪迹似萍浮。风吹野屋炊烟散,云拥遥山暮霭浮。
落日影衔山影暗,啼乌声和水声幽。征车尚自穿林过,手接湘帘望驿楼。

渡头遥见泊孤篷,风急平沙堕雁鸿。飞鹭一行烟水外,疏灯几点荻花中。
芭蕉叶映门前绿,扁豆花牵屋角红。垂柳小桥真似画,此乡风景妙无穷。

题画

长短亭前蔓草生,潇潇疏竹卷秋声。柴门寂寞空山冷,静听幽禽噪晚晴。

夜泊

系缆垂杨下,残霞散远空。烟光笼岸柳,秋色醉江枫。
飞浪寒吞月,轻帆夜卷风。客怀与乡思,尽入雁声中。

---

① 原注:放翁诗二十里中香不断,即今锦城南畔是也。

雨憩

驱车入酒肆,沽酒洗穷愁。虹隐收残雨,风情送早秋。
墟烟冲鸟道,溪水抱村流。遥望孤峰上,高悬月一钩。

旅夜

村鼓消严夜,秋高肃气清。风霜凋古木,星月驻行旌。
乡梦飘无准,灯花落有声。闲吟浑不寐,往事倍关情。

秋日游凌云寺

几株松翠入高楼,风紧寒涛急暮流。到耳疏钟闻远寺,依岩残照系归舟。
百年世事悲陈迹,万里江山感旧游。独有凌云堪寄兴,黄花满径正清秋。

江上杂咏

放棹中流趁好风,江天一色敛晴空。数声清磬知何处,人在朦胧晓雾中。

雁度平沙阵影寒,野天无际朔风严。无端晓雾和烟散,露出人家半角檐。

闲启篷窗纵远眸,无边风景望中收。山腰一带炊烟起,遮断枫林半树秋。

西风萧瑟送归帆,秋水兼葭燕子闲。遥望舵回舟转处,一重云树一重山。

垂杨夹岸午风和,江水粼粼绉绿波。浪静橹柔舟自缓,芦花香里雁声多。

松扉深锁晚烟低,云拥遥山入望迷。回首江天斜照里,数株衰柳断桥西。

绿阴深处噪栖鸦,风急云垂落日斜。小艇烟蓑犹未泊,一声欸乃出芦花。

荒凉暮霭冷柴扉,一带疏林系落晖。指点苍茫烟水外,沙鸥冲破浪花飞。

寒波滚滚晚潮生,篱畔秋风戛竹声。轻舫未停闻犬吠,两三灯火隔江明。

中秋夜怀芝溪表嫂

香飘桂影晚风柔,露洗遥天玉镜浮。人去花间谁共赏,我来灯下忆前游。
鸡声落月千山梦,枫叶寒塘两地秋。别恨茫茫浑不寐,几行归雁语离愁。

舟次江口

水浅舟行缓，林梢日已斜。钟声寒远寺，塔影挂残霞。
野艇浮渔火，回潮卷岸沙。遥山明一角，月正上藤花。

月夜泛舟

清夜荡轻舟，山川入望收。芦花两岸月，枫叶一江秋。
树拥归云晚，泉飞乱石流。扣舷耽雅趣，敲句兴偏幽。

青枫浦

晚泊青枫浦，余霞落远空。树深难见寺，风顺只闻钟。
淡月悬孤塔，飞泉挂古松。故乡回首处，云水几千重。

登岸

弃舟登北岸，日已下林间。树挂将倾屋，云连欲断山。
门前春水绿，浦外钓溪闲。堪羡牧人乐，长歌佩犊还。

夜泊竹根滩

秋水蒹葭接远芜，轻舟薄暮泊平湖。隔江火细浮渔艇，近岸人喧傍酒庐。
入梦晚朝翻骤雨，点更孤雁宿荒芦。宵寒料峭眠难稳，坐揽吟衾听辘轳。

舟次江口

荻港夕阳斜，平林宿暮鸦。轻帆余落日，柔橹荡飞花。
山溜冲渔筍，江流转水车。堤边系缆后，拟访酒人家。

依江晚泊

远树平云回，柴门锁落晖。浦寒冷烟积，山险住人稀。
野果经霜落，幽禽卷浪飞。嘉陵江上柳，对客尚依依。

舟行偶咏

天远江无际，帆恋夕照间。日垂峰顶没，云宿寺门闲。
秋尽征鸿急，霜高社燕还。扣舷遥引领，何处是乡关。

春日泛舟

半江春水涨芳洲，万里桥西泛小舟。柳外一双新燕子，衔泥飞入杏花楼。
绕郭桃花缀粉烟，饧箫声里艳阳天。春郊二月垂杨路，十里东风叫杜鹃。
水色山光碧四围，霏霏风雨湿春衣。一行孤鹜清流外，时卷桃花逐浪飞。
绿杨烟锁浣花溪，十里楼台远望迷。春色正酣莺语细，风光端不让苏堤。
梨花香雪柳花风，波底游鱼吸落红。春水溶溶山叠叠，轻舟疑在绿云中。

春

未向妆台试晓妆，拈毫先自斗诗忙。雨余窗竹琴书冷，风飐瓶花笔墨香。
草色凄迷酣蝶梦，春光回绕入吟肠。低呼小婢珠帘卷，好放衔泥燕上梁。

夏

绿阴深护碧窗虚，帘影垂垂午睡余。个字竹摇青玉槛，篆文烟袅郁金炉。
学书初试簪花格，仿古闲看织锦图。池畔双嬛太多事，争抛莲子打游鱼。

秋

梧桐月露洗遥天，瑟瑟萧萧夜悄然，绕砌静听蛩韵碎。横空闲数雁书传，
铜壶漏滴三更水，金兽香喷卍字烟。爱纳晚凉聊展卷，冷萤飞上读书筵。

冬

一夜严霜鸳瓦封，冥冥晓雾入房栊。灰深宝鼎钗频拨，香暖金猊袖待烘。
茗碗茶寒凝冻绿，胆瓶花冷结冰红。雪深生怕庭梅瘦，倚遍阑干立朔风。

冬闺即事

纷纷千雀噪寒枝，宿雨凝冰结小池。晓起看奴频扫雪，夜灯招妹对围棋。
拈毫新制阳春曲，破闷闲吟近体诗。拟折梅花供棐几，丰貂抹额下阶墀。

苦雨

骤雨连朝未肯休，伏中风景冷如秋。霏霏湿雾沾花重，漠漠轻烟袅树幽。
院满绿苔难着屐，阶深积水可乘舟。阑干寂寞无人倚，润到湘帘小玉钩。

秋夜感怀

汲水烹新茗，当阶落晚花。窗留寒月在，帘袅篆烟斜。
旧事不堪忆，新词咏转赊。昔年闺阁友，今日又天涯。

秋夜梦游安居官署

昨梦到巴陵，追寻旧游处。庭院锁秋风，帘栊沉烟雾。
月影在池塘，蝉声起疏树。微波漾残荷，罗袂湿花露。
昔年春正深，今复秋云暮。风景尚依稀，往事不堪诉。
徘徊心怅然，铃索忽惊悟。

寄芝溪表嫂

旧游如梦隔天涯，两地离情感岁华。夜饮灯前思觅句，晓妆窗下忆簪花。
望云愁盼南来雁，倚槛慵看日暮霞。满纸别怀书不尽，临风三复恨偏赊。

秋风霜影滞双鱼，阔别今经两载余。每忆联床同听雨，常思剪烛共看书。
茫茫蜀树迷离远，渺渺吴江信息疏。今日喜逢青鸟至，好将近况讯何如。

送芝溪表嫂归常州

骊歌一曲发当筵，不是愁怀绝可怜。红豆秋风鱼雁信，绿波春水别离船。
江南归去人千里，蜀国同居客数年。南浦倍增惜别意，留君无计两凄然。

夜坐

煮茗幽篁间，独坐空斋里。花影上人衣，月色浸池水。

篱菊带露开，秋声隔林起。庭院晚风来，梧桐落如雨。

锦江春泛

鸠语声中细雨晴，绿杨风暖泛舟轻。花溪几日添新涨，春水连天绿近城。

风飐青帘认酒家，危栏曲曲绕楼斜。一溪流水莺声碎，十里春波浣落花。

垂杨夹岸听啼鹃，流水桃花送画船。红影隔溪烟寺晚，钟声敲破夕阳天。

春夜词

闲阶夜气清，庭院人声静。东风隔帘来，吹乱梨花影。

窗留孤月明，烟袅金猊细。抛书一枕肱，梦落天涯去。

春日杂咏

养花时节雨霏霏，料峭东风紫燕飞。不诵金经教鹦鹉，静拈绣线制春衣。

回风吹雨湿阑干，宿雾笼春酿薄寒。隔树小莺啼不断，卖花声里晓妆残。

暮春偶作

风雨廉纤夜未眠，晓来翻觉梦酣然。强扶病骨拈金线，慵染霜毫赋彩笺。
人去兰帏初罢瑟，功深药鼎可延年。思量近事凄凉绝，每为愁怀两地牵。

落絮飞花乱扑筵，最撩人是暮春天。诗因成忏将焚稿，琴少知音漫理弦。
梦影化愁迷蛱蝶，泪痕浥恨湿啼鹃。近来心绪消磨尽，为拂杨枝大士前。

夏日偶兴

日转槐阴树影移，湘帘不卷昼垂垂。竹炉风细茶烟袅，花砌香酣粉蝶痴。
仿画惯教描宿稿，钞书懒复赋新诗。北窗漫就羲皇枕，咽露凉蝉听暮枝。

水月吟

江心明月自沉浮，皎皎清辉入涧流。桂魄已分南浦影，波光遥接广寒秋。
妆成龙女初开镜，照到湘妃欲洗愁。惟有姮娥眠未觉，水云乡里梦中游。

雁字

飞来明月影初浮，疑草疑真字字遒。几笔画开江水碧，一行书破海天秋。
恍临古篆舒云锦，似写离怀过客舟。莫以空中常咄咄，西风吹落荻花洲。

雁阵

秋风初起足南征，暗度边城夜不惊。芦岸占来皆地步，云头冲破即天兵。
排开两翼咸成队，结就单行尽出营。得意往还挥露布，弓悬关月字分明。

病中偶成

潦倒墙阴凤尾蕉，黄花冷落剩霜条。他乡世事随时变，故国烟波入梦遥。
两地音书劳雁递，三秋风雨倍魂销。重重离恨恹恹病，争奈年华感瘦腰。

秋光寂寂锁房栊，半壁疏灯黯淡中。月照纱窗催晓色，风生檐铁走遥空。
药因多病功无补，诗为牢愁句不工。起正怯寒眠又懒，高支衾枕眼朦胧。

咏梅

故乡春色正鲜妍，梦隔东风忆去年。驿路一枝香在水，溪桥半夜月如烟。
春前腊后无余雪，篱落村西欲暮天。自是调羹原有待，品题宜占百花先。

兼旬积雪满平芜，妆点溪山入画图。一径冷香风约住，半篱疏影月平铺。
江南江北春多少，寒雨寒烟梦有无。此日孤山花信早，岁寒心事问林逋。

野梅著花树下偶吟

清韵孤高不染尘，霜欺雪犯总精神。淡烟古道参差影，流水前溪寂寞春。
塞外尚无吹笛客，江南应有寄诗人。从今莫待罗浮约，纸帐香甜入梦新。

冬夜

风飐帘波月影斜，篆烟一缕淡窗纱。银瓶收得梅花雪，活火新添自煮茶。

初春有感

冻云催腊尽，梅蕊艳芳春。梦里年华换，愁中花柳新。
别离思姊妹，衰老苦萱椿。触景伤前事，临风泪染巾。

一弟年诚幼，谁谙稼穑难。家园徒冷落，宦业久凋残。
室磬无人问，氆针且自安。遣愁钞贝叶，先为界乌阑。

眠起浑无事，惺惺怯病魔。梦随云影化，恨入雨声多。
听漏迟清夜，熏香暖绮罗。壮心厌未尽，抚枕发悲歌。

匝月闭门卧，无端危病缠。愁如山万叠，人似柳三眠。
书幌留灯影，风炉袅药烟。诵经忏宿孽，心事问青天。

和韵卿妹早行原韵

梦醒群鸦噪晓烟，征车带月过村前。冻云遮断寒山路，冷煞行人是雪天。

漫天风雾暗邮亭，路滑舆夫乞暂停。幸得晓风吹日出，雪消微露半峰青。

忆琪珍表姊

因随薄宦滞天涯，客里情怀易忆家。我本工愁君善病，同怜清瘦比梅花。

寄芝溪表嫂

莺声啼处柳条新，弹指流光又一春。忆否香消明月夜，裁诗还有异乡人。

渺渺吴天入梦疏，关山远隔感离居。怪他无数南来雁，不寄平安一纸书。

澹音阁诗词
序

先祖母赵太宜人，有同怀姊二，曰友月讳云卿，曰佩芸讳书卿，世所称兰陵三秀者是也。友月适杨□□，未四十而卒，著《寄愁轩诗》若干卷。佩芸适王□□（文构），早嫠无子，依女夫汤□□（世楣）居蜀，年八十余乃卒。著《澹音阁诗》若干卷。三秀集既毁于发逆之乱，而二母者又才丰遇啬，或不幸早死，或虽不死，则艰苦烦郁。不复能得旦夕之适，以视吾祖母。四十年怡然禄养者，盖赋命有厚薄矣。今二诗散落无存，榕近校祖母集时，于巾箧中获残楮，多当日女兄弟唱和酬寄之作，因仍其旧名附刻于后。后有选闺帏诗者，将不无取于斯也夫！

潘榕

澹音阁诗钞

和悟莲妹中秋对月寄怀原韵
清辉流影上雕栏，可惜伊人不共看。两地秋怀同寂寞，一轮月魄倍团圞。金闺梦逐蟾光远，关塞书回雁足寒。展读新诗独惆怅，十分离思压眉端。

寄怀悟莲妹
劳他三十六红鳞，一一缄愁寄远人。关塞烟云遥入梦，嘉城花柳又成春。雪消蒙顶吟怀健，冻解岷江物候新。盼得归来重聚首，承欢膝下慰双亲。

回首前游独怅然，光阴弹指惜华年。三春别梦萦芳草，两地离怀托锦笺。诗富满囊齐雪岭，人宜随宦住冰天。殷勤一纸封题罢，青鸟多情代我传。

接屯信得悝斋妹倩凶耗寄唁悟莲妹

鱼书折得顿然惊，难禁罗衣涕泪横。一样伤心悲薄命，百年大梦感浮生。
人生修短惟前数，天道难知太不情。一语劝君差足慰，膝前有子继簪缨。

堂前老母雪盈头，痛婿怜儿泪不收。迟暮难为升斗计，衰年全赖旨甘谋。
菱花擘破孤鸾泣，琴调凄凉别鹄愁。人世悲欢已如此，且凭诗酒解烦忧。

寄悟莲妹

一载相依情倍亲，分离惜别各伤神。魂消江浦心如醉，梦绕池塘草自春。
诗写鹡鸰吟更苦，书烦鸿雁寄须频。板舆奉母将酬愿，戏彩堂前爱日新①。

悟莲妹以新诗二章赠季畹贤妹，爱其词致清新，吐属工雅，因次原韵

天涯小聚接音尘，听雨中宵剪烛频。偶擘小笺临草圣，聊凭薄酒酹花神。
伤时似堕红羊劫，话旧难忘白发亲。欲乞南针指禅悦，传灯还仗再来人。

我亦瞿昙历劫来，吟情又惹复燃灰。剧谈往事嗟尘梦，勘透真如让辩才。
寥落寒樽还自遣，峥嵘去日欲相催。庭前看尽林花落，一片闲愁未忍开。

和悟莲季畹两妹唱酬原韵

霜毫咏雪擘笺红，玉宇琼楼幻太空。飞絮一帘飘宛转，生花双管韵玲珑。
春寒峭似严寒重，茶味香于酒味融。我是闭门高卧者，愿从林下仰清风。

和补笙表侄立秋有感次韵

故乡归梦阻烟波，倦客天涯奈老何。寂寞情怀同雁懒，萧寥吟兴入秋多。
挑灯爱读欧阳赋，擘笛愁闻子夜歌。幸有园林无恙在，漫开三径剪藤萝。

---

① 原注：谓妹有迎母来泸之举。

偕悟连妹过秉芝侄新筑小园看荷花喜作

寻幽游览到园中，池馆楼台布置工。修竹阴浓清且翠，荷花香放白兼红。
三分爽泹三庚暑，一味凉生一扇风。端正碧筒留客饮，及时清赏素心同。

冬夜怀左小芸闺友

漏永幽眠迟，银镫照窗碧。夜静独怀君，相思寄修竹。

兰膏烧残兽炉冷，把袂几时同斗茗。破萼疏梅透远香，流云散入花豁影。

书怀

有妹头俱白，同欣住锦城。过从常晤会，贻赠见亲情。
只慕前人笔，难邀后世名。学诗兼学画，老矣愧无成。

还家犹似客，终岁赋依人。有女同安命，无儿独耐贫。
犹余耽绘事，未免慨劳薪。秋月春风候，留连暮景新。

五月下浣二十八日，随女率外孙辈移家买舟去渝听差。因思与悟莲妹及诸亲族一城相聚年久，难以为别，匆匆分袂，聊当折柳

二十余春住锦城，亲知欢聚慰平生。赏花酌酒吟怀畅，玩水看山梦寐清。
昔日曾为来往客，衰年难禁别离情。江风吹送扁舟去，路指巴渝怅远行。

累我浮生去住难，女儿膝下强承欢。园林有约应归早，山水招邀且去看。
满载琴书嗤薄宦，全家旅食倚微官。临歧暗搵伤离泪，却向人前不肯弹。

将去之江检点行李口占一绝

幼年心性好诗书，垂老难将结习除。只带随行小梨匣，半装笔砚半装梳。

舟夜听雨

吟诗楼下暮停桡，风雨蓬窗夜寂寥。料得锦城诸女伴，定然相忆话今宵。

一生踪迹感飘零，犹幸逢人眼尚青。七十余年江上雨，白头如许枕流听。

至黄石碑拜扫先　严慈墓有感

八载重经此，来申拜扫忱。大碑犹是昔，小树已成林。
差幸联枝健，聊酬寸草心。原头松柏树，余荫尚森森。

孙去滇南远，经时信息稀。簪缨当有继，佩敛竟何依。
置业须迟待，携家望早归。巢乌吾愧汝，朝暮绕坟飞。

途中口占寄悟莲妹

咿呀双桡打浪花，轻舟快比泛仙槎。却逢过雁先传语，为报行人到汉嘉。

此邦久作故乡看，远近松邱拜扫完。缄札寄君差足慰，先人庐墓尽平安。

抵渝不寐

暮年为客滞山城，随寓能安少世情。有梦偏教神思乱，不眠转觉旅怀清。
疏帷灯影摇花影，小榻吟声和雨声。到处一身皆是寄，萍蓬踪迹感浮生。

中秋即事

一瞬即中秋，光阴快若流。客怀消酒盏，诗味入茶瓯。
霜雾朱楼隐，烟云碧落浮。几回频怅望，不见月当头。

和悟莲妹寄怀原韵奉酬

五月分襟怅远违，锦城回首倍依依。中秋节后惊寒意，愁对西风未授衣。
飘零身世等虚舟，老客他方易惹愁。风雨满城重九近，巴山孤负菊花秋。
恨人那得不愁多，霜雪潇潇鬓发皤。且学寒虫吟断续，得过聊作守时过。
萍踪浪迹感浮生，云树苍茫望眼横。我果束装他日返，归潮信准寄先声。

黄祥云太史重建冀国夫人祠，撰文征题，敬赋俚辞，以志钦慕

从来循吏多才具，豸节重临锦城住。选胜搜奇古及今，百花潭上行吟数。
访寻遗迹浣花豀，堤柳阴阴杜宇啼。梵安古寺摹碑记，椽笔专为伟绩题。
前朝大历任氏女，生成玉貌如仙侣。绣阁深藏人不知，未得英才勿轻许。

闺中最喜读阴符，妙解罗胸有慧珠。武纬文经都熟谙，自矜抱负胜迂儒。
何幸一朝归制府，不与诸姬较歌舞。起居服饰益端严，淡扫双蛾增媚妩。
节度趋朝去帝京，蛮贼聚啸将袭城。羽书雪片驰告急，百万人民动地惊。
崔弟无谋议战守，士卒无言各垂首。相看面面皆徬徨，欲保身家思却走。
夫人奋义领精兵，挺刀跃马出城迎。昼夜鏖战力不怯，红溅征袍血色腥。
斩擒贼首余奔溃，慢卷旌旗兵始退。直教巾帼擅英豪，顿使须眉增感愧。
侥幸成都得瓦全，报章飞奏九重天。盛典荣封冀国郡，姓字留芳史笔传。
昔时奉祀崇祠在，唐代至今约千载。殿庭倾圮没荒芜，江山依旧国已改。
所欣入蜀有诗人，栋宇重修又一新。奇勋表述撰文翰，林木含情草色春。
季妹驰书征题句，览罢临风深仰慕。何时买棹还锦江，拜瞻敬爇名香炷。

雨夜怀悟莲妹

听雨巴山夜，挑灯忆子时。三秋萦别绪，两地溯怀思。
寻梦重看画，缄书屡寄诗。西堂回首处，蔓草长秋池。

分袂忽数月，情牵十二时。每萦年幼事，常切故园思。
共剪蓬窗烛，同吟夜雨诗。只今萧瑟里，秋涨溢清池。

见雁怀悟莲妹

天外霜鸿度，联群嘹唳过。飞鸣知有意，聚散奈如何。
引起离愁集，添来别绪多。同游泥雪印，惆怅隔关河。

澹音阁词钞

连理枝　和友月悟莲姊妹韵

写出同心草，春占上林早。松雪前身，鸥波重认，独专风调。是翩翩文彩两鸳鸯，度金针绣到。　脂染娇红小，墨腻幽芳妙。韵事翻新，清才传播，双修燕好。羡生成福慧足神仙。望琼楼缥渺。

西河长调　七夕感旧

秋云薄，天阶玉露初落。瓜筵乞巧拜双星，画屏银烛。空庭儿女扑流萤，罗扇儿过阑曲。　　更漏永，炉香馥，西风暗动帘幕。弯弯新月上窗纱，移花沁竹。忽听北雁又南飞，归思常萦乡国。　　当年旧句还重读。前游梦、怎教再续。更有闲鸥孤鹤。幸襟怀一样同澄彻，静坐悠然、吟情独。

贺新凉　中秋对月

银汉罗云峭。喷清香、晚风过处，桂花开了。五十余年天上月，只数今宵最好。恰可喜、燕台人到。佳节倾樽征选韵，幸湘于、姊妹堪同调。秋思远、吟情悄。　　当头皓魄团圆照。是谁家、瑶笙玉笛，几声欢闹。试问素娥千古事，曾见兴亡多少？甚大地、山河不小。百岁浮生原是梦，奈流光忽忽催人老。休惹那，影儿笑。

澹音阁词

忆江南
乡思切，归梦绕吴山。万树林花香雪海，千头橘柚洞庭湾。回首忆江关。

临江仙　正月八日游海龙寺
人日初过诗思发，草堂佳句争妍。试镫风信逗花前。蛮乡时节换，游赏擘吟笺。
兰若偶来成小憩，竹炉苦茗初煎。松闲一杵磬声圆。上方清梵寂，花雨散诸天。

如梦令　寒食前一日见邻家有作秋千之戏者，偶拈此调
节近清明时候，烟柳丝丝绿瘦。女伴戏秋千，玉臂半揎罗袖。生受，生受，斗草喃喃频咒。

画堂春　春草病起即事
卖花声过粉墙东，唤回春梦惺忪。轻寒侧侧睡犹浓，日上帘栊。
病久味参黄蘖，愁深怯对青铜。海棠狼籍夜来风，满径残红。

卜算子　小园饯春感赋
燕子逐春来，杜宇催春去。蓊就垂杨绿万丝，难绾韶光住。
花事已飘零，风雨还相妒。山寺西南草似烟，梦断春归路。

喝火令　夏日登池上小阁茗话
不羡南皮会，闲招北渚凉。浅斟荷露过芳塘。擘得新新莲子在，戏打睡鸳鸯。

松下安茶鼎，钗头拣茗囊。竹阴深处倚琴床。正好吟诗，正好爇炉香。正好瓶笙写均，翻谱斗旗枪。

相见欢　长夏

无事检录近作，书此。

风来水槛凉多，搅池荷。珠露倾来苦茗煮松萝。

香篆烬，携柔翰，试烟螺。戏写新诗故故教鹦哥。

鹊桥仙　七夕

一天云影，一钩新月，银汉红墙遥隔。盈盈阶下拜双星，看凉露，微侵罗袜。瓜果筵开，蜘蛛网织，痴愿恐有人识。携针独自上针楼，应许灵心先得。

忆仙姿　篱菊将残秋意深矣拈此遣怀

秋入双眉频皱，愁味将人僝僽。三径夕易斜，恻恻西风凉逗。知否？知否？篱菊让侬消瘦。

忆秦娥　秋暮书怀

西风急，新愁都付寒蝉咽。寒蝉咽，一帘残月，半林黄叶。

画屏猩色重帷隔，短篱丛菊来双蝶。来双蝶，香残酒冷，重阳时节。

生查子　秋夜望月怀余佩青女士

闲拓碧纱窗，放入玲珑月。别簟展银床，凉浸幽花骨。

灭蠋露花滋，天外飞鸿没。千里共婵娟，苦恨音尘阙。

百字令　夜阅婉芳女甥遗诗感填此阕

荥阳娇女，擅班姬才调，移家兰渚。锦里春风随宦辙，雏凤争传好语。粉本留香，锦囊绣句，逸调谐宫吕。轩开写韵，那堪埋玉尘土。　　应是忉利仙缘，掌书月府，逐队霓裳舞。漏尽镫残翻旧橐，剩有遗音酸楚。蝉咽凄凉，虫丝缭绕，总是伤心谱。寒宵不寐，顿添幽恨如许。

渔歌子　画菊

三径西风雁到迟，半生傲骨与花期。摹月影，写霜姿，泼墨屏风画折枝。

调笑令　初秋闻雁

萧瑟，萧瑟，蝉噪夕易黄叶。西风凉卷罗帏，乍见长空雁飞。飞雁，飞雁，引起乡心无限。

调笑令

秋夜漏长、闻篱落间蟋蟀声、如助予太息也！

蟋蟀，蟋蟀，千种离愁谁识。催残寒漏三更，阶下梧桐月明。明月，明月，疏影横窗清绝。

渔歌子　渔父

蓼淑蘋洲不系船，渔家风月浩无边。倾浊酒，挟飞仙，笛声吹破洞庭烟。

渔家乐　本意

家住桐江临曲渚，富春山色长当户。独掉扁舟傍烟屿，邀伴侣，桃花春水催柔舻。　　渔弟渔兄忘尔汝，生成傲骨容狂语。市散归来沽酒煮。长歌处，月明醉脱蓑衣舞。

淡黄柳　新柳

春回绮陌，柳外烟如织。倦眼微开眉晕碧。曾与东风相识，冶药倡条待攀折。　　更屈指，山邮送行客。携樽酒，听羌笛，出阳关万里无人迹。鹧鸪哀鸣，子规凄咽。尽伤春伤别。

蛱蝶儿　秋蝶

惜春游，怕经秋，飘零金粉扇频兜。风前舞不休。菊墅新凉怡，花房暮雨愁。又随归莺过红楼，王孙芳草留。

297

蝶恋花　五色胡蝶

楼畔犹余金谷恨。十斛量珠，买得香魂醒。歃水差差添碧晕，漤痕浸入菱花镜。
帘外东风凭埽径。拾翠相邀，休误寻芳信。一匊盈盈谁与赠，缀钗飞上轻蝉鬓。

点额涂黄妆最靓。捎向花间，巧与莺儿并。明月照人浑未省，郁金堂畔芳心警。
春满蜜脾蜂乍静。逐队晨衙，俊味谁能忍？斗草女郎娇欲近，妒它杏子春衫影。

紫玉成烟浑不醒。裙褶留仙，浅晕燕支冷。开遍嫣红春事尽，夜来风雨判花猛。
立傍牡丹兜扇影。便与姚黄，占却芳园景。愁趁烟光双翅紧，遥山暝色高楼迥。

万树梨云围玉茗。瘦尽东风，邀入罗浮境。柳絮月明难辨影。晚来十二珠帘冷。
净洗铅花残梦醒。待得秋深，菊径凭游骋。送酒人来拼酩酊，餐英飞过瑶峰顶。

知白言元应首肯。说与庄生，同入华胥境。一枕黑甜弹指顷，是周是蝶奇情逞。
偷傍研池花露冷。墨水三升，写出伶俜影。却怪滕王留粉本，被人错认黄昏景。

跋

张仲远云：咸丰庚申，秋史表弟游武昌，出示表姊佩芸夫人《澹音阁词》。与婉纫、若绮两姊及女甥王筥香、锜香共读之。天才俊敏，气韵雅逸。以近日才媛论之，足与《花帘词》相抗衡矣。惜不得与孟缇共赏之。

汤秋史云：丙辰莫秋，薄游戎州，端居多暇。佩芸表姊夫人以《澹音阁词集》见示。雒颂数过，览其炼字精神深，调音谐畅，洵足平睨尧章，分镳玉田。至跌宕淋漓处，壮彩豪情，又直入苏、辛之室。词旨气韵，于倚声家之矩矱，不差累黍。此岂闺阁中所易觏哉。

取自徐乃昌《积余所著书》

诗补遗二首

丁碧溪团扇画桃花题诗

笔沾胭脂点染幻，一支摹写上林春。东风十里红如紧，留傍甘棠荫远人。

录自王培荀《听雨楼随笔》

题辞翠微吟馆遗稿俚句四绝奉题

果然不栉好才华，玉茗源流自一家。读罢清新诗几卷，教人生羡笔端花。

曾记当年晤面时，匆匆不及与谈诗。篝灯课子辛勤意，贤母从来即父师。

璇闺酬唱雅无穷，缕月裁云韵最工。[①] 偏是才多偏厄寿，却留遗慨翠微中。

持家俭朴久钦贤，一现优昙四十年。兰玉森森期继起，华封早望慰重泉。

汤篆卿夫人翠微遗稿
澹音阁老人赵书卿佩芸未定草

录自《翠微吟馆遗稿》

[①] 原注：集中咏春闺秋闺诗极佳，用溪西韵。

扫码共享
走近巴金